A GAIOLA

Da Autora:

A hora das crianças

Marcia Willett

A GAIOLA

Tradução
Alda Porto

2ª edição

BERTRAND BRASIL

Título original: *The birdcage*

Capa: Silvana Mattievich
Foto da Autora: Trevor Burrows

Editoração: DFL

Texto revisado segundo o novo
Acordo Ortográfico da Língua Portuguesa

2012
Impresso no Brasil
Printed in Brazil

CIP-Brasil. Catalogação na fonte
Sindicato Nacional dos Editores de Livros, RJ

W685g
2ª ed.

Willett, Marcia
A gaiola/Marcia Willett; tradução Alda Porto. — 2ª ed. — Rio de Janeiro: Bertrand Brasil, 2012.
406p. : 23 cm

Tradução de: The birdcage
ISBN 978-85-286-1502-9

1. Romance inglês. I. Porto, Alda. II. Título.

11-2164

CDD – 823
CDU – 821.111-3

EDITORA BERTRAND BRASIL LTDA.
Rua Argentina, 171 — 2º andar — São Cristóvão
20921-380 — Rio de Janeiro — RJ
Tel.: (0XX21) 2585-2070 — Fax: (0XX21) 2585-2087

Atendimento e venda direto ao leitor:
mdireto@record.com.br ou (21) 2585-2002

Para Pam Goddard

Meus agradecimentos ao Sr. Antony Brunt, por me permitir situar o apartamento de Felix no primeiro andar do Yarn Market Hotel, em Dunster.

PRÓLOGO

A criança, ao acordar de repente e ver-se sozinha, sentou-se ansiosa na cama improvisada com almofadas e tapetes. Ouvia o eco estranho da voz da mãe — ora alta, ora baixa — num dueto murmurante com uma voz mais profunda, que irrompia e se extinguia de forma tão esquisita que ela lutou para se levantar e saiu para o corredor. Pequena, com o cabelo desgrenhado e sem os sapatos, percorreu-o apressadamente até emergir num mundo do Espelho, no qual jardins pintados ascendiam a misteriosos lugares cavernosos, um lance de escada se dissolvia em suaves espirais e as paredes se separavam em silêncio. Um conjunto de lâmpadas, instalado no alto, iluminava um interior tão bem-arrumado e brilhante quanto a sala de uma casinha de boneca, com livros de papelão em prateleiras pintadas e minúsculas comidas feitas de gesso sobre a pequena mesa; ela quase esperava que aparecesse a personagem "Hunca Munca" do livro de Beatrix Potter, *A história dos dois ratos marotos.*

Parando quase imóvel, um pouco além do círculo de luz, com uma corrente de ar em torno das pernas causando-lhe calafrios, viu a mãe, que falava, sorria e estendia as mãos a alguém, de quem ela só tinha um vislumbre do braço e do ombro cobertos com um tecido muito escuro; mas, antes de conseguir correr para ela, um repentino estrondo imobilizou-a no canto escuro. Quando a atingiu de repente, aumentando e diminuindo de volume vertiginosamente em volta de sua cabeça, a menina se preparava para gritar de medo, e então pessoas a cercaram de todos os lados, levantaram-na, acalmaram-na e afastaram a pequena figura que se debatia da mulher que permanecia no palco, enquanto a cortina se erguia e baixava repetidas vezes. Ela berrou alto de pânico quando a levaram para longe.

— Angel! — gritou... mas a voz desapareceu na agitação dos bastidores, e ela voltou a gritar.

Não saiu som algum, o que a fez acordar — da maneira certa agora — no presente, a cabeça apoiada num ângulo desconfortável no braço da poltrona, a boca seca. O medo continuava em seu íntimo, uma sensação de terrível perda agarrada aos fragmentos do sonho, fazendo com que ela passasse as mãos pelo rosto como para eliminar ao mesmo tempo o sonho e o pânico.

— Dormir à tarde — disse a si mesma em tom depreciativo. — O que você esperava?

Deu uma olhada esperançosa no relógio de pulso.

Cinco e vinte e oito. Antes, não muito tempo atrás, seria hora de preparação, de tensão nervosa; tomar café preto e obrigar-se a engolir um pedaço de pão com manteiga, antes de ir para o teatro. Ali, o mundo além da porta do palco trazia sua marca característica de bem-estar. Sentia o cheiro já familiar daquele ambiente — a poeira, a maquiagem usada pelos atores —, ouvia a tagarelice nos camarins, uma espécie de camaradagem e alívio que brotavam da segurança de se sentir em seu próprio lugar, concentrar a mente no trabalho à frente. Ainda nervosa, ah, sim! Mas agora empolgada e sentindo-se parte da família; escutava o mexerico quando se sentava diante do espelho e colocava alguma cor no rosto.

Lizzie Blake se endireitou na poltrona, encolheu os ombros para relaxar o pescoço enrijecido e esticou as pernas longas e ainda glamourosas. Levantou-se da cadeira sussurrando uma canção. Descobrira que fazer isso afastava o pensamento — e o medo —, e ela conhecia muitas melodias. Hoje era "This Nearly Was Mine", do musical *South Pacific.* Saiu valsando até a cozinha, exagerando o ritmo e a interpretação, alternando a entoação com os lábios fechados e a performance da música, que remontava a quase vinte e cinco anos atrás. Encheu a chaleira elétrica e ligou-a; não que quisesse uma xícara de chá, mas tinha de preencher de algum modo aquele terrível vazio representado pelo início do anoitecer entre as cinco e as sete horas — sobretudo agora que Sam se fora.

Apressou-se logo a repelir esse pensamento, tornou a cantarolar — "A Cockeyed Optimist" dessa vez — e começou a preparar o chá, tamborilando o ritmo na lata com uma colherzinha, e pensou se podia se permitir um biscoito de gengibre: só um. Afinal, nunca engordou. Continuava tão alta e esbelta quanto aos vinte anos — seu trabalho e a autodisciplina a tinham mantido em forma e flexível — e a massa de cabelos dourado-avermelhados mal havia sido tocada por fios grisalhos. Prendera-a, como de hábito, num coque misterioso do qual escapavam cachos rebeldes, e os grampos de tartaruga de vez em quando escorregavam; tinha a tez cor de marfim salpicada de sardas, e os olhos, cor de âmbar, um tanto tímidos sob as sobrancelhas suaves. À medida que envelhecera — demais para as personagens de Nellie, Ado Annie ou Bianca —, tinham-na escalado para pequenos papéis em comédias. Além disso, fizera grande sucesso numa *sitcom* de televisão apresentada durante vários anos. Ao mesmo tempo, a qualidade musical de sua voz como cantora levara-a a dublagens em *jingles* para comerciais de televisão, e agora, se quisesse, poderia escutar a si mesma pelo menos três ou quatro vezes toda noite exultando determinada marca de creme facial ou ver-se ao volante de um carro de passeio com dois filhos e um adorável vira-lata. Neste último, além de ser um comercial muito divertido e popular, ela se tornara uma dona de casa — algo que jamais realizara em todos aqueles longos anos no palco, nem com a *sitcom* na TV — e começava a habituar-se aos transeuntes que ficavam estupefatos ao vê-la, davam-lhe uma segunda olhada para confirmar e gritavam: "Ah, você é aquela mulher do anúncio..." Ansiava por se mostrar indiferente em relação à abordagem, dar de ombros com um sorriso distanciado, mas, para dizer a verdade, gostava de ser reconhecida e logo se dispunha de bom grado a uma breve conversa com esses admiradores amistosos. Bem no íntimo, sentia-se um tanto encabulada pelo prazer que isso lhe proporcionava, mas não havia mal algum, pois a animava, estimulava o ego e aquecia o coração: eram reações que não podiam ser ignoradas, sobretudo desde que Sam...

Lizzie apoderou-se da lata de biscoito: *dois* deles e uma boa examinada na mais recente brochura sobre viagens de férias seriam excelente distração para as longas horas vazias pela frente. Talvez os amigos e o agente tivessem razão quando a aconselharam a não partir de Londres para regressar à casa em Bristol onde fora criada com Pidge e Angel. Só que Londres simplesmente ficara tão horrível sem Sam; tão solitária e... errada. Ergueu a xícara, provou o chá quente e olhou de relance a brochura muito colorida que apregoava a beleza da região sudoeste da Inglaterra.

— Vai viajar com um grupo? — perguntou a jovem no escritório da agência de viagens naquela manhã.

— Não, não. Vou completamente sozinha.

Tentou fazer isso parecer audacioso e alegre, mas as palavras saíram com um timbre meio patético, e a mulher lançou-lhe um olhar curioso.

— Perdi meu marido três meses atrás.

As palavras lhe saltaram da boca e pareceram cair no balcão sobre o qual as duas podiam vê-las: Lizzie, com desanimada surpresa, e a outra, com pena e chocada.

— Sinto *muito*.

O abafado tom da voz e a acentuada expressão solidária da atendente tiveram um estranho efeito em Lizzie, que sentiu uma risada ensandecida surgir abaixo do diafragma. Por instinto, inspirou fundo, enrijeceu os músculos do estômago e abriu um sorriso tão intenso que a mulher quase se esquivou dela.

— Eu também — respondeu com vivacidade, falando em termos claros. — Sinto terrivelmente, terrivelmente.

A expressão da agente de viagens ficou ansiosa; ela pegou algumas brochuras e empurrou-as para o outro lado do balcão, resmungando de forma ininteligível, os olhos desviados.

Ao lembrar-se, Lizzie teve um ataque de riso e quase engasgou com o chá; lágrimas escorriam-lhe dos olhos e ela as enxugava. Seria possível estar chorando? Com determinação, pegou a xícara, os livretos e foi sentar-se à mesa de jantar.

Nessa grande sala no térreo, tinham dividido a cozinha da sala de estar pelo simples recurso de pôr no meio do piso um piano de armário. Na parte de trás, uma mesa quadrada da mesma largura voltada para a pia, armários e prateleiras, o que ocultava de forma muito engenhosa a área menor de trabalho. No outro lado, ficavam uma longa mesa de jantar rodeada por cadeiras de madeira sortidas, uma parede revestida de estantes, outra com quadros pendurados e um longo sofá, que se encaixava confortavelmente abaixo da larga janela de sacada e formava um conjunto com três poltronas que não combinavam entre si e uma baixa arca esculpida usada como mesa de centro.

Lizzie sentou-se na poltrona de braços largos entalhados, acomodou uma velha almofada de seda na nuca, largou o chá, pegou as brochuras que trazia debaixo do braço e abriu a lata de biscoitos. Começou a virar as páginas. Além da janela, o plátano tremulava na leve e suave brisa; no quente entardecer de junho, as vozes das crianças que brincavam na praça ecoavam pelo batente aberto. A sala dava para oeste, e o desenho das folhas se deslocava, mudava à luz do sol e tremeluzia sobre as desbotadas capas das poltronas. Uma pétala carmesim caiu silenciosamente de uma das rosas num vaso sobre o piano, o perfume vagando pelos espaços arejados, altos. Ela virou outra página.

— O Castelo de Dunster assoma acima da pequena aldeia aconchegada dentro dos portões...

Ela encarou a foto, o cenho franzido, a mente oscilando à beira de uma lembrança: o castelo de arenito, brilhando suntuoso e quente ao pôr do sol, o mosaico dos telhados de ardósia vermelha e cinza prateados pela chuva suave, um jardim abrigado, sossegado; o mar que rebentava em pedras e lascas cinzentas, a dor das pernas exaustas da longa caminhada da praia para casa... E Angel, inquieta, frágil, nunca para quieta.

Deixou a brochura de lado. Via uma breve aparição, um pedaço do passado: um encontro, carregado de tensão e excitação, e Angel de olhos fixos numa mulher da mesma idade que ela, enquanto Lizzie fitava o menininho que segurava a mão da mulher.

O toque do telefone despedaçou a lembrança e a fez saltar.

— Olá, tesouro.

Lizzie sorriu de alívio ao ouvir a voz de seu agente e afundou numa poltrona de abas fundas.

— Olá, Jim. Como vão as coisas?

— Vão bem. Muito bem. Aquelas férias sobre as quais falávamos. Você não vai para muito longe?

— Não, não. — Ela desviou os olhos para a mesa, a brochura aberta, as fotografias brilhantes. — Pensei, talvez, na região sudoeste. Em algum lugar do litoral. Por quê?

— Só peço que esteja em Manchester na semana que vem a partir de segunda-feira.

Conversaram por mais alguns instantes, Lizzie desligou o telefone e retornou à mesa. Ficou ali um longo tempo, os olhos fixos na imagem.

O Castelo de Dunster assoma acima da pequena aldeia aconchegada dentro dos portões.

Ela dormiu até tarde na manhã seguinte. Metade de um calmante finalmente a libertara de um exaustivo círculo mental, ressuscitando lembranças e uma dor pontiaguda, que a perseguiram obstinadas até a madrugada. Teve sonhos curiosamente vívidos.

Pidge e Angel estão sentadas juntas à mesa, uma garrafa de vinho entre as duas, e ela no chão sob o comprido tampo com os brinquedos. Descalça, Angel mexe os pés sem parar, esfrega-os um no outro ou os enfia debaixo da coberta de algodão que ondula ao redor das pernas. Os pés de Pidge apoiam-se na longa barra e os sapatos, com bicos pontudos e saltos baixos, são de couro azul-escuro.

— Eu o amava tanto, você entende? — diz ela, a voz cheia de dor e, mais que isso, uma espécie de necessidade desesperada de ser compreendida e até mesmo perdoada.

Os pés estreitos de Pidge permanecem imóveis, plantados bem firmes na trave de madeira, enquanto os dedos arredondados dos de Angel, com as unhas pintadas em tom forte, empurram agitados um ao outro. Ela murmura a intervalos, num contraponto tranquilizante à récita de Pidge, confortando-a.

— Afinal, querida, ele tampouco pertencia a mim. Quero dizer, pertencia? — A cadeira range um pouco quando Pidge se inclina para a frente. Ouve-se um pequeno tinido de taça, um gorgolejo de líquido. — Para ser franca, isso é *muito* extraordinário. *Acho* que até um tanto divertido...

Pidge baixa os pés da barra, relaxa a postura dos sapatos e arrasta a cadeira alguns centímetros mais para perto da mesa: os dedos dos pés de Angel param de se esfregar, ela cruza as pernas, estende a coberta sobre os joelhos e se recosta confortavelmente. Com as vozes murmurando acima, escutando explosões abafadas de riso e uma ou outra exclamação, a criança continua sua brincadeira; monta a cena que os brinquedos representam no macio e sedoso tapete, com a mesa de jantar como telhado, o largo pé da ponta como parede, que os abriga e circunda.

Lizzie empurrou a manta e sentou-se na beira da cama. O sonho, como o da véspera, deixou-a nervosa. Teria se sentado assim, sob a mesa, enquanto Angel e Pidge conversavam? Teria despertado sozinha e assustada no camarim numa noite e corrido à procura da mãe? Embora não fosse alheia a sonhos, uma qualidade quase alucinatória tocara os últimos. Seu comportamento recente talvez tivesse causado uma leve ansiedade se ela ao menos fosse capaz de se preocupar. Enfiara um belo corte de filé na caixa de correio diante da loja do açougueiro, saíra com o carrinho de outra pessoa no supermercado, esquecera o automóvel e, ao deixá-lo para trás no estacionamento, fora a pé da biblioteca até em casa. Coisas pequenas sem grande importância tomadas em separado, mas os sonhos pareciam fazer parte do mesmo padrão.

— Talvez eu esteja sofrendo de um colapso nervoso.

Disse essas palavras em voz alta, inclinou a cabeça como à espera de uma resposta e foi ao banheiro tomar uma ducha. Falar consigo mesma fazia-a sentir-se menos sozinha e, mais importante, mantinha a ansiedade sob controle. Era muito mais difícil levar-se a sério quando se expressava — alto e muito claro — como para uma plateia. Deu-se um radioso sorriso no espelho acima da pia ao limpar a pele, passou creme hidratante e mergulhou os grampos em forma de ferradura nos cabelos.

Começou a cantarolar: "Vou tirar com uma lavagem aquele homem direto dos cabelos."

Ainda com *South Pacific*, então. Ora, tudo bem, um monte de números bons para conduzi-la até o fim do dia. Lembrou a pequena série fixa de passos de sapateado que acompanhavam essa música específica e a ensaiou, os chinelos de sola de couro estalando baixinho no piso de linóleo, a mente remontando às primeiras aulas na sala do porão com o piso de concreto no estúdio de dança.

Alterne os pés em batida da chapinha da frente sem peso com contratempo de duas batidas da chapinha do calcanhar com peso. Arraste a chapinha da frente adiante, como uma escovada, combine batida da chapinha da frente sem peso com contratempo de duas batidas da chapinha do calcanhar com peso.

Ela ouvia na mente a professora gritar os passos acima das batidas dos sapatos especiais usados no sapateado e acentuava o tempo do compasso; o corpo se lembrava do ritmo, os braços balançavam livremente, a cabeça erguida. Não podia ter mais que sete ou oito anos. Como adorava a música, o movimento, o ato de disciplinar o corpo; a *barre* fixada na sala do porão quarenta anos atrás continuava ali, onde Lizzie outrora desempenhava os exercícios diários, a pequena série constante de passos: *pliés, battements, port de bras,* observando-se no espelho na parede do outro lado. Ainda treinava regularmente.

— Mas esta manhã, não — resmungou ao vestir rapidamente um jeans e uma camiseta preta.

A hora marcada com a cabeleireira levou-a a descer apressadamente a escada para o café com torradas. A brochura continuava no lugar onde a deixara, mas ela desviou o olhar e tornou a cantarolar para si mesma, concentrando-se no que Jim lhe dissera sobre a possibilidade de trabalhar com uma companhia itinerante no outono. Conseguiria aguentar a árdua rotina, os deslocamentos, a mesma apresentação noite após noite?

— É disso mesmo que você precisa, tesouro — afirmara Jim, em tom tranquilizador.

Era um homem muito bom, muito profissional, e insistia que aquele discurso extravagante e o comportamento exuberante dele não passavam de subprodutos de toda uma vida dedicada ao trabalho com atores. Lizzie o adorava.

— Sinto-me meio vacilante — dissera ela antes de deixar Londres. — Preciso de um descanso. Vou para Bristol.

— Voltar para a Gaiola?

Fora esse o apelido dado à casa alta e estreita no início da década de 1960, tão logo a agência soubera que ali moravam três mulheres, uma delas chamada Pidgeon, que significa "pombo" em inglês.

Em pé na cozinha, tomando o café preto, à espera de a torradeira lan çar o conteúdo no chão, Lizzie pensa no deleite de Angel com a piada e como lhes implora que mudem oficialmente o endereço.

— Está tudo bem para você — responde Pidge —, mas como se sentiria ao receber cartas endereçadas à "Srta. Pidgeon, A Gaiola"? Tenha piedade!

Em vez disso, Angel encontra uma bonita gaiola dourada — de alguma sala de adereços de palco? — com dois passarinhos pintados em cores vivas e empoleirados num trapézio. Logo depois acrescenta um filhote ainda menor, feito de tecido macio amarelo.

— Esta é você — diz Angel a Lizzie. — Vê? É um filhote canoro. O que acha?

A gaiola continua suspensa acima do piano na sala de estar durante anos. Torna-se um símbolo, uma brincadeira íntima.

— Somos nós — explica Angel aos visitantes. — Três passarinhos numa gaiola dourada. Bem, um filhote e duas velhas sem atrativos... — acrescenta; e espera as inevitáveis negações, os elogios.

A gaiola faz tanto parte da vida delas juntas que é impossível imaginar Pidge ou Angel se livrarem desse símbolo. Quando Angel morre de complicações decorrentes de uma crise de pneumonia, Pidge continua vivendo sozinha até também morrer após uma série de derrames. Deixa a casa e todos os pertences para Lizzie.

— Não posso vendê-la — explica ela a Sam. — Simplesmente não posso. Ainda não.

— Não há a menor necessidade — responde ele sem titubear. — Será útil como um pequeno refúgio.

— É isso aí — concorda Lizzie. — Sempre corri de volta para lá. Entre as produções, após seus desastrosos casos amorosos. Eu sempre acabava na Gaiola com Angel e Pidge.

— Não é bem isso que eu tinha em mente — diz o marido, passando um braço ao redor dela, pois sabe como lhe tem sido difícil aceitar a morte de Pidge. Faz uma careta, revira os olhos, lança-lhe um olhar apimentado de soslaio, na esperança de fazê-la sorrir e segura-a mais perto de si. — Mais um ninho de amor, talvez, que uma gaiola? — Ela ri desse gracejo medíocre e o abraça.

Faz mais de dez anos que Pidge morreu, pensou Lizzie, engolindo com dificuldade a torrada. E, menos de dois anos atrás, Sam e eu estávamos aqui juntos. E agora?

Começou a limpar o que usara no café da manhã, distraindo-se desses pensamentos, e concentrou-se na gaiola desaparecida. Seria bom tornar a vê-la; pendurá-la como um tributo ao passado. Decidiu que, tão logo chegasse mais uma vez em casa, faria uma busca minuciosa à procura dela.

Nesse ínterim, ao pegar as chaves, à cata da bolsa, a imagem parecia não parar de gritar-lhe por atenção. Relutante, quase temerosa, parou para olhá-la de novo. "O Yarn Market é um mercado octogonal e data do século XV..."

Curvou-se mais perto para olhar a imagem menor inserida na maior. Outro fragmento, igual à cena na loja, desliza com toda a nitidez mente adentro.

Monumento antigo, o Yarn Market consiste num mercado para a venda de produtos têxteis locais. Ela se lembra de cruzar correndo a entrada sem porta, chamar Angel, parada no calçamento de pedras arredondadas e lisas do lado de fora à luz do sol, e inclinar-se entre os grandes espaços da janela.

— Olhe para mim. Você consegue me ver?

— Consigo, querida. Vejo você.

Mas Angel observa a rua principal, dardeja os olhos nas entradas de loja para espreitar os ocupantes de um carro; distraída, preocupada, sempre alerta.

Lizzie sente a firmeza agradável de seu vestido de algodão amarelo e branco, os pés nus nos tênis e a longa trança, da grossura do pulso de Angel, que lhe bate nas costas ao caminhar saltitante ao lado da mãe na calçada de pedras estreitas afundadas. Param junto ao hotel, com a grande varanda medieval, antes de atravessar a rua até o Yarn Market. É frio e escuro sob o telhado de ardósia e ela dança, canta ofegante para si mesma, uma pequena e brilhante chama de cor em meio às sombras, enquanto Angel espera, os olhos fixos muito atentos. Mas por quem?

A pergunta ocupava Lizzie enquanto ela se encaminhava a pé para a cidade; enquanto conversava com a moça simpática que lhe secava os cabelos; enquanto tentava definir com clareza a lembrança, captá-la. Se conseguisse lembrar em que ano fora, as outras coisas talvez se encaixassem nos devidos lugares; mas por que logo Angel deveria decidir passar férias numa minúscula aldeia em Exmoor? Angel gostava de saídas agitadas, inesperadas, de ir a restaurantes ou bares, de amigos que apareciam para drinques improvisados: ficava inquieta e entediada após dez minutos no parque de Brandon Hill. Nem considerava necessário levar Lizzie nas férias, a não ser durante o verão daquele ano. Daquele ano de Dunster.

De volta em casa, Lizzie chutou os sapatos, largou as compras e reuniu os ingredientes para preparar o almoço. Na maioria das vezes, não conseguia dar-se ao trabalho de uma refeição formal — parecia um esforço exagerado para apenas uma pessoa —, mas hoje sentia a necessidade de preparar algo quase como um rito mais para as sombras de Pidge e Angel do que para si. Agora mesmo, ali na Gaiola, sentia as duas muito próximas dela: Angel, com os olhos fechados, esticada no sofá ao longo da janela, com Pidge costurando perto, discutindo na mesa do outro lado ou talvez ocupada na cozinha. Esta era responsável por quase todo o preparo da comida, embora Angel gostasse de experimentar — de forma desastrosa ou brilhante.

— Nunca sou corriqueira — dizia em tom eloquente e jogava fora, embrulhados num jornal, os erros que cometia, enquanto Pidge, resignada, começava a fazer uma omelete. — Não faço nada pela metade.

Por causa da ida ao teatro toda noite, as horas das refeições eram uma festança e Pidge sempre se mostrava flexível.

Agora, ao arrumar a mesa, Lizzie fazia-lhes uma oferenda, um pequeno e simples puja, um ato hindu de reverência: salmão defumado com gomos de limão, rodelas de tomate em molho vinagrete aromatizado por ervas, fatias finas de pepino em maionese e pão preto fresco. Escolhera com cuidado os pratos: redondo, de porcelana branca delicada, para o salmão; cerâmica azul oval para o tomate; uma tigela amarela para o pepino. Estranhamente, a paleta de cores e as texturas funcionaram. Ela sentia que Pidge e Angel teriam aprovado. Sem condições de adquirir o melhor, cada uma fazia questão de comprar e usar coisas que lhes chamavam a atenção e atraíam seu gosto particular.

Satisfeita com o puja, Lizzie serviu-se uma taça de Sancerre esfriado e sentou-se.

— Sei que não devia comer isso porque é para vocês — disse em voz alta, a fim de aplacar as sombras de Pidge e Angel. — Não é um puja verdadeiro, mas é o melhor que posso fazer.

A pequena refeição foi deliciosa. Depois, ela cortou um pouco de queijo e fez café, forte e preto. Sentou-se em silêncio, fitou, entre os galhos do plátano diante da janela do outro lado da sala, o topo dos telhados e o céu mais adiante, escutando outras coisas além dos ruídos da cidade.

Mais tarde, subiu a escada íngreme até o quarto do sótão. Antes o ninho de águias especial, agora cheio daquelas coisas que elas haviam separado para usar depois — "Podem servir", gostava de dizer Pidge —, além dos itens que, por apego sentimental, simplesmente não lhes fora possível jogar fora. Fazia anos desde que Lizzie usara aquele quarto e era ali que esperava encontrar a gaiola. Qual delas teria decidido que a brincadeira ficara sem graça demais para querer mantê-la pendurada acima do piano? Talvez, após a morte de Angel, Pidge a considerasse uma lembrança demasiadamente dolorosa.

Lizzie se locomovia devagar por entre caixas de papelão, bojudos sacos plásticos de lixo e pequenas peças de mobiliário. Livros velhos, com lombadas partidas e folhas rasgadas, empilhavam-se na pequena estante que usara quando menina, enquanto uma cadeira com uma perna quebrada sustentava um tamborete com uma tapeçaria desbotada sobre o assento. Nenhum sinal da gaiola. Era grande demais para ser guardada nas caixas que exibiam claras anotações com caneta hidrográfica; volumosa demais para os sacos plásticos, pesados com as cortinas e mantas velhas, que ela afastou com todo o cuidado para o caso de os terem empilhado em cima da gaiola. Procurou dentro de um caixote, abarrotado de partituras musicais e programas de teatro, e fixou o olhar por um instante na caixa de papelão com a inscrição BRINQUEDOS DE LIZZIE. Para fugir das emoções ambíguas que isso evocava, virou-se de lado e passou os olhos nos livros ao longo da prateleira. Em meio aos exemplares surrados, havia várias edições da Reprint Society. *The Heat of the Day*, de Elizabeth Bowen; dois de Rumer Goddens; *Theatre*, volume das obras teatrais de Maugham; e um de Iris Murdoch.

Folheou o de Elizabeth Bowen e, em seguida, pegou *Theatre*. Lembrou que Angel o dera a Pidge como presente de aniversário e, ainda sentindo as sombras delas muito próximas, decidiu levar o livro para baixo e lê-lo depois. Olhou ao redor com uma expressão de desagrado: não se via a gaiola em lugar algum, o que a deixou com uma intensa decepção. Embora fosse tolo e irracional, acalentara a esperança de que iria facilmente descobri-la ali no meio daqueles artefatos do passado, mas desconfiava agora que deviam tê-la jogado fora. Os aposentos de Angel, que ela ocupava agora, não tinham armários grandes o bastante para ocultá-la, e os de Pidge foram esvaziados, redecorados e alugados a uma jovem que cursava uma pós-graduação na universidade.

Lizzie voltou para a sala de estar e deitou-se estendida no sofá. Sentia-se profundamente magoada por terem descartado a gaiola sem avisá-la.

— Afinal — disse em voz alta, mal-humorada, como se pretendesse repreender as sombras companheiras —, eu também fazia parte disso.

Consegue imaginá-la com muita clareza. Os dois passarinhos de madeira pintados com tanta delicadeza que se tem a impressão de que as penas, azuis, verdes e amarelas, devem se mexer; que a qualquer momento poderão abrir as asas para voar. Angel, profissional como sempre na ambientação de uma cena, põe uma minúscula tigela de sementes no piso da gaiola e pendura um espelho ao lado do trapézio. Pidge não lhe permite pôr uma segunda tigela de água ao lado da de semente.

— Vai ficar passada e exalar mau cheiro — diz com firmeza — ou derramar-se quando as pessoas olharem lá dentro.

Angel resmunga, a sensibilidade artística afrontada, mas Pidge não cede. Há espaço no balanço apenas para o filhote amarelo — na certa um brinquedo de Páscoa tirado de um ovo de papelão. A avezinha se inclina num ângulo arrojado, as patas cor de laranja forte enroscadas com arame para prendê-las na barra de madeira, as asas felpudas pousadas como se ela temesse tombar do poleiro precário.

Como Lizzie os adora: para começar, embora seja alta para a idade, tem de subir no banco do piano para vê-los direito. Angel é o pássaro com a cabeça jogada para trás, o bico aberto em alegre canção; já o de Pidge tem a cabeça virada de lado, como a escutá-lo. Lizzie se emociona por fazer parte desse pequeno quadro: o filhote, seguro nos limites da gaiola, ainda não muito pronto para voar.

Ela se agita. Agora que voltou a Bristol, seu instinto anterior — bloquear o passado, afastar-se cantarolando e dançando desses sonhos e lembranças — começava a converter-se de forma muito gradual em aceitação; até em curiosidade. A ideia louca de que, de algum modo, Pidge e Angel também estavam ali na Gaiola começava a ser mais um consolo que uma ameaça.

— Doida! — anunciou a qualquer um que pudesse estar ouvindo. — Pirada. Maluca. Lelé da cuca.

Arrastou o corpo para cima, acomodou-se um pouco mais alto no sofá, descobriu que ainda segurava *Theatre* e, pegando-o pela lombada, sacudiu-o com delicadeza para tirar a poeira. As páginas bateram de leve umas nas outras, um cartão-postal escorregou do meio das folhas e caiu no chão. Lizzie o pegou e olhou. Mesmo em preto e branco, reconhecia-se o Yarn Market no mesmo instante. As torres e ameias se elevavam por detrás das árvores em Castle Hill e, do outro lado da rua defronte do mercado, erguia-se o prédio Luttrell Arms, com o alto pórtico medieval.

Chocada e descrente, Lizzie encarava o cartão-postal. A aparência da imagem nesse momento, cercada de mistério e coincidência, como se fosse algum sinal ou presságio, desestabilizou-a, e ela levou um tempo para conseguir se forçar a virá-lo ao contrário, tão esperançosa ficou de que contivesse algum tipo de mensagem para ela. Embora com a tinta esmaecida, a caligrafia de Angel era bastante clara.

Querida Pidge,

Então aqui estamos e o chalé é agradável.

Tempo adorável, porém é uma baita jornada até a praia para as pernas da pequena Lizzie, coitada. Dunster é uma aldeia deslumbrante, só que — você ficará aliviada por saber! — nenhum sinal de F. Mas não deixei de ter esperança!

Amor de nós duas. Angel xx

Não tinha data, apenas a palavra "terça-feira" rabiscada no alto do cartão e o carimbo postal manchado. Lizzie releu a mensagem ansiosamente, como se o fato de examinar com mais atenção as palavras pudesse revelar algum segredo; a resposta à sua pergunta: por que as férias em Dunster? As primeiras linhas eram muito inocentes; só as palavras "nenhum sinal de F" guardavam a pista para o mistério.

Tornou a se deitar, o cartão-postal na mão, e fechou os olhos, lembrando. Aos poucos, como naquele mundo do Espelho dos bastidores, com as paredes que desabavam em silêncio e a escadaria em espiral, a memória começou a se abrir, camada por camada, diante do olho interior.

Passou-se um longo tempo até ela se mexer, despertar lentamente para os ruídos da noite além da janela, consciente do frio da sala escura. Tiritou um pouco e estendeu o braço comprido para pegar o xale de seda de Angel, os olhos ainda em devaneio e fora de foco.

Estranho que se pudesse sobrescrever toda uma parte de sua vida antes tão vital, escondê-la sob o palimpsesto de experiências posteriores. F de Felix... Oh, como podia ter esquecido alguém a quem tanto amava? Sentia o cheiro dele nas narinas, seu toque sob as pontas dos dedos que seguravam o cartão-postal. Durante anos, ele fizera parte da vida delas ali na Gaiola; brincava com Pidge, trazia presentes para a pequena Lizzie, ia ao teatro com Angel. Chegava à Gaiola no fim das tardes de domingo; Pidge então pensava no jantar enquanto escutava a orquestra do Palm Court Hotel no rádio. Nada podia convencer Lizzie a ir para a cama enquanto não o visse, e com muita frequência lhe permitiam ficar acordada até tarde, como um presente especial.

— Olá, meus pássaros — dizia ele, estendia uma garrafa para Pidge, acolhia Lizzie com o outro braço e olhava Angel do outro lado, com aquela emocionante piscadela. — Como vai a vida na gaiola?

Talvez, afinal, fora Felix, e não o agente de Angel, quem lhe dera esse apelido? Por muito tempo — ou assim parecia —, aquele domingo uma vez no mês tinha sido o ponto alto de sua pequena existência. Lizzie franziu o cenho e puxou mais o xale em volta de si, ainda com o cartão-postal na mão. Não poderia haver dúvida alguma de que F designava Felix — mas o que Felix Hamilton, o amante da mãe de Lizzie, tinha a ver com Dunster? Ela se sentou e tateou com os dedos dos pés à procura dos sapatos. Pôs o cartão na mesa ao lado da brochura, dirigiu-se à cozinha para preparar uma bebida e, após se sentar à mesa com o drinque, examinou com atenção o cartão-postal como se, por simples força de vontade, pudesse arrancar uma resposta da fotografia de Dunster e da mensagem em tinta desbotada.

Fechou os olhos e procurou no escuro as palavras que definiam Felix: o cheiro do paletó de tweed; o toque dos longos dedos dele ao segurar sua mão; a estranha sensação de estabilidade emocional que ele lhe transmitia. Louca! Durante anos não pensara nele sequer uma vez, e agora, por alguma razão, as lembranças retornavam aos borbotões, verdes e frescas, e enchiam-na de saudades perturbadoras; a necessidade de tornar a vê-lo. Não era tão esquisito que, de volta a Bristol, sentisse a presença de Pidge e Angel — nem tão irracional quanto a ânsia repentina de encontrar a gaiola —, mas esse desejo de procurá-lo, falar com ele e amarrar pontas soltas era extraordinário. Mas por que Dunster?

Lizzie abriu os olhos; a pergunta continuava a intrigá-la. O cartão-postal está com a face virada para cima e, ao examiná-lo, de repente o minúsculo camafeu, aquele fragmento do passado, deslizou de volta na sua mente: Angel encarando a mulher no mercado enquanto ela e o menininho olhavam um para o outro. Lembrou-se da atmosfera de tensão, percebida pelo súbito aperto da mão de Angel na dela e pela expressão de ressentimento no rosto da mulher. A memória fez outra ligação: Felix explicava por que não podia ser seu pai, falando sobre o filho dele de nome estranho que morava no campo.

Após suspirar com uma espécie de alívio triunfante, Lizzie recostou-se na cadeira, as peças do quebra-cabeça se encaixando à perfeição. Parecia claro agora que Angel fora para Dunster na esperança de ver Felix e com quase toda certeza contrariando o conselho de Pidge: *...Você ficará aliviada por saber! — Nenhum sinal de F. Mas não deixei de ter esperança!* Era o tipo de plano maluco que teria atraído Angel. Talvez Felix estivesse de férias do escritório por algum tempo, sem qualquer desculpa para visitar Bristol, talvez a paixão tivesse esfriado um pouco. Esperara Angel que, ao aparecer nas imediações de onde ele morava, pudesse forçá-lo a declarar suas intenções? Lizzie ansiava por saber o que acontecera entre Felix e Angel; por que ele deixara de aparecer na Gaiola? A frustração se apossou dela. Por que, quando era tarde demais, sentia esse ardor ao desenterrar o passado? Ergueu o cartão-postal com a mensagem desbotada. Continuariam eles ali, em algum lugar de Dunster, Felix e o filho — e aquela mulher de rosto amargo, ressentido?

De repente, ocorreu-lhe que, como Angel e Pidge, Felix talvez tivesse morrido. Ao se lembrar dele jovem, esquecera que também teria envelhecido. Só então percebeu o quanto vinha esperando encontrá-lo de novo; falar com ele mais uma vez. Uma inesperada e inexplicável sensação de desespero a reanimou. Pegou o celular, olhou com atenção a página na brochura e discou um número.

— Alô — disse, engolindo com a garganta de repente seca. — Suponho que seja impossível, mas será que vocês não teriam um quarto vago no momento? Gostaria de ir a Dunster por alguns dias na semana que vem... Ah, é mesmo? Quatro noites?... Não, não é cedo demais, de jeito nenhum. Da noite de segunda à de quinta-feira? Ótimo...

Deu os detalhes exigidos pela recepcionista, fechou o celular e ficou sentada, imóvel; o entardecer enchia a sala de luz solar, salpicada com o desenho das folhas do plátano, tranquila e repleta de lembranças. Ela quase esperava ver Angel chegar bocejando do sono vespertino, acenar com a mão para Lizzie e os lápis de cera à mesa, e chamar Pidge, que fazia barulho na cozinha:

— Preciso de você, querida. Poderia apenas me ouvir naquele trecho do Terceiro Ato? A cena com Orlando...

E Pidge logo enxugava as mãos, pegava o texto, lia o papel em voz baixa, neutra, enquanto Angel, estendida no sofá e de olhos fechados, respondia às deixas.

— Sei que vocês percebem — disse Lizzie em voz alta — que se trata de uma procura em vão. Inteiramente louca...

Mas a voz tremia de expectativa e um novo senso de propósito a enchia de satisfação. Tinha de decidir de que roupas iria precisar, encontrar o mapa, telefonar para Jim para informá-lo onde estaria; se conseguisse partir cedo na manhã de segunda-feira, poderia chegar a Dunster com tempo de sobra para almoçar.

Em Dunster: ao pensar nessas palavras, uma emoção percorreu-lhe o corpo todo. Com a cabeça cheia de planos e esperanças, Lizzie levantou-se da cadeira e, após parar apenas para pegar o cartão-postal, correu para o quarto.

PARTE UM

CAPÍTULO UM

Dunster, 1956

A aldeia está sossegada esta tarde, e Marina Hamilton se apressa para fazer as compras, Piers aos saltos e pulos ao lado da mãe, que lhe diz:

— Ande direito, Piers.

Mas o filho nem nota, pois sabe que hoje ela se sente feliz e ele não precisa ser tão cuidadoso. Olha com prazer o castelo na encosta arborizada, as ameias e torres emolduradas pelas densas árvores, com folhas da cor dos centavos que Piers traz no bolso do short de veludo cotelê.

Ao lembrar, enfia a mão bem no fundo do bolso e apalpa a redondeza lisa das moedas, quentes por causa do calor do corpo, e a borda talhada da moeda de três centavos que o pai lhe dera mais cedo.

— Compre uma barra de chocolate, velho amigo — diz ele, enquanto Piers olha reverente para tanto dinheiro. — Ande, guarde no bolso.

Ansioso, o menino enfia as moedas no bolso, pois percebe aquele pequeno vestígio de urgência na voz do pai, que passou a reconhecer, embora não entenda, assim como reconhece aquele estado entre os pais ao qual chama para si mesmo de "mal-estar". Este está presente na atmosfera como o frio ou o calor — não visível, mas está lá —, e ele tenta dissipá-lo falando alto, mostrando alguma coisa — um livro, um brinquedo — ou demonstrando alguma nova habilidade: plantar bananeira, dar estrela. No chalé, na estrada com pedágio logo na saída de Porlock, essas acrobacias engraçadas às vezes tinham causado problemas: a quebra de um enfeite, a derrubada de uma mesa, porém não mais. Hoje, quando voltarem de carro de Dunster para casa, não irão para o chalé, mas para Michaelgarth.

Piers dá outro grande salto de felicidade, balança a mão da mãe e exibe-lhe um sorriso radioso ao se lembrar de como ela lhe dera a maravilhosa notícia.

— Vovô não pode mais cuidar de tudo sozinho — explica Marina —, por isso vamos nos mudar para Michaelgarth e cuidar dele.

O menino ouve a cadência animada na voz dela; sabe que a mãe adora o lugar onde nasceu e foi criada com o adorado irmão, Peter: a grande mansão de pedra cinza erguida na colina e voltada para o mar, com o pátio do antigo mosteiro abrigado e ensolarado atrás, dentro das duas alas da casa. Piers também a adora: tem espaço para correr, fazer esconderijos secretos, embora o triciclo trepide e siga aos solavancos sobre as pedras do calçamento do jardim assim que sai para a entrada para carros. Piers pode deslizar a toda como o vento, enquanto o cachorro da raça springer spaniel do avô, Monty, salta a acompanhá-lo e late como um louco. Se ao menos ele tivesse um irmão, os dois poderiam brincar de jogos esplêndidos em Michaelgarth.

Nesta tarde, ele fica com toda paciência ao lado da mãe enquanto esperam que lhes sirvam queijo e chá na loja Parhams. Talvez seja o momento de pedir um irmão — ou até uma irmã. Fora da loja, muda de ideia; alguma coisa bem no íntimo lhe pede para não estragar a felicidade do dia. Já aos sete anos, entende como esta é frágil.

— Olha lá o papai — grita, maravilhado. — Veja, está conversando com a Sra. Cartwright.

Sente-a estreitar o aperto na mão dele e ergue os olhos. A expressão serena que o rosto exibia o dia todo desapareceu: a mãe fecha a cara e a boca se curva para baixo. É como se o sol tivesse desaparecido atrás de uma nuvem; a ansiedade pesa-lhe no estômago — como se ele tivesse comido arroz-doce rápido demais — e, em pânico súbito, ele grita alto.

— Papai! — chama do outro lado da rua. — Olá, papai. Olá, Sra. Cartwright.

Os dois se viram e a Sra. Cartwright sorri, dá um adeusinho com a mão.

— Olá, Piers. Como vai você, Marina?

O pai tira o chapéu para a Sra. Cartwright, como se lhe desse até logo, mas ela o acompanha ao saírem do correio até o lugar onde se encontram os dois recém-chegados.

— Olá, querida — diz o pai, com naturalidade.

Piers o vê se adiantar, como para beijar a face da mãe, mas o enrijecimento e a inclinação do queixo dela deixam-no hesitante.

— Olá, Marina — cumprimenta a Sra. Cartwright. Parece divertida, os olhos cintilam, e Piers conclui que é muito bonita, com o pequeno chapéu emplumado e os sapatos de salto alto. — Soube que vocês se mudaram de volta para casa.

— É, isso mesmo. Como vai você, Helen? E James?

Piers puxa a manga do pai.

— Vai para casa tomar chá com a gente, pai? — pergunta, ansioso.

O pai olha as horas no relógio de pulso e o filho o vê examinar o rosto da mãe como se talvez encontrasse uma resposta escrita ali.

— Imagino que seu pai tenha de voltar para o escritório — diz ela. — Irá para casa mais tarde.

— Estive com a velha Sra. Baker em Myrtle Cottage. — Ele conta isso a Piers, mas como se também contasse às outras. — O telhado vaza como uma cesta. Bem, é melhor eu ir andando. Até logo.

Tira mais uma vez o chapéu e se afasta. Helen Cartwright sorri para Piers.

— Esse menino é igual ao pai, Marina — observa. — Então está de volta a Michaelgarth. Que notícia boa, embora eu sinta muito por saber que seu pai não anda muito bem. A morte de sua mãe deve ter sido um grande choque para todos vocês.

— Foi muito triste, mas espero que ele se recupere um pouco agora. — Marina fala com a voz fria, mas educada. — Precisa tomar um chá conosco em breve, assim que nos instalarmos direito.

— Seria muito agradável. — Ainda parece que alguma coisa diverte a Sra. Cartwright. — Felix dizia que James e eu devíamos aparecer uma noite para beber algo, mas eu adoraria tomar um chá.

— Até logo, então.

A mãe vira-se de costas e puxa Piers correio adentro, mas ele se volta para dar um sorriso à Sra. Cartwright.

— Ela é bonita, não é? — diz depois, correndo ao lado da mãe. — Gosto dela.

— Talvez seja por isso que ela diz que você é igual ao seu pai.

Marina está com a voz ríspida, a felicidade se foi; e, quando Piers se arrasta de volta ao carro, vem de ânimo abatido, o que lhe causa uma pequena dor incômoda no íntimo. Ele manuseia as duas barras de chocolate no bolso, uma para si e outra para o avô — e ainda sobraram dois centavos. Sobe no carro, ajoelha-se no banco da frente para ver direito o exterior e, quando os dois descem a ladeira, lembra que estão indo para a casa em Michaelgarth e fica feliz de novo.

Ao dirigir pelas conhecidas pistas estreitas, entre sebes altas que as delimitam, Marina não toma conhecimento da magia outonal. Os espinheiros têm um brilho carmesim diante das folhas de um amarelo esmaecido, ocultam as deliciosas amoras roxas que pendem em cachos de arbustos vermelho forte, e o sol desliza sob a borda preto-azulada de Dunkery Hill. Ela não vê nada disso: dentro da cabeça, há uma confusão de imagens e Marina se sente dividida entre a culpa e a desconfiança. Vê Felix

— mãos nos bolsos, rindo com Helen Cartwright — e lembra o medo instantâneo e serpeante que lhe sufoca qualquer outra reação normal. Sabe que não há motivo algum para ele não poder conversar com uma velha amiga; no entanto, ela é incapaz de reagir com naturalidade — chamá-lo do outro lado da rua, como fez Piers, ou atravessá-la para se juntar a eles.

"Olá, Helen", poderia ter dito, "Olá, querido", e deixá-lo beijá-la como ele quisera fazer, apenas um beijinho afetuoso na face. Em vez disso, medo e raiva mantiveram-na distanciada, levaram-na a recuar do gesto dele, odiá-lo por estar com a bela Helen Cartwright naquele chapéu ridículo e, sem dúvida, elogiando-a. Se ao menos conseguisse deslizar o braço no dele, retribuir o sorriso de Helen de uma posição de força com Felix ao lado e não permanecer afastada, desconfiada do olhar divertido da outra, abrigado atrás de certo desdém.

Marina aperta as mãos no volante: infelicidade e raiva guerreiam dentro de si. Toda vez jura que será diferente, que vai mudar, mas toda vez essa reação é tão intensa, tão rápida, que não tem tempo de reprimi-la e lembrar que pretende confiar mais nele. Ama-o — e odeia-o — porque ele é bonito e atraente, porque gosta de rir e encanta as outras pessoas. Desconfia de toda mulher que se aproxima dele e sente uma espécie de necessidade de puni-lo por essas qualidades, o calor humano e a generosidade, que parecem um ímã tanto para homens quanto para mulheres. O marido tenta entender e se empenha com afinco para lhe mostrar que essas desconfianças não têm fundamento. Aquele comentário a Piers: "Estive com a velha Sra. Baker em Myrtle Cottage" se destinara a ela e, decodificado, significava: "Não, não estava almoçando com Helen Cartwright."

Tomada de agitação, Marina morde os lábios, sente remorso. Quando se afastam do litoral na subida, vê Michaelgarth, impávida, forte e invulnerável na colina, e se sente de novo equilibrada e mais calma. Vai servir a Felix um drinque quando ele chegar, preparar algo especial para o jantar, e mais tarde os dois farão amor. Relaxa um pouco, muda de marcha para virar na entrada para carros e sorri para Piers, ajoelhado ao lado no banco do carona, os olhos entusiasmados erguidos para a casa acima.

— Chegamos em casa — diz ela e o vê responder com um sorriso de alívio.

Por enquanto, está tudo bem.

CAPÍTULO DOIS

O velho Morris sacoleja pela arcada de pedra que leva ao pátio e para ao ser guardado no celeiro de fachada aberta. Piers tem de usar as duas mãos para abrir a porta, mas então logo sai, corre pelo antigo calçamento de pedras e atravessa a copa.

— Vovô — grita. — Cadê você?

Olha a cozinha ao redor e entra no vestíbulo. Embora tomado de grande pressa, hesita ali, reclina a cabeça para ver as elevadas paredes de pedra, deslumbrado com a luz que entra pelas altas janelas em arco voltadas ao mesmo tempo para o norte, em direção ao mar, e para o sul, do outro lado do pátio ajardinado. Michaelgarth foi construída sobre as ruínas de um mosteiro, e essa sala tinha sido a capela. Para Piers, tem uma característica especial que se impõe no dia a dia: apesar da necessidade de ser rápido, descobre que precisa parar um instante, a fim de reconhecer seja o que for que vive ali no coração da casa.

A mãe acaba de entrar na copa; ele a escuta largar a cesta com um pequeno baque na mesa da cozinha, atravessa em disparada o vestíbulo e escancara a porta da sala de estar. O avô, jornal aberto caído nos joelhos, empertiga-se sobressaltado.

— O que foi que houve? O que aconteceu? Onde é o incêndio?

Piers ri consigo mesmo, pois sempre acha essas perguntas muito engraçadas. O fogo continua no mesmo lugar de sempre: na grande lareira de mármore. Embora esparramado no tapete, Monty bate o rabo no chão em sinal de boas-vindas, e o menino se detém para afagá-lo antes de apalpar dentro do bolso e retirar as barrinhas de chocolate.

— Comprei uma para cada um — diz em tom confidencial, e põe uma das barras no joelho do avô. — Só não conte à mamãe. Ela não me deixa comer chocolate, a não ser nos sábados. Você pode comer o seu depois.

O avô olha as duas barrinhas no brilhante invólucro azul e prateado, avaliando se deve repreender o neto pela mentira. Piers ergue os olhos cinza de cílios pretos — iguaizinhos aos do pai — para ele com confiante alegria, e David Frayn pega sua barra com uma piscadela e a guarda no bolso da calça.

— Muito decente de sua parte, velho amigo Uma guloseima descerá goela abaixo daqui a pouco.

— Foi o que pensei. — Piers franze o cenho. — Acha que mamãe gostaria da outra? A gente podia dizer que você a comprou. Ela estava meio triste agora mesmo, de boca caída.

O menino também gosta da expressão "de boca caída", mais uma das do avô. E certíssima para o rosto da mãe quando não se sente feliz e os cantos da boca caem.

— Estava? — O avô parece pensativo; examina com os olhos o rosto do neto enquanto esfrega os dedos pelo queixo barbeado. — E por que seria isso? Eu gostaria de saber.

Piers encolhe os ombros — ou melhor, o rosto: franze os lábios, e as sobrancelhas erguem-se em direção à linha dos cabelos. Revira os olhos.

— Sei lá. — Pensa em outra coisa. — Vimos papai conversando com a Sra. Cartwright enquanto fazíamos compras, mas ele não pôde voltar para o chá. — Engancha os cotovelos sobre o braço da cadeira do avô e suspende-se para balançar os pés e batê-los na cadeira. — Ela disse que eu era igual ao papai.

— Helen Cartwright? Moça bonita.

— Tinha um chapéu feito de plumas. Também acho que ela é bonita, mas mamãe diz que por isso a Sra. Cartwright me acha igual ao papai.

David Frayn dobrou o jornal; embora as desconfianças se revelassem corretas, desejava que fosse o contrário. Tem pleno conhecimento das tendências ciumentas da filha e vem ficando cada vez mais preocupado. A mãe dela mostrara a mesma disposição de ânimo e ele sabe o que é viver com suspeita e desconfiança; ela gastara toda a energia no filho deles. A paixão de Peter por Michaelgarth e Exmoor, o gosto aguçado por pregar peças e a insaciável bondade dele haviam afastado esses espectros de ciúme e medo; mas, quando o mataram na guerra, foi como se a vida da mãe tivesse terminado com a do filho. David não quer que a história se repita com Marina e Piers. Gosta muito do genro, agrimensor juramentado e corretor de bens imóveis, e sente muito orgulho dele. Quando Felix voltou ao seu apartamento em Dunster, depois da guerra, assumiu a administração de várias propriedades pequenas em Somerset, entre as quais Michaelgarth. Logo ficou claro para os pais dela que ninguém senão Felix serve para Marina; ela o ama muito mais do que demonstra, mesmo quando os dois se encontram a sós, mas David Frayn conhece muito bem a filha e se pergunta se não seria melhor se ela o amasse um pouco menos. Assim que se casaram, e após o nascimento de Piers, o pai viu o sentimento de posse se intensificar, o desejo de controlar, que reconhece e teme. Espera que sua presença talvez provoque certa moderação, embora receie não passar de um velho intrometido e tolo.

— Não chute a cadeira, Piers, já lhe disse antes. — Marina entra na sala. — Pronto para o chá, pai?

— *Eu* estou. — Piers dá uma grande balançada final e cai de volta no chão. — A Sra. P. disse que tinha feito um bolo de chocolate.

— E não a chame de Sra. P. O nome dela é Sra. Penn.

O menino pensa em dizer "É assim que vovô a chama"; no entanto não quer colocá-lo em apuros. A Sra. Penn vem de Luccombe faxinar a casa e ajudar com a cozinha há anos, mas está ficando velha demais para a longa caminhada pelo campo, e agora que eles se mudaram para Michaelgarth, mamãe vai pegá-la no Morris do vovô. Piers gosta da Sra. Penn, que, além de muito baixinha e gorda, tem os cabelos tão ralos que ele vê o cocuruto cor-de-rosa da cabeça entre os fios brancos.

— Quantos anos a senhora tem, Sra. P.? — pergunta, sabendo que a resposta é sempre a mesma.

— Tenho tantos anos quanto minha língua e sou um pouco mais velha que meus dentes.

Ele gosta desse diálogo já familiar da mesma forma que gosta de ouvir o avô perguntar onde é o incêndio, embora não entenda bem o significado dos dois e, de qualquer modo, quando olha com atenção parece que a Sra. P. não tem muitos dentes. Às vezes, quando ela sabe que Piers vem para o chá, faz bonecos de pão de mel para ele. Agora que ele mora em Michaelgarth, gostaria de saber se ela vai fazê-los todo dia.

— Embora, para ser franca — diz Marina depois, quando se sentam junto à lareira e ela serve o chá —, a Sra. Penn esteja ficando velha demais para fazer qualquer coisa com perfeição; eu me pergunto se devíamos procurar alguém mais jovem, se bem que terei condições de fazer muito mais agora.

Sentado no pufe de couro, Piers maneja o prato com dificuldade e lambe ansioso as migalhas dos dedos. Está alheio à prazerosa sensação da cabeça pesada de Monty sobre seus pés e como o cachorro a levanta de vez em quando para lamber-lhe os joelhos. A Sra. P. ia ficar muito magoada se soubesse que era velha demais para fazer seu trabalho direito.

— Não posso me livrar da Sra. P. — diz o avô, ao tomar o chá. — Ela vem a Michaelgarth desde quando nem lembro mais. Isso iria fazê-la sofrer, coitada da velha pata.

— Talvez se sinta aliviada — sugere Marina. — Talvez aprecie a oportunidade de descansar.

— Ninguém gosta de ser chamado de velho demais. E veja bem, ela não está tão velha assim.

— Tem tantos anos quanto a língua dela e é um pouco mais velha do que os dentes dela — sugere Piers.

Marina olha-o com exasperação; ele está com o rosto sujo de cobertura, mas lhe dá um sorriso satisfeito: o bolo de chocolate é excelente. A mãe se derrete de amor, mas não o deixa perceber; não deve mimá-lo demais.

— Tem um lenço? — pergunta ela, endurecendo o coração ao ver o sorriso dele desfazer-se em ansiedade enquanto escava no bolso do short.

— Aqui está — grita e puxa-o triunfante, mas, enquanto o floreia, a barra de chocolate cai no tapete, e ele deixa escapar um pequeno arquejo e afunda os dentes no lábio inferior, as bochechas coradas como papoulas.

— O que é isso? — Ela se estica até o outro lado para pegar o chocolate e fecha a cara. — Quem lhe deu isto?

— Ninguém. Eu comprei — responde Piers, o coração martelando no peito.

— Absurdo — retruca Marina. Assume uma expressão fria, desdenhosa, diante do que percebe ser uma mentira. Lembra que ele perambulou atrás dela no correio, enquanto conversava com uma amiga na calçada defronte. Teria roubado? — Diga a verdade já, Piers — insiste.

— Meu Deus! — exclama o pai, que viu o chocolate tarde demais. — Por que todo esse estardalhaço? *Eu* dei a ele.

Todos os três sabem que é uma mentira, e instala-se um incômodo silêncio: a alegre atmosfera do chá se dissipa e David Frayn se joga para a frente até a beira da cadeira.

— Muito gostoso o bolo — diz, animado, como se nada tivesse acontecido. — E agora, rapazinho, é hora de você se vingar no tabuleiro de Serpentes e Escadas. Já que tem esse belo lenço, que tal usá-lo? Venha, deixe-me ajudá-lo.

Foram embora juntos, seguidos de perto por Monty, para o gabinete de David, contíguo à sala de estar, deixando Marina sozinha no comprido sofá diante da lareira. As janelas se abrem para o norte e para o oeste, e inunda a sala uma luz dourada, que resvala pelo bule de chá de prata e mostra as migalhas espalhadas no prato de Piers. Ela se sente frustrada pela ação do pai e desaprova a maneira como ele saltou em defesa do neto. É o tipo de coisa que dá o mau exemplo, mas a mãe imagina a verdade. Felix fora irresponsável ao dar dinheiro a Piers sem seu consentimento. Sentada à luz da lareira, à medida que o brilho do sol se esvai, pensa no marido, esperando sua chegada.

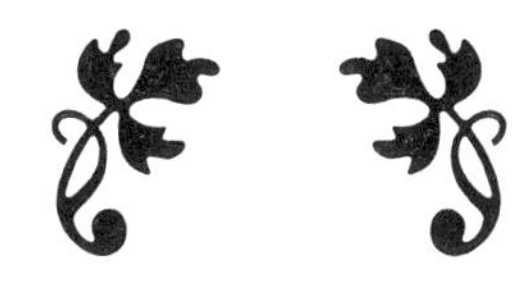

CAPÍTULO TRÊS

Ele está um pouco mais atrasado que de hábito, desconfia que haverá uma cena sobre Helen Cartwright e não se apressa no trajeto ao sair de Minehead. Que sensação estranha desviar-se em Headon Cross, em vez de continuar em direção a Porlock, até o chalé na velha estrada com pedágio onde morou com Marina desde que se casaram. A ideia de que deviam começar a vida conjugal no chalé, que faz parte da propriedade de Michaelgarth, foi dela, com forte apoio da mãe. Mesmo quando noivos, Marina nunca foi ao apartamento dele em Dunster.

— Mamãe teria um ataque — diz. — Afinal, é tão público, não?

— Isso lá importa? — pergunta ele. — Vamos nos casar daqui a alguns meses. Quem liga para o que as pessoas falam? Só estou sugerindo que a gente tome uma xícara de chá juntos.

Ela se opõe tanto ao convite que Felix se pergunta se a futura esposa julga que vai encontrar indícios de antigos envolvimentos dele: insiste em não querer saber de nada que tenha desempenhado algum papel no seu tempo de solteiro. Embora às vezes o magoe — e vez por outra o irrite — essa recusa de partilhar a antiga vida, ele diz a si mesmo que falta confiança à Marina e que ela só precisa de tempo.

Uma jovem tão bonita, de traços delicados e belos cabelos escuros, mas um tanto retraída e dolorosamente tímida. Apesar da timidez, porém, não há dúvida alguma de que o quer: desde o início, quando o pai de Marina os apresentou, ela com calma, mas também com determinação, afastou-o das outras moças. Felix achou isso lisonjeiro, um tanto divertido, e intrigou-o a silenciosa intensidade da namorada. Após descobrir que Marina se apaixonara por ele, começou a amá-la, estimulou-lhe o aumento da confiança nele e a fez se abrir mais. Com o passar dos meses, teve certeza de que, uma vez casados, ela iria relaxar e se sentir mais à vontade com o marido; e depois, tomada de surpresa — e satisfeita — com a própria paixão física, Felix esperava outras expressões de afeto da mulher. Ansiava por calor humano, um abraço inesperado, ouvi-la dizer "Eu te amo", mas, transcorridos sete anos, acusações e silêncios enciumados têm sido a única prova de como ela precisa dele: um frio consolo para um homem de coração caloroso.

Estaciona o carro ao lado do Morris do sogro, fica de pé ali um instante no calçamento de pedras arredondadas, desejando estar subindo a escada para o pequeno apartamento em Dunster: sem estresse naquele sala e quarto no primeiro andar com vista para a rua principal; sem receio de que uma palavra irrefletida congele a atmosfera entre os dois. Ao olhar as altas janelas do vestíbulo acima, a luz sai brilhante do patamar da ala leste e projeta longas sombras pelo pátio. Piers devia estar indo para a cama, à espera de uma história, e David o aguardava para oferecer-lhe um drinque. Sente o estado de espírito melhorar e, após parar para arrancar uma rosa que acabara de brotar do caule colado no muro, entra.

Larga a pasta e o botão de rosa na mesa da cozinha, entra no vestíbulo e sobe a escadaria na ponta leste. Ouve vozes do banheiro e ali, pela porta aberta, vê Piers de pijama, os dedos dos pés enroscados para escapar do chão frio, os cabelos molhados eriçados. De Marina, ele distingue apenas as mãos, que ora abotoam a blusa do filho, ora lhe escovam os cabelos, enquanto o menino recua de lábios contraídos.

— Você penteia com força demais — queixa-se o menino. — Não vai sobrar um único fio de cabelo se continuar assim, mamãe. Vou ficar igual à Sra. P.

— Não vou repetir, Piers — desprende-se tensão da voz de Marina. — É muito desrespeitoso um menino da sua idade...

Felix escancara a porta, interrompe-a e Piers grita.

— É o papai.

— Olá, querida. — Ele se curva para tocar com os lábios a testa de Marina antes de levantar Piers bem alto e rodopiá-lo enquanto ele grita de prazer. — Vamos, meu filho. É hora da nossa história. Aposto que você não lembra onde paramos.

Carrega-o pelo patamar enquanto Piers protesta que *lembra, claro* que sim, e Marina se levanta, dobra a toalha de banho, pega o pato de borracha, o vaporizador mecânico e deixa escoar a água. Quando chega ao quarto, vê Piers metade na cama, metade do corpo aconchegado em cima do pai, escutando o Capítulo Três de *O vento nos salgueiros*. O jeito de Felix ser espontaneamente afetuoso a constrange e ela expressa com um pequeno olhar carrancudo que desaprova tal desleixo. Piers devia sentar-se direito na cama, com o pai ao lado na cadeira, e ela puxa as cobertas na tentativa de desalojar o filho, arrumá-lo na cama e o pai na cadeira. Piers olha para ela de cara feia e se agarra mais a Felix, que o abraça, lhe dá um beijo, e Marina encolhe os ombros, deseja "Boa-noite" a Piers e desce.

Piers fica feliz de vê-la ir embora. Ainda o perturbam o chocolate e o fato de o avô contar uma mentira, mas não sabe como começar a explicar. Concentra-se na história e no momento esquece tudo sobre o chocolate; logo adormece e o pai o deita com delicadeza e o cobre com carinho.

Felix desce a escada em silêncio, hesita no vestíbulo, mas decide que não deve procurar refúgio com o sogro: agora não. Ouve ruídos na cozinha e vai ao encontro de Marina.

— Ele dormiu — diz. — Amigão querido. Pronta para uma bebida?

— Isso significa que você está — responde ela, ao pôr batatas numa travessa e deslizá-la para dentro do forno. — Chegou tão atrasado que imaginei que já tivesse parado e tomado uma a caminho de casa.

— Atrasado? — desprende-se da voz dele uma despreocupada surpresa. — Acho que não. Veja, não acha bonita?

Oferece-lhe o botão de rosa e ela o aceita, meio desconcertada, mas por um instante liberta do ressentimento. Planejou tudo diferente: ia recebê-lo e fazer um comentário alegre sobre Helen Cartwright, mas naquela meia hora de espera já o imaginava num bar em algum lugar, de pilhéria com amigos e flertando com a garçonete. Pensa nele com Helen Cartwright rindo à luz do sol. Agora, enquanto olha o botão de pétalas ainda envoltas bem apertadas, alisando-o com o dedo, Felix a observa, ansioso, desejoso por vê-la passar das suspeitas à confiança.

— Estive pensando — diz ele — que você poderia vir a Bristol comigo neste fim de semana.

Ela odeia as visitas mensais do marido ao escritório de Bristol e, durante aqueles primeiros anos antes do nascimento de Piers, ele a convencera a acompanhá-lo, hospedar-se com ele no apartamento de propriedade da empresa acima do escritório em Clifton. Esperava que, apresentando-a aos colegas e às esposas destes, mostrando-lhe que não passava esses dois dias em festas agitadas, Marina se sentisse tranquilizada. Assim que Piers nasceu, porém, as visitas diminuíram aos poucos e um novo ressentimento começou a se intensificar — de que a maternidade é um estratagema para o qual a haviam atraído inescrupulosamente.

— Você tem mesmo de ir? — Ela levou o botão aos lábios e inalou o suave perfume. — Afinal, mal acabamos de nos mudar e há muita coisa a fazer.

— Sabe que tenho de ir à reunião dos sócios — responde ele com delicadeza. — Venha comigo, Marina. Você gostava, não? Piers ficará muito seguro com seu pai por duas noites e passa a maior parte do tempo na escola. Talvez a Sra. Penn possa dormir aqui. Poderíamos ir ao Old Vic ou ao Hippodrome. Eu gostaria que você fosse.

Ele a observa alisar as pétalas aveludadas, querendo aceitar, embora seja incapaz de ceder, e vê o momento exato em que rejeita os poderes delicados da razão amorosa pela corrosiva necessidade de punir e machucar.

— Não há possibilidade de eu ir — responde ela, impaciente, como se o marido exigisse algum enorme sacrifício, e ocupa-se com o botão. — Ainda há uma imensa quantidade de caixas de mudança a desempacotar aqui, mesmo que eu conseguisse partir e deixar Piers com o avô. — Dá-lhe um sorriso de desdém como para insinuar que só ele faria uma sugestão tão egoísta. — Se quer companhia, talvez devesse convidar Helen Cartwright. Tenho certeza de que ela ficaria muito satisfeita em acompanhá-lo, e pelo jeito como você se derretia todo para cima dela mais cedo, sei que também gostaria.

Ele a encara por um instante, engole palavras furiosas e então se afasta para encontrar David no gabinete. Marina permanece imóvel, morde os lábios, rasga e gira o botão entre o polegar e os dedos até jogá-lo fora com raiva, e abre a torneira para lavar as mãos.

É David quem torna a paz possível entre eles e ajuda Felix a convencer Marina a ir a Bristol. Assim que ele entra no gabinete, David Frayn vê a posição furiosa da boca, a perturbação nos olhos do genro e adivinha a existência de problemas. Por conhecer a filha e lembrar a conversa com Piers, desconfia que isso tenha a ver com Helen Cartwright. Serve um uísque a Felix e sente um elo de solidariedade: sabe o que é viver num fio de navalha, almejar um companheirismo amoroso normal.

Coitadas dessas mulheres, medita ele, aprisionadas em ressentimento e infelicidade, incapazes de agarrar-se a uma tábua de salvação. Mas não devo interferir...

Conversa com o genro sobre o dia, a manhã no tribunal — pois, como juiz de paz, senta-se no banco dos magistrados toda semana —, os dois comentam sobre os fazendeiros locais, as terras à venda, as propriedades em construção; e ao mesmo tempo ele nota com olhos bondosos os sinais de relaxamento: o sorriso espontâneo e a distensão dos ombros quando Felix alonga as pernas em direção ao fogo. Trata-se de uma sala confortavelmente desarrumada, as estantes de carvalho contêm não apenas livros encadernados de couro, mas também a confusão da parafernália de caça do velho; num sofá desconjuntado, coberto por um tapete desbotado, está Monty enroscado, seco e aquecido, os olhos cintilantes à luz da lareira.

David suspira de contentamento ao encher o cachimbo; se a mãe de Marina estivesse viva, iria agora rebocá-lo para trocar o vergonhoso e velho paletó de tweed e mandá-lo se vestir direito. Faz anos desde que usou um traje formal para jantar em Michaelgarth — a guerra pôs fim a todo esse tipo de coisa —, mas Eleanor insistia em manter os padrões. Pergunta-se se a filha partilha o gosto da mãe pela formalidade, mas uma olhada de relance ao queixo firme e a expressão dos lábios do genro o fazem desconfiar que Felix só pode ser pressionado até certo ponto. Gostaria de saber se Marina falou da questão do chocolate. Talvez todo o problema se resuma a isso.

— Bom amiguinho, aquele seu camarada — começa com cuidado. — Atencioso. Trouxe chocolate para mim esta tarde. A mãe não conseguiu imaginar onde ele o obteve.

Felix parece impassível; chega até a sorrir.

— Eu devia ter imaginado que ele teria o bom-senso de não mostrar a ela — comenta. — Só tem permissão de comer doces e balas nos fins de semana, mas encontrei algumas moedas no bolso e dei a ele como presente de miniférias. Talvez tenha cometido um erro. Marina vai achar que estou roubando a autoridade dela.

O sorriso se desfaz, como se Felix lembrasse de outras ocasiões do fracasso em cumprir os altos padrões dela, e David se desloca na poltrona de couro com encosto alto.

— Se a gente não puder quebrar as regras de vez em quando — resmunga o sogro —, dá um triste espetáculo.

Silêncio: nenhum dos dois se sente preparado para conversar sobre Marina em termos mais explícitos, embora percebam uma afinidade de pensamento e obtenham algum consolo nisso.

— Sugeri que ela fosse a Bristol comigo nesse domingo — comenta Felix, ansioso para que o sogro não interprete de forma equivocada o silêncio que se prolonga. — Acho que Marina julga muito abuso deixar Piers com você, sobretudo porque ainda não acabamos de desfazer as malas.

— Mas que plano excelente! — exclama David, que se endireita na cadeira e estica a mão para pegar a garrafa de uísque. — Garanto que o menino e eu podemos nos arranjar sozinhos durante dois dias.

— Foi o que eu disse a ela. — Felix estende o copo, agradecido. — Pensei que poderíamos convencer a Sra. Penn a ficar para dormir duas noites. Sei que ela está um pouquinho...

— Tão velha quanto a língua e um pouco mais velha que os dentes — ri David, pensando em Piers na hora do chá. — É um tônico, esse menino. Não há necessidade de se preocupar com ele.

— Não me preocupo — responde Felix, fechando o semblante. — Piers é a menor das minhas preocupações.

Os dois se sobressaltam quando a porta se abre e Marina entra no gabinete. Ambos notam que ela trocou a calça folgada e a blusa de jérsei por um vestido de mangas compridas e saia rodada. David olha para ela apreensivo e se pergunta se isso é uma sutil sugestão introdutória, à espera de algum comentário sobre o desalinho do paletó de tweed e a surrada calça de veludo cotelê dele. Felix, contudo, adivinha que Marina teve tempo para se arrepender da última explosão e para se embelezar mais, e, assim, aumentar a autoconfiança antes de tentar alguma forma de reconciliação.

Ele se vê em terreno conhecido e, relaxado e sereno após o breve tempo que passou com David, toma a iniciativa do diálogo.

— Como você está bonita — diz e sorri. — Pronta para um pouco deste excelente uísque? Claro que só aceitei me mudar para Michaelgarth por causa da adega de seu pai. Sabe disso, não, David?

O sogro, maravilhado com esse início promissor, dá um riso de aprovação irônica, enquanto Marina se recosta na saliência do guarda-fogo da lareira e arruma a saia com todo o cuidado. Os cabelos estão enrolados para cima, num perfeito coque banana, e ela consegue parecer ao mesmo tempo sofisticada e vulnerável. O brilho crepitante das chamas aquece a tez clara e ela acha difícil olhar direto para Felix.

— Xerez para mim — diz. — Você sabe que detesto o cheiro de uísque. — No entanto, pelo menos desta vez, não se trata de uma crítica, o habitual lembrete de que ela não gosta do hálito dele. — O jantar está quase pronto, por isso não posso me demorar demais.

— Acabei de dizer a David que você não quer ir comigo a Bristol. — Felix decide aproveitar a oportunidade de ter uma terceira pessoa presente. — Ele concorda comigo que Piers ficará perfeitamente seguro por apenas duas noites. Não quer mudar de ideia, querida?

Marina, que vinha se amaldiçoando por arruinar essa chance de ficar com ele a sós, irritada por mais uma vez não ter controlado o demônio dentro de si, é pega de surpresa pela interpelação tão direta. David também o é e olha o genro com admiração, antes de ficar do seu lado.

— Vamos ficar muitíssimo bem — afirma o pai, impaciente. — Ele não é um bebê, Marina, tampouco eu. Nós sobreviveremos, eu lhe prometo.

— Acho que Piers vai encarar isso como uma espécie de aventura. — Felix se curva, como para tocar o braço da mulher, mas ela recua instintivamente. Mesmo em momentos como esse, quando Marina gostaria de fazer reparações, ela não consegue tolerar nenhuma demonstração de afeto físico. — E, afinal — acrescenta ele, meio cauteloso —, não vamos ficar tão longe assim. Você pode voltar de carro se precisar.

Recosta-se na poltrona, magoado pela contínua rejeição dela, de repente indiferente se ela vai ou não com ele.

Sete anos de casamento, pensa ressentido, e só tenho permissão de tocá-la quando fazemos sexo. Ela acha que aqueles atos frenéticos compensam essa contínua falta de afeto.

Marina percebe que ele ficou aborrecido e, ao lembrar como Helen Cartwright olhava para ele e como outras mulheres o olham, sente uma pontada de medo.

— Ah, tudo bem — concorda. — Se você insiste, mas preciso conversar com a Sra. Penn para ver se ela consegue aguentar a hora do banho.

— Piers não vai morrer se não tomar banho duas noites — diz David, o tom de voz animado. — Pare de se inquietar com bobagens, mulher. Será que esse jantar já não ficou pronto?

Ela sai correndo e leva o xerez consigo, aliviada agora que a questão foi resolvida. Recompensará Felix por isso mais tarde esta noite — e em Bristol.

— Vou lavar as mãos. — Felix se levanta relutante: romperam-se a paz e a harmonia, e ele se sente irritadiço. — Obrigado pelo uísque, David.

O sogro apoia o braço nos ombros do genro e dá-lhe um pequeno aperto; entreolham-se e Felix compreende que o velho sabe exatamente como ele se sente. O calor humano envolve seu coração e ele lhe sorri. Começa a falar — para se justificar? Explicar que não é um patife adúltero? —, mas David abana a cabeça. Ambos não necessitam de palavras. Marina grita que já vai levar a comida para a sala de jantar e eles saem juntos, Monty os seguindo.

CAPÍTULO QUATRO

Assim é que Marina o acompanha naquela noite na qual ele vê pela primeira vez Angelica Blake como Rosalinda em *Como queiras*. Um dos colegas de trabalho de Felix e a mulher fazem parte da associação "Amigos do Teatro" e compraram os ingressos.

— Eu esperava que fôssemos ter uma noite só nossa — diz Marina, ressentida, sentada à pequena penteadeira, fechando os brincos. — Pensei que esse era o motivo principal da minha vinda aqui.

— Eles acharam que seria um agrado. — Felix transfere o dinheiro solto para o bolso da calça, guarda a cigarreira e o isqueiro. — Molly e Tom são muito gentis comigo quando venho sozinho. Dificilmente podemos recusar.

— Mas eles não tinham a menor ideia de que eu vinha — insiste ela. — Como souberam que deveriam comprar dois ingressos?

Lança às claras as suspeitas de infidelidade e Felix se pergunta como poderia responder sem arruinar a noite. Às vezes, eles formam um quarteto com a irmã de Molly, cujo marido morreu na guerra, mas de que maneira vai explicar isso a Marina sem causar uma tempestade em copo-d'água? Sabe que não tem tempo para lidar com isso e superar aquele padrão de acusação desgastante, mas já conhecido — explicações, silêncio gélido, conciliação gradual da parte dele e remorso da dela, que acaba por se dissipar num exaustivo acesso de sexo. Após sete anos, ele começa a achar o ritual humilhante e desagradável, sem contar que Tom e Molly chegarão dali a quinze minutos para pegá-los.

— Acho que alguém na última hora os deixou na mão — responde como quem não quer nada, e reza para que Tom não faça um gracejo inoportuno sobre o ocasional quarteto. — Talvez Molly tenha saído correndo para comprar os ingressos hoje de manhã. Isso importa, afinal? Não podemos apenas curtir o programa? É uma de suas peças preferidas, não? Você não me contou que uma vez representou Rosalinda na encenação da escola?

Ao observá-lo quando ele se curvou para se olhar no espelho, a cabeça ao lado da sua, Marina lembra que jurara não estragar esta ocasião com o marido. Tivera um dia muito agradável, visitara a antiga Clifton antes de percorrer a pé o caminho até Whiteladies Road, uma das primeiras áreas de centros comerciais em Bristol, para almoço no Brights, seguido por um passeio em Brandon Hill; e Felix está fazendo todo esforço para passar o máximo de tempo possível com ela.

— Na verdade, representei Celia — corrige-o, tentando um tom mais leve — e detestei cada momento da peça. Não fui feita para o palco, mas foi um ano fraco em matéria de talentos artísticos e o pessoal me considerou a melhor de uma turma ruim. Tenho certeza de que será uma diversão esplêndida.

Grato por essa tentativa, Felix se curva para beijá-la.

— No mínimo você teria sido uma linda presença no palco — murmura.

Como sempre, a extravagância do marido a encabula, e ela vira a cabeça de lado e faz um espetáculo do ato de fechar o belo colar de granada e da checagem do penteado. Felix empertiga-se, aliviado demais por ter passado aquele momento embaraçoso, para sentir a habitual resignação, e veste o paletó. Quando toca a campainha, corre para receber Molly e Tom, que chegam de bom humor e, enquanto tomam drinques, explicam que para depois do teatro providenciaram uma visita aos bastidores: Molly conhece Angelica Blake, a atriz que interpreta Rosalinda. Felix nota de imediato que a sugestão não entusiasma muito Marina, mas ela é muito educada para se opor diante dos convidados e não tem tempo para expressar os sentimentos ao marido. Ele espera que, quando chegar a hora, ela simplesmente se empolgue com a diversão geral.

A atmosfera do teatro põe a magia em ação: paira um ar de expectativa em meio à plateia, que conversa, ri e espreita ao redor para ver se reconhece amigos; o dourado gasto das fileiras de pilares ornados; o macio e empoeirado veludo dos assentos; e — afinal — o súbito silêncio quando diminuem as luzes e ergue-se a cortina.

Marina sente-se relaxada, o ombro apoiado no braço dele e, por um breve instante, transporta-se para aquele outro mundo, a floresta de Arden, esquecendo os próprios medos e a tensão. Finda a peça, quando passam pela porta de vaivém, ela lhe toma o braço e ele o aperta com o cotovelo no lado, como se quisesse lhe dar segurança.

O pequeno camarim parece repleto de pessoas e de sons, de modo que Marina hesita e empurra Felix para ficar à sua frente. Molly e Tom já estão cumprimentando um dos atores, e Felix tem tempo para absorver a cena: a longa bancada com potes de maquiagem e uma jarra de flores ao lado do espelho; uma lata enorme de brilhantina com um monte de algodão; um biombo com roupas penduradas; o som do público indo embora transmitido pelos alto-falantes.

A moça que fez o papel de Celia, sentada diante do espelho, limpa o rosto com algodão, mas Angelica Blake para ao lado do biombo e amarra a faixa de um vestido solto de algodão azul-escuro traspassado na cintura delgada; os cabelos louro-acinzentados estão puxados de qualquer jeito para trás de um rosto que, já sem maquiagem, exibe o mesmo frescor e limpeza do de uma criança. Escuta com toda a atenção o homem alto, cabelos escuros, de jeans e blusa de malha verde, que gesticula, explicando alguma coisa, até ele de repente dar uma gargalhada alta e curvar-se para beijá-la.

— Você esteve fantástica, querida — elogia —, mas não se esqueça de dizer aquela fala devagar. O *timing* é absolutamente vital.

Ela sorri agradecida e os dois se viram juntos quando o diretor de cena chama:

— Visitas para você, Angel.

Quando os olhares dos dois se encontram, Felix sente um pequeno choque reanimador, uma emoção de algo que poderia ser descrito como reconhecimento. É tão forte, tão irresistível, que por instinto ele se volta para Marina, que continua logo atrás do marido, na entrada, como se a visão da esposa — fria, elegante, as emoções sob controle total — pudesse fazê-lo recuperar o bom-senso e voltar à realidade. Ela não reage quando ele lhe sorri, e desvia-se para se adiantar e precedê-lo na entrada do camarim. Porém, Felix mantém com toda cautela os olhos distantes da jovem atriz, que agora se encaminha na direção deles. O homem alto de cabelos escuros é o primeiro a ser apresentado; já conhece Molly e Tom, e agora estende o braço para arrastar Angel até o círculo.

Felix aperta por um breve instante a mão cálida e mal a olha de novo; em vez disso, conversa com o homem alto e uma ou duas outras pessoas que agora se espremem no camarim abarrotado de gente. Em seguida, vão jantar em grupo no Llandoger Trow, porém, em pouco tempo, Angel e a moça que interpretou Celia pegam os mantôs, preparam-se para sair e fazem uma piada sobre o sono da beleza. Há muita troca de beijos e ruidosas despedidas, mas, quando se vê cara a cara com Felix, Angel apenas estende a mão.

— Não conversamos direito — fala em voz tão baixa que ele precisa inclinar a cabeça para ouvi-la. — Gostaria que pudéssemos.

— Eu também — murmura ele, de forma inadequada, tola; e olha para ela mais uma vez.

Angel estreita o aperto da mão na dele e se afasta; passaram-se apenas alguns segundos, ninguém os ouviu nem os notou. Um momento depois, Felix termina de tomar a caneca de cerveja, ri de algum comentário divertido, e nem Marina repara como a risada do marido soa forçada e como ele tem a mão trêmula ao repor a caneca vazia no balcão do bar.

Que ironia, pensa, o fato de que, quando, pela primeira vez, tem motivo para sentir ciúmes, Marina não desconfia de nada. Felix sabe por quê: é como se, após a troca daquele primeiro olhar, ele ficasse chocado, neutralizando temporariamente a cordialidade e o charme habituais.

— Você parecia meio desligado — diz Marina mais tarde, assim que se veem mais uma vez a sós no apartamento, na voz uma estranha mistura de sarcasmo irritado e curiosidade. — Não era de jeito nenhum o seu tom normal.

— Tive uma terrível dor de cabeça — responde ele. — Esperava que ninguém notasse. Não quero ser um estraga-prazeres.

Tenta abraçá-la, mas ela se afasta e diz que vai fazer um pouco de café, e dessa vez Felix não faz o menor esforço para detê-la. Da próxima vez que vier a Bristol, será sozinho.

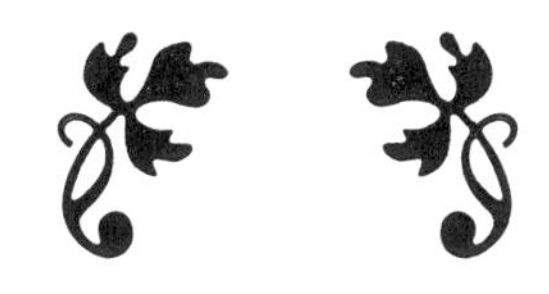

CAPÍTULO CINCO

— Convidei alguém para um drinque amanhã à noite — diz Angel a Pidge numa tarde de domingo, em janeiro. Parece levemente constrangida. — Antes de ir para o teatro. Poderia ficar por aqui? Eu gostaria que você o conhecesse.

Fala muito baixo, para não chamar a atenção de Lizzie, e Pidge ergue os olhos do livro, curvando as sobrancelhas de tal modo que Angel fica ainda mais sem graça. Isso é tão atípico da amiga que Pidge sente uma pontada de ansiedade.

— Casado, é? — pergunta, a voz inconsequente, e larga o livro de cabeça para baixo no largo braço da poltrona.

Angel faz uma careta e aperta mais a colcha à sua volta. Sempre dorme à tarde e só torna a se vestir direito na hora de sair para o teatro.

— Não é típico, querida? — pergunta num tom lamentável. — Por que só me apaixono por homens casados?

— Ai, ai. — Pidge pega um cigarro e empurra o maço na direção da amiga. — Muito casado?

Angel franze os lábios, finge pensar e lança um olhar de esguelha a Pidge.

— Bem, talvez não *tão* casado assim.

— Outro Mike?

As duas olham no mesmo instante para a mesa na qual Lizzie, cantarolando baixinho, colore uma imagem num caderno de passatempos. Trabalha com empenho, alheia à conversa das adultas, e Angel tira os chinelos de couro e coloca os pés no sofá.

— A aparência até lembra um pouco a de Mike: cabelos escuros e aquele olhar muito direto; embora ele não seja tão vigoroso e contundente. É um cara legal, Pidge.

Desprendeu-se um tom desejoso da voz dela, e a outra a observa com empatia, bate a cinza do cigarro e lembra-se de Mike: general Hilary Carmichael, a quem os soldados chamavam de "Mike", assim como ele a apelidou de "Pidge".

— Então com toda certeza estarei aqui. — Ela ri. — Esperemos não repetir nosso desempenho.

— Pelo menos desta vez vou me envolver primeiro. — Angel contorna o sofá para se aproximar de Pidge. — Ele se chama Felix Hamilton.

Ajoelhada na cadeira, trabalhando cuidadosamente com os lápis de cera, Lizzie tem consciência das vozes que murmuram uma com a outra, mas está muito ocupada em contar a si mesma uma história que combine com a imagem para absorver alguma coisa da conversa. A mulher com o bebê no colo é Angel e ela é o bebê:

— Pronto, pronto, amorzinho — murmura —, não chore. Veja, é o papai chegando em casa; trouxe uma pele de coelhinha para cobrir a Neném Fofinha.

Ela entoa a canção de ninar bem baixo enquanto, satisfeita, colore de laranja brilhante os altos girassóis que emolduram a porta do chalé. Recua e se senta nos calcanhares para examinar o trabalho, flexiona os dedos que doem um pouco de tanto apertar o lápis. O tom da conversa entre Angel e Pidge insinua algo íntimo — algum conhecimento secreto que partilham —, que é como tem sido desde o início: desde aquele primeiro momento em que ela e Angel chegaram à entrada da casa. Lizzie lembra a excitação da mãe ao retornar daquele primeiro encontro com Pidge após uma apresentação noturna; excitação e mais alguma coisa.

Tão logo Pidge abriu a porta e as acolheu, Lizzie se deu conta de um sentimento latente que fluía sob as educadas apresentações. A casa fora arrumada com todo o cuidado e dividida para receber as inquilinas: o andar térreo mantido como os aposentos particulares de Pidge, o segundo andar e o quarto do sótão para as futuras moradoras. Aquele pequeno quarto na água-furtada embaixo dos beirais seria de Lizzie e, quando subiram o curto lance da escada íngreme, ela sentiu o coração martelar de esperança. Angel e Pidge pararam ao lado e deixaram-na entrar.

Quando a menina olhou em torno no alto quarto do sótão, a primeira impressão foi a de ter entrado no interior de uma tenda. Vigas se entrecruzavam bem acima e o teto se inclinava de repente, quase até o piso. Tinha uma cama coberta com uma colcha de patchwork, uma cômoda pintada de branco para as roupas e uma cadeira de vime com uma almofada que combinava com a colcha. Ela correu até a janela da água-furtada e se ajoelhou para olhar a praça frondosa.

— Será que ela consegue lidar com a escada? — perguntou Pidge, ansiosa, ainda parada na porta. — É um tanto íngreme.

— Ah, *sim* — respondeu Lizzie sem pestanejar, para que Angel não ficasse com medo e lhe negasse aquele lugar mágico. — Eu sou muito cuidadosa. Por favor, Angel. De qualquer jeito, é muito pequeno para *você*.

Angel riu; aquele riso espontâneo e caloroso que lhe rendia tantos amigos.

— É simplesmente perfeito — respondeu; e Lizzie, inundada de alívio e alegria, sentou-se na beira da cama, olhando em volta maravilhada, ansiosa por trazer a pequena mala com todos os tesouros que tornariam o quarto seu de verdade. Depois desceu com todo o cuidado o curto lance de escada para encontrar Angel, a quem Pidge mostrava o quarto de aluguel do outro lado do patamar, no salão dividido em sala de estar e cozinha. Um lavabo com um banheiro separado dava o toque final na acomodação do primeiro andar.

— Simplesmente perfeito para nós, não é, Angel?

Lizzie, sempre atenta ao humor e à atmosfera, ficou ansiosa por compensar o silêncio incomum da mãe, sentindo o nervosismo de Pidge; perplexa com aqueles sentimentos latentes que não entendia.

— Simplesmente perfeito — respondeu Angel devagar. — Mas o aluguel parece muito... modesto para todo esse espaço...

Era quase como se ela testasse Pidge — ou a provocasse levemente —, e Lizzie, por instinto, retesou-se, como se se preparasse para algum tipo de ação física.

— É mais importante que eu tenha as pessoas certas em minha casa, entendeu? — interrompeu-a Pidge. — Não se trata só do dinheiro...

A aflição da proprietária transmitiu-se a Angel, que, com visível remorso pela simulação anterior de relutância, passou o braço pelos estreitos ombros de Pidge, num espontâneo gesto de reconforto.

— Minha cara, não pense que estou me queixando! Não podia estar mais animada. Apenas fiquei chocada com nossa sorte.

— Que bom, então! Isso é um "sim"?

Angel desviou o olhar da expressão ansiosa de Pidge para a implorante de Lizzie.

— Ah, acho que é — respondeu, rindo mais uma vez. — Eu diria que é decididamente um "sim".

Enquanto Angel e Pidge desapareciam na sala de estar para tratar do lado burocrático do acordo, Lizzie tornou a subir até seu ninho de águias, olhava o ambiente em volta com regozijadora estupefação, imaginando com que rapidez as duas conseguiriam se mudar, para ela poder arrumar os poucos pertences de um jeito que a satisfizesse. Após algumas semanas, parecia que mãe e filha tinham morado ali com Pidge a vida toda.

Agora, após deslizar-se da cadeira com o caderno de colorir, encaminha-se ao outro lado até as duas mulheres, que param de falar para olhá-la

— Vejam o que fiz — diz, e Angel pega o caderno, segurando-o num ângulo que permite a Pidge vê-lo também.

— Muito bom, Lizzie — diz Pidge e pisca um pouco diante do forte colorido dos girassóis. — Uso muito imaginativo de cor.

A menina também examina a imagem.

— Aqui é mamãe e eu — explica — quando eu era bebê. E este é meu pai chegando ao portão. Sabem de uma coisa? Eu gostaria que papai pudesse vir pra casa.

Ela o imagina na porta da frente, com Angel no alto da escada, observando-o tomar a mão de Lizzie. Sabe exatamente como seria: ele largaria a pasta no chão e estenderia os braços para as duas, que desceriam correndo a escada. Embora o casacão dele fosse áspero ao toque, o pai a balançaria no alto dos braços e diria:

— Não acredito que esta seja a pequena Lizzie. Como cresceu...

— Ah, meu amor. — Angel passa o braço ao redor da filha. — Eu também gostaria. Mas tantas pessoas morreram na guerra.

Lizzie sabe disso — pois a melhor amiga na escola nova também é órfã de pai — e inclina a cabeça para junto de Angel, puxando a pesada trança dourado-avermelhada sobre o ombro da mãe, para esfregá-la no rosto em busca de consolo.

— Ele era muito valente — diz Pidge, tentando reconfortá-la. — Era um Mensageiro do Rei.

No estranho silêncio que se segue, Angel lança um olhar de advertência a Pidge, mas Lizzie nunca se surpreende com esses comentários inesperados e indicadores de que Pidge conhecia seu pai de forma quase tão íntima quanto Angel. Em vez disso, fecha a cara ao se lembrar de *Alice no país do espelho* e da imagem do Mensageiro do Rei no capítulo "O Leão e o Unicórnio". Em sua mente, vê um coelho de aparência esquisita e orelhas imensas, uma pata apontada para uma bolsa, à procura de uma carta para o Rei Branco. A fotografia amassada do pai que Angel lhe mostrou, embora indistinta, pelo menos é de um homem de uniforme. No entanto, ela fica confusa.

(— Não seria o paraíso — diz Angel nos primeiros dias a Pidge — se tivéssemos uma boa fotografia de Mike emoldurada para ela? Podíamos pô-la no piano.

— Loucura total — responde Pidge, em tom categórico. — Seria preferível emoldurarmos uma foto de Winston, Monty ou Mountbatten. Todo mundo o reconheceria de cara. Aquela de seu irmão simplesmente terá de servir. Graças a Deus que se chamava Michael. Nós duas prometemos...)

— Fale sobre ele — pede Lizzie, içando-se para o colo da mãe. — Conte de novo.

Angel acomoda as duas confortavelmente.

— Chamava-se Michael Blake — começa.

Descreve o irmão, morto na Coreia, e Pidge sabe que ela se sente, como sempre acontece, culpada por essa mentira: envergonhada do fato de Lizzie jamais poder saber quem é o verdadeiro pai, angustiada por usar o irmão, a quem tanto amava, como uma espécie de substituto.

— Michael não teria ligado — diz muitas vezes Angel na defensiva, após essas ocasiões desagradáveis. — Ele sempre levava tudo na flauta, teria entendido, mas apenas me causa uma sensação... bem, você sabe...

E Pidge imagina como é difícil e tenta fazer o que pode. Ao escutar Angel, pensa em Mike, de quem foi motorista no último ano da guerra e nos primeiros meses de paz.

— Vou querer o carro às três horas — uma pequena pausa —, mas será demorado, Pidge — dizia ele; era o sinal dos dois.

Ela jamais saberá como começaram os rumores, mas, assim que Mike tomou conhecimento deles, foi grosseiro:

— Não posso fazer nada, querida Pidge — diz-lhe no último encontro deles. — Eu lhe falei como é com minha esposa. Ela é muito incapacitada fisicamente e eu jamais poderia deixá-la. Nós concordamos, não?

Mas ela ainda se agarra a ele, sem querer acreditar que nunca mais tornarão a se deitar assim, e ela não mais se sentirá aquecida em seus braços.

Pidge olha em volta e depois torna a olhar as duas enroscadas uma na outra no sofá: esta é a casa de Mike. Ele é dono de muitas propriedades e, quando descobriu que ela ia aceitar um emprego na Biblioteca da Universidade de Bristol, ofereceu-lhe a casa por um aluguel bem razoável.

— Sem laços — disse ele. — Tudo acabou, Pidge, mas talvez isso ajude enquanto você se estabelece.

Faz quase nove anos desde que teve notícias dele: uma carta que esboçava outro plano, dessa vez uma tentativa de ajudar a mãe de sua filha.

"Veja o que pode fazer, Pidge", escreveu Mike. "Nada de nomes e julgamentos. Você vai gostar de Angel, e me agradaria pensar nas três juntas, cuidando umas das outras, uma vez que não posso fazê-lo — não diretamente, quero dizer."

Poderia, com muita facilidade, ter sido um desastre — as duas sentirem ciúmes uma da outra —, mas se revelou um plano brilhante.

Mike sempre fora um grande avaliador de caráter, pensa Pidge, ainda escutando Angel descrever para Lizzie os dias de escola de Michael — e agora há um novo homem: Felix Hamilton, que virá tomar um drinque amanhã.

No nervosismo, ele toca a campainha da porta errada.

— Olá — diz Pidge, surgindo tão rápido quanto a cara grotesca que salta da abertura de uma caixa de surpresa, e Felix olha para ela quase desanimado. Ela ergue uma sobrancelha ao registrar a confusão dele e gosta da aparência do recém-chegado. — Posso ajudar?

— Lamento muito, devo ter confundido o endereço. — Desconcertado, Felix coloca o buquê de rosas amarelas sob o braço esquerdo e apalpa ansioso com a outra mão dentro do bolso. — Eu poderia jurar que era este número.

Recua para conferir o número na porta, enquanto Pidge o observa com divertido interesse.

— Número certo, porta errada — diz ela bondosamente, quando sente que ele já sofreu o bastante. — Acredito que esteja à procura de Angel.

— Sim, é — concorda ele, agradecido. — Achei... ela disse que...

Nesse momento, a porta no alto da escada se abre e Angel os vê.

— Queridos — grita ela calorosa, dirigindo-se a ambos. — O que fazem aí embaixo? Espero que não vá dar minhas flores a Pidge, Felix.

— Não, não — apressa-se ele a dizer e, ao se sentir encabulado no mesmo instante por essa deselegante negação, acrescenta: — Claro que eu teria trazido mais, se soubesse...

— Assim espero — diz Pidge, num tom indignado. — Não sou uma governanta velha, sentada aqui esperando a campainha tocar.

Ele desata a rir e Pidge vê o motivo exato de Angel andar se comportando como uma mulher apaixonada de corpo e alma.

— Desisto — diz Felix. — Metade para cada uma resolveria a questão?

— Por certo que não — grita Angel. — São todas para mim. Suba e tomaremos um drinque. E você, Pidge! Não banque essa pessoa de tão maus modos comigo. Quero que conheça direito esse homem. Ele vai ao teatro comigo mais tarde.

Os dois sobem a escada e, tão logo entram na grande sala do primeiro andar, Felix e Pidge apertam as mãos num gesto solene.

O olhar castanho firme da que lhe abriu a porta continua a enervá-lo um pouco.

— Esta será a primeira vez que vê a peça? — pergunta ela.

Ele enrubesce de leve, desconfiado de que Pidge já sabe a resposta, e percebe que ela o provoca. Angel, que serve as bebidas, ri triunfante.

— Será a terceira vez, meu bem. Que tal isso como devoção?

— Muito recomendável.

Pidge continua a encará-lo, avaliando-o, e Felix sente a desconfortável desconfiança de que as duas não têm segredos uma com a outra.

— É uma boa peça — responde ele, como quem não quer nada.

Quando Lizzie desce do quarto no sótão, ele a cumprimenta com um aperto de mão, como se ela fosse adulta.

— Trouxe um presente para mim também? — pergunta a menina quando lhe mostram as rosas, e Pidge ri da expressão no rosto de Felix.

— Ele também se esqueceu de mim — responde ela a Lizzie. — Chocante, não é?

— Eu não tinha a menor ideia — implora ele, dirigindo-se a Lizzie — de que *três* moças moravam aqui. Posso vir de novo e corrigir isso?

— Eu gosto de chocolate — diz Lizzie num tom de advertência, para que ele não traga o tipo errado de presente. Ela também gosta de flores, mas chocolate é melhor. — E Pidge diz que os diamantes são os melhores amigos de uma moça.

— Verdade? — Felix ri quando Pidge cobre o rosto com as mãos e balança a cabeça em desespero. — Bem, a verdade sempre aparece. Terei de ver o que posso fazer.

— Gosto dele — diz Pidge bem mais tarde a Angel. — Gosto muito dele. Lizzie também. Só estou lhe avisando que você arranjou concorrência.

— Ah, Pidge — os olhos de Angel estão arregalados de alegria e amor —, ele é muito legal, não é?

— Veja bem — diz a amiga, comovida com a prova dos sentimentos de Angel —, não vou me comprometer ainda. Tudo depende daqueles diamantes.

CAPÍTULO SEIS

— Já pensou em ir a Bristol com Felix no próximo fim de semana? pergunta David Frayn. — Já é hora de vocês terem outra folga.

Em pé diante da janela da sala de estar, ele olha o crepúsculo lá fora. Mais cedo, uma nevasca varrera o Canal e agora os galhos dos abetos curvam-se pesados sob domos de neve arredondados, que caem de vez em quando em suaves explosões de pó. Abaixo, nas encostas rochosas vitrificadas pelo gelo da colina, uma raposa circula cautelosa no abrigo sob a copa de um tojo, uma nota de cálido marrom-dourado na paisagem congelada, enquanto o disco prateado de uma lua fina e diáfana já se instala atrás de Dunkery.

Piers, de pernas cruzadas no tapete da lareira, junta os soldados de brinquedo e guarda-os na grande caixa de madeira. O avô andou aconselhando-o:

— Agora ponha a artilharia *aqui*, vê? E a infantaria *aqui*.

Os dois tiveram um jogo muito bom, mas o menino percebe certa tensão no velho quando para diante da janela; desprende-se um tom da voz do avô que ele não consegue identificar bem. Embora não saiba por que, Piers se sente ansioso. Recosta-se em Monty, que se agita no sono, geme um pouco e torce as patas, como se corresse. Recosta-se no cachorro com ternura, afaga a pelagem macia e murmura palavras de conforto.

David Frayn se afasta da janela e Marina ergue os olhos do livro que lê.

— Para ser franca com você, a ideia realmente não me atrai num tempo como este — responde ela. — Foi muito divertido, no outono passado, mas os dias eram um tanto longos, nós dois sozinhos num apartamento minúsculo, e não se pode passar o dia todo andando. E não vejo muito Felix, você sabe, pai. Ele tem de pôr muita coisa em dia durante esses dois dias por mês. Talvez na primavera eu vá.

— Está nevando de novo? — pergunta Piers, ansioso.

A escola do vilarejo fechou cedo por causa do tempo e ele construiu um boneco de neve esplêndido no pátio: o avô emprestou um velho chapéu de feltro surrado e um cachecol comprido de lã, e Piers mal pode esperar para mostrá-lo ao pai.

— Espero que não — responde Marina. Dá uma olhada no relógio de pulso. — Eu gostaria que Felix chegasse cedo, antes de tornar a congelar.

Enquanto ela fala, os três ouvem uma porta bater e de repente Felix chega, as faces muito coradas, esfrega as mãos uma na outra e sorri para a família toda feliz, reunida naquela sala aquecida e confortável.

— Tem uma pessoa estranha no pátio — diz em tom solene. — Uma pessoa muito fria. Eu me apresentei e tentei trocar um aperto de mão, mas ela se recusou.

Piers se lança para as pernas do pai às gargalhadas.

— É o meu boneco de neve — grita, o rosto repleto de júbilo. — Ele não *tem* mãos.

Felix se curva para tocar os lábios na testa de Marina, sorri para o sogro e se senta perto do fogo com o filho no colo.

— Mas tem um chapéu muito elegante — diz a Piers. — Qual é o nome dele?

Marina olha para eles com a conhecida expressão meio descontente, meio sorridente, como se não conseguisse entender o jeito de Felix ser tão sem pudores, tão natural com a criança. Ele se recosta na poltrona, com Piers montado ajoelhado com uma perna em cada lado do pai, quase gritando no rosto dele de excitação; Felix tão relaxado e interessado, como se também tivesse seis anos. Que importância pode haver se um boneco de neve tem nome? Ela balança a cabeça com desdém e, pelo canto do olho, capta o olhar de seu pai, que observa Felix minuciosamente, como se tentasse detectar algo, e sente uma estranha pontada de medo.

— Eu acabava de sugerir à Marina — diz ele ao genro — que ela devia acompanhá-lo na viagem a Bristol quando você for no domingo.

Por acaso ou não, Piers de repente se mexe no colo do pai, portanto é impossível ver a expressão de Felix e, quando ele fala, a voz sai abafada pelos braços enroscados da criança.

— Por que não? — pergunta, ao emergir do abraço estreito. — Boa ideia. — Olha para Marina com um ar inquisitivo. — Você gostaria de ir?

David Frayn nota que ele não faz nenhuma tentativa de desestimulá-la — chega a parecer muito entusiasmado — e imagina se o tem julgado mal. Nos últimos tempos, o genro parece estar mais calmo, mais capaz de lidar com os silêncios, as críticas implícitas, aquelas acusações que vez por outra ele não tem como evitar ouvir. Percebe o distanciamento de Felix, alguma força externa anda lhe dando a capacidade de ser paciente e alegre; e mais: transmite uma felicidade maldisfarçada, um sorriso que se demora nos lábios quando pego desprevenido. Se lhe pedissem para definir isso, David diria que se trata de um homem que se apaixonou perdidamente por alguém que o ama com a mesma intensidade. Infelizmente, não vê essa mudança em Marina — por isso ele fica ansioso.

— Eu explicava que acho um tanto lúgubre — comenta ela. — O apartamento passa aquela sensação de abandonado, não passa? Não é tão ruim no verão, quando a gente pode ficar fora a maior parte do tempo, mas não oferece muita diversão nesse tipo de clima.

David observa Felix pensativamente. Ele faz aquela expressão de indiferença que Piers às vezes copia: curva os cantos da boca para baixo e revira os olhos um pouco. Não chega a ser uma expressão desdenhosa; é mais de reflexão.

— Ah, não sei — responde ele após um instante. — Não é um lugar ruim. Claro que não se pode ter uma lareira aberta, e não é o que se poderia chamar de aconchegante, mas é um apartamentozinho muito simpático. E deve ser uma mudança muito agradável ver algumas lojas decentes. Podíamos ir ao cinema...

— Tudo muito bom para você — diz Marina um tanto na defensiva, pois sente que os dois adultos agora se unem contra ela. — Você trabalha quase o tempo todo. Não posso passar o dia inteiro nas compras.

— De jeito nenhum — concorda de imediato Felix. — Entendo o que diz. Talvez quando ficar mais quente...?

David não consegue concluir se o genro está sendo muito sagaz ou se seus receios são simplesmente infundados; e, afinal, se Felix pode lidar com o casamento de um modo mais feliz, importa saber por quê? Ele não tem direito de interferir, diz a si mesmo, mas continua a observá-lo; vê aquele sorriso fugaz, a expressão distante nos olhos, como se o genro ouvisse outras vozes e pensasse em outras cenas. A sempre vigilante Marina não teria adivinhado se houvesse alguma coisa errada? David Frayn sente um calafrio involuntário e volta para a sala, mais para perto do fogo.

É extraordinária, pensa Felix, a rapidez com que se tornou parte da pequena família na casa estreita perto da universidade. As visitas mensais estão se transformando em rotina natural, e ele é recebido com imediato prazer tanto por Pidge e Lizzie quanto por Angel. Elas formam um grupinho coeso; a ligação entre Pidge e Angel é forte e ele recebeu a confirmação de sua crença de que as duas não guardam segredos uma da outra.

— Você tem toda a razão — concorda Angel quando ele lhe sugere a impressão —, não guardamos. Partilhamos um amante, sabe, e tão logo descobrimos isso, bem... o conhecimento mudou tudo para nós. Derrubou todas as barreiras e nos aproximou muito mais.

— Posso acreditar — diz Felix, com sinceridade; a essa altura, já fora vezes suficientes à Gaiola para compreender que não havia nada de banal em Pidge, tampouco em Angel. A atmosfera cheia de calor humano e de tranquilidade tem uma qualidade curativa; ele consegue rir e provocar as duas sem o receio daquelas interpretações errôneas que, com Marina, resultam em gélidos e longos silêncios.

— Nós duas éramos loucas por ele — conta-lhe Angel.

Ela está enroscada no sofá, as cortinas fechadas contra uma fria e úmida noite de domingo em março; Pidge desapareceu no térreo e Lizzie está bem-coberta na cama. Angel usa um de seus roupões longos preferidos, a faixa apertada na cintura, as pernas nuas enfiadas debaixo do corpo e um cigarro nos dedos. Parece muito séria, como raras vezes se mostra, o abajur aceso empresta-lhe um brilho cintilante aos cabelos e à tez claros quando ela medita sobre o passado, e Felix se sente tomado de uma repentina e penetrante sensação de exclusão.

— Ele deve ter sido um cara muito especial — diz, num tom de voz leve.

— Ah, sim. — Ela olha para ele e bate a cinza do cigarro num pequeno recipiente esmaltado. — Era mesmo. A esposa dele teve um acidente ao volante do carro pouco tempo depois que se casaram, e não apenas ficou paralítica como também sofreu algum tipo de dano cerebral. Foi terrível. Mike a amava demais e não podia fazer nada além de mantê-la confortável e bem-cuidada. Pidge o conheceu próximo ao fim da guerra... era motorista dele... e então alguém descobriu sobre os dois e ela foi transferida. Ele é dono de várias propriedades e, quando a guerra terminou, entrou em contato com ela para dizer que o apartamento térreo havia sido liberado e Pidge podia ocupá-lo por um aluguel bem razoável.

Ela arranjou um emprego na biblioteca e se mudou para cá. Não — Angel balança a cabeça ao ver a expressão dele —, não houve motivo inconfesso algum. Ele apenas quis ajudá-la.

— E onde você entrou nessa história?

— Eu o conheci numa festa. Ele é bem mais velho que eu e fiquei um tanto caída pela sofisticação de Mike, para ser sincera. Nunca fingiu que poderia haver um futuro, mas, como Pidge, eu não me importava muito com isso. Ele era esse tipo de homem. — Ela olha para ele e dá uma tragada no cigarro. — Tem certeza de que quer saber tudo isso?

— Absoluta certeza.

A sensação de isolamento desapareceu e ele sente um curioso vínculo com essa pequena história e alguma afinidade com o homem que perdeu tanto mas aceita o amor quando lhe oferecem.

— Bem, ao contrário de Pidge, eu era a virgem tola que engravidou. Lizzie é filha dele.

— Pobre Angel! — Felix se levanta e vai se sentar ao lado dela, que se afasta um pouco para lhe abrir espaço no sofá. — Como você se virou com uma filha e sua carreira?

— Muito mal, para começo de conversa. — Ela ri e se encosta nele. — Minha mãe, após o choque inicial, foi surpreendentemente bondosa. Tive de dizer a ela quem era o pai do bebê e isso ajudou. Mike é um herói de guerra e uma figura pública muito popular. Minha mãe no mesmo instante concluiu que não era de fato culpa dele e, como ele se dispunha a apoiar Lizzie em termos financeiros, na verdade ela foi uma tremenda ajuda. Concordamos que Lizzie não deveria saber a verdade... ele tem um filho, entenda... e depois disso apenas continuou a entrar em contato conosco por meio dos advogados.

— Então, como você acabou aqui com Pidge?

— Ah, isso era bem típico dele. — Angel apaga o cigarro e se instala aconchegada nos braços de Felix. — Quando descobriu que eu vinha para Bristol, enviou um bilhete a Pidge e sugeriu que ela fosse me ver no teatro. Na noite de estreia, mandou flores, coisa que nunca fez, dizendo que esperava que eu encontrasse acomodações confortáveis. Foi muito estranho. Então a querida Pidge foi conduzida ao camarim, toda nervosa, agitada, e disse que soube que eu procurava um lugar para morar que aceitasse uma criança pequena. Desconfiei de uma tramoia na hora.

— Mas não ficaram transtornadas por ele ter juntado as duas?

Angel franze o cenho.

— Pidge fez a mesma pergunta. Estava tão ansiosa, sentia-se tão culpada. Mas, afinal, ela o havia tido primeiro, e, enfrentemos o fato, ele não me pertencia. — Faz uma ligeira careta. — Na verdade, achei isso muito divertido, pois nos uniu, fez de nós uma pequena família, e ele tem sido muito bom para as duas de uma forma estranha. Imagino que era isso que Mike tinha de tão especial. Nunca nos sentimos ressentidas nem tratadas de maneira injusta por ele. Seria por ele ser tão mais velho? — Deu de ombros. — De qualquer modo, foi assim que aconteceu.

— E Lizzie?

— Ah, Lizzie está feliz aqui. A gente se manteve sempre o mais próximo possível da verdade, eu disse a ela que seu pai era um soldado morto na guerra da Coreia, o que, encaremos a verdade, dificilmente constitui uma situação incomum nos dias de hoje. Claro, é maravilhoso ter Pidge por perto. Ela cuida de Lizzie quando vou ao teatro e a leva para a escola a caminho da biblioteca todas as manhãs. Nós duas juntas conseguimos cuidar muito bem dela. Sim, Lizzie está ótima.

— Ela não ficou muito impressionada com os diamantes de Pidge — diz ele num tom de voz pesaroso.

Angel ri.

— Foi muito brilhante de sua parte, querido, mas a pobre menina não podia entender a sutileza de tudo isso.

Ao descobrir que Pidge tinha paixão por jogar paciência, ele comprou um encantador baralho duplo de cartas minúsculas para ela.

— Vinte e seis ouros — disse, entregou a caixinha e riu da expressão dela. — Infelizmente, também há vinte e seis paus, vinte e seis copas e vinte e seis espadas.

— É uma piada — Pidge teve de explicar à decepcionada Lizzie, que, no entanto, ficou muito satisfeita com seu próprio presente: uma barra Punch, uma Five Boys e uma Fry dupla de chocolate simples e com leite. — Na verdade, uma piada muito boa.

— Lizzie não ficou impressionada — disse Felix — e eu não a culpo.

Mas ela sorriu e disse:

— Obrigada pelos meus chocolates.

Levou-os embora e subiu pela estreita e íngreme escada até seu quarto no sótão.

— Acho — disse Pidge, de repente dominada por um ataque de delicadeza — que vou tomar banho e depois preparamos o jantar.

Agora, juntos no sofá, cônscio de Lizzie no pequeno quarto da água-furtada, Felix desliza o braço em volta de Angel, que o abraça apertado.

— Oh, Felix — diz ela —, senti tanta saudade de você. Estou terrivelmente carente de algo reconfortante.

— Quando você diz "algo reconfortante" — murmura ele com cautela —, está falando de uma ocupação que poderia assustar Lizzie se ela aparecer de repente ou estou deixando fluir demais a imaginação?

Ela começa a rir, ainda agarrada a ele.

— As respostas a essas perguntas são "Sim" e "Não", nesta ordem, querido — responde. — Será que você não podia dar uma escapada amanhã à tarde, logo depois do almoço? Lizzie chega da escola por volta das três e meia.

— Ah, acho que posso — diz ele, os lábios colados no pescoço dela.

É assim que começa.

CAPÍTULO SETE

Durante todo aquele verão, Marina também percebe uma mudança em Felix. Seu temperamento naturalmente desconfiado sugere a razão óbvia para isso, mas ela não consegue encontrar nenhuma prova. Ele, raras vezes, chega tarde, não inventa pretextos para ficar fora de casa, não há indício algum que possa encontrar — e ela procura, odeia-se por fazê-lo, mas é incapaz de resistir; revista os bolsos, cheira as roupas dele e as examina em busca de marcas de batom — e, mesmo quando os dois saem juntos, na verdade não identifica deslize no comportamento do marido, com exceção do jeito habitual de ser demasiadamente galanteador com outras mulheres. É como se, de algum modo indefinível, ele saísse do seu alcance, mas continuasse a fazer todo esforço para mostrar que gosta dela. Felix não se mostra indiferente aos seus humores, mas agora parece sentir compaixão, como se — a ideia a faz se esquivar de medo —, como se sentisse pena dela.

Não está mais no seu poder ferir-lhe um ponto sensível com comentários ferinos em relação àquela cordialidade paqueradora; ele não salta mais para se defender nem se afasta furioso. É impossível magoá-lo ou envergonhá-lo e levá-lo a atos de penitência; parece impassível aos silêncios hostis. Antes a teria trazido de volta à receptividade com pequenas bajulações e delicadezas: uma xícara de chá, a retirada de Piers para lhe dar um pouco de paz, um pequeno buquê de flores ao lado do prato no jantar. Marina jamais considerou os rápidos abraços ou beijos um sinal de amor: não passam de simples prova da natureza fraca e licenciosa de Felix. No entanto, como *ele* não reage mais à demonstração de ciúmes, *ela* não pode mais alcançar aqueles estados de remorso que antes a impeliam para os braços do marido em atos de reparação quase violenta. Agora, fazer amor precisa resultar desses próprios abraços e beijos que ela despreza como fraquezas — ou ela mesma tem que iniciar o ato, sem a necessária abertura de culpa que até então lhe aliviava o constrangimento e a humilhação de mostrar-lhe que o queria.

Parada diante da janela do quarto, fixa os olhos na nuvem macia e densa através da qual grossos dedos dourados apunhalam e sondam a terra embaixo. A neblina transportada do mar se rompe por um instante e revela um pedaço do céu, cor de algodão azul, e a curva de um arco-íris que tremula e brilha acima de Bossington Hill. Na entrada para carros, que sai serpeante da alameda, duas figuras sobem em direção à casa de mãos dadas: seu pai usa a bengala para ajudá-lo a seguir adiante, e até Piers parece exausto, sem pular nem saltitar, como em geral faz. Apenas Monty dispara à frente, vigoroso e excitado quando todos iniciam a caminhada, precipita-se atalho afora, volta a toda velocidade e balança loucamente o rabo de expectativa. Param: o pai de repente estende o braço para indicar algo no tojo. Talvez um chasco do monte ou um coelho — Marina encolhe os ombros, divertida: seja o que for, Piers vai descrever em detalhes minuciosos mais tarde, tão apaixonado por esse canto de Exmoor quanto o irmão dela, Peter, naqueles anos idílicos antes da guerra. Como o filho ama essas explorações com o avô: caminhadas pelas inclinações cobertas de urze de Dunkery ou embaixo na floresta Horner; a visão de um minúsculo cervo malhado enroscado num emaranhado de samambaias altas cor de ferrugem; ou um mergulhão que ondula numa pedra lisa abaixo no rio Horner. O avô lhe ensinara a manter um livro da natureza e o menino tem o cuidado de se esforçar para manter um registro da passagem do ano: começa com os primeiros flocos de neve na mata perto de Cutcombe e termina com o ramo lilás forte de um arbusto de urze que ainda floresce na charneca de Porlock Common em dezembro.

As figuras retomam a subida, sem dúvida na ansiosa expectativa de um pouco de chá, e Marina se afasta da janela, pega um cardigã e desce. O tempo está úmido demais para tomar chá no pátio, e, embora seja julho, a sala de estar continua muito fria. Convenceu-se a tomar o chá na cozinha, sempre aquecida por causa do fogão a lenha, e ao servir o leite do filho ouve o dueto deles descrevendo o passeio. Monty se estende confortavelmente no velho tapete sob a janela, que se abre para o pátio ao sul, um olho fixo esperançoso no chão embaixo da cadeira de Piers. Às vezes ocorrem acidentes — num deles, metade de um pão de minuto caiu nos ladrilhos — e o cachorro se mantém pronto para uma rápida investida.

Agora, depois que Piers pediu licença para sair da mesa e foi pegar o livro da natureza no andar de cima, a fim de atualizá-lo — embora a bruma do mar impeça quaisquer visões incomuns —, Marina, o rosto pensativo, serve mais chá ao pai.

— Estava pensando — começa ela — se poderia ir a Bristol com Felix no próximo fim de semana. Ele entra de férias mês que vem, portanto esta será minha única oportunidade por algum tempo. Estou um tanto cansada. Acha que vocês conseguem se arrumar se eu pedir ajuda à Sra. Penn?

— Claro que sim. Não tenho sugerido isso a você nos últimos meses? Acho uma ótima ideia.

Ele se pergunta se não manifestou entusiasmo demais e toma um gole do chá. David Frayn se vê diante de um dilema que envolve duas alternativas igualmente desfavoráveis: está infeliz com a ideia de Felix ser infiel a Marina, embora haja uma tendência à paz nos últimos dias no relacionamento deles — não uma tranquilidade satisfeita, nem uma indiferença distanciada — que cria uma atmosfera melhor do que os silêncios hostis da filha e a crítica maldisfarçada rebatida com a irritação reprimida e o longo sofrimento do genro. Uma parte do velho não deseja perturbar o estado atual; outra parte teme o que pode acontecer se Marina descobrir uma traição. Convenceu-se de que, se Felix *tem* um caso, isso acontece em Bristol, e acredita que a presença assídua da filha nessas visitas mensais poria com toda naturalidade um fim à aventura. Pelo menos a ideia é dela dessa vez; ele não a persuadiu a acompanhá-lo. Por que então está tão cheio de medo?

Felix fica chocado ao ver como o aborrece perder as poucas horas preciosas na Gaiola com Angel e as outras. Para sua surpresa, Marina nunca questionou sua partida para Bristol após o chá nas tardes de domingo, nunca perguntou por que ele não pode sair mais tarde à noite, nem sequer — nos meses de verão — bem cedo na manhã de segunda-feira. Ela aceita os murmúrios casuais sobre a chegada a tempo para uma conversa acompanhada de um drinque com Tom, a fim de ficar a par das coisas e discutir a reunião dos sócios na manhã da segunda-feira seguinte. Marina pensa — e ele a deixa pensar — que essas conversas ocorrem na casa de Tom e Molly, em Caledonia Place, não longe dos escritórios em Portland Street, e suas antenas, em geral tão aguçadas, a abandonaram completamente. As conversas *de fato* ocorrem — mas são muito breves e, em geral, realizadas por telefone.

— A única coisa — diz ele à esposa, na esperança de desestimulá-la a ir — é que o aniversário de Molly é nesse domingo, e o casal vai oferecer um coquetel à noite. Não vejo como conseguiremos nos livrar disso.

Ele estava planejando aparecer por um curto espaço de tempo, brindar à saúde de Molly e desaparecer discretamente; agora espera dissuadir Marina da viagem. Ela se sente pouco à vontade em confraternizações e jamais conseguiu estabelecer a fácil camaradagem com outras mulheres que talvez trouxesse bem-estar e alívio, mas a natural doçura de caráter e a amabilidade espontânea de Molly tornaram-na uma das poucas mulheres com quem Marina sente algum tipo de afinidade.

— Bem, espero que a gente consiga se sair bem — diz ela agora, para surpresa e frustração de Felix. — Talvez a festa seja muito divertida, embora os amigos deles sejam todos muito boêmios, não? Sempre leram os livros mais recentes e assistiram aos últimos lançamentos cinematográficos, e eu sempre me sinto um bicho do mato, mas imagino que não precisamos ficar por muito tempo.

— Não — responde Felix, engolindo em seco a decepção. — Não, claro que não, e podemos procurar algum lugar para jantar depois. Sei que Molly vai adorar ver você.

Apenas David, ao sair do gabinete, nota a expressão de Felix quando este para um instante no vestíbulo, percebendo que só verá Angel agora em fins de setembro. O genro fica ali de pé, cabisbaixo, mordendo o lábio, antes de atravessar o vestíbulo e subir as escadas numa corrida leve. David sai das sombras e o fita, a sensação de ansiedade cada vez maior.

CAPÍTULO OITO

— Não vamos vê-lo neste fim de semana — diz Angel, a voz trágica. — Marina virá com Felix, e ele não vai conseguir escapar.

Pidge oculta o próprio desapontamento diante da expressão de Angel e tenta consolá-la.

— Com certeza isso deve acontecer de vez em quando — diz. — E, afinal, ela é a esposa dele.

— Ah, eu sei de tudo isso — concorda Angel, sentindo-se infeliz. — Mas algumas horas por mês, Pidge! É só o que temos. Não é grande coisa, é?

Ela alisa a carta e Pidge vê sua expressão mudar: Angel estreita os olhos, pensativa, e franze os lábios.

— Felix me disse que eles vão ao coquetel dos Curzon amanhã — comenta e dá um sorriso radioso a Pidge do outro lado da mesa. — A turma habitual dos Amigos do Teatro, decerto, e eu sei que vários do elenco vão. Fui convidada, na verdade.

— Mas você está de saco cheio desses velhos Amigos — diz Pidge como quem não quer nada, mas com um peso no coração. — O tipo de coisa que não combina com seu feitio de jeito nenhum.

— Oh, Molly é legal — responde Angel, despreocupada. — Um doce de pessoa. Posso apenas dar as caras por uma hora.

— Por favor — pede Pidge, abandonando a cautela —, por favor, não faça isso. Imagine como será difícil para Felix se você aparecer.

— Ah, eu vou me comportar. — Claro que Angel fica encantada com seu plano: os olhos cintilam diante da perspectiva. Consegue sentir o *frisson* de encontrar Felix em público com um segredo tão delicioso entre os dois. Irresistível. — Não se apoquente, Pidge. Não sou exatamente uma idiota, você sabe.

— Não se trata apenas de você — responde a amiga, quase agressiva. — Felix é nosso amigo também; meu e de Lizzie. Tem uma terrível importância para ela, que o adora. Ela já tem idade suficiente para saber o que está perdendo quando vê os amiguinhos com os pais. Sendo ele mesmo pai, Felix a entende; ele preenche uma enorme carência. Você simplesmente não pode pôr isso em risco, Angel.

Angel parece melancólica. — Eu simplesmente preciso vê-lo — diz —, mesmo que a gente não se fale. Ele não virá no próximo mês porque entrará de férias. Não o verei até fins de setembro. Prometo que me comportarei; preciso apenas vê-lo.

Pidge exala um suspiro forte; balança a cabeça.

— Tudo isso é errado — queixa-se.

— Claro que é tudo errado, querida — concorda Angel, mas lhe dá um sorriso com ar vitorioso. — Você, eu, Mike... éramos todos errados; a vinda de Felix aqui é toda errada. Mas eu o amo. Você também. E Lizzie também. Precisamos dele.

— Então não arrisque o que temos — implora Pidge. — A julgar pelas poucas coisas que Felix deixa escapar, sabemos que a esposa é do tipo ciumento. Não vê como isso é perigoso?

— Seu nome devia ser Hen, galinha; não Pidge, pomba — ri Angel. — A esposa dele não vai desconfiar de nada. Afinal, você esquece que *sou* atriz.

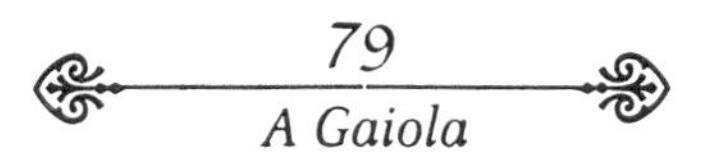

— "Não se podem ocultar o amor e a tosse" — cita Pidge como uma advertência.

Assim que vê Felix conversando com Tom no jardim de muros altos de Molly, ela sabe que Pidge tem razão. Sente o rubor inundar-lhe as faces, o corpo fica lânguido de desejo e os olhos aumentam. Do abrigo da sala de jantar, encara com avidez a mulher ao lado dele: os cabelos presos atrás num coque banana, que, na opinião de Angel, não a favorece: é magra demais, as feições demasiadamente pronunciadas. O vestido desinteressante, o onipresente pretinho básico, e os saltos baixos do escarpim afundam no macio gramado de Molly. Várias vezes, ela lança olhares aos convidados em volta, quase como à procura de alguém; desprende-se uma intensidade dessa sondagem rápida, tipo radar, que faz Angel sentir um espasmo de terror oprimir-lhe o coração.

De repente, ela se dá conta de como Felix é querido pelas três, como seria terrível perdê-lo, e sabe que corre perigo. Sente o olhar atraído de volta a ele, que, à vontade e atraente no terno escuro, escuta Tom, e Angel reconhece que, ao comparecer a essa festa, está sendo ao mesmo tempo egoísta e insensata. A excitação da ida e o perigo não mais a atraem, e ela não quer ver a expressão de choque dele, nem, pior, de decepção. Por um momento, enfurece-a o fato de não poder ficar ao seu lado como Marina: a esposa, reconhecida, no lugar de direito. Na verdade, tem de ficar amuada ali nas sombras, e o segredo deixa de ser excitante; agora é humilhante e vergonhoso.

— Não posso deixar Marina — explica Felix, como disse Mike da esposa antes. — Tenho um filho, você sabe, e jamais poderia abandoná-lo. Tenho muito pouco a lhe oferecer, portanto, em vista do que acabei de dizer, você vai achar difícil acreditar quando digo que amo você.

Mas ela de fato acredita — e, ao vê-lo agora, sabe que também o ama. Quando se vira de costas na sala de jantar para escapar, um colega ator e alguns amigos se precipitam pela porta defronte adentro e, apesar dos protestos de Angel, levam-na junto escadaria abaixo até o jardim.

É necessária toda sua habilidade para demonstrar calma exterior, um sorriso afável, quase indiferente, quando Tom a apresenta a Felix e Marina.

— Mas vocês já não se encontraram antes? — pergunta Tom naquele jeito animado, divertido. — Levamos os dois aos bastidores para conhecer a Srta. Blake, se não me falha a memória.

— Claro que sim. Lembro agora — responde ela sem hesitar ao apertar a mão de Marina.

Percebe o breve olhar espantado de Felix, quase no mesmo instante substituído por uma simpatia reservada, e afasta-se deles assim que é possível fazê-lo de forma natural, tomando Tom pelo braço, a pretexto de perguntar quando deve dar o presente a Molly. Não presta mais atenção aos dois; em vez disso, flerta com outro dos amigos de Tom, embora sinta uma indigna satisfação, na perspectiva de que Felix a veja flertar e se sinta muito infeliz: uma esperança à qual logo se segue uma sensação de vergonha, como se ela se degradasse na presença dele.

— Você tinha razão — diz mais tarde a Pidge, após chutar os sapatos de saltos altos e soltar os cabelos em volta dos ombros.

— Claro que eu tinha — responde Pidge, com toda calma.

— Mas não é *justo* — desabafa Angel.

— Quem falou em "justo"? — pergunta Pidge. — Feche a matraca e tome um drinque.

CAPÍTULO NOVE

David Frayn observa o retorno deles com alívio. Parece que nada se alterou entre os dois e Marina aguarda ansiosa por manter o marido sob vigilância durante quase todo o mês de agosto. David se sente culpado, meio como se tivesse acusado Felix injustamente, porém, no mais íntimo de si, continua a sentir que algo está errado. Com o avançar do verão, nota que qualquer fonte que o vinha abastecendo com a força para aguentar os caprichos e fantasias de Marina tem lhe faltado. Torna-se menos capaz de lidar com as acusações dela e, às vezes, o sogro ouve sem querer um tom desesperado na voz dele.

— Juro a você, querida, aquilo não passou de uma diversão festiva. Eu não estava flertando com ela. Ah, sei que talvez tenha causado essa impressão, mas apenas ríamos de alguma coisa... não, não faço a mínima ideia do que se tratava. Era algo sem a menor importância. Por favor, Marina, *não* é pecado um homem casado rir com outra mulher...

Ela começa a suspeitar que o marido esteja envolvido com a esposa meio mal-afamada de um dos colegas e, aos poucos, ressurgem os silêncios e a tensão. À medida que o outono chega ao fim e se aproximam as miniférias escolares, Piers começa a sofrer com o temperamento inseguro da mãe.

— Vimos um biguá na praia — conta a ela, enquanto registra com esforço o evento no livro da natureza. Sentado à escrivaninha do avô, uma almofada na cadeira para erguê-lo o suficiente, torce as pernas uma na outra. — Tinha comido tanto peixe que mal conseguia voar e a gente pôde dar uma boa olhada nele.

— Seria muito mais útil — responde a mãe com rispidez — se, em vez de perambular por aí o dia inteiro olhando pássaros, você treinasse tabuada. Sabe como andam fracas as suas contas...

Ele a encara, ferido, o astral feliz despedaçado, o prazer com o biguá de olho cinza e pescoço de cobra estragado por completo.

— Eu *treino*, sim, a tabuada às vezes — protesta. — Quando saio com vovô, repito as contas em voz alta enquanto a gente caminha. Papai diz que ele também era ruim em somas quando tinha a minha idade.

— Então ele devia incentivar você a treinar mais — rebate Marina, furiosa. Ressente-se da forma como Piers demonstra tanta afeição ao pai, enquanto ele, Felix, é tão indiferente à felicidade dela: isso magoa e mostra insensibilidade da parte do filho. — O problema é que papai não se importa. Se ele ligasse mesmo para você, o faria estudar em vez de ler histórias tolas para você. Vai descobrir quando crescer, Piers, que as pessoas tolerantes e relaxadas não são aquelas que levam a sério o verdadeiro bem-estar da gente.

Ela se afasta, leva o aspirador de pó e os espanadores, e deixa Piers sentado à escrivaninha, o coração frio de terror. *O problema é que papai não se importa. Se ele ligasse mesmo para você...*

Sente a inocência maculada; a confiança abalada. Nada jamais será como antes.

Após muitos pensamentos ansiosos, decide fazer as próprias sondagens: o avô primeiro. Espera os pais saírem para um jantar festivo, pula da cama, veste o roupão de lã xadrez e desce. No vestíbulo, hesita: ali, como sempre, tem consciência de uma presença, um consolo invisível que lhe acalma o coração perturbado. Às vezes, deita-se no piso de lajotas e vê a luz que entra pelas janelas compridas, altas, ou sobe numa das cadeiras pesadamente esculpidas encostadas na escada, uma de cada lado do vestíbulo. Em outras ocasiões, leva um brinquedo para ali, impulsiona um carrinho ou um carro de bombeiro sobre as lajotas e murmura para si mesmo, mas, pouco tempo depois, a quietude ali no centro da casa se apodera dele de modo a fazê-lo ficar deitado imóvel e escutar o silêncio.

Esta noite, ele espera apenas um instante — a perspectiva desse primeiro teste interfere na sua capacidade de ouvir o som do silêncio que envolve tudo — e, logo em seguida, atravessa o vestíbulo e se encaminha sem fazer barulho até o gabinete. Diante da porta, para, o ouvido colado no painel. Várias vozes falam em tom alto, urgente, e de repente se ouve uma explosão de música; o avô escuta o rádio. Piers reconhece a música, que parece um grande trem ao sair da estação, ganhando velocidade, estrondeando ritmado ao longo do trilho com centelhas que voam e fumaça expelida da chaminé: é a melodia-tema da série radiofônica semanal *Paul Temple*.

Ele gira a maçaneta e entra no aposento aquecido pelo fogo da lareira. Monty lhe dá as boas-vindas com uma batida do rabo no tapete e David Frayn, sentado à escrivaninha, vira-se na cadeira para examinar a pequena figura parada na entrada.

— Olá, você aí — diz. — O que houve? Onde é o incêndio? Teve um pesadelo?

Levanta-se, desliga o rádio, e Piers fecha a porta atrás de si e vai se sentar na proteção da lareira ao lado da grande poltrona do avô.

— Eu ainda não tinha dormido — admite. Estica o pé no chinelo para Monty poder lamber-lhe o tornozelo nu: acha um reconforto estranho o quente carinho molhado. — Fiquei pensando, vovô. — Calculou com todo o cuidado o que devia falar, com base no que a mãe lhe dissera, e agora o põe à prova. — Se eu não melhorar na tabuada, talvez não passe no exame de admissão na primavera, e eu quero saber se devo abandonar o livro da natureza, vovô. Ele me toma muito tempo, nesses dias, quando eu podia estar praticando a tabuada.

David Frayn baixa os olhos para a cabeça escura do menino e o observa acariciar Monty com a ponta franjada do cinto do roupão. Não questiona o fato de que o neto precisa ir para a escola preparatória, mas adivinha que Marina tem exercido muita pressão sobre ele para estudar com mais afinco, e sabe que a filha, como a mãe dela antes, sempre usa um martelo para quebrar uma noz. Já ele tende a agir mais com um meio-termo entre disciplina e bondade.

— Acho que você se saiu muito bem — diz, tentando um início encorajador. — Matraqueia as contas como um bom aluno quando caminhamos em nossos passeios.

— Não é só repetir as contas que me preocupa — diz Piers, com a expressão séria e sincera, e vira-se para olhar o avô. — É escrever as unidades e passar as frações para números decimais. Como nove sextos ou sete oitavos. Fico atrapalhado nisso, entende? Mamãe quase sempre me pega cometendo erros.

Encurvado na proteção da lareira, o roupão puxado sobre os joelhos dobrados, tem uma expressão ansiosa que o faz parecer quase atormentado, e David pensa no tio Peter de Piers, morto em Arnhem antes de conseguir ter seu próprio filho. Com que frequência ele volta ao passado, arrepende-se de palavras apressadas, decisões erradas: agora, com o neto, tenta aproveitar bem essa experiência.

— Sabe de uma coisa? — indaga o avô, pensativo. — Que tal se eu assumisse o livro da natureza por algum tempo? Você podia me aconselhar, claro, sobre o que decidirmos registrar; ler, aprovar tudo que faço e assim por diante. Mas isso ia poupar algum tempo para você, não, sem interromper o fluxo?

O rosto de Piers se ilumina de alegria e o avô lhe retribui o sorriso, comovido ao perceber que o livro da natureza é tão importante para o neto, sem saber que acabou de passar por um teste crucial. O livro *é* importante, mas não tanto quanto descobrir que o avô, ao colocar o estudo antes do prazer, mostrou que realmente se preocupa com ele. Não consegue conter a sensação de alívio, que precisa de uma expressão física, e arrasta-se pelas pernas esticadas do velho, aninhando-se nos braços dele, assim como faz com o próprio pai.

Abraçado à criança, David observa os saltos de luz do fogo da lareira nas paredes revestidas de madeira escura e medita com tristeza sobre as raras vezes que segurou Peter nos braços depois de este ter saído da infância. Simplesmente não fazia isso — mesmo que Eleanor permitisse —, pois sentia receio de mostrar seu lado emocional ao menino. Isso talvez fosse mais aceitável com a filha, mas Marina jamais estimulara exibições físicas de afeto. Peter fora um verdadeiro Frayn, cheio de alegria, bem-humorado, afetuoso — e amado por todos que o conheciam —, mas fora necessário Felix, que chegara entre eles e quebrara os tabus do passado, para mostrar que o consolo de um afago e o calor de um abraço liberam a tensão e dissipam a raiva ou o medo.

— Que tal uma ceia? — sugere David, sentindo que o menino merece uma pequena recompensa.

— O que tem para comer? — pergunta Piers e empertiga-se, distraído pela ideia da comida. — Mamãe deixou alguma coisa gostosa para você?

— Batata assada. — David se afasta devagar da cadeira. — Uns pedaços de galinha. Talvez tenha sobrado um pouco daquela torta inglesa.

Piers se enche de prazerosa expectativa quando os três deixam o gabinete e atravessam o vestíbulo até a cozinha.

— Adoro muita manteiga na batata — comenta, esperançoso. — Mas não gosto da pele. — Ri alto, ao pensar em outro dos ditados do avô: "Só as batatas usam cascas; os cavalheiros usam paletós", e David pisca para ele.

— São as guloseimas de Monty — diz. — Fartura para todos. Grupo de pilhagem na dianteira. Marchem rapidamente.

CAPÍTULO DEZ

Ao observar Felix no outro lado da superfície polida da mesa de jantar, Marina tem consciência de que ela mudou: é diferente da mocinha que se apaixonou por ele quase dez anos atrás. Não analisa essa diferença, apenas a reconhece; quase aliviada pelo fato de, agora, raras vezes sentir as incontroláveis palpitações e os desesperos enlouquecidos. Na verdade, as forças mais sentimentais, delicadas, tinham endurecido numa sensação de posse, uma necessidade de controlar, e a paixão entre eles, antes intensificada pela ânsia dela de aplacar a culpa, embotara-se. Sem essa fronteira física, o amor é um constrangimento desnecessário que se eleva à perda daquele controle necessário, com a consequência de que, depois de consumado, ela se sente humilhada.

Olha com leve ressentimento para o marido, que conversa com Helen Cartwright, sorri de algum caso que ela conta. Marina nota a forma íntima de Helen se sentar meio virada, de modo a se encostar um pouco nele, enquanto Felix, cabeça curvada para um lado, gira e gira o copo, a outra mão enfiada no bolso do paletó preto. Ele parece relaxado, à vontade consigo mesmo e, apesar disso, não totalmente absorto. Marina não gosta de Helen Cartwright, ainda teme que a outra tenha o poder de fazê-lo agir como um tolo, e desejaria poder aniquilar o que nele atrai as mulheres. A necessidade física em relação ao marido talvez diminua, mas ela ainda tem todos os direitos de posse. De qualquer modo, há algo de degradante nesse flerte tolo entre duas pessoas da idade deles.

Desvia o olhar para as outras mulheres ao redor da mesa. O sexto sentido insiste que Felix participa de um jogo duplo, embora ainda não saiba identificar com exatidão com quem pode ter se envolvido. A suspeita se instala primeiro numa conhecida e, quando não se apresenta prova alguma, em outra; mas, apesar da aparente inocência dele, algum instinto a adverte de que o marido a trai. Torna a olhá-lo e, no mesmo instante, ela o vê erguer os olhos e encará-la. Ele os estreita num sorriso hesitante, quase inquisitivo, e Marina percebe com um leve choque que quase o detesta; quer puni-lo por ser atraente, generoso, afetuoso. Afasta a cabeça sem responder e faz um comentário aleatório ao vizinho, James Cartwright, que se apressa em concordar.

Felix se pergunta se Helen, perspicaz como é, notou a troca de olhares, endireita-se na cadeira e conta os dias que faltam até poder estar mais uma vez na Gaiola. Aqueles poucos dias todo mês são tão preciosos que se pergunta como chegou a viver sem eles. É outro mundo, ali na estreita casa em Bristol; um mundo em que pode ser ele mesmo. Chega o mais cedo possível ao anoitecer de domingo, sentindo a tensão se esvair assim que entra na grande sala, onde as três o esperam: Angel, toda esticada no sofá; Pidge, perambulando na área da cozinha atrás do piano; Lizzie, ajoelhada à mesa, colorindo uma imagem.

— Olá, meus pássaros — cumprimenta-as. — Como anda a vida na gaiola?

E parece que é assim que elas sempre estão e sempre estarão: à sua espera. No verão, a brisa quente faz os galhos do plátano além da janela tremularem; no inverno, fecham-se as cortinas e acendem-se abajures. Na segunda-feira seguinte, ele, em raras ocasiões, dá um jeito de escapar e pegar Angel para almoçar fora, mas, mesmo quando não consegue, mantém aquelas poucas horas à tarde como sacrossantas. "Hora de relaxar", como as descreve Angel, e ele precisa tanto de relaxamento quanto ela.

Ah, o conforto de Angel! — libera as tensões e humilhações contidas e restaura-lhe a confiança. Ele sai correndo antes que Lizzie chegue da escola e volta ao escritório, porém retorna à Gaiola para passar a noite com Pidge e Lizzie antes de ir à King Street se encontrar com Angel na saída do teatro para jantarem juntos.

Quando olha Marina no outro lado da mesa, continua perplexo por ela não ter suspeitado da existência de alguém em Bristol; sobretudo depois do comparecimento de Angel ao coquetel de aniversário de Molly.

— Lamento, querido — apressou-se a dizer Angel, quando tornou a vê-lo. — Era simplesmente um tempo tão longo sem ver você que não pude suportar. Sei que fiz uma loucura. Pidge está furiosa comigo.

Fora um choque vê-la lá, com Marina tão vigilante ao lado, mas mesmo naquele horror tivera consciência do sentimento de vergonha. Angel tinha todo o direito de estar na festa e ele se sentira hipócrita quando permanecera com a esposa, enquanto a amante fingia mal se conhecerem.

— Eu esperava que Marina não fosse querer ir à festa — começou a explicar, mas Angel apenas fez que não com a cabeça.

— Esqueça, querido. Tudo acabado agora.

Observando Marina no outro lado da mesa, Felix percebe que Angel jamais exige desculpas; apenas requer o amor dele. Inspira um profundo hausto de gratidão e sorri para Helen Cartwright.

— Um centavo por seus pensamentos? — pergunta ela, com ar brejeiro.

— São demasiadamente caros — responde ele rindo — até para você.

* * *

— Ela não desiste nunca, não é? — pergunta Marina no carro a caminho de casa.

Uma leve garoa obscurece o para-brisa e a estrada estreita — que segue serpeante entre acobreadas sebes de faia —, reflete e brilha no feixe de luz dos faróis altos. Felix fica tenso.

— Ela? — responde à pergunta com outra, embora saiba a resposta.

— Helen Cartwright. — A voz de Marina sai desdenhosa. — Ela continua a paquerar e se insinuar como se tivesse dezesseis anos e não quase quarenta. Um comportamento muito indigno.

Felix sabe que, se quiser ter uma viagem confortável até Michaelgarth e uma noite sossegada, precisa concordar com a mulher: precisa condenar Helen. Mas lhe desagrada depreciar os amigos; recusa-se a ofender as pessoas apenas por serem amantes da diversão, simpáticas ou amáveis. Não quer abrir mão dos próprios princípios pelas duvidosas vantagens de uma vida pacata.

— Tudo bem com a velha Helen — diz sem se comprometer. — Não há nada de mal nela mesmo, você sabe. Não tive a chance de conversar com James. Como ele está?

— Mal falei com ele — responde ela num tom frio. — Ficou ocupado demais conversando com Mary Yates. Tem modos quase tão ruins quanto os de Helen.

Felix reprime um suspiro e continua a dirigir, desejando conseguir ir com mais frequência a Bristol, e, como se adivinhasse seus pensamentos, Marina profere as palavras que ele temia:

— Estou pensando em ir a Bristol com você no fim de semana que vem. Quero comprar alguns presentes de Natal. É um pouco cedo, mas o tempo em fins de novembro em geral fica muito ruim.

Ele muda de marcha ruidosamente, pede desculpas e freia de repente quando uma forma escura vara em disparada a pista. Por instinto, estende o braço para impedir que Marina seja atirada para a frente e sente o suave calor de seu mantô de pele.

— Desculpe — pede de novo Felix. — Raposa, eu acho. Rápido demais para um texugo — mas o pequeno choque lhe clareou a mente. — Sim, Bristol, por que não? Piers também podia ir. Entra de miniférias essa semana, não? Receio não poder deixar de ir, mas pelo menos voltarei a tempo para a Noite das Fogueiras.

Trata-se de uma ocasião muito especial na noite de 5 de novembro. A escola da aldeia, segundo a tradição, homenageia Guy Fawkes todos os anos na colina atrás de Michaelgarth, e Piers sente uma responsabilidade especial como anfitrião.

— Droga — diz Marina, irritada. — Tinha me esquecido. É um pouco demais pedir a papai que cuide dele por dois dias, e Piers não vai largar o meu pé naquele apartamento minúsculo. Não tem nem um segundo quarto. Bem, é isso aí, então.

Parece sentir-se rejeitada, e Felix se abstém de fazer sugestões incentivadoras, embora se sinta muito culpado. Instala-se um longo silêncio, que dura até cruzarem o arco e chegarem ao pátio. Ele guarda o carro, segue a esposa pelas pedras molhadas e escorregadias do calçamento e os dois entram na cozinha, que exibe uma arrumação incomum. Marina a examina com olhos estreitados e avaliadores: o rabo de Monty lhes dá um cumprimento cauteloso quando os vê da sua cama sob a janela.

— Bem — diz Felix, meio perplexo tanto pela limpeza da cozinha quanto pela expressão da esposa. — O velho David fez sua parte, ao que parece.

— Papai nunca lava a louça — responde Marina com aspereza —, a não ser que Piers tenha descido e o avô tenha servido pratos extras. Ele lavou tudo para encobrir a verdade, e imaginou que eu não notaria.

— Isso importa? — pergunta Felix, cauteloso. — Talvez o pobre velho amiguinho tenha tido um pesadelo. Acho muito simpático do David ter partilhado a ceia com ele. Diversão para ambos.

Ela se vira para olhá-lo.

— Você não tem a mínima noção de disciplina; tem, Felix? — pergunta num tom hostil. — Nem de autodisciplina nem de qualquer outro tipo?

Ele a encara.

— Não — responde, afinal. — Não, sou um canalha devasso com um grupo de amigos sem princípios. Escute, não estou muito cansado, por isso passarei a noite no meu quarto de vestir. Não quero mantê-la acordada com a luz acesa. Boa-noite, Marina.

No andar de cima, no quarto ao lado do de Piers, ele para um instante de olhos fixos no nada, os punhos enfiados nos bolsos do paletó do smoking. Ouve Marina passar pela porta, a caminho do grande aposento no canto noroeste, e espera sem se mexer até ouvir a descarga do vaso sanitário e a porta do banheiro se fechar, seguida pelo estalo da do quarto. Com um suspiro de frustração, começa a despir o paletó e já desata a gravata e chuta os sapatos quando ouve o movimento na porta ao lado. Ao sair em silêncio para o corredor, vê um feixe de luz sob a porta de Piers.

Gira a maçaneta, entra e acende a luz.

— Olá, velho amigo — diz. — Não consegue dormir?

— Oh, papai — grita Piers, em tom de alívio —, pensei que fosse um arrombador.

O menino apaga a lanterna — a mãe não lhe permite ter um abajur na mesinha de cabeceira para não incentivá-lo a ler quando deve dormir — e dá um sorriso radioso ao pai.

— Acabamos de chegar e eu também não consigo dormir. Por isso vou ficar no quarto de vestir para não incomodar a mamãe. Posso ler um pouco e ela não vai conseguir dormir se a luz estiver acesa.

— Eu também gostaria de poder ler quando não consigo dormir — diz Piers, com inveja. — Em vez disso, posso apenas contar histórias para mim mesmo.

— Bem, que tal uma agora? — pergunta Felix, e pega o livro mais recente, uma versão condensada de *A ilha do tesouro* com excelentes gravuras coloridas. — Talvez faça nós dois dormirmos.

Se ele ligasse mesmo para você, o faria estudar em vez de ler histórias tolas.

Enquanto o pai pega o livro, Piers vê sua chance de fazer uma nova sondagem; como surge tão próxima ao sucesso com o avô, sente-se esperançoso de ser bem-sucedida uma segunda vez.

— Andei pensando, papai — diz e se ergue mais alto no travesseiro, o coração começando a martelar de expectativa. — Andei pensando que talvez a gente deva treinar tabuada toda noite, em vez de ler histórias.

Seu olhar está tão ansioso, tão intenso, que Felix se sobressalta. Senta-se na beira da cama e passa o braço pelos ombros do filho, mas Piers o afasta se contorcendo. Está muito assustado agora, com pavor de que o pai prove que a mãe tinha razão. *Se ele ligasse mesmo para você...* Ajoelha-se empertigado, de modo a deixar clara sua ideia.

— Estou muito fraco em matemática — diz com urgência — e a gente não pode esquecer que tenho a prova de admissão na primavera.

São palavras da mãe, e Felix, ainda furioso com Marina, sente uma terrível compaixão ao ver o rosto pálido e assustado do filho, e interpreta mal o motivo dessa expressão temerosa, estranhamente expectante.

Ele é pequeno demais para que o ameacem e intimidem, pensa, e aprenderá mais rápido se ficar feliz e mais confiante.

— Você tem se saído muito bem — diz com carinho. — Uma história na hora de dormir não fará diferença alguma, tenho certeza. Só estudo sem diversão faz de Jack um menino bobalhão.

Abre o livro, mas Piers olha para ele quase com uma espécie de pavor.

— Acho que não quero, se não se importar — diz com educação. — Acho que vou conseguir dormir agora.

Enfia-se logo sob as cobertas e puxa o lençol até a cabeça, de modo que só resta ao pai se curvar para lhe dar um beijo e sair em silêncio. No quarto de vestir, Felix se pergunta se *A ilha do tesouro*, com o cego Pew liberando a "mancha negra", não é um livro um tanto assustador — embora fascinante — para um menino pequeno: talvez Piers seja jovem demais para a história. De repente cansado, ele se despe rapidamente, atira as roupas e se deita.

No quarto contíguo, o rosto enterrado no travesseiro, Piers adormece aos soluços.

CAPÍTULO ONZE

No início da noite de domingo, no quarto da água-furtada, Lizzie separa os vários itens que pretende mostrar a Felix quando ele chegar mais tarde. Arruma-os sobre a colcha de patchwork e canta para si mesma ao imaginar o prazer dele quando vir todas essas coisas. Várias imagens, algumas coloridas com lápis de cera num caderno de passatempo, e também uma pintura um pouco ambiciosa feita com certa dose de inspiração. Esta a agrada em especial porque foi Felix quem lhe deu o estojo de tintas azul esmaltado com os preciosos montinhos quadrados de tinta e um compartimento separado para os pincéis. Mal consegue suportar usá-lo para começo de conversa: é tão lindo e os pincéis tão macios na face — igual à ponta de sua trança sedosa e grossa —, mas logo fica louca para mergulhar o pincel na água e girá-lo sobre os vermelhos, azuis e amarelos. Faz várias tentativas, nenhuma a satisfaz muito, mas afinal alcança uma criação bastante louvável, e Pidge a ajudou a colar a obra num cartão grosso para parecer mais profissional.

Além da pintura, tem uma página de texto, enfeitada com uma apreciadíssima estrela dourada, que lhe deixaram trazer da escola. "Muito bem, Lizzie", escreveram na margem, e ela examina com orgulho o elogio.

Estende-a com todo o cuidado na colcha, de modo a destacar o papel pautado sobre um quadrado de veludo rubi, e recua para ver o efeito. Um acentuado aceno de aprovação com a cabeça e lá se vai ela até o baú branco para transportar uma família de massa de modelar até a cama: primeiro, Angel, cabelos amarelos comprimidos na cabeça cor-de-rosa; depois Pidge com um chapéu meio extravagante — sem massa plástica para os cabelos; em seguida, em escala menor, a própria Lizzie modelada com uma trança em vermelho vivo. Por último, Felix, as pernas compridas, com um tufo de cabelos que parece um capacho. Por mais que tente, ela não consegue melhorá-lo e espera que ele entenda como é difícil para os dedos pequenos modelarem um material duro como argila.

Carrega-os com todo o cuidado, para que uma perna ou braço não se separe do corpo, e arruma-os num pequeno grupo. Não parecem muito impressionantes sobre o pano de fundo multicolorido, e por um breve instante ela pensa em deixá-los no baú branco; mas não, balança a cabeça ao rejeitar a ideia, a exposição ficará empobrecida sem o grupo central, e ela os distribui de novo, recuando para inspecionar seus esforços.

Um par de sapatilhas xadrez novas conclui a mostra, o feltro vermelho e azul se destaca esplêndido num quadrado de algodão claro enfeitado com ramos, e ela arrasta a cadeira de vime, posicionando-a diante da cama para Felix se sentar à vontade enquanto examina os trabalhos meticulosos produzidos durante as quatro longas semanas da ausência dele.

Ouve a campainha da porta e, no tempo que leva numa última longa olhada crítica à exposição e na cuidadosa descida pelo lance de escada, curto e íngreme, já encontra Felix à entrada. Ele estende uma garrafa de vinho a Pidge, beija Angel e se prepara quando Lizzie se lança a toda pela porta.

— Olá, meu passarinho — cumprimenta, balançando-a no alto, e ela enrosca as pernas na cintura dele e lhe dá um abraço apertado, inspirando o cheiro de Felix do paletó de tweed: tabaco, cachorro, chuva e café.

O recém-chegado se senta junto a Angel no sofá com Lizzie no colo, e esta se aninha na curva do braço dele, contente por esperar, partilhar esse momento com Pidge e Angel, antes de lhe mostrar as deliciosas surpresas no andar de cima. Passa o braço de Felix à sua volta, segura com as duas mãos a dele e se deleita com a sensação de segurança quando esfrega a face no material macio de sua camisa. Ele desliza o outro braço pelos ombros de Angel e a puxa mais para perto, de modo que os três se juntam em grupo como uma família completa. Lizzie sente a excitação aumentar quando pensa no presente que o aguarda lá em cima — e em mais alguma coisa.

Ela fica tensa, mal consegue se conter, e Felix, cônscio da repentina contração, lhe dá um sorriso.

— E como vai você, pequena Lizzie? — pergunta.

A amorosa recepção e o calor humano já começam a fazer efeito. Ele se deixa relaxar: afunda no conforto do sofá, gosta do peso de Lizzie sentada atravessada nas suas coxas, aspira o perfume conhecido de Angel. Pidge lhe traz uma bebida e ri da visão dele quase submerso por Lizzie e Angel, e Felix lhe retribui com uma piscadela, desejando poder fazer mais por elas. Sente que precisa gastar com as três apenas o dinheiro que antes gastava consigo, e por isso abre mão de pequenos luxos para levar presentes à Gaiola.

— Tenho uma surpresa para você — anuncia Lizzie um pouco depois.

Felix parece interessado.

— Para mim? — pergunta, e ela se abraça com prazer secreto.

— Está lá em cima. Venha ver.

As duas adultas sorriem quando ele larga o copo e deixa Lizzie rebocá-lo do sofá e levá-lo até o sótão.

— Feche os olhos — instrui ela quando entram no quarto, e ele obedece no mesmo instante, deixando-a conduzi-lo até a cadeira de vime.

Após apalpá-la à procura dos braços, senta-se cuidadosamente.

— Agora — grita ela, quase explodindo de excitada expectativa. — Abra os olhos, Felix.

Ele logo o faz e encara os deleites espalhados à frente; Lizzie fica de pé junto ao joelho dele, pronta para começar a apresentação. Primeiro, as sapatilhas xadrez que, embora prazerosas, não são criação dela e, por isso, são menos importantes aos seus olhos. Mostra-as com cuidado e os dois concordam sobre o conforto do forro e o colorido do xadrez. Então, a pedido de Felix, ela as calça e dança alguns passos; em seguida, sem tirar as sapatilhas, escolhe a página de texto. Ele fica impressionado, como devia.

— Você escreveu sozinha? — pergunta. — Sem nenhuma ajuda? E o que diz aqui? "Muito bem, Lizzie." Ora, isso é absolutamente fantástico...

Ela permite-se vários minutos do elogio afetuoso, antes de virar-se para a família de massinha.

— Só que você precisa tomar muito cuidado com elas — adverte-o quando Felix estende a mão para pegar uma das figuras. — É muito difícil fazer com que as peças fiquem bem-grudadas, você sabe.

— Sei — murmura ele, examinando com toda a atenção a pequena família.

— Somos nós — diz Lizzie, com receio de ele não ter percebido. — Esta é Angel. Veja, tem cabelos amarelos, mas Pidge usa um chapéu. E este é você...

Felix vira as figuras com todo o cuidado e ela vê que ele está com o rosto sério; talvez não tenha gostado.

— Seus cabelos não ficaram muito bons — explica, ansiosa, pois não deseja magoá-lo.

— Está muito bom — se apressa ele a dizer. — É muito difícil deixar a massa flexível o bastante para modelá-la direito.

— Sim — concorda ela com alívio. — É, não é? Mas eu quis fazer os quatro juntos.

— Que amor — comenta ele, após um instante. — Nós quatro juntos.

O caderno de colorir vem em seguida e, depois, por último, a pintura. Quando a ergue, Lizzie se sente grata a Pidge por colá-la no cartão, pois assim não está mais enrugada. Segura-a de modo que ele a veja direito, e Felix sorri ao reconhecer o primeiro trabalho com o estojo de tintas.

— Maravilhosa! — elogia sinceramente. — Que linda casinha!

— É o nosso chalé no campo — diz ela, embora não saiba de que chalé se trata, a não ser que Angel às vezes diz: "Ah, minha querida, espere até a gente comprar nosso chalé no campo", e Pidge sempre retruca: "Você vai morrer de tédio em uma semana". Lizzie vira imagens de chalés nos livros de rima no jardim de infância, por isso sabe que deve ter um telhado de palha e rosas perto da porta. — Esta é Angel diante da entrada e esta sou eu. Pidge está lá dentro preparando o almoço, por isso a gente não pode vê-la, mas este é meu pai, que chega ao portão.

Apoia-se no braço de Felix e aponta, a trança pendurada no ombro dele, e assim não pode ver a expressão em seu rosto. Logo em seguida, ergue os olhos para decidir o que ele acha e se prepara para explicar a mais preciosa proposta.

— Meu pai morreu, na verdade. — Uma profunda inspiração. — Você pode ser meu pai se quiser.

Por mais jovem que seja, ela sabe por instinto que o longo silêncio após a sugestão não é de deleite. Torna a olhar a imagem para que Felix não veja a decepção em seu rosto. Talvez o trabalho não seja bom o bastante para ele conseguir pensar direito na ideia.

— Espero melhorar se treinar muito — diz, esperançosa.

— Oh, querida — responde ele, com a voz tão cheia de amor, e mais alguma coisa que ela não sabe identificar, que ela o olha mais uma vez, e se pergunta se Felix vai aceitar, afinal. — Não tem nada a ver com a pintura. É linda, e você é uma menina muito inteligente. A questão é... — interrompe-se e morde o lábio, a expressão sombria, e depois a encara e a segura entre os joelhos. — A questão, Lizzie, é que já sou pai. Tenho um filho pequeno.

Ela fica tão surpresa que a curiosidade supera por algum tempo a frustração.

— Um filho pequeno? — repete, imaginando. — Pequeno como? Do meu tamanho?

— Maior. Um ano mais velho que você. Mora muito longe daqui, no campo, perto do mar, por isso não posso visitar vocês muitas vezes. Preciso ficar com ele, assim como Angel precisa ficar com você.

Para alívio de Felix, Lizzie não faz a pergunta óbvia; está ocupada demais imaginando esse filho pequeno.

— Como ele se chama? — pergunta ela, tentando visualizá-lo.

— Piers — responde ele, e ela ri.

— Que nome esquisito! Peers significa "espreitar", em inglês.

Tem uma visão do menino à espreita em cima de muros e esquinas.

— É uma outra forma do nome Peter — explica Felix. — Ele recebeu o nome em homenagem ao tio Peter, que morreu na guerra.

Lizzie parece triste, tendo uma sensação de afinidade com esse menininho que também perdeu alguém na guerra.

— Você o ama muito? — pergunta, tristonha.

— Amo muito vocês dois — responde Felix com firmeza —, quase como se fossem irmãos. Sei que é difícil entender, Lizzie, mas você é muito especial para mim.

Pidge chama da escada para avisar que o jantar está pronto, e os dois descem juntos, de mãos dadas. Lizzie diz a Angel que Felix tem um filhinho chamado Piers e a mãe comenta:

— É, eu sei, meu amor, isso não é legal? — e fala com tanta calma que a menina também aceita o fato.

Começa a se adaptar à ideia, fazer de conta que o tal menino de nome estranho é uma espécie de irmão e Felix é pai dos dois. Absorve a informação e vê que ele não representa nenhuma ameaça; não há necessidade de ficar ansiosa. Nada mudou, afinal.

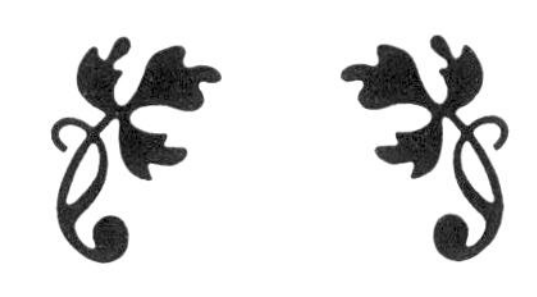

CAPÍTULO DOZE

— Achei que Felix parecia um pouco calado — menciona Pidge mais tarde. — O que Lizzie disse a ele?

— Perguntou se ele gostaria de ser seu pai. — Angel faz uma careta. — Ele respondeu a verdade, mas receou que ela pudesse ficar transtornada.

— Pelo que conheço de Felix, suponho que foi ele quem ficou — retruca Pidge. — Imaginava que isso aconteceria cedo ou tarde. — Hesita. — Acredita que haja alguma chance de ele abandonar a esposa?

Angel faz que não com a cabeça.

— É dedicado ao menino. Sempre foi muito franco a respeito... quero dizer, que ele jamais a deixaria... mas tenho de admitir que nunca abandono de todo a esperança. Ah, Pidge, é uma confusão tão grande, não é? Ele nunca fala dela, mas a gente vê que não está feliz. O que me enfurece de verdade é que estou bastante convencida de que são essas visitas a nós que o mantêm tocando o casamento. Loucura, não? Dois dias por mês; não é uma ração muito grande, é?

— Não — concorda Pidge.

* * *

Ao volante de volta a Michaelgarth na tarde de terça-feira, Felix ainda sofre do receio de que seus dois mundos se choquem. Aconteceu uma vez antes, quando viu Angel na festa de Molly, e agora, como então, se sente envergonhado e frustrado.

O rosto de Lizzie se sobrepõe à estrada além do para-brisa, e ele vê mais uma vez aquela expressão de esperança e expectativa, o desejo por uma coisa que não lhe pode proporcionar. Lembra-se de Piers perguntando se deviam treinar tabuada em vez de ler uma história, e, embora a situação seja muito diferente, Felix tem uma sensação física depressiva de que, de alguma forma, decepcionou ambas as crianças. Até então, pôde manter os dois mundos separados; imaginando que nenhum deles precisa se impor ao outro. Agora vê quanto dano podia causar.

Preso atrás de um ônibus da empresa Royal Blue, que se move ruidoso e imponente em direção a Torquay, diminui a marcha e acende um cigarro. Começa a ensaiar argumentos batidos dentro da mente: poderia Marina, na verdade, ser mais feliz sem ele? Consegue se ver de fato morando na Gaiola com as três? Se não, seria justo romper o grupinho feliz de Bristol? Toda a questão depende de Piers, e Felix sabe que a mãe jamais deixará o filho ir para lá; com toda probabilidade, nem lhe permitiria visitar o pai se este abandonasse a família para viver com uma atriz e sua filha ilegítima.

Fuma sem parar, afastando-se de vez em quando de trás do ônibus, atento a uma oportunidade de ultrapassá-lo. Sente uma imensa insatisfação consigo mesmo; uma aversão desgastante. Vê a si mesmo como uma figura patética, que mora na casa do sogro, capaz de preservar o casamento apenas por meio das visitas mensais à amante em Bristol. Num rasgo de frustração, atira a guimba pela janela, põe a mão na buzina e, com uma ruidosa mudança de marcha, ultrapassa o ônibus com um estrondo.

Ao dirigir pela estrada conhecida, agora é o rosto de Piers que ele vê, com uma expressão que tem notado nos últimos tempos: uma espécie de olhar intrigado, perscrutador, como se examinasse o pai; à espera — desejoso — de que algo se revelasse. Mas o quê? O filho se tornou mais distante, contenta-se em receber um abraço em vez de buscá-lo, refreia-se em vez de correr para cumprimentá-lo, abstém-se de aceitar as ofertas dele — seja uma barra de chocolate ou a sugestão de um jogo de damas — com reserva ou, até, de maneira estranha — com decepção, como se suspeitasse de algum sentido oculto. Felix sente um frio na barriga ao imaginá-lo descobrindo a verdade sobre Angel, revelada de forma brutal por Marina.

Por um instante lúgubre, imagina a vida sem o consolo da Gaiola; sem aquela distante promessa de calor humano e risos. Balança a cabeça, desesperado. Logo o contrato de Angel chegará ao fim e ela irá para outra companhia teatral de repertório clássico por um ou dois anos. Então chegará o momento da verdade, diz a si mesmo: mas ainda não precisa enfrentá-lo.

Só no fim da primavera Marina faz outra viagem a Bristol. Dessa vez, Felix decide não correr riscos, senão incluir Molly e Tom, que têm ingressos extras para *Muito barulho por nada* e os convidaram para um drinque antes da apresentação. Marina fica muito satisfeita com a perspectiva e ele se sente consolado pela ideia de que pelo menos verá Angel, embora só a certa distância, mas faz os próprios planos. Reserva uma mesa para jantar num pequeno restaurante em Clifton, providencia para que um táxi os pegue assim que a cortina baixar, para não terem tempo de ir aos bastidores depois, nem se juntar ao elenco e beber no Llandoger Trow ou no Duke.

Talvez por achar que tomou todas as precauções, Felix se permite relaxar quando a cortina sobe. Angel é uma Beatrice encantadora, e ele a vê com deleite salpicado de orgulho e misturado a uma tristeza frustrada por não poderem ficar juntos. Quando ela diz: "... nessa hora dançou a estrela sob cuja influência eu vim ao mundo...", Felix murmura um assentimento baixinho, sorrindo com tanta ternura, as mãos cerradas tão apertadas uma na outra, que Marina o olha curiosa. Ele se vê arrebatado e absorto demais na saída de Angel para notar, e a esposa torna a olhar o palco, a curiosidade endurecendo e se transformando em cautela.

Durante os intervalos, ela troca amabilidades com Tom, mas passa grande parte do tempo examinando o programa e, em especial, a fotografia e a breve biografia de Angel. Fica calada durante o jantar, faz algumas perguntas sobre a frequência com que ele vai ao teatro, o que o deixa cauteloso também. Felix quebra a cabeça para encontrar uma forma de distraí-la — o convite para ela substituir o pai que deseja se aposentar do cargo de juiz de paz na bancada dos magistrados é um bom tema — e os dois retornam pelas ruas sossegadas num silêncio bastante amigável.

Quando entram no apartamento, o telefone toca e Felix pega o aparelho enquanto Marina o encara, cheia de medo, ainda agarrada à estola. Ele fala rapidamente, mantém a conversa breve.

— Era a Sra. Penn — diz afinal, vai até ela e toma-lhe as mãos. — Tem tentado falar conosco a noite toda. Seu pai está doente. Precisamos voltar imediatamente.

Piers jamais se esquecerá da última tarde juntos. Levam o velho Morris do avô e se dirigem a Stoke Pero para ver a pequena igreja instalada no fundo da concavidade circundante. O avô lhe conta que, na época de Edward, o Confessor, a igreja foi ocupada pela bela rainha Editha, passou para William de Mohun após a Conquista e mais tarde se tornou propriedade de Sir Gilbert Piro, de quem recebeu a segunda parte do nome. Piers ouve com atenção, sentindo a nova responsabilidade de aprender o máximo que puder, mas distraído pela glória da tarde quente de maio. Quando o carro se locomove com barulho pelo vale de East Water, abaixo de Dunkery, ele ouve um cuco cantar na floresta. Ali o vale se inclina de forma tão abrupta da estrada estreita que lhe permite ver os galhos mais altos das árvores que chegam a quase vinte metros de altura. As densas folhas verdes formam uma copa vibrante, misteriosa, acima da base do vale e, quando o carro para e ele luta ao descer para olhar o vertiginoso precipício abaixo, ouve a música do rio East Water, que despenca e corre ao longo do leito invisível. Na parede rochosa que se ergue atrás, germinam musgos acolchoados e pequenas samambaias frondosas, verde-esmeralda brilhante, e quedas-d'água em miniatura desabam em forma de cascata sobre a face de pedra acidentada e esta se derrama do alto de Robin How em Dunkery. O canto dos pássaros enche o ar, ecoa com o ruído da água, e Monty corre pela estrada, soltando latidos loucos, excitados, que impelem uma gralha a se lançar céu acima num clarão de penas azuis. O cachorro espadana pelo vau e sobe a velha ponte com Piers logo atrás, enquanto o avô espera ao lado do carro, recostado no capô, e acende o cachimbo.

Mais tarde, dentro da igreja, reinam o calor e o silêncio. O menino ergue os olhos para o teto de madeira abobadado e o avô lê em voz alta que o burro Zulu transportava a madeira direto de Porlock — duas cargas por dia — e o garoto examina o harmônio, desejando ter coragem para tocar um acorde. Em seguida, junta-se ao velho no banco, quando ele se senta para descansar, os olhos fechados, e também diz uma silenciosa prece, pedindo a Deus que faça o pai realmente se preocupar com ele. O avô é um corpanzil confortável, sólido, ao lado, e ele desliza a mão para se encaixar na curva do braço revestido de tweed.

— Que foi que houve? Onde é o incêndio? — Parece que o avô deixou a cabeça cair e adormeceu, e Piers sorri e mostra que não se importa, pois não há problema em tirar uma soneca nesse lugar tão pacífico.

— Casa para o chá — diz o velho, oscilando de leve ao se levantar, e se segura no banco em busca de apoio. — Vamos, meu jovem companheiro.

Lá se vão os dois, de mãos dadas, passando pelo teixo e pelas lápides inclinadas, de volta ao carro, onde Monty aguarda impaciente, a cabeça espichada pela janela semiaberta; para casa, pelas veredas conhecidas que serpeiam por Luccombe e Huntscott, os jardins dos chalés repletos de flores brancas e vermelhas, e seguem para Michaelgarth. Piers sente a habitual empolgação da alegria quando entram no pátio sob o arco, e brinca com Monty nas pedras arredondadas do calçamento, correm e saltam enquanto o avô apalpa o bolso à procura da chave e destranca a porta da copa. Curva-se pesado sobre a bengala, vacila um pouco, e Piers ergue os olhos ansiosos para ele quando o velho abre a porta.

— Cansado, vovô? — pergunta. — Devo preparar uma xícara de chá para você? Não precisamos esperar a Sra. Penn. Preparo chá para a mamãe às vezes, quando ela está cansada.

O velho faz que não com a cabeça, murmura que vai se sentar por um instante e cambaleia pela cozinha até o vestíbulo. Piers, sentindo-se meio adulto, embora preocupado, começa a fazer o chá como lhe ensinou a mãe, arrastando uma cadeira até o armário para alcançar a lata, e mal consegue pôr a pesada chaleira no fogão. Leva a xícara e o pires com todo o cuidado, caminha devagar para não derramá-lo, e surpreende-se ao ver que o avô não foi além do vestíbulo, onde desabou numa das grandes cadeiras esculpidas. Piers agora percebe que ele devia estar muito cansado, pois adormeceu, a cabeça caída de lado, as mãos apoiadas frouxas nos joelhos. Põe o chá no chão de lajotas, ajoelha-se ao lado dele e toma-lhe uma das mãos. Não recebe uma pressão nem um aperto em resposta, por isso sabe que o avô dorme um sono profundo. Perplexo, Monty também se deita, focinho nas patas, e Piers se instala com mais conforto, apoiando a cabeça no joelho do velho. Fita as altas janelas em arco acima, nas quais uma borboleta de asas amarelo-enxofre bate contra o vidro. Sabe que é uma borboleta-limão e lembra a si mesmo que precisa registrá-la no livro da natureza, junto com a gralha e o cuco. Ergue os olhos para ver se o avô ainda se mexe, mas parece que afundou ainda mais a cabeça no ombro, e Piers torna a se virar para ver a borboleta. Saiu da janela agora e voa cada vez mais alto, elevando-se até os espaços ensolarados do vestíbulo, e ele a aprecia com deleite, inundado de paz enquanto o chá esfria e, dentro da pequena e quente mão, a do avô se enrijece.

É assim que a Sra. Penn os encontra quando chega ali quase uma hora depois.

CAPÍTULO TREZE

— Ele é jovem demais para comparecer ao enterro — diz Marina friamente, e Felix se cala, incapaz de expressar o sentimento de que Piers devia poder fazer sua própria despedida. Até então o menino ficou muito quieto a respeito de tudo, embora seja visível que sente falta do avô.

— Não vai ter ninguém para cuidar do livro da natureza — diz —, agora que tenho de estudar tabuada.

Felix lança um olhar de advertência a Marina, prestes a comentar que o livro da natureza é o menor dos problemas dela, e sugere hesitante que pode assumir a tarefa se o filho ajudá-lo.

— Imagino que não vou ver mais tantas coisas agora, sem...

Piers engole em seco, curva para baixo os cantos da boca, mas muito de repente se lembra da borboleta e é como se o avô estendesse o braço para pôr a mão sobre seu ombro.

— Ainda podemos ver coisas — diz o pai, cauteloso. — Você podia me mostrar aonde vocês dois iam, não? Pode ser muito divertido.

Piers o encara e Marina encolhe os ombros com certa impaciência, pois teme qualquer tipo de explosão emocional.

— Ele vai para a escola no outono — diz ela, fortalecendo-se —, não vai, Piers? Há muita coisa nova a fazer e ver.

O filho olha de um para o outro, pesa as duas sugestões e lembra alguma coisa: ... *as pessoas tolerantes e relaxadas não são aquelas que levam a sério o verdadeiro bem-estar da gente.* Então assente com a cabeça.

— Venha, então — chama a mãe. — Hora do banho.

Piers olha o pai atrás quando sai com ela, e Felix suspira, mãos nos bolsos, tomado por uma conhecida sensação de frustração.

Na noite após o enterro, depois que todos saíram, ele encontra Piers sentado na cadeira esculpida no vestíbulo.

— Ele já se foi? — pergunta ao pai.

— Sim — responde Felix com delicadeza. — O avô que nos habituamos a ter conosco já se foi, mas uma parte dele sempre ficará aqui.

Interrompe-se, cônscio da inadequação da frase, com receio de uma interpretação errônea.

— Que parte? — pergunta Piers, meio ansioso.

— É difícil explicar — apressa-se a dizer Felix. — Não é na verdade um pedaço dele. Quando as pessoas morrem, ocorre uma espécie de metamorfose. — Para, reza por ajuda e tem uma inspiração. — Você sabe como uma libélula deixa o casulo para trás, não? Bem, é meio parecido. Há uma prece, na verdade é da Bíblia, que se lê em enterros. Começa assim: "Eis que aqui vos digo um mistério: Nem todos dormiremos, mas todos seremos transformados. Num momento, num abrir e fechar de olhos."

Ele cerrou os olhos no esforço para lembrar e torna a abri-los, já arrependido do impulso, pois como esperar que uma criança entenda isso? Mas Piers de fato sorri; ergue os olhos para o vestíbulo cheio de sombras como à procura de alguma coisa.

— É — diz com alívio. — É, gosto disso. "Todos seremos transformados." — Repete, pensativo, a frase. — Acredita que pode ser em qualquer coisa?

— Sim — responde Felix cautelosamente e imagina o que se passa na mente do filho, mas fica satisfeito ao ver que ele parece feliz e em paz. — Acho que isso é bem bonito, não?

— Ah, sim — responde Piers, confiante.

Ele procura de novo a borboleta, mas as sombras se tornam mais densas, e ele imagina que ela já adormeceu, as asas dobradas para a noite. Deseja que Monty entenda que o avô mudou: o pobre cachorro sofre a perda do dono e não se deixa reconfortar.

— Eu gostaria que a gente pudesse contar a Monty. Sobre a transformação, quero dizer. Ah, se os cachorros falassem.

— Tenho certeza de que você é um grande conforto para ele — diz Felix. — Ele o olha agora como seu dono, não acha?

Piers fica impressionado com tal promoção: impressionado e satisfeito.

— Mas e quando eu estiver na escola? — pergunta. — Sei que mamãe vai dar de comer a ele e deixá-lo sair, mas não vai...

Hesita, tentando pensar numa frase que não pareça desleal, e Felix entende que ele quer dizer que Marina fará seu dever e nada mais. Ela já sugeriu a mudança da cama de Monty para a copa: mudança que Felix vetou ferozmente.

— Tive uma ideia — começa o pai — e quero que me diga o que acha. Que tal se eu levasse Monty comigo ao escritório todo dia durante o semestre escolar? Saio bastante, visito fazendas e as florestas, vejo montes de pessoas que gostam de cachorros. Ele poderia dormir embaixo da escrivaninha enquanto trabalho. Acha que ele gostaria?

— Ah, sim — grita Piers. — Tenho certeza que sim. E a gente pode levá-lo a longas caminhadas nos fins de semana.

— Que bom, então — diz Felix. — Mas você é o dono dele, lembre-se. Monty vai esperar muito carinho de você, que precisa aprender a tratar dele e alimentá-lo. Quando for para a escola no outono, eu cuidarei disso no período de aulas, mas vocês, ainda assim, vão passar longas férias juntos, lembre-se.

— Eu podia escová-lo agora — diz Piers, entusiasmado, e levanta-se da cadeira. — Monty ia gostar, não?

— Sem a menor dúvida — responde Felix. — Escovar um animal é como dar carinho. Faz bem aos dois.

Piers atravessa disparado o vestíbulo e para na porta para olhar o homem atrás que diz e faz coisas tão boas; o pai que de fato não liga para ele. Sente-se perplexo e confuso, mas a ideia de ser dono de Monty se apodera mais uma vez dele, consolando-o, dando-lhe um propósito, e ele desaparece na copa.

Felix fica sozinho no salão, cabisbaixo, ao lembrar a cerimônia fúnebre, vendo mais uma vez a serena sepultura no pequeno cemitério rural. *Vós, Senhor, que conheceis os segredos dos nossos corações.*

Os olhos ardem com as lágrimas e ele daria tudo para sentir o braço de David Frayn apoiado no ombro, ouvir sua voz. Atravessa o vestíbulo em direção ao gabinete do velho, sabendo como será muito triste a vida sem ele.

CAPÍTULO CATORZE

— A gente vai sair de férias — diz Lizzie a Pidge com grande excitação, tão logo a amiga chega ao andar de cima, numa noite de julho. — Vamos à praia e Angel vai comprar um balde e uma pá para mim.

Pidge encara Angel, estendida ao comprido no sofá, as sobrancelhas erguidas de descrença.

— *Praia?*

— Não é excitante, querida? — Angel não se mexe e mantém os olhos fechados. — Acho de fato que é hora de Lizzie tirar umas pequenas férias. Umas férias adequadas à beira-mar.

— Vamos num trem. — Lizzie junta as mãos, pois mal consegue acreditar em tão boa sorte. — E lá tem um castelo.

— Espere aí — pede Pidge. — É muito excitante, sim, mas por que a inesperada necessidade de ozônio, Angel? — Ocorre-lhe uma ideia e ela de repente exibe uma expressão sombria. — E esse lugar, que tem um castelo e fica perto do mar, por acaso é em Exmoor?

Angel se senta num movimento súbito e fecha mais o roupão em volta do corpo.

— Meu bem — pede a Lizzie —, poderia ir até meu quarto ver se consegue encontrar meus cigarros?

— O que você está tramando? — pergunta Pidge em voz baixa, assim que Lizzie desaparece. — Mas que loucura, Angel! É muito pior do que a festa de Molly. Lembra-se de como se sentiu então?

— Não posso evitar. — Ergue os olhos para a amiga com a expressão infeliz. — Ele não pode vir este fim de semana porque vai tirar férias, e no mês que vem fecharão o escritório daqui para algumas obras ou coisa que o valha e adiarão a reunião dos sócios até setembro. Só daqui a três meses vou poder vê-lo de novo, Pidge. Três meses. Como posso aguentar?

— Serão três meses de qualquer modo, Angel — responde Pidge, insistente. — Ou... — fecha a cara — você quer dizer que Felix armou essa viagem?

Angel faz que não com a cabeça, comprime os lábios e desvia o olhar.

— Não, claro que não — continua Pidge, impaciente. — Idiotice da minha parte achar que ele seria tão louco. Por favor, não faça isso, Angel.

— Você não compreende. — Angel se levanta e toma o braço da amiga. — Entenda, simplesmente não posso continuar esperando. É uma coisa tão... ai, não sei, degradante. Não por culpa dele, eu sei, mas preciso dar um passo sozinha. Entende o que quero dizer?

— Sim — responde Pidge, agora com delicadeza. — Sim, claro que entendo, querida, mas é o passo errado. Não vai vê-lo, ou se o vir estará repetindo aquela mesma situação da festa, e você apenas se sentirá horrível em relação a tudo isso. Pode imaginar como Felix reagirá se der de cara com você e Lizzie na rua principal de Dunster? Principalmente se estiver com a mulher e o filho? Você vai escancarar o caso, além de pôr tudo a perder e, depois, o que lhe restará?

— Sei lá — Angel parece angustiada. — Mas às vezes acho que isso é melhor do que não fazer nada. Um dia ele vai me deixar de qualquer maneira, Pidge.

Embora a amiga a olhe com compaixão, vê que não é o momento de falar do papel de Lizzie — nem do dela, Pidge — no relacionamento, nem do próprio Felix.

— Pense bem — implora.

— Já reservei o chalé — retruca Angel, em tom desafiador. — Vi anunciado no jornal de domingo semanas atrás e guardei por via das dúvidas. De qualquer modo, Lizzie vai adorar.

Antes que Pidge possa responder, Lizzie já surge de volta.

— Não consigo encontrar os cigarros em lugar algum, Angel. Procurei e nada.

— Ah, olha eles aqui — grita a mãe, pegando a cigarreira do lado da poltrona onde a escondeu antes. — *Sou* uma idiota. Desculpe, meu bem.

— Eu gostaria que você viesse com a gente — diz Lizzie a Pidge, os olhos brilhantes de excitação —, mas Angel só tem poucas semanas entre os contratos e disse que você não pode se afastar da biblioteca em agosto.

— Não, é verdade — concorda Pidge após um instante. — Não, não posso me afastar da biblioteca.

— Vamos lhe enviar um cartão-postal, querida — diz Angel.

Olha para ela com um sorriso adulador, meio como uma criança desobediente, mas penitente, talvez pedisse perdão, e só resta a Pidge retribuir o sorriso.

— Sim — diz. — Façam isso.

Lizzie se afasta apressada para o quarto no sótão e se pergunta o que levará consigo nas férias. Arrasta a malinha, põe na cama e abre: como parece pequena! O urso de pelúcia surrado, que foi de Michael Blake, com certeza tem de ir a Dunster, e o pequeno pinguim de feltro — presente de Felix, após uma memorável visita de aniversário ao zoológico — também deve fazer parte do grupo. Ela o segura, admira a elegante pele preta e branca e os alegres bico e pés amarelos. De olhos fechados, lembra a caminhada entre Angel e Felix, exatamente como uma verdadeira família, com os três se sentando à luz do sol diante do pequeno café; ela tomou um sorvete, enquanto os outros tomaram café.

O pinguim chegou pelo correio depois: "Encontrei esse Pinguim de Porlock a caminho do zoológico de Bristol", escreveu Felix no cartão, e

Lizzie lhe deu o nome de Porlock porque achou que soava bem. Ainda guarda o cartão.

Cantarolando para si mesma, ela começa a arrumar a mala.

Sentado à sombra de uns tojos, morro acima atrás do pátio, Piers enxuga os olhos no lenço e passa o braço pelo pescoço de Monty. Ninguém lhe disse como o sofrimento pela perda de um ente querido ataca de forma tão inesperada, pega a gente entre um momento e outro, nos aleija de dor e nos impossibilita engolir. Agora mesmo, ao observar o passarinho que cantava e saltava nos galhos mais altos do espinheiro em forma de flauta, virou-se instintivamente para apontá-lo ao avô: para confirmar que era o tordo macho, de peito castanho e cabeça preta. Foi um choque terrível se ver sozinho; sem o velho apoiado na bengala, olhando o pequeno pássaro com a querida expressão conhecida que combinava admiração, alegria e gratidão, embora já tivesse tido aquela mesma visão uma centena de vezes. Piers se sentiu desolado então, tão chocado e solitário como quando a mãe explicara que o avô fora embora para sempre e jamais poderia voltar.

Toda semana, ele pedala até o cemitério da igreja na nova bicicleta, Monty correndo a toda ao lado, e os dois vão visitar a sepultura do velho. Embora sempre leve Monty na correia, não satisfaz à mãe a ideia de cachorros entrarem em cemitérios, mas o idoso sacristão concorda com Piers que David Frayn gostaria de saber que seu animal de estimação o visita de vez em quando.

— Apesar de isso ser apenas o casulo dele — explica Piers. — Meu avô se transformou agora, você sabe?

O sacristão balança a cabeça em sábio assentimento e os deixa a sós, sentados juntos no monte gramado à luz do sol, o menino conversando sem parar com o cachorro — e com o avô —, enquanto ele os vigia da sombra sob os arbustos de teixo, pois teme que o jovem amigo se angustie.

Mas é nos momentos mais inesperados que Piers se angustia; momentos que o pegam de surpresa e ele não consegue controlar.

— Meninos grandes não choram — adverte a mãe, para o filho saber que ele jamais deve mostrar as lágrimas, e Piers enxuga o rosto mais uma vez agora quando a ouve chamá-lo do pátio embaixo. Vão fazer compras em Dunster e ele corre morro abaixo, escorregando nas pedrinhas secas soltas da encosta, ainda enxugando o rosto com o lenço.

— Minha nossa, que aparência esbaforida — critica ela, afastando os cabelos dos olhos e endireitando a camisa de algodão sintético do filho. — Que moleque! Entre e se arrume. Não, não podemos levar Monty, vai ficar quente demais para ele no carro.

Às vezes, quando percorrem as pistas no Morris, Piers se lembra da última excursão com o avô a Stoke Pero, mas agora afasta as lágrimas com o olhar fixo, à procura da primeira florescência de urze em Dunkery, e vê o curto rabo branco de um coelho correndo no fosso.

A aldeia cochila à luz do sol vespertino, o castelo rosa-avermelhado monta guarda na colina, e ele acompanha a mãe da agência do correio até a farmácia e, por fim, à confeitaria Parhams. Há várias pessoas na loja, mas sua atenção logo é atraída por uma menininha, um pouco mais jovem que ele, que olha em volta e canta baixinho. Usa um vestido amarelo, uma trança grossa dourado-avermelhada, amarrada com uma fita amarela. Ela se vira de repente, vendo-o pela primeira vez, e ele nota que ela tem os olhos cor de âmbar e um tanto tímidos, embora ela pareça amistosa, como se quisesse lhe sorrir.

Empertiga-se, tenta furtivamente se soltar da mão da mãe para mostrar que não é um bebê, e sim um menino grande que vai à escola no próximo semestre, mas não consegue evitar que o rosto responda àquele olharzinho sorridente. Alertada pela contorção dos dedos do filho, a mãe olha para ele e, no mesmo instante, vê o objeto de interesse do filho. Nesse momento, a mulher com a menina também se vira, e os quatro parecem imobilizados por um breve momento no tempo, encarando, até Piers sentir a mão apertada com mais força ainda e ele ser afastado com um puxão.

— Não posso me dar ao trabalho de esperar — diz a mãe.

Está com as faces vermelhas e acaloradas, a boca comprimida, e ele olha para ela ansioso quando correm de volta ao carro.

— Você está doente? — pergunta o menino, ao se lembrar do avô. — Tudo bem com você, mamãe?

— Muito bem — responde ela, sucinta, mas, quando retornam a Michaelgarth, Piers sabe que há algo errado, como se os pensamentos da mãe corressem mais rápido que o carro, e se sente assustado.

Durante o tempo todo em que Marina desempacota as compras e prepara o chá dele, ela parece aguardar algo; como se, no íntimo, os sentimentos se contorcessem e ficassem cada vez mais comprimidos, como uma mola. Quando o pai chega, passa pelo vestíbulo e entra no gabinete para se servir uma bebida. Da posição que ocupa no patamar, Piers vê a mãe segui-lo. O menino desce em silêncio a escadaria e entra no vestíbulo, arrastando-se pelo corredor até poder vê-los pela porta entreaberta.

— ... Que idiota eu fui, não? — diz a mãe. — Devia ter adivinhado muito tempo atrás. Ah, não finja mais para mim, Felix. Vi aquela mulher hoje em Dunster. Aquela atriz. É sua amante, não é? Tinha uma criança com ela. Não será sua filha, por acaso?

Piers logo sabe que ela se refere às pessoas que os dois viram antes na Parhams: a loura bonita com a menina. Mas o que significa isso? Confuso, seu pensamento é desviado para a antiga diretora do colégio, mas, quando se aproxima um pouco mais, vê o pai largar o copo com uma exclamação furiosa e se encaminhar a passos largos em direção à porta, e imagina que ele o tenha visto ali parado.

Vira-se no mesmo instante, atravessa em disparada o vestíbulo e sai pela copa para o pátio, onde Monty dorme nas pedras frias, e as palavras martelam sua mente o tempo todo no ritmo dos pés correndo. *Tinha uma criança com ela. Não será sua filha, por acaso*?

Quando Felix chega à porta da copa, tanto o menino quanto o cachorro desapareceram.

PARTE DOIS

CAPÍTULO QUINZE

Dunster, 1998

A gaiola pendia da janela no primeiro andar, onde qualquer um que olhasse para cima, da rua principal, a veria. O sol matinal brilhava nas grades douradas e nos passarinhos, mas as penas amarelas cor de gema de ovo do filhote que antes eram fofas haviam desbotado para limão-claro e as patas laranja também, embora se agarrassem com a mesma tenacidade à barra de madeira do trapézio.

Piers, ao levantar-se da cadeira, abaixou-se como sempre para evitar tocá-la com a cabeça, e seu pai lhe sorria; havia humildade e compaixão no sorriso. Ele desconfiava de que Piers visse a gaiola como um símbolo do passado paterno, mas se algum dia se perguntara sobre a proveniência dela, jamais falara disso.

O filho, curvando-se para beijar de leve o pai na testa, sentiu a velha frustração da infância: uma instintiva e profunda afeição por ele, que se confrontava sempre com o senso de lealdade à mãe. O rosto dela, com a boca amarga e os olhos cautelosos, parece atrapalhar o beijo, e ele se empertiga, em luta contra a crescente necessidade de se ajoelhar diante do pai *e* interrogá-lo.

"Por que", tinha ânsia de perguntar, "precisou *delas* quando tinha a *nós*? Por que a fez sofrer?". Em vez disso, deu as costas e saiu, fechando a porta atrás de si sem fazer barulho.

Felix inspirou fundo e se permitiu descerrar as mãos. A cada visita, esperava que a tempestade se desencadeasse e se preparava para enfrentá-la. Desde que a esposa de Piers o deixara, e menos de um ano depois que o filho soldado, David, morrera num acidente de carro, Felix esperava que o controle do seu próprio filho se rompesse sob a tensão do sofrimento. Sentia por intuição que esses dois fatos vinham derrubando aquela barreira de reserva amistosa atrás da qual Piers conduzia a relação adulta com o pai.

Curvou-se para a frente na poltrona, atento ao aparecimento de Piers na rua abaixo. Uma jovem alta e loura, com o bebê num carrinho, passava na calçada defronte. Os vastos cabelos louros estavam amarrados num nó e ela tinha um rosto estonteante de beleza verdadeira e profunda. Ela olhou em volta, elegante e graciosa, mesmo de jeans desbotado e velha camisa branca, e de repente sorriu para alguém que Felix não via. Ele esperou. Piers surgiu subitamente de uma porta embaixo da janela, ergueu o olhar para o pai acima na saudação habitual e atravessou a rua ao encontro da moça, que o tomou nos braços com cálida afeição, e ficaram conversando por um momento antes de se afastarem pela rua principal. Ela ergueu a mão num breve cumprimento a Felix, que ainda os observava, e ele retribuiu o aceno, com o coração cheio de gratidão, embora ela já tivesse se voltado para Piers.

Sentado na poltrona de orelhas, refestelado no calor à luz solar da manhã, Felix imaginava por que era impossível romper a reserva do filho. Por que simplesmente não derrubara muito tempo atrás aquela muralha, construída de antigas lealdades, ressentimentos e medos que se interpunha entre eles? No entanto, a ideia de tentar isso o apavorava: que mal poderia fazer? Sentia por Piers um amor forte o bastante para sustentá-los no processo de falar tudo em detalhes? Quantas vezes acontecera a mesma coisa com Marina: ela, fechada em copas no seu silêncio, cheia de reprovação; ele, tentando penetrar a barreira com palavras? Sentiu-se tomado de impotência ao pensar no malogro do passado.

O orgulho que Marina sente do filho se torna a fonte principal de sua vida; decidiu que ele será o melhor, o primeiro, um gênio. Aos poucos, enquanto Piers cresce, ela acaba dirigindo toda paixão a esse fim: Piers não a decepcionará como fez Felix. Quanto a Piers — dilacerado entre o amor pelos dois, e cada vez mais consciente da infelicidade materna —, tenta semear harmonia, reparar o dano o melhor possível. A reivindicação dela ao filho é a mais forte; ela o vê com mais assiduidade, cuida de suas pequenas necessidades cotidianas — e se sustenta num farisaico senso de justiça. Felix continua a desempenhar o papel de pecador, e o conhecimento dessa fraqueza solapa sua confiança no convívio com o filho. Só após o casamento de Piers que algum toque de graça — um abrandamento que permite a Felix se aproximar dela — aos poucos liberta Marina das garras de ferro do ressentimento. Os últimos anos dos dois juntos são ofuscados pelo câncer, que a Felix parece uma manifestação física final daquele ciúme a vida toda represado que tanto destruiu a paz dela; ainda assim, durante a doença ele pôde ajudá-la — tocado pela bravura de Marina —, capaz de demonstrar o amor dele, o qual, por fim, comovida pelo afeto e grata pelos cuidados do marido, ela consegue aceitar.

Tão logo Marina morre e ele se muda de volta para o apartamento em Dunster, o chá da tarde e os jantares dominicais se tornam um ritual semanal. Felix desconfia de que essa é a maneira de o filho tentar compensá-lo por ter abdicado da relação tão próxima que eles tinham, e concorda prontamente com as visitas, por saber que isso alivia o sentimento de culpa de Piers. Este acha difícil acreditar que o pai não mais deseja ficar em Michaelgarth e suspeita de que ele apenas se sinta egoísta por ocupar tanto espaço enquanto Piers e a família dão um jeito de se acomodarem no chalé muito menor nos arredores de Porlock, onde os pais iniciaram a vida de casados.

De pé juntos diante da lareira, no gabinete em Michaelgarth, onde Felix passa a maior parte do tempo agora que ficou só, ele tenta explicar os motivos da decisão de se mudar para Dunster:

— Afinal, a casa de Michaelgarth nem me pertence — diz e, ao ver a expressão do filho mudar para cautela e mesmo para mágoa, se apressa em acrescentar: — Pertence a você agora, como deve ser. Você sabe que a propriedade era da família de sua mãe, não da minha, por isso ela a deixou para você e não para mim. Foi criada aqui, assim como você, e acho certo que David também cresça aqui. De qualquer modo — tenta um tom mais leve —, é demasiadamente grande para um velho sozinho.

— Bobagem, você mal fez sessenta anos — Piers descarta a idade do pai com um balanço de cabeça. — Isso não significa que não adoraríamos, claro. — Parece meio rígido pelo esforço de conter um rasgo de excitação, no desejo de se assegurar de que Felix de fato tomou sua resolução. — Mas você acha mesmo que seria feliz naquele apartamento? Depois daqui?

Ao ver a expressão de descrença do filho, Felix quase ri alto. Impossível Piers imaginar que alguém preferisse o pequeno apartamento àquela casa velha caindo aos pedaços, inconveniente — mas também, como Marina e todo o clã Frayn antes, ele adora Michaelgarth.

— Claro — acrescenta —, a casa é grande o suficiente para todos nós...

Olha a sala em volta e Felix sabe que ele pensa em como viveram ali com o avô. Quebra a cabeça para achar uma forma de explicar a diferença: dizer que David Frayn fora o dono da casa, Marina era filha dele, e naquele tempo era muito normal os jovens cuidarem dos seus velhos. A esposa de Piers, Sue, dirige o próprio negócio em Taunton, além de cuidar do marido e do filho pequeno, e trata de organizar a vida de todos com eficiência num cronograma apertado. Felix se sente exausto só de pensar nela.

Piers ergue a pesada garrafa quadrada de cristal, e a luz fragmentada brilha e lampeja quando serve uísque em dois copos. Quantas vezes ele e David realizaram esse ritual: como sentia falta dele naqueles primeiros anos vazios.

— Eu me submeteria ao comando de Sue rapidinho — diz com um sorriso. — De qualquer modo — tenta fazer uma piadinha —, espero meio ansioso para voltar ao meu apartamento de solteiro depois desse tempo todo.

Morde o lábio, arrependido da brincadeira; sabe como Marina reagiria a tal declaração.

Piers parece pouco à vontade.

— Bem, sempre temos o chalé se você se sentir meio apertado no apartamento. Não o alugarei por algum tempo, precisa de muita reforma.

"Mas o apartamento é *meu*, entenda", Felix sente vontade de dizer. "Foi lá que comecei quando jovem de volta da guerra, e é lá que quero acabar."

O ensolarado apartamento acima da rua principal o acolhe como se nada tivesse mudado ao longo dos anos. Quando traz a gaiola de volta de Bristol, ele a pendura na janela como um lembrete do calor humano e do bom humor daqueles tempos felizes com Angel, Lizzie e Pidge.

"Angel quer que você fique com ela", escreve Pidge. "Foi muito assertiva quanto a isso, e acho que devo respeitar o sentimento dela. Venha me visitar, Felix..."

E assim ele vai pela última vez à casa estreita perto da universidade. Pidge continua com o olhar determinado de sempre, embora a antiga cobertura de cabelos sedosos e escuros agora esteja embranquecida. Os dois falam de muitas coisas e, por fim, ela lhe dá a gaiola.

— Cuide bem dela — diz. — Angel teve o pressentimento de que você devia ficar com ela e eu prometi, embora tenha levado bastante tempo para me convencer. Sinto tanta saudade dela; e, embora Lizzie apareça aqui às pressas sempre que pode, passa a maior parte do tempo em Londres ou em temporadas no exterior.

— Eu adoraria aceitar o presente — responde ele, comovido e um tanto abalado por se ver de volta àquele lugar, onde há tantas lembranças.

— Não sei lhe dizer o que significa saber que, no fim, ela me perdoou. Mas acho que o lugar da gaiola é aqui, com você. Ou com Lizzie.

— Você conhece Angel! — Ela lhe dá um sorriso, os olhos sombrios de recordações. — Tinha esses estranhos pressentimentos e eu não gostaria de contrariar os desejos dela. — Os dois se abraçam e cada um agarra o outro com força. — Lembre-se de como éramos — grita Pidge de repente da entrada, enquanto ele desce o pequeno caminho carregando a gaiola.

Agora, erguendo o olhar para o pequeno filhote de pássaro com as asas fofas abertas na gaiola, Felix visualiza a pequena Lizzie mostrando-lhe seu trabalho no quartinho do sótão; a pintura e a família feita com massa de modelar.

Você pode ser meu pai, se quiser.

Felix fez uma careta ao lembrar como sentiu uma impotente angústia com essa demonstração de anseio patético e sua desajeitada tentativa de salvar o orgulho dela e restaurar a confiança em seu amor por ela; respondera com nada menos que a verdade absoluta.

O sol se afastara devagar além da janela e deixara a poltrona na sombra. Deliberadamente afastando a recordação, Felix se levantou e entrou na pequena cozinha para guardar as compras que Piers pegara para ele e para preparar o almoço solitário.

CAPÍTULO DEZESSEIS

Ao tirar o carro de ré do estacionamento e contornar com cuidado entre a fila do tráfego da manhã de sábado, Tilda tinha mais consciência de Piers sentado em silêncio ao lado. Era um excelente passageiro: jamais esticava o pé para um freio imaginário nem se esquivava quando ela espremia o veículo na sebe a fim de evitar um motorista que precisava de mais que o seu quinhão da pista estreita. Ela praguejou baixinho uma ou duas vezes — quando turistas negligentes frearam de repente para consultar um mapa ou, tomados de pânico, recusaram jogar os automóveis brilhantes e novos para amplos encostamentos —, mas o sogro parecia apenas se divertir. Permanecia relaxado no assento, os pensamentos em outra parte. Só as mãos mostravam uma mensagem diferente: pousadas de leve nas coxas, frouxamente enroscadas em punhos, a não ser pelo polegar enfiado em cada mão e mantido com força entre os nós dos dedos. Tilda agora reconhecia nisso um sinal de tensão interior. Tentou avaliar aquele humor, perguntando-se o que teria acontecido entre ele e Felix; deixara Dunster, via Alcombe, e já dobrava à esquerda em Headon Cross antes de pensar em alguma coisa para dizer que não fosse banal nem intrusivo.

— Passei na livraria Cobbles enquanto você estava com Felix — disse por fim. — Adrian acha que encontrou o livro do qual você lhe falou, mas quer confirmar com você. Esqueci completamente de lhe contar.

Piers olhou em volta, como se de repente estivesse cônscio de que percorria a paisagem rural com Tilda e não ficara trancado num mundo privado próprio.

— Que bom — respondeu vagamente.

— Eu disse que você na certa ia aparecer. — Ela balançou a cabeça. — Sou um caso perdido. Cérebro extremamente morto. Ele vai se perguntar por onde você anda.

Piers se voltou para olhar a nora: as mangas da camisa branca arregaçadas sobre os braços nus, os surpreendentes olhos azuis fixos na serpeante pista em frente — parecia muito jovem e forte, mas ele sabia muito bem como era vulnerável. Como sempre, foi tomado por uma mistura de emoções conflitantes: alegria e sofrimento; felicidade e dor.

— Vou telefonar para Adrian quando chegar em casa — disse. — Não é problema algum.

— Tudo bem, então. E não esqueça que irei ao chalé mais tarde, para ver se Gemma e Guy já se instalaram. Convidei-os para o jantar em Michaelgarth amanhã à noite. Lembra?

Piers, que esquecera por completo que esses amigos tinham alugado por uma semana o chalé da família logo depois de Porlock, imaginou o quanto Tilda sofria em companhia de casais jovens. Sem dúvida, isso devia lhe lembrar tudo que perdera: ou talvez o grupo e as ligações que tinham com David a reconfortassem.

Com a boca cheia de palavras, placebos sem sentido que pareciam lhe cobrir e paralisar a língua, ele suspirou de frustração e ela o olhou de lado, sorrindo como se reconhecesse o dilema.

— Como estava Felix?

Piers se deslocou de leve no banco, com um pequeno dar de ombros.

— Parecia muito bem. Um pouco frágil, sem dúvida. Eu disse que um de nós ia pegá-lo amanhã por volta das duas e meia. Claro, ele queria dirigir sozinho até Michaelgarth, mas insisti que não.

— Ele não deve dirigir ainda — concordou Tilda —, mas deve ser terrível ter de ficar tão dependente. Sobretudo para alguém como Felix.

— Ele sem dúvida gosta que você o conduza... mas por outro lado...

— Por outro lado? — provocou ela. — Por outro lado, o quê?

Ele deu um leve riso de desdém, gozando a si mesmo.

— Eu ia dizer que papai sempre gostou da companhia de uma mulher bonita, mas na verdade não posso censurá-lo neste assunto, posso?

— Mal chega a ser uma tendência incomum, em vista do homem médio — admitiu Tilda. Sorriu-lhe, gostando mais ainda dele quando seu senso de justiça vencia os ocasionais momentos de amargura.

— Você tem sido muito mimado, claro. Comigo *e* Alison disputando para cercá-lo de cuidados.

Piers pareceu constrangido, mas um súbito choramingo no banco de trás o livrou de dar uma resposta; uma pausa, e depois começou um uivo mais longo e forte.

— Merda! — disse Tilda, empurrando mais o pé no acelerador. — Eu esperava que ele continuasse dormindo até chegarmos em casa. — Ergueu a voz acima dos gritos estridentes, agora ritmados. — Tudo bem, Jake, já ouvimos você.

A entrada serpeava a partir da pista, atravessava uma extensa charneca agreste onde cresciam arbustos de tojo e de samambaia e, por fim, cruzava um arco até o antigo pátio. Muros altos ligavam a casa aos estábulos e o celeiro defronte, de modo a circundar as antigas pedras arredondadas do calçamento. Tilda enfiou o pequeno carro conversível no celeiro com a frente aberta e estacionou bem ao lado do veículo com tração nas quatro rodas meio danificado de Piers. Enquanto ela puxava às pressas as sacolas de compra da Tesco, ele ergueu o neto ainda aos berros da cadeirinha e o balançou para confortá-lo. Jake socava o ar com os punhos, o rosto avermelhado, e Tilda deu uma risadinha ao fechar o porta-malas, e partiram pelo calçamento rumo à copa que levava à casa.

— Você é a cópia fiel de seu pai quando queria um drinque — disse a mãe ao filho.

Piers o aconchegou no colo, sorridente, comovido como sempre ficava com a coragem dela. Sabia o quanto a nora sentia falta de David, como achava difícil aceitar o triste fato da morte dele e, no entanto, mantinha viva a presença do marido com aquelas pequenas referências. Partia-lhe o coração ouvi-la falar a Jake do pai dele, como se David ainda os vigiasse, cuidasse, mas de algum lugar distante. Vendo impotente a luta dela, ele ficara ao mesmo tempo feliz e agradecido quando Tilda aceitara sua oferta de um lar enquanto ela se conformava com a terrível perda.

Vários dos amigos — dentre os quais se destacava Alison — não haviam hesitado em lhe dizer que ele estava cometendo um erro.

— Uma jovem com o filho — dissera ela, quase sem acreditar. — Você pode imaginar como vão perturbar sua vida?

— Estamos falando de Tilda e Jake — salientara ele. — A esposa e o filho de David. Agora não podem continuar a morar no bairro onde vieram com David. Aonde iriam? A mãe dela vai se mudar para o norte e se juntar ao marido, e puseram à venda a casa em Taunton, e Tilda nunca se deu muito bem com a irmã. Há muito espaço aqui para eles, e Michaelgarth um dia pertencerá a Jake.

— Acho que é um gesto muito abnegado. — Pausa. — Embora temerário. Afinal, Tilda tem de se conformar com isso de algum modo. Ela só tem... vinte e seis anos, não? Vinte e sete? Não pode passar o resto da vida em Michaelgarth.

Olhando para Alison, Piers reconhecera sinais daquele ciúme que destruíra a vida de sua mãe.

— Sei que ela não vai querer fazer isso — respondeu ele delicadamente. — Mesmo assim, a casa é dela enquanto os dois precisarem.

Agora, ao passar Jake para Tilda, Piers imaginou o que a nora achava de Alison e, como se fosse uma deixa, ouviu-se um passo atravessar as lajotas da copa e, em seguida, a voz de Alison que gritava:

— Alguém em casa?

Ela praticamente os seguira até lá.

Curvada sobre o bebê, Tilda fez uma expressão rude. Sabia muito bem como a outra se sentia em relação à sua chegada com Jake àquela casa — minúsculas insinuações sobre a privacidade de Piers ou pequenos conselhos indigestos eram transmitidos a discretos intervalos —, mas, mesmo que não fosse o caso, ela teria continuado preocupada com a crescente relação de Alison com Piers. Parecia uma mulher muito possessiva, e Tilda ansiava por vê-lo livre, para variar, e no controle da própria vida.

Tilda, que fora criada a alguns quilômetros do outro lado da charneca, se lembrava da mãe dele, Marina, como uma mulher distante e fria que raras vezes demonstrava os sentimentos para com o filho ou o neto, e era claramente inoportuna com a nora. Sue, esposa de Piers, era uma mulher forte, capaz, administradora; muito divertida, mas tinha muito baixa tolerância ao tédio. Cuidara de Piers e David por mais de vinte anos com a mesma eficácia alegre que dedicava ao próspero negócio, vendendo reproduções de móveis rústicos em Taunton. Após ver o filho passar em segurança pela universidade e entrar no exército, esperara até que ele tivesse um casamento feliz para anunciar que ia embora. A essa altura, a empresa já tinha vários pontos de venda no continente, e ela pretendia expandi-la para os Estados Unidos, enquanto a sócia continuaria a dirigir a matriz inglesa. Voara de volta para o enterro de David, recebera a notícia do neto inesperado com uma falta de interesse bastante visível e se apressara em ir embora de novo.

— Acabou, você sabe — explicara em particular à desnorteada Tilda. — Você não deve se sentir magoada, mas minha vida aqui chegou ao fim. Será que você consegue entender? Não especificamente agora, por causa de David, mas muito antes. Tão logo ele se estabeleceu, consegui buscar novos horizontes. Jamais fui uma mulher maternal, Tilda, mas fiz o melhor possível. A empresa fazia parte de minha vida tanto quanto Piers e David, você sabe, e eu dei a eles tudo que tinha para dar. Durante todos esses anos jamais os coloquei em segundo lugar nem por um instante; a família sempre foi minha maior prioridade, mas o tempo segue em frente.

Tilda franzira as sobrancelhas, engolira a dor e tentara não se sentir magoada.

— Todos esses anos — repetira, tateando em busca de alguma espécie de percepção dos sentimentos de Sue. — Mas você parecia tão feliz! Você, Piers e David. E Michaelgarth.

— Bem, éramos, minha querida. *Claro* que sim. Mas tudo chega a um fim natural, se entende o que digo. A vida segue em fases, e esta acabou.

— Piers também se sente assim?

Tilda, as mãos cruzadas sobre o filho ainda por nascer, imaginava se podia mesmo estar tendo essa conversa com a mãe de David menos de meia hora após o terem entregado à terra.

Sue olhou o marido do outro lado da sala, mergulhado numa conversa com o vigário e um dos oficiais colegas de David. Sorriu e estreitou os olhos numa espécie de divertida avaliação das necessidades de Piers.

— Não subestime seu sogro, Tilda. Tudo vai dar certo, querida, simplesmente certo. Ele vai ficar bem, pois se acostumou a mulheres duronas, primeiro Marina e depois eu; mas chegou a hora de ter uma folga. Você vai descobrir nele um caráter muito autossuficiente.

Agora, enquanto ouvia Alison falar com Piers, Tilda sentia que concordava inteiramente com Sue. Tão logo se mudara para Michaelgarth, tivera a oportunidade de observar Piers de perto. Mesmo levando em conta o sofrimento dele — que sentia muita falta de David —, parecia, no entanto, que ele se saíra extraordinariamente bem sem Sue. Uma ou duas vezes foi como se ela o sentisse se espreguiçar, respirar fundo, como se quisesse preencher esse espaço que ocupava pela primeira vez na vida. Nessas ocasiões, sentia-se culpada por ter chegado com Jake, limitando, assim, o recém-descoberto estilo dele. Contudo, Piers continuou sendo muito dono de si, como se ela e o filho não afetassem sua liberdade.

— Mas eu também diria isso, não? — murmurou consigo mesma e sorriu para Piers e Alison, que se esforçavam por se fazerem ouvir acima dos berros de Jake. Via a desaprovação de Alison — as leves expressões reprovadoras dirigidas ao bebê e uma espécie de ansiedade de proprietária por Piers —, tudo um tanto exagerado no entender de Tilda.

— Bem, não tem nada errado com os pulmões dele! — gritou ela com uma alegria meio forçada acima da barulheira.

— Nada mesmo — gritou Tilda sorrindo. — Jake é lasca do velho tronco. Gosta de fazer sentir sua presença, em particular quando sente fome. Por que não serve um drinque a Alison, Piers, enquanto eu cuido dele e preparo um almoço rápido?

Piers entendeu logo a deixa.

— Boa ideia. Venha para a sala de estar, Alison.

Os dois desapareceram, e Tilda, com um pesado suspiro de alívio, sentou-se ao lado da mesa da cozinha e começou a desabotoar a blusa. Deu o peito a Jake e na mesma hora os gritos dele pararam e um glorioso silêncio tomou o aposento. Ela o acomodou com carinho, fechou os olhos e ficou pensando no almoço, numa tentativa de afastar da mente a persistente e dolorosa saudade de David.

CAPÍTULO DEZESSETE

O chalé de pedra, construído num recôncavo da colina na ondulada estrada do pedágio de Porlock, ficava defronte da pequena planície axadrezada de pequenos campos limpos e arrumados em direção a Hurlstone Point. Guy Webster, de pé à janela, olhava a deslumbrante luz dourada sobre as águas calmas do canal e se sentiu tomado pelo conhecido desejo de se ver ali no mar: sentir a quilha do barco se erguer sob a maré, a leve brisa marinha formar ondulações na camada superficial do mar e enfunar a vela...

— Já pôs a chaleira no fogo?

A voz da esposa o trouxe de volta às necessidades do momento, mas ele não se virou logo nem deu nenhum tipo de desculpa, pois não era assim seu jeito de agir. Prepararia um pouco de chá para ela quando quisesse, e não porque ela o fazia se sentir culpado.

— Eu gostaria que pudéssemos comprar um lugar como este — respondeu, ainda de olho nas águas. — Ver o mar ao acordar toda manhã...

Gemma percebeu o anseio na voz dele e revirou os olhos, mas não o apressou nem fez nenhuma queixa velada por ter de desfazer as malas, enquanto ele continuava ali, sem fazer nada, pois tampouco isso era do seu feitio.

— Eu diria que você passou tempo suficiente com essa coisa miserável sem querer viver dela. — Foi ficar ao lado dele, e passou o braço pela cintura. — Deve ser muito triste aqui no inverno quando chove torrencialmente.

Guy deu de ombros.

— Não é pior que Dartmouth.

— Querido, não há nada *aqui*, não notou? Ah, sei que Porlock fica logo mais adiante na estrada...

Ele se voltou da janela quase como se não a tivesse ouvido e examinou os arredores, atravessou a sala e entrou na cozinha, enquanto Gemma via a forma alta e magra do marido que se curvava para olhar dentro da geladeira e enfiava a mão para pegar canecas numa prateleira.

— Se você se sente assim em relação ao lugar — disse ele, enchendo a chaleira com água da torneira —, por que se mostrou tão a fim de virmos? Sabe como é aqui; afinal, frequentou a escola aqui perto, no litoral.

— Você sabe por quê. — Ela se apoiou na larga bancada de pinheiro, que separava a cozinha do resto do aposento. — Viemos porque você tinha uma semana de folga, mamãe disse que ficaria com os gêmeos e os Hamilton tiveram um cancelamento. Claro, a oferta de velejar feita por Matt a você nada teve a ver com isso.

Guy sorriu, o rosto fino e moreno iluminado pela diversão, e também ela riu.

— Não vejo a hora de velejar nesta costa — admitiu ele. — Creio que você e Sophie têm planos.

— Oh, não precisa se preocupar comigo — disse ela com um sorriso, e acendeu um cigarro. — Sempre tenho planos.

Bertie, o cachorro golden retriever do casal, saiu vagando do jardim, onde inspecionou o novo território, e Gemma se curvou para lhe dar uma afagada no pelo macio. Guy olhou para ela, empoleirada num tamborete alto, elegante e bonita, os curtos cabelos louros mechados de cores escuras e âmbar e cortados com uma engenhosidade casual. A túnica de algodão rosa-framboesa bem decotada e o short cor de pedra tinham um toque de classe e sentia-se em torno dela um ar de expectativa relaxada sem nada de maternal. Guy desconfiava que devia se sentir animado pelo fato de estarem sozinhos durante uma semana sem as interrupções e distrações dos dois bebês com um ano e três meses; em vez disso, teve uma estranha pontada de saudade dos filhos. Era egoísta sentir que desejava que os gêmeos tivessem vindo, e sabia que o descanso faria bem a Gemma. Era o primeiro a admitir que não achava fácil a paternidade — tinha um pavio curto que se acendia logo —, mas amava os meninos e gostaria de tê-los visto naquela sala grande e iluminada, sentados no chão com os brinquedos ou pulando e cambaleando de uma cadeira a outra. Ao mesmo tempo, também sabia que gostaria de velejar com Matt, e ir até o pub com Gemma à noite, pois seria injusto esperar que ela arcasse com toda a preocupação pelas crianças.

Ao tomar o chá, olhar o aposento em volta e aprovar a decoração, Gemma tinha exata noção do que se passava na mente do marido. Sabia como Guy tinha de lutar com seu caráter e lembrar que os tempos tinham mudado: não mais podia tirar uma lata de cerveja da geladeira e se sentar para ver futebol americano na televisão ou comprar peixe e salgadinhos na aldeia quando se sentisse preguiçoso demais para cozinhar. Os gêmeos exigiam tempo e energia, e Gemma — por mais complacente que fosse — não pretendia deixá-lo se esquivar da responsabilidade. Sabia que ele adorava os dois meninos, como a ela, mas também que, quando partia para entregar ou recolher um barco para um dos clientes, podia ignorar os cuidados com a família e se entregar ao máximo à paz e ao silêncio das viagens. Gemma reconhecia que ele precisava desses momentos de solidão e, como tinha as próprias maneiras de assegurar que jamais ficaria solitária, decidira que seria injusto — e até desonesto — tentar fazê-lo se sentir culpado em relação a isso.

— Tilda vai descer mais tarde — disse ao acaso. — Sugeri que jantasse com a gente.

Na mesma hora ele se irritou: não tinha grande talento para a vida social e já planejara darem um passeio até o pub para jantarem. Num esforço para conter o aborrecimento, largou a caneca e foi até a prateleira de livros defronte. Ao reconhecer os sinais, Gemma o observou pensativa quando ele pegou um volume e o folheou: ela gostava da aparência daqueles ombros largos por baixo da camisa de algodão engomada, das longas pernas metidas no jeans desbotado, da maneira como ele virava o papel fino com os dedos. Espreguiçou-se de repente, deliciada, e sorriu secretamente para si mesma.

— Talvez pudéssemos todos ir ao pub — disse como quem não quer nada. — Mas, pensando bem, ela na certa não ia querer deixar Jake com Piers. Ai, que maravilha não ter de voltar correndo de uma saída por causa de babás ou se levantar cedo de manhã. — Terminou o chá. — Acho que eu podia tomar uma ducha.

Ele ouviu o convite na voz e sentiu uma vibração de desejo em reação, embora não erguesse o olhar do livro.

— Boa ideia — respondeu num tom despreocupado. — Vou levar Bertie para um passeio. Acho que ele merece, após duas horas no carro. Tomarei banho depois.

— Poderia escolher o vinho antes de sair? — Gemma desceu do tamborete. — Ponha o branco na geladeira e abra o tinto. Talvez queira trazer duas taças aqui para cima quando voltar. Vai ser a hora do dia em que é permissível começar a beber, como diria meu querido e velho pai.

Ouviu-a subir a escada e, fechando o volume e pondo-o de volta na prateleira, saiu até o carro com Bertie nos calcanhares. O sol de fim da tarde se demorava nos frondosos topos das árvores que se alastravam pelas íngremes encostas do vale alto e estreito atrás do chalé. O pequeno jardim abrigado estava cálido, as pedras do calçamento quentes sob os pés descalços dele. Borboletas pairavam sobre tufos de valeriana que brotavam nas fendas do muro rochoso, e o matagal com cheiro de mel florescia em macegas acolchoadas pelo caminho. Essa visão o encheu de um prazer louco e irracional: no dia seguinte talvez se encontrasse lá com o leve toque do vento nas faces, a sensação de madeira quente e lisa sob a mão, ouvindo o barulho do chocalhar da água embaixo do barco.

Tirou a caixa de vinho da mala do carro e levou-a para o chalé, imaginando se encontraria um saca-rolha e se maldizendo por não ter trazido um.

— Querido?

A voz de Gemma ecoou pela escada abaixo e ele entrou no minúsculo saguão para olhá-la. Ela não usava absolutamente nada, embora trouxesse uma toalha, o que o fez balançar a cabeça diante daquela indiferença despreocupada.

— Sorte sua que era eu — observou ele de brincadeira —, e não Tilda ou Piers.

— Sorte *sua*, querido — corrigiu-o num tom picante, e fez uma pose para provocar um sorriso. — Só queria dizer que há um saca-rolha na mala grande. Não demore muito.

Bertie esperava à porta, com um olhar esperançoso, orelhas em pé. Não tinha muita certeza dos novos arredores, embora os cheiros excitantes das encostas cobertas de mato além do portão fossem convidativos, e começou a abanar o rabo de expectativa, enquanto Guy acabava de escolher o vinho, enfiava os pés nos tênis de couro e tornava a sair.

— Dez minutos — disse ele, abrindo o portão. — Daremos uma caminhada decente depois.

Bertie se lançou entusiasmado para fora, com medo de que ele mudasse de ideia, e correu até a charneca aberta entre tojos e samambaias, enquanto Guy subia atrás, virando-se de vez em quando para examinar o cenário: os penhascos íngremes, pontilhados por campos minúsculos e marcados por vales de florestas profundas, que levavam a Foreland Point e, depois, ao mar, cujo horizonte arroxeado era encimado por montes de feixes de nuvens brancas macias. Ele andou depressa, atento ao triste crocitar de algum corvo invisível, ouvindo o chamado de um pássaro entre os tojos, feliz com a presença do cachorro. O garotão fora um companheiro antes de ele se casar com Gemma, da chegada dos gêmeos, mas, apesar da dedicação do animal à pequena família, Guy sabia que ele apreciava aqueles momentos em que ficavam a sós. Continuou a andar, esquecida a irritação, até olhar o relógio e, com relutância, decidir que devia voltar para casa.

De volta ao chalé, Bertie logo se instalou no fundo do pátio, estendeu-se no frio calçamento embaixo do muro rochoso, e, depois de encher a tigela de água fresca, Guy entrou, encontrou umas taças e serviu o vinho. Hesitou no saguão, tentou se investir de um pouco da despreocupação da esposa, mas a natureza cautelosa se mostrou demasiado forte e ele trancou a porta antes de subir a escada até o quarto.

Quando Piers levou Felix de Michaelgarth para casa, na noite de domingo, teve consciência de uma estranheza no comportamento do pai; uma espécie de escuta que lhe dava um leve ar distanciado. Em algum ponto durante o jantar, começara a imaginar que o velho ouvia alguma coisa que ele e os outros não. Até mesmo Tilda parecera contagiada por essa abstração, parando no meio do ato de cortar o queijo para perguntar:

— É o choro de Jake?

— Está se sentindo bem, pai? — quis saber Piers, quando retornavam a Dunster pelas pistas sinuosas. Madressilvas se enredavam nas sebes, e seu cheiro pairava no ar suave e morno, e as flores das rosas-de-cão tinham uma palidez de luar no crepúsculo crescente. Felix desviou o olhar de uma estrela, que pairava alta acima da face escura da colina de Dunkery Beacon, e sorriu com grande satisfação para o filho.

— Claro que sim. Não tenho palavras para lhe dizer como anseio pelos domingos em Michaelgarth. Que moça adorável é Tilda; deve ser uma ótima companhia para você.

— Tenho de admitir que é muito bom tê-la por perto, embora desejasse que as circunstâncias fossem outras.

— Ora, sem dúvida. — Felix parecia angustiado. — Como podíamos sentir qualquer outra coisa? Mas, em vista dessas horríveis condições, acho uma grande bênção termos a companhia dela. Por outro lado, Tilda faz parte da família há muito tempo, não? Desde que ela e David eram criancinhas no pré-escolar. Michaelgarth parece seu lar natural.

Piers, que combatia uma esmagadora tristeza ao pensar no filho, sentiu que sua própria resposta parecera rígida. Tentou se mostrar mais aberto.

— Espero que ela também se sinta assim. Ainda não consigo acreditar mesmo agora...

Falava com dificuldade, desacostumado a expor sentimentos privados, e Felix tocou-lhe o braço como a indicar que não devia se preocupar, pois ele compreendia.

— Foi um prazer conhecer aqueles dois jovens e o delicioso cachorro — disse. — Bertie, não era? Camarada esplêndido. Muito bem-educado. Me fez lembrar de Joker. Você pensa em arranjar um filhote?

Piers sorriu, agradecido pela mudança de assunto.

— Sinto uma tentação terrível — respondeu. — Eu sem dúvida ia procurar um, depois da morte de Joker. Sem Sue, a casa pareceu meio vazia. Depois David... — Hesitou. — Então Tilda e Jake chegaram e eu pus a coisa em banho-maria.

— Tudo aconteceu ao mesmo tempo — concordou Felix num tom delicado. — E entendo que Alison não ache necessário um filhote de cachorro agora...

Deixou morrer a voz, mas Piers ouviu a pergunta por trás das palavras. Em geral, teria achado impossível discutir os sentimentos por Alison com o pai, mas havia um tom de paz na noite do solstício de verão, uma tranquilidade afetuosa que fluía entre eles e tornava possível a comunicação num nível mais pessoal.

— Ela não gosta muito da ideia — concordou ele. — Alison não é do tipo que gosta de animais, o que complica um pouco a vida, mas não vou deixar isso me impedir se eu quiser outro cachorro. — Teve consciência de uma onda de aprovação, até mesmo de alívio, e então estreitou os olhos, divertido. — Não se preocupe, pai. Mesmo que eu tivesse tendência a deixar Alison tomar decisões por mim, Tilda não permitiria.

Felix riu.

— Entendi que devia ser mais ou menos assim mesmo — admitiu. — Pobre amigo! Nada mais desconfortável do que ficar entre duas mulheres.

Seguiu-se um repentino silêncio constrangido que despedaçou o frágil bem-estar entre os dois. O velho mordeu o lábio, amaldiçoando-se, e Piers não conseguiu pensar em resposta alguma além de "Bem, você deve saber", e por isso permaneceu calado até estacionar embaixo da janela de Felix e descer para ajudá-lo a saltar do carro. Felix se deixou levantar, pegou a bengala e apalpou o bolso em busca da chave.

— Devo subir com você? — perguntou o filho em tom animado, num esforço para mostrar que estava tudo bem.

— Não, não, acendo a luz quando chegar lá em cima, como sempre. — Hesitou, depois pousou a mão no ombro de Piers e o apertou por um instante. — Sinto muitíssimo, meu querido rapaz.

Virou-se, abriu a porta da frente e desapareceu. Logo em seguida, a luz surgiu na sala de estar do primeiro andar e, após um momento, Felix apareceu na janela e acenou. Piers retribuiu o aceno. A gaiola cintilou à claridade da lâmpada, balançou, e ele olhou para ela por um instante antes de entrar no carro e partir de volta a Michaelgarth.

Felix se sentou na poltrona e fechou os olhos. Estava muito cansado, mas, ao se sentar, as mãos cruzadas sobre os joelhos, percebeu que sua postura estava tensa, como se ouvisse ou esperasse alguma coisa.

CAPÍTULO DEZOITO

Sabendo que o sogro era um homem que gostava de começar o dia bem, Tilda se certificava de não interferir na rotina dele. Como sempre, quando Jake acordava logo depois das seis da manhã, ela o vestia e amamentava, e em seguida descia à cozinha para preparar uma xícara de chá, a qual levava ao seu grande quarto na quina noroeste da ala oeste. Adorava esse aposento, com vista para a baía de Porlock, e se deleitava com o fato de que mal mudara desde que pertencera a David. Desde criança ele adorara a ideia de dormir sozinho naquele lado, ter aquele andar da casa para si: era sua moradia, e o quarto seu santuário particular. Sue o redecorara tão logo ele fora para a academia militar de Sandhurst e cobrira as paredes arranhadas, forradas de emborrachado Blu-Tack, com uma cálida tinta creme e comprara novos tapetes fofos em tons de terracota para esconder o carpete gasto e manchado. Lixara e tornara a envernizar a velha escrivaninha de mogno, que pertencera ao bisavô de David — de quem ele recebera o nome — e guardara a equipe de bonecos Action Men, cansada de guerra, e tudo no cesto de vime no fundo do grande armário, que tinha dupla função como guarda-roupa. Foi o máximo que lhe permitiram fazer ("Pelo amor de Deus, mãe, não faça uma decoração de menina para mim!"), e Tilda se sentia confortada ao ver a esbandalhada e velha caixa de guardados coberta de rótulos, e a estante de livros que continha os conhecidos títulos, partilhando as prateleiras com as revistas em quadrinhos cheias de dobras nos cantos das páginas que David tanto adorava. Até a cama dupla de casal fora do bisavô, pois ele lutara para não a trocarem por uma de solteiro quando herdara o quarto, aos oito anos.

— Gosto de ter muito espaço — implorara sério ao pai. — Posso disputar jogos realmente bons nessa cama, e nunca se sabe com quem posso querer dividi-la. Mamãe parece não entender.

Piers olhara por um breve instante para Sue e depois para o rosto ansioso do filho.

— Para ser honesto, querido filho, acho que ela entende bem até demais — respondera, mas David ficara com a cama.

Agora Tilda levava o chá — e Jake — de volta à cama de David. Conversava com ele e o aninhava, confortada com o corpinho que se contorcia, e logo em seguida acabaram por cair no sono, voltando a acordar por volta das oito. Sabendo que Piers já teria acabado o desjejum a essa hora, tomou banho, vestiu-se e levou o bebê para baixo.

Piers de fato já havia acabado a refeição, sorriu e continuou a ler o jornal, enquanto ela punha pão na torradeira e prendia Jake na cadeirinha. Um murmúrio aqui e um comentário ali, intercalados por momentos de silêncio, aos poucos evoluíram para um diálogo mais constante, até a conversa fluir nos termos habituais.

— Gemma estava em boa forma ontem à noite. — Piers dobrou o jornal. — Pelo que sei, Guy planejou uma velejada. Gemma vai aparecer mais tarde?

— Conversamos a respeito no almoço. Ela queria me encontrar num pub ou em Minehead, mas não é tão fácil assim, com Jake. Espero que ela telefone mais tarde, porém não vou ficar ansiosa. Gemma é muito descontraída e gosta de agir por impulso.

— Bem, isso é justo quando se está de férias. Espero que ela esteja aproveitando a folga dos gêmeos.

Ele hesitou: ia observar que Guy parecia muito orgulhoso dos filhos, mas percebeu que aquele talvez fosse um tema doloroso para Tilda. Gostava de Guy, achava muito engraçado seu espírito perspicaz, mas sentia uma personalidade bem controlada, firmemente ancorada por baixo do exterior calado e educado. Era difícil se aproximar dele. Gemma, com aquele jeito aberto, simpático e paquerador, era tão espantosamente diferente que Piers se perguntava como algum dia os dois tinham encontrado um terreno comum no qual iniciar um relacionamento. Compreendia que, mais ou menos como Tilda e David, Gemma e Guy tinham crescido juntos, logo isso devia significar que se conheciam muito bem, mas tinha percebido uma tensão subjacente que o fazia se sentir pouco à vontade.

— Dia ocupado? — perguntou Tilda, levantando-se para se servir um copo de leite.

Ele esqueceu Guy e Gemma, engoliu o resto do café e olhou o relógio de pulso.

— Normal. Estarei no escritório esta manhã, mas preciso fazer uma inspeção numa casa em Lynton depois do almoço. Não deve demorar muito, e depois vou a uma propriedade equestre perto de Exford. Um problema interessante com um direito de passagem, pelo que sei.

Jake começou a resmungar entediado, sacudindo os punhos, e Tilda tornou a se sentar, murmurando para ele e balançando um dos brinquedos pendurados diante da cadeira de bebê. Ao vê-los, Piers teve uma lembrança de Sue sentada àquela mesma mesa, amamentando David. Uma tenaz infelicidade incomodou seu coração e, ao sentir uma mudança na atmosfera, ela olhou para ele com um ar inquiridor. Não falaram, mas uma onda de consciência passou entre os dois, como se cada um reconhecesse a tristeza do outro e recebesse conforto. Tilda deu outra balançada no brinquedo e pegou o copo.

— Você notou algo estranho em Felix ontem à noite?

Como mudança de assunto, foi eficaz. Piers hesitou no ato de empilhar a louça do desjejum e franziu o cenho.

— O que quer dizer?

— Bem, ele parecia meio *desatento*, não? Como se ouvisse algo que nós não ouvimos? Foi tão real que me vi imaginando se era o choro de Jake. Ele estava meio alienado.

Piers pôs a tigela de mingau no escorredor, a xícara e o pires ao lado.

— Achei-o um pouco... distraído.

Fez uma espécie de gesto mental de indiferença: erguendo os olhos e virando os cantos da boca para baixo. Uma expressão conhecida, que Tilda sabia não ser desdenhosa.

— Achei que era mais que isso — insistiu ela. — Era algo quase... bem, sobrenatural.

Ele se virou para olhá-la.

— O que pretende dizer com isso?

Ela ignorou a irritação na voz dele; assim como reconheceu o gesto mental de indiferença, sabia que essa irritação encobria uma sensação de ansiedade semelhante.

— Fiquei apenas preocupada com ele, só isso. Foi mais ou menos como a gente saber de pessoas que têm a premonição de que algum desastre vai ocorrer. Sabe o que quero dizer?

— Não, não sei. — Piers pareceu contrariado. — Quer me dizer que acha que talvez alguma coisa tenha acontecido a ele?

— Sei lá. — Ela ergueu o olhar, os olhos azul-escuros arregalados de ansiedade. — Não sei o que quero dizer. Foi apenas uma sensação de que ele *sabia* que algo ia acontecer.

A irritabilidade de Piers aumentou.

— Percebe que vou ter de telefonar para ele agora? Embora não saiba o que diabo eu lhe direi a esta hora da manhã. Jamais nos falamos muito antes das nove e meia, e não quero que pense que estamos preocupados com ele, pois ele detestaria isso.

— Desculpe. — Tilda mordeu o lábio. — Sei que não é nada. Para ser franca, na certa não passa de uma esquisitice minha.

— É muito provável; mas ele acabou de passar por uma cirurgia importante, e você me deixou inseguro. — Piers hesitou, ao se lembrar da viagem de volta a Dunster e das últimas palavras do pai. O pânico se instalou e lhe fez disparar o pulso. — Ele *estava* meio...

— *Eu* telefono — ela se apressou a dizer. — Digo que tenho de ir a Dunster e posso levá-lo para tomar um café. Que tal?

— E, visto que estivemos lá sábado de manhã — ele ainda parecia irritado —, por qual motivo você iria?

— Pensarei em algo. Você pode me dar os detalhes sobre aquele livro e eu vou procurar Adrian. De qualquer modo, Felix não fará perguntas. Não faz o estilo dele.

Tilda deu um sorriso, e a irritação dele se dissolveu; não podia resistir ao sorriso dela.

— Bem, me telefone no escritório tão logo tenha falado com ele.

Curvou-se para beijar o topo da cabeça da nora, abanou os dedos para Jake e saiu.

— Ele fica perturbado — disse Tilda a Jake —, mas não gosta que ninguém saiba.

Ela ficou sentada com os cotovelos apoiados na mesa, o copo entre as mãos, e combateu a desolação. O fato de ficar naquela cozinha familiar, olhando uma cena que conhecera a vida inteira, às vezes tornava tudo pior. A cômoda galesa continha porcelana que pertencera a quatro gerações de mulheres: um prato oval Wedgwood, com desenho de salgueiros com mais de cem anos, destacava-se muito elegante ao lado de uma peça primorosa feita por Clarice Cliff, e outra travessa de jantar *art déco*, octogonal em vermelho e laranja, junto a uma tigela de cereais Royal Doulton, de recatada beleza. Numa prateleira abaixo, Peter Rabbit sacudia os ratinhos de Brambly Hedge, de Jill Barklem, e as canecas Spode dela própria em azul e branco ficavam numa fileira acima da grande xícara de desjejum que Piers usava para tomar café. Numa ponta da grande mesa quadrada, jornais e revistas, cartas e contas se dividiam desordenadamente em duas pilhas. O quadro de avisos na porta da grande despensa onde se podia entrar tinha notas e fotografias pregadas, várias peças de vestuário penduradas no secador de roupas, acima do fogão Aga, e o saco de aniagem de Joker continuava ali ao lado, embaixo da janela.

A cozinha dava para Dunkery a oeste e o pátio a leste. Da cadeira à mesa, ela via as janelas do gabinete de Piers e o poço no qual David sempre ameaçava atirá-la quando Tilda ficava mal-humorada. Tinham andado de bicicleta sobre as pedras arredondadas, gritando e discutindo, e depois, muito depois, ela se sentara ali conversando com Sue enquanto David mexia no motor de seu último carro no celeiro de frente aberta. Parecia impossível que ele não fosse entrar agora, como fizera então, jogar-se numa cadeira, incliná-la para trás nas pernas traseiras — "Não faça isso!", gritava Sue —, contar-lhe piadas, provocar o pai. Piers ouvia atentamente as pequenas anedotas, ajudava o narrador a embelezar a história — "Como *realmente* feio? Feio mesmo? Como cão chupando manga?" — enquanto comia um biscoito e cortava um pedaço de bolo, jamais ficando parado. Dava a impressão de sempre viver sedento por ação, e Tilda sentia falta daquela vitalidade e despreocupação, embora ainda sentisse o refluxo do amor à vida com o qual ele incutira o relacionamento dos dois.

Isso a fez se levantar, piscando para afastar as lágrimas dos olhos enquanto tirava a mesa. Falava com Jake ao mesmo tempo que empilhava a louça na lavadora de pratos instalada por Sue, atravessava a copa para ligar a máquina de lavar roupa e imaginava como poderia ganhar a vida.

— Não quero deixar Michaelgarth — explicara a Piers no fim de semana — e, com certeza, não desejo que mais ninguém cuide de Jake ainda, mas preciso saber aonde vou.

Piers pensou e recusou várias sugestões.

— Você sabe que foram meus avós que transformaram o claustro de Michaelgarth numa propriedade — disse por fim. — O saguão divide naturalmente a casa em duas alas, e não há motivo para não a usarmos de novo como era.

— Mas eu gosto do jeito que é — respondera ela. — A menos que você prefira...

— Não, não — ele se apressou a dizer. — Estou muito feliz. Mas talvez chegue uma hora em que você precise de mais privacidade.

Tilda fizera rapidamente que não com a cabeça.

— Não é isso. Apenas preciso de algo em que me concentrar. Quero *trabalhar* por alguma coisa.

— Eu entendo — respondera o sogro; e ela soubera que ele pensava no fato de Sue tê-lo deixado; no vazio que ecoava dentro da casa sem a força vital da ex-mulher para enchê-la de energia até a borda.

Como o filho, Sue vivia sempre ocupada, nunca parada: sempre com uma nova ideia, jamais sem opinião. Podiam ser pessoas exaustivas, mas, com elas em volta, a vida jamais se tornava aborrecida, e Tilda começava a aprender que levava tempo para se adaptar a um ritmo diferente.

Via que Piers não apenas se ajustara à solidão, mas criara também um ritmo próprio. Apesar da dor natural pela perda do filho, nada tinha de triste em si — mas ela também sabia que restava algo não resolvido entre o sogro e Felix; algo que perturbava a paz de espírito e destruía a tranquilidade dele. David interpretara isso como simples falta de comunicação.

— É uma coisa de geração — dissera ele. —Todos são tão fechados. Não fica bem mostrar emoção nem discutir sentimentos, esse tipo de coisa. Pais e filhos, essas coisas.

— Mas Felix não é assim — respondera ela. — Não mesmo. Nem seu pai.

— Não com você. Mas você não é filho dele, é?

— Mas você é.

— Ah, eu simplesmente não vou deixar que escapem impunes dessa, pronto — garantira David com a confiança da juventude. — A vida é curta demais.

Era uma de suas frases favoritas: com ela, recusava-se a deixar que o ressentimento, a raiva ou a decepção lhe nublassem o otimismo ou corroessem a boa vontade. Como falara profeticamente!

Engolindo fundo em seco, Tilda olhou o relógio e foi ao telefone. Felix respondeu quase no mesmo instante, e ela deu um arquejo de alívio. Explicou a missão que tinha, marcou um encontro às dez e meia, desligou e logo telefonou a Piers para lhe dizer que estava tudo bem. Pegou Jake, subiu e preparou os dois para o compromisso com o velho.

CAPÍTULO DEZENOVE

Mais cedo, no chalé, o sol já brilhava na pequena área pavimentada quando Guy trouxe o café para fora e se sentou à mesa de ferro fundido pintada de verde, de olhos voltados para o mar. Uma densa e suave neblina vagava delicadamente acima da água prateada, dedilhava as extremidades dos pequenos campos, dissolvia-se e fragmentava à medida que o sol subia. Os luxuriantes campos encharcados pelo orvalho se abriam em leque ao redor da baía cercada por colinas frondosas e pequenas aldeias a leste: Bossington, Allerford e Sellworth, ainda envoltas nas sombras da colina de Bossington. Ele ouviu a gagueira do canto de alerta de um melro no vale atrás, seguido pelas vozes ásperas da briga das gralhas, e deu um grande suspiro de prazer tranquilo.

Essa semana, caindo de repente como um inesperado presente, após a conclusão de um acordo para pegar um barco em Fallmouth, constituíra um verdadeiro bônus. Foi Gemma quem sugerira Exmoor e telefonara a todos os amigos até descobrir que os Hamilton haviam tido um cancelamento de inquilinos à última hora, e ele ansiava por alguns dias no mar naquela costa. Vendera o barco, um Hurley 26, meses antes a Matt, e com o acordo viera um convite para velejar na embarcação: Guy desconfiava de que Matt fosse um companheiro simpático e calado, não um daqueles falastrões infindáveis que o deixavam furioso. Jamais conseguira explicar essa profunda necessidade de solidão: de períodos de silêncio longe até daqueles a quem mais amava. Conseguira isso na escola com dificuldade, e só com a conivência de seu irmão gêmeo, Giles. Mais tarde, abrira a pequena empresa — corretagem de iates — e, quando surgira a oportunidade de pegar um barco no Mediterrâneo, ele a agarrou sem pensar duas vezes. Talvez, tão logo se casara, devesse ter explorado outros aspectos do negócio, mas Gemma parecia satisfeita com a vida não muito ortodoxa e raras vezes se queixava. Como membro de uma família naval, ela se acostumara com a ideia de separação; ainda assim, ele esperara uma mudança de atitude com a chegada dos gêmeos.

Pernas esticadas ao sol, e alisando a cabeça de Bertie apoiada no joelho dele, Guy sentiu uma afetuosa gratidão pela bonita e bem-humorada esposa: dentro em pouco lhe levaria uma caneca de café. Olhou mais uma vez o mar, o cenho um pouco franzido, em busca de algum sinal de brisa à medida que o sol subia mais alto, queimava as reluzentes gotas de umidade nas folhas verdes dos arbustos de fúcsia e aquecia os afloramentos molhados. Após algum tempo, levantou-se e voltou ao chalé, para preparar mais um pouco de café.

No andar de cima, sob o fino lençol de algodão, Gemma se virou e tornou a cochilar, meio acordada, tentando ouvir os ruídos matinais dos gêmeos. Sonolenta, estendeu a mão sobre o espaço vazio na cama, percebeu que Guy já se levantara, se lembrou de onde estava e deu um suspiro de prazer consigo mesma. Logo ele traria o café, mas, enquanto isso, podia relaxar e fazer planos para o dia. Podia procurar vários velhos amigos e visitar diversos lugares; começou a planejar com cuidado, para poder dizer a verdade — mas não necessariamente toda. Aprendera a arte de jogar um pouco de poeira nos olhos de todos, de modo a não deixar que ninguém tivesse absoluta certeza de aonde ela poderia ter ido em determinado momento.

— Eu estava almoçando com Sophie, querido, ou seria tomando chá? Sabe, simplesmente não lembro o quê, mas ela lhe mandou lembrancas...

Oh, sabia do perigo — Gemma teve um arrepio instintivo e puxou o lençol para um pouco mais perto —, mas por outro lado esse era o sentido daquele delicioso jogo. Assim como Guy precisava daqueles períodos de solidão, sentado num barco sozinho em algum lugar do mar, também ela precisava da proibida sensação da caça: aqueles momentos eletrizantes de consciência, os encontros de olho no olho que pareciam casuais. Faziam-na sentir duas vezes mais viva, e depois tomada por uma gloriosa sensação de bem-estar. Claro, Guy jamais suspeitara de nada — mais uma vez, aquele minúsculo calafrio de medo lhe causou comichão na pele quente —, porém não havia motivo para suspeitar. Não fazia de modo algum qualquer diferença para o casamento, além de lhe dar uma dimensão extra que, dizia a si mesma, representava um fator a mais. Essas pequenas excursões a mantinham feliz e emprestavam um fulgor ao relacionamento dos dois.

Amava-o, *claro* que o amava, não havia dúvida quanto a isso: os outros não passavam de um delicioso glacê num bolo muito bom, e era bobagem pensar de outra forma; de qualquer modo, jamais conseguira entender toda a confusão quando se tratava de aproveitar uns poucos momentos de diversão. Seria diferente, *claro*, se fosse iniciar um caso a longo prazo e sério, mas isso nunca fora posto em questão, embora sempre houvesse a chance de que um desses breves encontros levasse a alguma coisa mais séria. A mãe começara a falar a respeito certa vez, a contar algo que lhe acontecera quando jovem, mas Gemma a detivera.

— Informação demais, mamãe — dissera, constrangida, e, verdade seja dita, levemente assustada.

Teria a mãe desconfiado de algo? Ela deu de ombros. Mesmo que desconfiasse, jamais falaria disso com ninguém.

A porta se abriu e Guy entrou com uma caneca de café. Ela fingiu se espreguiçar como se ainda estivesse sonolenta e sentiu no ombro o leve toque dele; oculta embaixo do lençol, Gemma curvou a boca num sorriso.

— Café — disse ele. — Faz uma manhã fantástica, embora precisássemos de um pouco mais de vento. Mal sopra uma brisa no momento.

Ainda escondida da visão dele, Gemma abriu os olhos com cautela.

— Quer dizer que não vão poder velejar?

Arrastava preguiçosamente a voz, apenas uma leve ansiedade por vê-lo perder um dia no mar, nada mais.

— Ah, iremos. — Guy parecia confiante. — Temos um motor, claro, mas ninguém quer usar um se pode velejar. Na certa pegaremos um pouco de vento tão logo entremos no Canal.

— Espero que sim. — Ela se sentou, o lençol deslizando para longe, e estendeu a mão para a caneca. — De qualquer modo, você poderá manter contato. Não me preocuparei se você me informar que está tudo bem e quando vai chegar para eu ir encontrá-lo. Ou Matt o deixará em terra?

— É provável. Ainda não sei. Talvez a gente vá ao Ship tomar uma cerveja e jantar. Você poderia descer e se juntar a nós. Lembre-se apenas de manter o celular ligado, só isso.

— Em geral deixo. — Ele não viu o sorriso rápido e privado que ela deu para si mesma. — Acho mais provável que não tenha sinal ou alguma coisa assim quando você me chamar. Passe-me os cigarros, querido, por favor? Obrigada.

Deu uma voluptuosa tragada, sorriu para o marido, os olhos estreitados contra a fumaça, o corpo despido deitado confortavelmente, mas meio sugestivo, sobre os travesseiros. Guy deu as costas, desejando, como às vezes fazia, que ela fosse menos óbvia: mais recatada. Só em raras ocasiões a teria preferido em interessante indisponibilidade — não tão previsivelmente disposta —, mas mesmo enquanto pensava isso ele se maldisse por um ser um ingrato idiota.

— Matt deve chegar logo, se quisermos pegar a maré — disse como por acaso. — Melhor eu juntar minhas coisas e tomar o café da manhã. Vai descer ou quer passar uma preguiçosa manhã na cama?

— Oh, vou descer — respondeu ela. — Talvez vá me despedir de você.

Sabia, antes de ouvi-lo, qual seria a resposta.

— Não, não se incomode. Simplesmente não vale a pena. A propósito, não se esqueça de que Bertie precisa de um passeio. Eu o fiz correr um pouco pela estrada, mas fará bem a ele esticar um pouco as pernas.

Sorriu-lhe antes de descer, lembrando como tinha sorte — era muito comovente que ela gostasse de saber onde ele andava e que estava bem.

Gemma o viu partir e continuou a fumar, pensativa. Sabia que ele detestava qualquer tipo de demonstração pública de despedidas afetuosas, mas fizera a oferta: agora podia pensar no resto do dia pela frente. Deu uma risadinha consigo mesma ao afastar os lençóis: dando graças a Deus pelo celular. Matt chegou quando ela passava uma camiseta pela cabeça, o que a fez se apressar a fechar o short e descer.

Eles riam tranquilos e relaxados, Guy acima do homem mais baixo, troncudo e muito mais velho que se virou quando ela entrou na sala.

O marido viu que Matt demonstrou visível prazer, embora surpreendido, pelo beijo de Gemma, e sentiu a habitual mistura de irritação e resignação. Odiava essa intimidade fácil com que ela cumprimentava homens quase estranhos — beijava-os como se fossem velhos amigos, tocava-os de leve — e levara vários anos, além de uma grande dose de autocontrole, para aceitá-la como parte da personalidade da esposa. Embora soubesse que não significava mais — talvez menos — do que o carinho com que agora saudava Bertie, ele não conseguia controlar bem a pontada de intolerância em reação a tais demonstrações gratuitas de afeto. Matt a observava com admiração e Guy fechou a cara ao pegar a sacola de marinheiro.

— Damos um telefonema quando voltarmos — disse, tentando afastar a irritação da voz. — Tenha um bom dia.

Ela o beijou, cônscia dos olhos invejosos do outro, e os acompanhou até o portão. Matt parara o carro atrás do deles na área do estacionamento, e Gemma o viu ligar o motor e acenou quando desceram a estrada do pedágio em direção a Porlock. Ficou à escuta até o barulho do motor se extinguir e se curvou para afagar o cachorro que esperava paciente ao lado, um tanto abatido pela partida de Guy.

— Vamos ter um dia adorável — prometeu-lhe. — Verdade. Você vai sair para uma caminhada realmente boa dentro de um minuto, depois que eu der alguns telefonemas.

Entrou e, tirando o celular da bolsa, apertou alguns botões.

— Tilda — disse em tom caloroso no bocal. — Foi sensacional mesmo ver você e Piers ontem. E Jake também. Ele é maravilhoso. Já lhe agradeci por deixar tudo na geladeira? Escute, alguma chance de um café em algum lugar?... Oh, nossa, coitado do velho Felix! Não é um amor? Claro que entendo, sim. Não, não posso almoçar, afinal. Sophie me convidou para passar o dia todo com ela, mas eu esperava que pudéssemos nos encontrar antes de minha partida às pressas... Escute, não se preocupe, temos a semana toda. Posso lhe telefonar amanhã? Ótimo... e escute: espero que Felix esteja bem...

Largou o celular e foi à geladeira. Jogou leite na tigela de cereais, tornou a pegar o telefone e discou outros números.

— Oi. — Curvou a boca num sorriso. — Adivinhe onde estou! — Deu uma risadinha. — Claro que consegui; o que você esperava? Então, onde posso encontrá-lo? Parece ótimo. *Tenho* um cachorro comigo... Eu sei, eu sei, mas imagine se tivesse também os gêmeos. Oh, será uma hora no mínimo. Ainda não tomei o café da manhã... Parece perfeito. Basta que me dê algumas orientações.

Logo depois, pronta por fim, ela pôs Bertie na parte de trás do carro e, jogando a bolsa no banco do carona, entrou e partiu de Porlock pela estrada do pedágio rumo a Lynton.

CAPÍTULO VINTE

Já passava do meio-dia quando Lizzie chegou a Dunster. Obras na estrada A38 e um congestionamento em torno de Bridgewater haviam acrescentado quase uma hora à viagem. Ela fora ficando cada vez mais nervosa, e essa combinação de nervosismo e excitação deram origem a uma demonstração externa de animação. Tocara algumas fitas, cantara para si mesma, falara em voz alta de vez em quando:

— Agora, o que faço aqui? Onde meti o mapa? Ah, entendo, direto em frente.

Fazia muito calor, e ela abrira as janelas da frente e do teto, e tomara de vez em quando água mineral de uma garrafa.

À medida que o sol ia subindo, pegou o chapéu de algodão cáqui no porta-luvas e jogou-o sobre a densa massa de cabelos encaracolados cor de bronze, inclinando-o um pouco para a frente. Percebeu que cantarolava "Assobio uma Melodia Alegre", de *O Rei e Eu*, e fez uma careta. Por que devia sentir medo?

Ao ver o castelo, no alto da colina arborizada, prendeu a respiração num minúsculo arquejo: com as torres e ameias, os muros de arenito vermelho, a construção parecia uma conhecida visão de um conto de fadas. Pareceria conhecida porque ela estudara a fotografia tantas vezes nos últimos dias — ou porque um dia, mais de quarenta anos atrás, louca de excitação, correra à janela do trem e se apertara ali com Angel:

— Olhe, querida, está vendo o castelo? Não é maravilhoso?

Apreensiva, virou na estrada que levava à aldeia de Dunster, e lembrou as instruções do recepcionista:

— O hotel não tem estacionamento próprio, por isso, se não encontrar vaga na rua, você terá de pôr o carro no grande estacionamento ao lado do Centro de Visitantes.

Ela viu o lugar, hesitou e, ao notar o volume de tráfego, decidiu parar o veículo e procurar o hotel a pé. As pessoas desciam dos ônibus, tiravam as câmeras dos carros e perambulavam estrada acima rumo à aldeia. Ao percorrer com cuidado a área movimentada, ela recuou para um espaço vazio à sombra, desligou o motor e ficou alguns instantes sentada, olhando os turistas que passavam em bandos, tão cheios de alegria. Muito de repente, o resto de sua coragem a abandonou e a fez sucumbir a um ataque completo de pânico. Que diabos fazia sozinha naquela cidadezinha estranha a tantas milhas da Gaiola? Que absoluta loucura a trouxera a essa viagem? Deliberadamente, inspirou fundo várias vezes, endireitou os ombros e treinou sorrir um pouco — não aquele esgar louco que parecia afligi-la nos últimos dias —, mas uma expressão serena, que, esperava, desse uma impressão de autoconfiança.

— Afinal — lembrou a si mesma —, você *é* atriz.

Por fim, sentindo-se mais controlada, comprou um tíquete de estacionamento, correu ao toalete feminino e retornou ao carro. Após hesitar se devia ou não levar a mala, decidiu-se contra, trancou o veículo e olhou em volta. No topo de um curto lance de escada, o Centro de Visitantes do Parque Nacional de Exmoor e uma grande e moderna loja chamada Dunster Wearhouse circundavam uma ampla área pavimentada. Determinada a explorá-los depois, rearrumou o chapéu, passou a bolsa de alças longas no ombro e subiu The Steep atrás da dispersão de visitantes. Não se via calçamento ali, por isso se manteve perto do acostamento da rua por causa do tráfego, deixou que um velho e vagaroso casal à frente lhe ditasse o ritmo, e de repente se viu contornando a esquina para a rua principal.

Lizzie parou bruscamente, olhando o Yarn Market. Com as oito janelas de teto formadas por pequenos painéis de vidro, acima do telhado de ardósia circundante que se projetava sobre as aberturas emolduradas por madeira pesada, pelas quais quem vinha da rua podia entrar, o estranho edifício octogonal dominava a cena. Ali ela dançara à sombra, enquanto Angel ficava parada nas pedras redondas do calçamento sob o forte sol matinal, à procura de Felix. Estivera ele ali? Saíra pela porta de uma loja? Descera de um carro? Sem dúvida ela teria se lembrado do encontro com ele: teria corrido a encontrá-lo, chamando seu nome, e ele lhe teria estendido os braços, sorrindo para Angel como sempre. Ou será que não? Talvez ali, com esposa e filho próximos, ele as tivesse evitado, por temer que o vissem. Por instinto, Lizzie olhou a rua principal abaixo e as janelas dos apartamentos no primeiro andar acima das lojas. Alguém lhe deu um encontrão e se desculpou ao passar, e ela, estendendo uma das mãos para se firmar, percebeu que parara embaixo das altas paredes do Luttrell Arms Hotel.

Não pôde se obrigar a entrar; ainda não. Em vez disso, olhou em volta e notou o calçamento de pedras afundadas com a grade ao nível da rua; os chalés de pedra emoldurados de madeira; o pano de fundo de densas árvores verdes — e, muito acima dessa cena agitada e animada, o castelo.

As torres do Castelo de Dunster assomam acima da pequena aldeia aconchegada dentro dos portões.

Um arroubo de excitação eliminou o medo e, ao atravessar a rua para uma inspeção mais de perto ao Yarn Market, Lizzie percebeu que sorria com verdadeiro prazer e sensação de expectativa: ao mesmo tempo, descobriu que estava com muita fome. Isso pelo menos não devia representar um problema. Parando para olhar os espaços sombreados do mercado, olhou ao redor com deleite e partiu pela rua principal em busca de almoço.

O quarto dela, que exibia o nome HOOD na porta, ficava no segundo andar nos fundos do hotel e dava para o jardim. Agora, quase quatro e meia da tarde, deitada na cama mais perto da janela, ela mal acordava de um sono profundo e revigorante. Após o almoço, pegara a bolsa no carro, registrara-se no hotel, e depois de retirar alguns itens necessários, mergulhara num longo banho relaxante. Ainda fazia muito calor, e ela se sentira tomada por um súbito cansaço depois que andara em volta, examinara o quarto e terminara de desfazer as malas. Deitara-se de novo — "Só por um momento", dissera a si mesma —, esticara-se confortavelmente na fria colcha de algodão vermelha e branca e caíra num sono instantâneo.

Está de volta ao quartinho na água-furtada da Gaiola, numa noite quente de verão. O aposento alto, sob o teto, não tem ar, e ela acorda de repente, arfante, com dor de cabeça. Assustada pelo estranho martelar do coração, empurra o lençol, sai e desce o curto lance de escada. As luzes estão acesas, mas não há sinal de Pidge ou de Angel, e ela começa a choramingar ao cruzar a porta do quarto da mãe.

A visão de Angel e Felix juntos na cama a sobressalta, mas Angel logo se curva e lhe estende a mão:

— O que foi, meu bem? Não conseguiu dormir? — enquanto o outro se esgueira depressa, mas em silêncio, na semiescuridão.

Ela se sente confusa, pressentindo que há algo errado.

— Fiquei com calor — explica, ainda com uma voz um tanto chorosa, para que Angel não a olhe de cara feia — e com dor de cabeça, não consigo respirar... O que Felix fazia ali?

— Senti a *mesma* coisa, querida. — Angel tem os braços macios e reconfortantes, e um cheiro delicioso. — Senti *tanto* calor e dor de cabeça também, e Felix estava me consolando.

— E você já se sente melhor? — Ela se aconchega mais, sentindo o riso da mãe em vez de ouvi-lo.

— Com certeza já começava a me sentir.

Angel ri e tem um riso contagiante, de modo que Lizzie a imita, rindo também, feliz junto com a mãe na grande cama, esquecidos seus pesares. Ela adormece e acorda quando o sol já está alto, com Angel ainda enroscada ao lado...

Lizzie se agitou e continuava sorrindo ao abrir os olhos. O quarto de hotel parecia mais frio agora, e ela ansiava por uma xícara de chá. Rolando para fora da cama, olhou o jardim embaixo, onde guarda-sóis cobriam de sombra cadeiras e mesas feitas com ripas de madeira. Várias pessoas já tomavam chá, e Lizzie começou a se vestir às pressas, pôs uma camisa de linho branco e enfiou-a numa longa saia de sarja. Após guardar a chave na bolsa, desceu as escadas, pediu um bule de chá no balcão da recepção, saiu pelos fundos e subiu os degraus para o jardim murado.

Após escolher uma mesa um tanto afastada dos outros hóspedes, ela se sentou, descalçou as sandálias com um chute, esticou as pernas e descansou os pés em outra cadeira. O jardim ficava no nível do primeiro andar, e ela via, pelo amontoado de telhados dos chalés do outro lado, um mosaico de telhas vermelhas e ardósia cinzenta, o castelo na colina. O assobio do antigo trem a vapor parecia em perfeita harmonia com essa paisagem tranquila, e Lizzie suspirou de contentamento. Nesse momento apenas, mantinha a distância o mundo externo de sofrimentos e horrores. Chegou o chá e, ao despejar o claro Darjeeling, ela se lembrou de Felix e Angel e começou a dar risadinhas: como tinham sido discretos e espertos. Adivinhava agora que mais "consolos" tinham ocorrido às tardes, quando ela estava em segurança na escola e Pidge ocupada na biblioteca. Sem dúvida Felix se esgueirara do escritório para se juntar a Angel no repouso depois do almoço; de qualquer modo, não correram mais riscos durante a noite na Gaiola.

Ao se recostar na cadeira, vendo um pintarroxo que bicava migalhas no gramado sob os galhos espalhados de um salgueiro, Lizzie aos poucos tomou consciência do interesse que vinha despertando num casal de meia-idade à mesa ao lado dos degraus que levavam a outra área de jardim abrigada embaixo. Pegou a xícara, imaginando se eles a tinham visto rir sozinha — "Bem pirada, coitada" — e percebeu de repente que o carrilhão tocava "Drink to Me Only with Thine Eyes". Parecia tão extraordinário, embora ao mesmo tempo inteiramente adequado, quanto o assobio do vapor, e Lizzie ficou encantada: devia ter sido assim quarenta anos atrás. Talvez naquele tempo ela e Angel tivessem ouvido o carrilhão: as duas com certeza haviam viajado no velho trem a vapor.

O casal, que agora se levantava e recolhia os pertences, aproveitou a oportunidade para partilhar o momento ao passarem pela mesa dela.

— Não é divertido? — perguntou a mulher com um sorriso radioso. — Toca uma melodia diferente a cada hora do dia.

— Verdade? — Lizzie não queria que lhe perturbassem a paz, mas não se sentia capaz de ignorá-la. — Admirável.

— Eu sabia. — A senhora sorria para o companheiro com uma espécie de deliciosa satisfação. — Você é a mulher do anúncio, não? Aquela com o carro e aquele cachorro? Sabíamos que era você.

Uma vez na vida, Lizzie relutou em se fechar em copas, se ressentindo por lhe despedaçarem o humor, mas assentiu com a cabeça, ainda assim sorriu, e fez piada sobre o trabalho com crianças e animais. Depois que o casal se foi, serviu-se outra xícara de chá e tentou recuperar aquela sensação de relaxamento, se forçando a voltar no tempo. Simplesmente não deu certo. Ela se inquietou, agora cônscia de outros ruídos: o zumbido do tráfego na A39, o choro de uma criança. Era o grito insistente e exigente de um bebê muito novo, e outras lembranças começaram a surgir em sua mente: dor e perda se aninharam em sua consciência.

Ela se levantou logo, negando-as, e pegou a bolsa. Seria um tanto divertido visitar a igreja, disse a si mesma, e ver se conseguia encontrar o chalé onde se hospedara com Angel tantos anos atrás; não fora na rua principal, tinha absoluta certeza. Uma caminhada seria muito agradável, agora que refrescara mais, e, depois, tomaria uma bebida no bar antes do jantar...

Tais planos fizeram-na seguir em frente, superar o momento incômodo e sair na rua principal, mas aquele sentimento de despreocupação e férias a abandonara. Enquanto vagava pelas trilhas estreitas atrás da aldeia, parava para olhar com respeito o antigo celeiro do dízimo e o pombal medieval, tinha a ansiedade como companheira. Por que deveria encontrar alguma coisa ali para aliviar-lhe a dor ou responder às suas perguntas? Loucura pensar que Dunster guardasse algumas respostas.

Ela se sentiu um pouco melhor com uma vodca e uma tônica à sua frente, sentada a uma mesa no bar. Com pesadas vigas e uma janela que dava para um pequeno pátio murado, era uma sala que alcançava seu potencial no inverno, quando ardia um fogo animado na lareira num canto, mas Lizzie começou a relaxar num bate-papo com o garçom do balcão e um idoso local acompanhado de um pequeno e simpático cachorro. Quando entrou o casal de meia-idade, ela se escondeu atrás do menu, tomou o cuidado de se absorver no seu livro enquanto comia a refeição na longa sala de jantar e só lhes sorriu quando se levantou para sair.

Ainda era cedo, perto de dez da noite, e Lizzie hesitou no saguão, ao sentir uma necessidade estranhamente premente de sair mais uma vez, antes de ir para a cama. A rua principal estava deserta, mas com o suave ar do solstício de verão cálido e um delicado perfume que emanavam as flores nas cestas penduradas. Ainda não escurecera, e as torrinhas e ameias do castelo se erguiam bem-definidas contra o azul-escuro do céu do anoitecer. Enquanto ela contemplava, as luzes começaram a brotar; alguém fechou as cortinas, e abriu-se uma janela no alto do sótão. Bem defronte ao hotel, onde parara à sombra do pórtico, acenderam uma lâmpada num quarto de cima, que iluminou um quadro numa parede e a orelha de uma poltrona, mas Lizzie manteve toda a atenção cravada no objeto pendurado quase no centro do quadrado iluminado. A luz se refletiu na armação de arame dourado e delineou a forma dos pássaros empoleirados no trapézio. Não poderia haver dúvida: era a gaiola.

CAPÍTULO VINTE E UM

A campainha do telefone perturbou Piers e o trouxe de volta ao presente. O pátio mergulhara em semiescuridão agora; um retângulo de luz da janela da cozinha caía enviesado nas pedras redondas do calçamento, e ali, entre as paredes aquecidas pelo sol, sentia-se o ar carregado com o perfume das rosas. Ele se mexeu, endireitou as costas, mas permaneceu no mesmo lugar, sentado no banco sob a passagem coberta que, sustentada por colunas de pedra, estendia-se como um claustro pelos fundos do vestíbulo. As andorinhas já tinham se aninhado para a noite, empoleiradas no celeiro, mas os morcegos davam voltas e mergulhavam em silêncio no lusco-fusco, e ele ouvia o arrulho de uma coruja nos bosques de Tivington, embaixo.

Também ouvia Tilda, na cozinha, cuja voz parecia preocupada e o fez abandonar as meditações privadas e tentar se concentrar no que ela dizia.

— Não tem problema, Felix. Francamente, não tem. Posso pegá-los pela manhã e deixá-los em Minehead.

De cenho franzido, Piers se levantou e entrou em casa pela copa. Tilda, parada ao lado da mesa, telefone ao ouvido, ergueu o olhar e formou com a boca "Felix" para ele.

— Tudo bem com ele?

Ela fez que sim com a cabeça.

— Espere um minuto, Felix. Piers acabou de entrar e acho que gostaria de dar uma palavrinha com você. — Passou o telefone, com o murmúrio: — Ele está ótimo. Só um problema com os óculos.

— Pai? O que houve?

— Eu dizia a Tilda que sou um velho idiota. — A voz de Felix pareceu deplorável. — Andei cochilando na poltrona e quando acordei já estava muito escuro. Sentei para acender a lâmpada e deixei os óculos caírem no chão. Soltou uma das hastes, e parece que perdi o pequeno parafuso que a mantém no lugar. Sabe o que quero dizer? Rastejei por todo o piso, mas diabos me levem se consigo encontrá-lo. Eu não o incomodaria, mas no momento dependo bastante deles para muitas coisas. — Baixou um pouco o tom de voz, como se tivesse se afastado do bocal e se concentrasse em outra coisa. — A haste parece meio torta. Acho que o livro caiu em cima dela.

— Acha que pode se virar sem eles esta noite? — Piers tentou não parecer demasiadamente indisposto a ir de carro a Dunster e procurar o parafusinho, mas sentiu o coração afundar diante da perspectiva. — Posso pegá-los pela manhã a caminho do escritório e deixá-los no oculista. Depois os levo de volta à tarde.

— Seria ótimo. Desculpe incomodá-lo tão tarde...

— Não se preocupe — interrompeu o filho. — Na verdade, não há problema. Passo aí por volta das oito e vinte. Tudo bem? Não é cedo demais?

— Claro que não. Vou me preparar para recebê-lo. Talvez um café...?

Piers conteve a vontade de dizer que já teria feito o desjejum àquela hora e tentou parecer satisfeito com a perspectiva.

— Maravilha. Até amanhã então. Algum outro problema?... Tem certeza? Bom. Durma bem então, pai.

Sensível ao humor distraído dele e querendo ajudar, Tilda declarou:

— Eu ficaria muito feliz em fazer isso. Vou me encontrar com Gemma em algum lugar para tomar café ou ir ao chalé, de qualquer modo, por isso não haveria problema em ir até Dunster.

— Você já foi lá hoje de manhã — respondeu ele, sucinto.

Estava com as mãos enfiadas nos bolsos da calça de algodão cáqui, a cabeça curvada, e ela o olhou com curiosidade.

— Deve ser horrível — disse, pensativa.

— O quê?

— Envelhecer e ter de pedir favores às pessoas o tempo todo.

— Eu *tento* não fazê-lo se sentir um fardo — respondeu Piers após um instante.

— Ah, eu sei — respondeu ela rapidamente. — Não foi uma crítica. Apenas senti a... humilhação dele passando pela linha, se entende o que digo.

— Bem, pelo menos a situação se inverteu, para variar. — Ele falou sem pensar e então viu a surpresa no rosto de Tilda pelo ressentimento em sua voz. — Desculpe. Não ligue... Nossa, sentado ali no pátio não percebi que era tão tarde.

Ela percebeu logo a insinuação, deu-lhe um beijo de leve e pegou o livro.

— Até de manhã.

— Sim, claro. E obrigado pela oferta, Tilda, mas é muito mais simples eu cuidar disso.

Ela desapareceu e, com um palavrão preso entre os dentes, ele se sentou à mesa e apoiou a cabeça nas mãos. A observação que a nora fizera chegara numa hora ruim, tão próxima do período de reflexão no pátio, e tocara num nervo exposto. A lembrança surgira de repente, provocada por um comentário anterior dela.

— Viúvas jovens não prenunciam nada de bom, não é? — observou. — Ninguém quer ser lembrado de sua própria mortalidade. Afinal, se David tivesse morrido na Bósnia, nas idas e vindas ao volante do Land Rover, na trilha entre Travnik e GV, talvez isso fizesse um pouco mais de sentido. Bater o carro após um jantar na cantina a menos de um quilômetro de casa não tem a mesma conotação, tem? Ninguém quer que eu volte para o Dia das Famílias... e entendo por quê. Mas e Jake? O exército era a vida de David, e parte de mim acha que Jake tenha direito a isso, mas não vejo como conseguir. Não posso viver à margem da vida, levá-lo à escola, festas e tudo mais, e ter de dizer as mesmas coisas repetidas vezes, explicando sobre David...

Talvez fosse a frustração habitual de se sentir incapaz de aliviar o sofrimento dela que desencadeara a lembrança. Quantas vezes ele sentira a mesma incapacidade de ajudar a mãe a sair dos silêncios amargos, a sensação de fracasso que encobria o pequeno mundo dele e lhe embotava os talentos naturais. Era uma ironia o fato de ser exatamente o caráter dela que o inibisse nas tentativas de realizar as expectativas que ela nutria em relação ao filho: as exigências e esperanças da mãe — e a clara decepção por ela demonstrada se Piers não fosse o primeiro, o melhor, o máximo — começavam a paralisá-lo. Com medo de desagradá-la, consciente de que a decepcionava, tornou-se cauteloso e aprendeu a não se expor à possibilidade de ridículo e vergonha.

Enquanto ficara sentado no pátio, com o pensamento em Tilda e refletindo sobre o caráter da mãe, lembrara-se de uma pequena cena representada na escola preparatória numa tarde de domingo.

A uma partida de críquete, seguiu-se o chá. Piers, capitão do Segundo XI, e seu time conquistaram uma grande vitória sobre os visitantes.

— Parabéns, Piers — disse a mãe de alguém, que sorri para Marina. — Você deve sentir muito orgulho dele. Felix não veio assistir? Que pena! Ah, sim, claro, acabei de lembrar que ele vai sempre a Bristol, não vai? Susan Banks disse que o viu no cinema com uma garota muito bonita. Sua amiga, espero. Dê lembranças a ele. Você precisa aparecer...

Ao olhar as duas, o alegre sorriso dele se desfaz, o senso de triunfo fica corroído pela ansiedade. O queixo erguido da mãe, seu sorriso brilhante e duro, não disfarçam a súbita onda de rubor nas faces nem o modo como comprime os lábios de mortificação. Aos onze anos, ele já começa a compreender certos aspectos do relacionamento dos pais, e ela se torna menos discreta: deixa escapar pequenas insinuações sobre o comportamento do marido. Piers fica furioso com ele por expô-la a tais comentários, por estragar um momento raro e feliz. E no mais íntimo, à espreita e oculta, pronta para dar o bote, aquela outra lembrança: a mãe falando com uma voz desdenhosa e desgostosa que continua a ter o poder de fazê-lo se sentir nauseado e assustado.

Vimos aquela mulher hoje... É sua amante, não é? Tinha uma criança com ela. Não será sua filha, por acaso?

Teria sido muito mais fácil se tivesse conseguido deixar de amar o pai, mas Felix tem alguma coisa — ele não consegue definir algo como uma combinação incomum de generosidade de espírito, humildade e compaixão que atrai Piers e exige algum tipo de reação instintiva que transcende as fraquezas e a falibilidade humanas.

Era uma exigência que, até agora, ele ainda não cumprira plenamente. A sombra de Marina continuava entre pai e filho, ainda lhe reivindicava lealdade.

Piers se levantou, foi até o armário da cozinha e se serviu um trago antes de dormir: uma pequena dose de conhaque e um esguicho de soda. Começou a se preparar para a cama, pensando à frente: precisa acertar o despertador um pouco mais cedo que o habitual, para estar em Dunster a tempo de tomar um café, pois de outro modo chegaria atrasado ao escritório... E prometera almoçar com Alison. Ao atravessar o vestíbulo, hesitou por alguns segundos, lembrando-se do avô, e depois foi se sentar na velha cadeira esculpida junto à parede. Aquela parte da casa — a antiga capela do priorado — parecia resistir a qualquer tipo de domesticação. A atmosfera frustrara as tentativas das gerações anteriores de usá-la como sala de estar, gabinete ou área de recreações. Reinavam ali uma profunda paz e um senso de determinação austera, que desafiavam o corre-corre do dia a dia. Só em ocasiões muito formais se usava a porta da frente, e o vestíbulo servia apenas de passagem entre as duas alas.

A simplicidade das paredes de pedra e sua imponente altura eram enfatizadas pela longa mesa de carvalho, posta no centro de um tapete persa de seda desbotado, mas ainda bonito, e as duas pesadas cadeiras esculpidas em cada ponta.

Piers se sentou em silêncio, deixou a paz envolvê-lo e lembrou que, quando criança, correndo com um carrinho de brinquedo sobre as lajotas ou batendo uma bola, parava para erguer bem a cabeça ou se deitava ali em completa imobilidade, olhando as vigas e escutando a quietude. Mesmo quando tentava rezar, expressando os temores e esperanças infantis em sussurros cautelosos, enviava as preces do coração quase no mesmo instante em que começava a dizê-las e se sentia arrebatado por uma intensa alegria muda. Mais tarde, perdera o jeito, mas às vezes, mesmo agora, sentia-se tocado por aquela mesma doçura penetrante. Lera em algum lugar que intermediação significava apenas ficar parado na presença de Deus em favor dos semelhantes: não falar nem pedir, apenas ser. Piers fechou os olhos, deixou a consciência se concentrar em Tilda e no filho dela, para que o amor Dele fluísse entre todos eles.

Durante a maior parte da noite, Lizzie se sentou à janela, numa das poltronas, olhando a escuridão cálida no exterior. A visão da gaiola a chocara ainda mais que a descoberta do cartão-postal de Angel no livro de Pidge. Embora viesse a Dunster com a louca esperança de encontrar Felix, não lhe ocorrera que ele talvez estivesse com a gaiola. Teria Angel lhe dado? Ou Pidge, depois da morte de Angel? Intrigada, Lizzie balançou a cabeça. Estivera com Sam àquela altura, claro; ocupada com a carreira, preocupada com seus próprios problemas. Como era fácil absorver-se tanto em si mesma que, quando se compreendia que havia perguntas a fazer, era tarde demais; não restava ninguém para respondê-las. A dor e a perda tinham sido os catalisadores que a impeliram nessa trilha que levava até ali, a Dunster, e — inesperadamente — à gaiola. Tinha certeza, agora, de que encontrara Felix.

Passara a última metade das longas vigílias noturnas planejando como o abordaria. Vários cursos de ação surgiam: podia procurá-lo no catálogo telefônico local e, se topasse com o nome dele, tentar um telefonema cauteloso; ou talvez procurar e perguntar por ali se alguém o conhecia, e assim descobrir se ele morava sozinho; ou apenas zanzar, na esperança de vê-lo aparecer. Contudo, quando a breve noite de junho começava a esquentar rumo à luz do dia, com as formas monocromáticas prateadas no jardim enverdecendo delicadamente em arbustos floridos e o céu oriental fulgurante em pálida radiação, Lizzie lutava com o simples anseio de atravessar a rua e tocar a campainha.

Ergueu-se da poltrona, enrijecida de cansaço, pôs água na chaleira para ferver e foi tomar uma ducha. Ficou alguns minutos ao basculante do banheiro, olhando o pitoresco amontoado das linhas de telhados e chaminés até o castelo, etéreo e incomum naquela onda de luz matinal e iluminada. Um pouco trêmula — "Exaustão", disse a si mesma em voz firme. "Você é velha demais para passar metade da noite acordada." —, tomou banho, envolveu-se no grosso roupão e voltou ao quarto.

O café quente e forte teve um maravilhoso efeito revigorante. Ela o levou para a cama, recostou-se nos travesseiros, bebericou-o de forma luxuriante e pensou em Angel. Em que estágio uma dose de uísque substituíra a caneca de café preto antes da ida ao teatro — "Só uma miudinha, meu bem!" —, à qual ela se referia como coragem holandesa? Que idade tinha quando se tornou irresponsável? Os papéis haviam mapeado a vida de Angel: "Não foi no ano em que fizemos a excursão ao norte? Sheridan, não foi? Eu fazia o papel de Lydia Languish e de Maria em semanas alternadas..." Ou: "Não, lembro com muita clareza aquele outono, nós ensaiávamos *Vidas Privadas* num horroroso saguão de igreja em Manchester." Depois vieram os anos da Old Vic no Teatro Real de Bristol: o período longo e sossegado na Gaiola.

Quando esvaziou a caneca, Lizzie se sentia mais calma — e corajosa. Ajeitou-se na cama — apenas cinco minutos de olhos fechados — e, quando acordou, encontrou o sol já bem alto e os pássaros que cantavam de alegria do lado de fora da janela. Eram oito e dez. Enquanto escovava o cabelo, torcia-o num nó frouxo e enterrava os grampos, decidiu que daria apenas uma breve olhada na gaiola antes do desjejum. Começava a se perguntar se a imaginara; talvez sua maluquice começasse a se transformar em alucinações. Brincou consigo mesma, contendo o nervosismo, desceu os dois lances de escada, hesitou diante da porta do restaurante e atravessou o pórtico.

O homem acabava de sair da porta bem embaixo da janela na qual pendia a gaiola: franzia um pouco o cenho, palpava-se em busca das chaves do carro no bolso da calça. A posição da cabeça, aquela rápida olhada, de repente lhe pareceu tão conhecida que ela quase gritou o nome dele. A sanidade a devolveu ao abrigo do pórtico quando o homem entrou no carro, deu marcha a ré ao sair da vaga e se afastou rapidamente. Lizzie o viu partir, dedos comprimidos nos lábios, e tentou controlar as emoções confusas: a onda de alegria logo deu lugar a uma decepção arrasadora. Não era Felix, claro: devia ser o filho — o menino de nome estranho — que morava no apartamento.

Lizzie ergueu o olhar para a gaiola, que cintilava brilhante, claramente visível à luz do sol. Como poderia se apresentar agora? "Oi, sou Lizzie Blake. Você não me conhece, claro, mas minha mãe foi amante de seu pai."

Felix provavelmente morrera anos antes, junto com Angel e Pidge. E agora que Sam também se fora, estava sozinha, sem mais ninguém. Um tremendo senso de perda se apoderou dela, paralisando-lhe a capacidade de tramar ou planejar, e logo em seguida Lizzie tornou a entrar para tomar o café da manhã.

CAPÍTULO VINTE E DOIS

Bertie se sentou ao lado da cadeirinha do bebê, os ouvidos antenados, atento ao ocupante que gorgolejava e acenava com as mãos em forma de estrela-do-mar. Batia com toda energia os pés nus, o cachorro deu uma lambida experimental nos minúsculos dedos curvados, e logo se retirou quando o bebê esperneou de forma ainda mais enlouquecida. Tilda sorriu da reação do animal.

— Sinto falta de cachorros por perto — disse a Gemma, sentadas juntas à luz do sol, diante da porta do chalé. — David e eu tínhamos decidido arranjar um assim que Jake nascesse. Esperávamos comprar uma casinha em Marlborough...

Fez uma pausa, mordeu o lábio, e Gemma, estimulada pela rápida afinidade, pôs a mão por um breve momento na dela.

— É simplesmente tão deplorável para você: tudo desmoronado, ter de deixar todos os amigos.

Tilda a olhou, surpresa.

— Poucas pessoas entendem isso. Não veem que não é a mesma coisa permanecer à margem da vida antiga, fingir que continuamos a fazer parte dela, sobretudo quando essa vida era o exército. A gente simplesmente sabe que este não é mais o nosso lugar. Ah, as pessoas são amáveis, esforçam-se no início, porém acho muito assustadora a rapidez com que começamos a nos sentir como uma horrível dependente a quem convidam para festas e jantares por condescendência. E ser viúva... ainda por cima jovem... tem uma espécie de efeito deprimente em tudo. Eu dizia a Piers ontem à noite que ninguém gosta de ser lembrado da mortalidade, e começo a temer essa mudança de expressão, essa cautela que os amigos adotavam assim que me viam. Cutucavam-se uns aos outros para ninguém dizer algo indelicado, mas então a conversa se tornava terrivelmente forçada e ficava claro que a maioria dos amigos temia falar de David.

— Eu entendo — disse Gemma, pensativa. — Não é fácil encontrar o limite entre uma indiferença visível e esse tipo de compaixão horrível. Sabe? Quando as pessoas adotam vozes especiais abafadas, encompridam os rostos e ficam deprimidas, mas por trás se envolvem numa bisbilhotice lasciva e repugnante.

Imitou o tipo de rosto que descrevera, e Tilda, apesar da infelicidade pessoal, desatou a rir.

— É exatamente isso. Você sacou a coisa sem tirar nem pôr... mas por que não podem apenas ser naturais?

Gemma pegou o maço de cigarros na mesa, sacudiu-o e mostrou considerável desagrado.

— Acho que é por terem um medo supersticioso da morte — respondeu, afinal. — Sabe que as pessoas gostam de se gabar sobre conhecer alguém rico ou famoso, como se o simples fato de conhecê-lo... ou mesmo algo distante, como vê-lo numa loja... concedesse alguma magia à própria vida delas? Bem, acho que a morte tem o efeito contrário. Talvez haja algo agourento em quem a morte tocou. Esse tipo de coisa.

Acendeu um cigarro, o cotovelo apoiado na mesa, e virou a cabeça de lado para soprar a fumaça para longe dos dois.

— Mas você não se sente assim? — perguntou Tilda.

Gemma balançou a cabeça.

— De jeito nenhum. Seria impossível esquecer alguém como David. Era tão maior que a vida, não? Você quer continuar a senti-lo próximo e ele continua a fazer parte da sua vida. Da sua e da de Jake, que vai querer saber do pai e, de qualquer modo, Tilda, você não pode simplesmente fingir que o casamento foi um breve interlúdio, algo que aconteceu entre o amadurecimento e o resto da vida. Você e David remontam à infância, como eu e Guy. Deve ser impossível absorver a situação, sobretudo agora que você voltou para Michaelgarth. Espero que pense que David simplesmente vai entrar pela porta com um daqueles comentários devastadores. Deus do céu, como ele me fazia rir.

— É assim mesmo que me sinto em relação a ele — concordou Tilda, comovida com a capacidade de Gemma entendê-la. — Embora a saudade seja terrível, aqui em Michaelgarth também sinto que David está próximo de nós. Ah, eu sei que não se pode viver numa distorção do tempo e fazer da vida uma espécie de santuário ao passado, mas detesto este tipo de conselho: "Agora você precisa deixar tudo para trás e começar de novo."

— Não consigo imaginar Piers assim — Gemma bate a cinza do cigarro —, nem sua mãe, para dizer a verdade.

— Piers não é mesmo — concorda Tilda. — Ele é simplesmente brilhante, e acho que se sente como eu em relação a David. Não sei como lhe dizer a sorte que temos, Jake e eu, por estarmos aqui. Mamãe é um pouco mais assim. — Lança um olhar quase tímido a Gemma. — Acho que gostaria de me ver unida a Saul.

À menção do nome do seu irmão, Gemma arqueou as sobrancelhas numa expressão descrente: encarava Tilda com um olhar especulativo e divertido.

— Sério? Com o querido Saul? — Inspirou fundo e franziu os lábios. — Bem, na certa, não sou boa juíza, como irmã caçula dele e tudo, mas não consigo ver Saul no mesmo time de David.

— Gosto muito do seu irmão — Tilda sente a necessidade de defender o melhor amigo do falecido marido — e ele tem sido maravilhoso...

— Ah, posso acreditar — interrompeu Gemma, impaciente. — Saul é uma pessoa amável... — Hesitou. — Contudo, esse é o problema, não? David era tudo, mas "amável" não é o adjetivo que me salta de imediato à mente.

A observação pega Tilda de surpresa:

— Bem, suponho que ele não é... não era amável de um jeito igual ao de Saul.

— Sem essa! — ri Gemma. — Quem precisa de amabilidade? O que queremos é a qualidade desconhecida, e isso David tinha. — Tragou o cigarro com um ar meditativo. — Sempre gostei de sua mãe. É divertida. Espero que ela queira apenas que as pessoas cuidem bem de você e Jake, só isso. Você não disse que ela ia almoçar com você?

— Disse, sim. — Tilda conferiu as horas no relógio de pulso. — Preciso voltar. Tem certeza de que não quer se juntar a nós? Mamãe adoraria vê-la de novo.

— Simplesmente não posso. — Gemma apagou o toco do cigarro. — Sophie vai aparecer aqui. Temos tantas coisas a pôr em dia desde o casamento dela... mas dê minhas lembranças à sua mãe.

Tilda procura a sacola em volta e Gemma se acocora perto da cadeirinha, examinando Jake adormecido.

— Vai ser igual ao David — disse. — Que menino lindo, Tilda. David ficaria muito orgulhoso de vocês dois.

Gemma se levantou, abraçou a amiga mais velha e Tilda sentiu um momento de enorme consolo no abraço afetuoso.

— Obrigada — disse Tilda. — Pelo café e tudo mais. Sabe onde estamos se precisar de nós, mas vocês irão jantar conosco na sexta-feira, quando Saul vier a Michaelgarth, não?

— Claro. Só lamento termos de perder o aniversário de Piers.

— Eu também — disse Tilda, entristecida, e ergueu a cadeira de Jake. — Seria tão divertido ter vocês dois conosco, mas a turma seguinte chegará ao chalé na tarde de sábado, e com Saul, Felix e mamãe, que vão todos pernoitar, estaremos com a casa lotada em Michaelgarth.

— Não tem a menor importância. Esta semana tem sido uma dádiva tão grande que com certeza não me queixo. Não vemos a hora de chegar sexta-feira, mas espero aparecer antes.

Gemma acompanhou-a até o carro, ajudou-a a acomodar Jake e soprou-lhe um beijo quando ela se afastou.

Bertie balançava o rabo e olhava ansiosamente a estrada, na esperança de um passeio, mas Gemma fez que não com a cabeça.

— Mais tarde. Com toda sinceridade. Faremos uma adorável caminhada pela charneca igual à de ontem... mas não agora.

Entrou no chalé e fez uma pequena careta para si mesma, perguntando-se se não fora longe demais com Tilda ao falar sobre David e Saul. Sempre a admirara muito, e até pouco antes sentia um pouco de receio dela. Na escola, dois anos à frente, Tilda era a chefe da casa, e tinha um jeito muito direto de lidar com as colegas de sala e as meninas mais moças. A extrema beleza, combinada com a disposição de escutar, pouparam-na do ressentimento ou desprezo das contemporâneas, além de ter sido muito popular entre as alunas mais velhas e admirada pelas pequenas. Pouco depois, tão logo Saul e David se tornaram bons amigos, Gemma passou a conhecê-la melhor.

— Mas não tão bem quanto conheci David — murmurou ao acompanhante Bertie. — Aquele foi um conhecimento meio íntimo, meu caro.

Pegou o celular na bolsa, sob o olhar do cachorro, de rabo arriado. Bertie imaginava se este seria mais um dia sentado com toda paciência na parte de trás do carro, em algum lugar sombreado e deserto, à espera daquele momento de liberdade.

Gemma se curvou para afagar as orelhas dele.

— Que bom você não poder falar — murmurou enquanto teclava alguns dígitos. — Alô? Saiu tudo bem? Marianne retornou antes de você?... Que alívio! Não, não há problemas aqui. Então, onde vamos nos encontrar hoje?

Bertie se deitou resignado, focinho nas patas, e fechou os olhos.

CAPÍTULO VINTE E TRÊS

Alison esperava Piers, muito bem-arrumada, chique, e sorria de prazer. Houve a habitual pequena excitação do cumprimento, que se situa em algum lugar entre o abraço descontraído de amantes e o breve toque de faces mais formal: um tipo de abraço prolongado e de beijo que sempre o fazia se sentir levemente culpado. Desconfiava que ela aguardasse dele algum gesto que avançasse o relacionamento, porém Piers era incapaz de proporcioná-lo. Por mais que gostasse dela, não conseguia estabelecer um compromisso mais profundo: ainda não. Embora tivesse trabalhado com Philip durante anos, só após a morte dele se tornou amigo de Alison. Ela decidira vender a casa em Minehead e ele a ajudara como pôde a resolver o processo da compra do pequeno e moderno bangalô em Timberscombe e mudá-la para ali.

Tinham ficado impressionados com as coincidências na vida privada de ambos: Alison perdera o marido no momento em que a filha ingressava na universidade e o filho assumia um emprego em Edimburgo; era como se, em algumas breves semanas, todo o mundo dela tivesse diminuído e a família, desaparecido. O ataque cardíaco de Philip fora chocantemente inesperado num homem que seguia uma dieta balanceada, frugal, bebia muito pouco e se mantinha em boa forma. "Era a última pessoa...", repetia Alison a intervalos; estupefata e sem compreender aquela perda. Durante os seis meses após a morte de David, ela e Piers tinham passado muito tempo juntos na escolha do bangalô e na organização da mudança. A semelhança das situações dos dois, por lhes permitir partilhar a dor e a solidão mútuas, impeliu o relacionamento de forma um tanto rápida a uma intimidade que ele começara logo depois a questionar, embora a chegada de Tilda pusesse um freio natural em tudo.

Agora, enquanto ele olhava em volta e se sentia, como sempre, pouco à vontade com a ordem quase antisséptica, ela sorria como se lhe adivinhasse os pensamentos.

— Espero que concorde agora que eu tinha toda a razão em me mudar — disse Alison. — Sei que me aconselhou a esperar, mas este lugar é de uma conveniência esplêndida depois daquela casa grande em Minehead. Claro, Philip a adorava, e era muito agradável ter todo aquele espaço enquanto as crianças cresciam, mas eu simplesmente não saberia o que fazer de mim mesma vagando sozinha naquele silêncio.

Piers a acompanhou até a cozinha pequena e reluzente.

— Desde que sinta a mesma coisa quando Sara e Mark quiserem trazer os netos para visitá-la — disse ele, animado. — Vai ficar um pouco apertado.

Alison deu de ombros.

— Não vou ficar ansiosa por antecipação. Mark nunca parece encontrar tempo nem para telefonar, quanto mais vir me visitar, desde que se mudou para Edimburgo, e Sara só vem às vezes durante as férias, por poucos dias. Ela mudou muito desde que foi para a universidade.

Tilda teria reconhecido a expressão de Piers — o gesto de indiferença mental que ocultava muito mais do que sugeria. Sabia que Alison se ressentia da deserção dos filhos tão em seguida à morte do pai e hesitou em proferir as superficialidades comuns. Tinha pleno conhecimento de como ela sentia saudade deles e de como os dias eram vazios, apesar dos esforços em ocupar o tempo com trabalho beneficente.

— Acho que se trata de um comportamento padrão — disse, como uma tentativa cautelosa de visão positiva. — Fazem novos amigos e têm os próprios compromissos, mas mesmo assim gostam de saber que estamos aqui.

— Conclua o que quer dizer e se sente — disse ela. — Já está tudo na mesa, só vou trazer a sopa.

Piers entrou na sala comprida e iluminada, onde a mesa de jantar e as cadeiras estavam informalmente instaladas numa ponta, com o sofá e as poltronas agrupados em torno do aparelho de televisão na outra. Nesse ambiente, sempre se sentia maior que a realidade, temia esbarrar numa das mesinhas altas e finas cheias de ornamentos ou estragar o efeito imaculado pondo a pasta ou o jornal no lugar errado. A grande janela deslizante de vidro laminado se abria para o jardim pequeno e bem-cuidado, e ele parou à luz do sol, mãos nos bolsos, e olhou a paisagem. Alison chegou por trás, ele se virou e sorriu, enquanto ela punha a sopeira de barro na mesa e começava a servir a sopa feita em casa na tigela dele.

— Muita gentileza sua — disse ele. — É muito agradável eu não ter de pensar em almoço num dia ocupado como este.

— Para mim também. — Alison parecia abstraída, uma resposta educada ao elogio, e ele viu que ela ainda pensava no comentário anterior a respeito dos filhos. — É adorável ter companhia... mas, para retomar o que dizíamos, Piers; sim, sei que eles gostam de saber que estamos aqui, mas não acha que esse tipo específico de dependência dos jovens passa a ser um pouco desgastante?

Piers sacudiu o guardanapo, aceitou um brioche e partiu-o, pensativo. Esse tipo de conversa em geral levava à mesma rotina, que por fim resultava em conselhos da amiga sobre como ele devia lidar com Tilda e Jake.

— Acho que é um período desgastante da vida. — Tentou fazer parecer uma brincadeira. — Entre pais idosos e filhos adultos, às vezes pode ser... interessante.

Alison deu um riso irônico.

— Não deixa de ser uma maneira de descrever. Pelo que sei, meus filhos querem o privilégio de me matar de preocupação com seus problemas, ao mesmo tempo que me negam qualquer direito de intervir em suas vidas... a não ser para lhes enviar dinheiro, claro.

Piers riu, meio melancólico.

— Isso resume tudo à perfeição — concordou. — Esta sopa está absolutamente deliciosa. Tenho de dizer que gosto muito de cozinhar para mim, mas ainda não me convenci a me aventurar no preparo de sopas. Precisa me dar a receita.

Ela olhou para ele, rápida ao captar a deliberada mudança de assunto, adivinhando que ele pensava em David. Às vezes, na ansiedade de corrigi-lo sobre o trato com Tilda, esquecia-se de que David morrera. Aceitou a dica, percebendo que fora insensível.

— Alegra-me que goste, receei que talvez estivesse quente demais para sopa. Espero que esse tempo dure para suas férias. Já fez algum plano?

— Não muitos. — Ele tentou não deixar certa cautela se insinuar na voz. — Duas semanas de liberdade! Pretendo me refestelar ao sol e pôr a leitura em dia.

Ela retirou as tigelas de sopa e passou-as pela portinhola para a cozinha.

— Se Jake deixar.

— Ah, ele ainda é pequeno demais para ser um problema — respondeu Piers, animado. — O jardim ficou lindo, não? Que cores esplêndidas!

— Tenho me esforçado muito. — Mais uma vez abstraída, Alison olhou com satisfação para seu trabalho. — Embora eu precise regá-lo toda noite...

Piers a observava enquanto ela falava do cultivo de mudas e da nova disposição de pedras no jardim; os cabelos castanhos, cortados até os ombros com uma franja, bem-penteados e lustrosos; o rosto, agora animado e livre de descontentamento, era pequeno e bonito. Tinha a compleição robusta, embora com um corpo bem-feito; não muito alta, mas, no conjunto, uma mulher atraente...

Ao se virar de repente, Alison percebeu o olhar avaliador e atento, e um rubor repentino lhe tingiu a face. Piers, sentindo um extraordinário mal-estar, cortou um pedaço de queijo para ter alguma coisa a fazer.

— Andei pensando. — Ela tornou a se sentar e se curvou para a frente, estimulada por aquele olhar desprotegido. — Bem, na verdade esperava que déssemos uma ou duas saídas quando você entrar de férias. Falamos disso antes, não? Eu dizia que gostaria de ir a Knightshayes. Nunca estive lá.

— Com certeza — respondeu ele, uma espécie de culpa emprestando entusiasmo à voz. Era como se aquele olhar avaliador o tivesse traído e levado a uma intimidade que não pretendera; mas não podia rejeitá-la.

Por que deveria fazê-lo?, perguntou a si mesmo, confuso. *Droga, gosto muito dela!*

— Pensei em tomarmos o café no jardim — dizia Alison —, se você tiver tempo.

Ele olhou a hora no relógio.

— Muito — respondeu, ainda com a mesma sensação de que devia fazer algum tipo de reparação, e seguiu-a para fora.

Depois que ele se foi, Alison tirou a mesa e começou a lavar a louça. Seus movimentos eram hábeis e metódicos, sem desperdiçar ação alguma, e, enquanto trabalhava, pensava em Piers. Naqueles primeiros dias, após a morte de Philip e com os filhos fora, chocara-a a rapidez com que ele se tornara importante para ela. Mostrara-se mais do que alguém disposto a ajudá-la nos pequenos problemas inesperados; mais do que um amigo com quem podia discutir em detalhes os prós e contras da mudança. Sentia-se animada com a perspectiva de encontrá-lo, tomava o cuidado de sempre se apresentar com a melhor aparência, e depois que Piers ia embora se lembrava de tudo que dissera e da sensação eletrizante do breve aperto de mão dele.

Sentira-se confusa, quase horrorizada, com a deslealdade a Philip, e se perguntava se isso era alguma estranha manifestação de choque, mas durante o longo vazio sombrio que se estendia entre a hora de dormir e o desjejum, recorria ao bom-senso para explicar essas reações. Deitada acordada, os olhos secos e doloridos pela falta de sono, meditava sobre os sentimentos. Não havia dúvida de que, embora tivesse amado e sido leal ao marido, a magia inicial desaparecera com a chegada dos filhos. Philip sempre fora um homem que punha o trabalho em primeiro lugar: pragmático, sensato — nada romântico —, mas bom pai e marido. A simples explicação era que o amara, mas não se *apaixonara* por ele.

Para começar, essa compreensão em si fora um problema: amar alguém como amara Philip — e como, sem a menor dúvida, ele a amara — sugeria todos os aspectos bons, sólidos e admiráveis da palavra. Segundo acreditava, *paixão* sempre indicava um estado muito diferente: uma instabilidade com irresponsabilidade ineficaz no aspecto físico. Uma condição que tinha mais a ver com o temperamento latino e com estrelas cinematográficas do que com relações duráveis, confiáveis e sensatas. Agora, porém, ao pensar em Piers naquelas infindáveis vigílias, Alison tinha fantasias estranhas que pareciam incompatíveis entre os lençóis de algodão e poliéster listrados e a confortável camisola de flanela.

Pela primeira vez na vida, a mulher que se enterrara profundamente e de bom grado nos papéis de esposa e mãe começava a abandonar essas imagens restritivas. Emergindo com olhos novos, percebia outra coisa muito importante: Piers era sensual, enquanto Philip nunca o fora. Esse surpreendente conhecimento exigia mais reorganização das ideias. Philip fora um homem bonito: muito alto, magro, feições bem proporcionais. Tudo nele sugeria que devia ser atraente, no sentido verdadeiro da palavra; atrair pessoas para si, sobretudo mulheres. Mas isso nunca ocorrera. Era mais um varapau desinteressante — esse reconhecimento de forma meio brusca a fez prender a respiração — ligeiramente maçante, embora afável, muito afável.

Mas agora, a nova Alison, deitada muito agitada e desejosa nos lençóis agradáveis, perguntava-se se "afável" era uma qualidade tão valiosa quanto a mãe a levara a acreditar.

— Philip é um homem afável — dissera ela à filha, após o segundo ou terceiro encontro — e nunca a decepcionará.

Verdade: contas pagas no prazo (não antecipadas, não faz sentido perder os juros), a casa reformada a cada dois anos (precisamos proteger o investimento), sem incentivar o impulso de comprar ("mas você *precisa* mesmo de outra bolsa, querida?"). Ela aprendera a esperar que o marido sempre pusesse o lixo — bem-embalado — fora, aparasse a grama ao crescer dois centímetros, vistoriasse o carro no dia certo e, durante todos os vinte e cinco anos juntos, nunca sofrera um momento sequer de inquietação relacionado ao comportamento dele (a não ser que incluísse aquela pequena aflição quando temia que o marido talvez entediasse o colega convidado num jantar festivo), tampouco um segundo de ciúmes quando o via em companhia de uma mulher encantadora.

Mas Piers também era afável: auxiliara-a durante todos aqueles meses infelizes de inverno, aconselhara-a sobre a venda da casa em Minehead, supervisionara o bangalô e ajudara-a na mudança. Por que então essa incessante agonia de imaginar com quem ele se encontrava e o que fazia? O ciúme latente, depositado bem fundo e imperturbado por Philip, agora ardia numa fogueira de posse angustiada. Olhos recém-abertos, ela via Piers agora não apenas afável, mas também exercendo aquela atração indefinível que arrastava as pessoas — sobretudo as mulheres — para si: alguma coisa nos olhos dele, o jeito de se sentir tão à vontade com o corpo, o riso profundo. Ficara tão aborrecida quando ele a informara — de forma tão satisfeita, numa visível expectativa de total aprovação — que Tilda e Jake iam voltar para Michaelgarth, que tivera enxaqueca durante três dias. Não que se sentisse enciumada não desse modo, pelo relacionamento dele com a nora — estava muito claro que

Piers a via como uma filha muitíssimo amada —, não, era a ideia do tempo que eles passariam juntos que a deixava tão furiosa: tempo que não a incluiria: tempo deduzido de sua parcela dele.

Tentara com toda delicadeza insinuar a Tilda que ela estava sendo meio desatenciosa imaginando que podia simplesmente entrar ali, como se fosse dona da casa, como se Piers não tivesse vida própria que pudesse sofrer com essa invasão, mas a jovem se limitava a retribuir-lhe o olhar com aqueles admiráveis olhos azuis de centáurea, como se visse diretamente o que havia embaixo da bonita saia que não precisava ser passada, uma pechincha absoluta da loja beneficente em Minehead.

Passou o pano de prato nas tigelas, torceu-o e saiu para pendurá-lo na corda. Lembrou como Piers a olhara antes — nada de fortuito *naquele* olhar — e sentiu um frio na barriga. Tinha quase toda a certeza de que ele sentira por Sue o mesmo que ela por Philip: ele a amara, mas não fora *apaixonado* pela esposa. A frase, que uma vez descartara com tanto desdém, agora a obcecava: sabia que se apaixonara por Piers. E ele?

Alison mordeu o lábio, num gesto de frustração, pegou a tesoura de podar e foi cortar as rosas mortas.

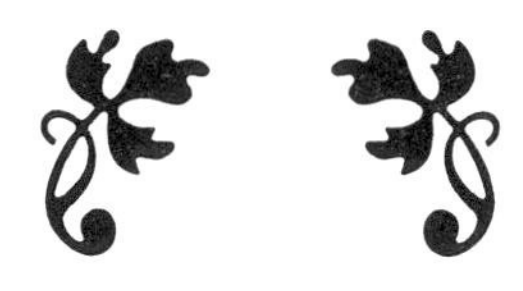

CAPÍTULO VINTE E QUATRO

Depois do desjejum, os planos destroçados, Lizzie decidiu caminhar até a praia. Muito animada e pronta para ação, descobriu que o chão se dividira em pedaços sob seus pés, o que a deixou sentindo-se desorientada e meio abalada. Algum tipo de exercício físico era essencial, e ela partiu para a praia de Dunster na esperança de que a caminhada lhe refrescasse a memória, e até, talvez, invocasse a sombra de Angel. Em vez disso, constatou que sentia uma total confusão. Não reconhecia nada: nem a passagem subterrânea embaixo da A39, nem a placa "Acesso à Praia", que a levara pela Sea Lane, nem os pequenos e bem-cuidados bangalôs de Haven Close e Bridges Mead: nenhuma dessas coisas lhe parecia familiar. Tão logo chegou afinal à praia, achou que se lembrava dos chalés de madeira com telhados de amianto corrugado, mas se alguma vez brincara naquelas faixas niveladas de areia com afloramentos rochosos cinza ou chapinhara naquele mar muito distante, não tinha nenhuma recordação. Cansada, desiludida e com muito calor, refez o trajeto de volta ao hotel, pronta para uma bebida gelada. Não admira que Angel tivesse escrito todos aqueles anos atrás que "é uma baita jornada até a praia para as pernas da pequena Lizzie, coitada". De certa forma, desconfiava, em vista dessa longa caminhada cansativa, de que Angel não passara muito tempo na praia, mas circulara pela aldeia na esperança de ver Felix.

Lizzie deu um suspiro ao se sentar no jardim fresco e tomar um vinho St. Clement gelado: parecia que suas esperanças seriam derrotadas, como as de Angel, quarenta anos antes. Afinal, o que poderia dizer ao filho de Felix? Não conseguia pensar em qualquer maneira de se apresentar nem de explicar a razão daquela visita a Dunster; tampouco suportaria ir embora mais uma vez, deixando a gaiola para trás, sem saber como fora parar pendurada naquela sala no outro lado da rua. Enquanto comia um sanduíche sob o guarda-sol sombreado, ouvia o carrilhão — nesse dia, a melodia era "Lar Doce Lar" — e tentava planejar uma linha de ação e inventar enredos que talvez respondessem a essas perguntas.

Ele parecia uma boa pessoa, o filho de Felix — *como* se chamava mesmo? —, com aquele andar descontraído e a rápida virada de cabeça. O olhar — embora ele mal pudesse tê-la visto na sombra da varanda — tinha aquele tom decidido que a fez se lembrar do pai dele: o jeito exato de Felix quando aparecia num anoitecer de domingo, com um sorriso para Pidge, a piscadela para Angel, mas, naquele breve momento, avaliava a atmosfera geral ou qualquer novo acréscimo à sala.

"Olá, meus pássaros..." Conseguia ser inclusivo, ao mesmo tempo que fazia cada uma delas se sentir especial e, mais importante, mostrando a admiração pela unidade das três. Nunca houve nenhuma inclinação das três a competir pela atenção dele; nem tentativas de uma sobrepujar-se às outras, apesar de todas o amarem demais.

Lizzie chutou os sapatos, apoiou os calcanhares na segunda cadeira e se perguntou por que o relacionamento terminara, quebrando a cabeça em busca da lembrança. Quantos foram os anos de Felix? Aos onze, tinham-na mandado embora para a escola — ah, que excitante! Os preparativos e a expectativa! —, mas, quando ela voltara à Gaiola para os feriados de Natal, ele havia saído de cena.

— Quando Felix vem nos visitar? — pergunta, pois planeja lhe contar as novidades, mostrar-lhe os pequenos troféus pelos sucessos do semestre.

— Ele nunca pode se ausentar no Natal — responde Angel em tom meio ríspido. — Você sabe disso.

Lizzie aos poucos percebe que, sob a calorosa acolhida de sua volta ao lar, há outras camadas de emoção mais sombrias: nota a mãe distraída e de vez em quando impaciente, e Pidge, vigilante.

— Fiz um cartão para ele — explica. As três sempre trocaram presentes com Felix depois do Natal durante a pequena cerimônia na Gaiola. — Quando vou lhe dar?

Mas a mãe se mostra inacessível, como se a pergunta a irritasse.

— Se eu fosse você, simplesmente esqueceria tudo a respeito, meu bem.

Ela cria uma barreira para não responder a quaisquer outras perguntas, e Pidge também se mostra reticente, embora mais afável.

— Ele acha impossível se ausentar no momento. Ficaria emocionado, claro, mas teremos de esperar e ver. Agora, o que trouxe aí?

Os feriados passam rapidamente, e, assim que retorna à escola, com novas experiências e objetivos que se descortinam à frente, ela se desvia da questão; já volta a visão para expandir os horizontes, de modo que se convence sem dificuldade a não insistir mais no assunto.

Agora, ao se lembrar de Angel fechada em copas, Lizzie tem quase toda a certeza de que fora Felix quem rompera o relacionamento, mas, se fosse essa a verdade, por que ele deveria receber a gaiola? Se tivesse havido uma reconciliação, ela sem dúvida saberia; apesar da própria carreira, da vida em Londres, mantinha estreito contato com Pidge e Angel, e mesmo quando casada voltara com o marido a Bristol todas as vezes que podiam para visitá-las. As duas adoravam Sam.

A dor foi tão aguda que ela cruzou os braços sob os seios e se firmou empertigada quando acometida pela lembrança.

Alto, forte como um tanque, cabelos pretos desgrenhados, Sam a encara a certa distância, encontra com ela — sempre parece que por acaso — em estreias, jantares após o espetáculo e festas. Ingênua, Lizzie acha estranho o fato de os caminhos dos dois se cruzarem com tanta assiduidade. Cada vez mais cônscia dele, tenta não mostrar interesse, mas começa a se tornar quase impossível não olhar para aquela figura inconfundível, sempre vestida de preto — jeans, camisa de malha e gola rolê, um paletó atirado sobre os ombros — nem evitar a cor reveladora que lhe tinge a tez tão logo se entreolham. Ele dirige a companhia teatral quando ela ingressa na produção de *Caçadora de corações* — título original em inglês, *French Without Tears* — e mais tarde se torna o diretor artístico da própria companhia, a Centre Stage. Como Sam se orgulha daquela pequena empresa muito aclamada que se especializa em teatro de arena e com sede numa antiga fábrica em Islington! Após essa peça, nunca mais tornam a trabalhar juntos, mas, próximo ao fim do contrato de seis meses dela, os dois se casam.

— Querido — diz Angel na festa de casamento, cheia de benevolência e champanhe —, esta é uma produção que simplesmente nunca sairá de cartaz.

Lizzie enxugou os olhos com o lenço sem ninguém ver e pegou a bebida. Engoliu-a com as lágrimas e se amaldiçoou, desconfiando de que, assim que se entregasse à dor da perda, talvez desmoronasse e nunca mais conseguisse se reerguer. Viera do nada, essa lembrançazinha subversiva: ao recordar como Pidge e Angel o tinham amado. De nada adianta pensar nisso agora. Pense em Felix, na gaiola, em qualquer coisa, menos em Sam...

E então — ah, diversão bem-vinda — surge o casal simpático, que acaba de entrar para almoçar e quer lhe falar da igreja, com a extraordinária galeria que separa o coro da nave — dão as datas e dimensões do prédio nesse momento — e o encantador jardim memorial, *tão* sereno e silencioso. Já a visitou? Ah, então precisa ir dar uma olhada. Parecia um pouco cansada — um tom inquisitivo —, sentia-se bem? Ah, uma caminhada até a praia! Nossa, sim, um caminho *tão* longo nesta manhã quente...

— Mas depois fiquei sentada aqui, descansando à sombra com uma deliciosa bebida gelada e o almoço — explicou-lhes Lizzie, juntando os pertences — e esse jardim parece o lugar exato para conhecer. Logo atrás da igreja...?

Eles explicaram, juntos e em coro, e ela foi embora com um sorriso feliz e um alegre aceno de mão.

— Afinal — disse a si mesma —, *sou* atriz.

Atravessou o hotel e saiu na rua principal.

Parou para examinar a gaiola, agora na sombra, mas ainda visível, e notou que a janela de guilhotina ficara aberta. Tentando lembrar se já estava assim antes, olhou a fila de carros estacionados à procura do de tração nas quatro rodas meio surrado, e sentiu ao mesmo tempo toda a certeza de que talvez não tornasse a reconhecê-lo. Ficara demasiadamente ocupada encarando — qual *era* mesmo o nome do filho de Felix? —, demasiadamente chocada para notar seu carro. Perambulou por The Ball, entrou em Priory Green, espreitou os jardins secretos, maravilhando-se com a textura espessa, suntuosa, dos antigos muros e as cores vívidas das flores que formavam uma colcha de patchwork, até se ver mais uma vez ao lado do celeiro de Tithe e diante da entrada do jardim memorial. Notou o portão de madeira aberto, baixou a cabeça sob o pórtico também de madeira e entrou.

Ficou imóvel, apenas por um instante, extasiada com a cena diante de si. Atalhos de cascalho se estendiam entre canteiros de altos arbustos floridos e flores de aroma suave, bancos de madeira estavam instalados sob caramanchões frondosos e, aqui, ao lado do alto muro de pedra, erguia-se o poço num degrau calçado de pedras arredondadas. Lizzie caminhou devagar, para não perturbar o silêncio; ao parar para ver um melro nos galhos de uma trepadeira, curvou-se para inalar o inebriante perfume de um ramo de rosas, depois seguiu sem fazer barulho pelos atalhos e sentiu uma profunda paz infiltrar-se no coração.

Ele estava sentado num banco à sombra do muro, agarrado à bengala ereta entre os joelhos, e contemplava o pequeno relógio de sol. Quando o encontrou de repente, imaginando-se muito só, ela soltou um gritinho arquejante de surpresa. Ele sorriu para ela, e o choque, mesmo enquanto o reconhecia, foi quase de imediato absorvido pela sensação de paz que continuava a mantê-la firme. Tudo — o retorno a Bristol, as lembranças, o cartão-postal — viera conduzindo àquele momento.

Lizzie inspirou muito, muito profundamente e exalou devagar. Aproximou-se mais, em busca de confirmação no rosto dele, que se deslocara um pouco para abrir espaço no banco.

— Andei à sua procura — disse ela apenas, e se sentou ao lado. — Olá, Felix.

Ele se virou para examiná-la, com aquele conhecido olhar avaliador, e então, com um sorriso de alívio e o murmúrio "Lizzie", também suspirou, como se algo monumental se tivesse realizado. Encararam-se com expressões fascinadas, até Felix desatar a rir.

— Que coisa mais extraordinária — disse — e, no entanto, eu a esperava. Bem, esperava alguma coisa. Não sabia o que poderia ser. Quando a gente envelhece, Lizzie, passa a ter fantasias estranhas.

— Não precisa envelhecer muito — respondeu ela, comovida. — Tenho agido como uma louca nos últimos tempos. Insana. Meu Deus, Felix! É você mesmo, não é? Não estou tendo alucinações.

— Minha querida Lizzie, se você estivesse tendo alucinações, devo imaginar que podia fazer coisa melhor.

A risada dele a comoveu de forma tão profunda e estranha que o fez tomar-lhe a mão e apertá-la, os lábios comprimidos para ocultar a emoção.

— Felix, eu mal acredito que estamos aqui — olhou em volta —, os dois sentados neste jardim num banco dedicado a — girou a cabeça para ler a inscrição — Peter Horatio Shepherd. Como soube que era eu?

Ele franziu um pouco o cenho, como se também tentasse entender.

— Tenho pensado muito em você nos últimos tempos — respondeu por fim. — Em você, Angel e Pidge. Tantas lembranças. E simplesmente tive a premonição de que alguma coisa ia acontecer. — Balançou a cabeça com impaciência. — Parece loucura, dito assim, mas é a verdade. O que mais posso dizer? Você se parece com sua mãe? Sexto sentido? Não tenho a mínima pista. Poderia lhe fazer a mesma pergunta. E, por favor, não me diga que eu era assim aos trinta e cinco anos, senão sou capaz de lhe bater com esta bengala.

Lizzie começou a rir, o som escapando em rasgos abafados, e ele riu com empatia.

— É o alívio — arquejou ela. — Felix, achei que você poderia ter morrido, e preciso saber tantas coisas.

Ele se calou, ainda segurando a mão dela, encarou o jardim ensolarado defronte, e, ao examiná-lo com atenção agora, Lizzie via como ficara frágil. Apertou mais a mão do amigo quando a ansiedade lhe oprimiu o coração, ele virou a cabeça e estreitou os olhos com um sorriso, como se quisesse expulsar o medo dela.

— Parece uma exigência meio absurda — respondeu com pouca ênfase. — Aviso que vou estabelecer um limite se você se tornar inquisitiva demais.

Ela relaxou um pouco.

— Não sei por onde começar — admitiu. — Muito bem, sei, sim. Como você conseguiu a gaiola? Eu a vi, sabe, ontem à noite depois do jantar. Foi... muito estranho. Andei procurando por ela em toda parte em Bristol e me perguntava o que Pidge tinha feito com nossa preciosidade. Ela lhe deu?

Felix assentiu com a cabeça.

— Depois que sua mãe morreu, ela me escreveu e disse que Angel queria que eu a tivesse.

— Como lembrança? — sugeriu Lizzie, quando a pausa se prolongou. — Mas por quê? Depois de todo aquele tempo e visto que ela já tinha morrido... desculpe, simplesmente não consigo entender por quê.

— A separação foi dolorosa — respondeu Felix. Parecia angustiado. — Foi culpa minha. Houve motivos... mas acho que a gaiola foi o jeito dela de me dizer que tinha me perdoado no fim.

Algumas pessoas saíam da igreja e começavam a circular pelo jardim, falavam em vozes baixas e gesticulavam para as flores. Felix olhou-as por um instante e depois tornou a se virar para Lizzie.

— Gostaria de tomar um chá comigo? — perguntou. — Acredito que você esteja hospedada em algum lugar aqui. De férias?

— Vim para encontrá-lo — respondeu ela. — Estou no Luttrell Arms. Adoraria tomar chá com você, Felix, só que... bem, vi seu filho esta manhã, saindo do apartamento. Ele sabe sobre mim? Tudo bem se entrar e me encontrar com você?

Felix se levantara e agora a encarava do outro lado do relógio de sol com uma espécie de surpresa chocada.

— Viu Piers esta manhã?

— Piers! — exclamou ela. — Era *esse* o nome dele!

— Mas como pôde saber que era ele?

— Ah, Felix — Lizzie balançou a cabeça —, vim a Dunster procurar você. E primeiro eu vi a gaiola pendurada na janela, depois vi Piers saindo do apartamento. Além do fato de que ele se assemelha bastante a como eu me lembrava de você, não exigiu muito trabalho de detetive. Veja bem, somei dois mais dois e cheguei a um total meio atordoante. Deduzi que ele morava no apartamento. Por isso eu disse que achei que você tinha morrido. Não conseguia entender por que Piers teria a gaiola de outra forma.

Felix, o coração afundando, imaginou Piers voltando para trazer os óculos consertados dele e sendo apresentado a Lizzie. Ela o observava e adivinhou-lhe os pensamentos.

— Ele não sabe, sabe? — perguntou com bom-senso.

— Sabe que Angel e eu fomos amantes. Jamais conseguiu... — Felix pensa na frase certa a dizer — ... aceitar o fato de que eu fui infiel à mãe dele. Talvez não seja um encontro muito fácil. — Olhou o relógio de pulso e endireitou os ombros, como se chegasse a uma decisão. — Mal passa das três horas, e Piers só vai chegar depois das seis. Tempo de sobra para um chá. Venha.

Estendeu-lhe o braço, esboçou uma pequena mesura, e os dois saíram juntos pelo atalho de cascalho.

CAPÍTULO VINTE E CINCO

Tilda serviu chá em duas canecas azul e branco, com uma ambivalência de emoções enquanto olhava a mãe que embalava Jake no colo, falando com ele, e exclamou maravilhada:

— Está sorrindo para mim. Vê, Tilda? Você sabe, ele tem muito mesmo de David.

— É — concordou a filha, após uma pequena pausa. — Um verdadeiro Hamilton em miniatura.

Teresa Burton lhe lançou um rápido olhar inquisitivo.

— Ai, querida — disse, tomada de remorso. — Lamento. Só pensei...

— Oh, não faça isso! — gritou Tilda, quase agressiva. — Não, mãe. Tudo bem. Com toda sinceridade. Jake *parece* de fato com David. Quero que pareça.

— Claro que sim — murmurou Teresa, tocando o punho do neto, sentindo o vigoroso aperto dos dedos minúsculos. — Mas isso não a ajuda a superar, ajuda? Com esse lembrete tão constante.

— Não quero superar David — respondeu Tilda ferozmente. — Eu o amo. Ele era tudo para mim e não quero que o apaguem da minha vida, como se nunca tivesse existido.

Teresa acomodou Jake e brincou com a pequena camiseta dele, perturbada como sempre diante da paixão de Tilda. Nunca se sentira muito à vontade com a filha mais velha quanto com a caçula Julia: mas, por outro lado, lembrou, Tilda era sem tirar nem pôr filha do pai. Enquanto Julia — tão parecida com ela própria — era dócil, aberta a conselhos, a primogênita sempre fora teimosa. Justin a apoiara, solapando a influência da mãe, e a encorajara a ser obstinada.

— Vou me casar com David — dissera quando tinha apenas seis anos... e assim fez, apesar das advertências da mãe quanto aos problemas de ser esposa de um soldado. Teresa franziu os lábios ao curvar-se e murmurar para Jake. Não que não gostasse de David, muito pelo contrário; na verdade, quando jovem, tivera uma séria paixonite por Piers, pai do rapaz: todos os homens Hamilton tinham algo especial. Permanecia o fato, porém, de que, desde seu nascimento, ficou claro que David seria uma tarefa árdua: quando surgia algo difícil ou perigoso, ele se apresentava. Ao se lembrar disso, não pôde deixar de sorrir consigo mesma. Embora fosse um rapaz irresistível daquela maneira Hamilton sexy e atraente de ser, como genro era uma perspectiva preocupante. Ela salientara tudo isso a Justin, mas o marido se recusara a tentar convencer Tilda a esperar alguns anos; aproveitar a vida em Londres como assistente pessoal do diretor de uma agência de publicidade; conhecer outros homens. Ele se orgulhava tanto do genro, certo de que David tinha uma brilhante carreira à frente no exército. Que tragédia então que, após a viagem à Bósnia, morresse num acidente de carro a um quilômetro de casa; que desperdício de uma vida!

— Não quero sugerir que deva esquecê-lo. — Teresa pegou a caneca de chá. — Claro que não, mas...

— Mas o quê? — quis saber Tilda, sentada defronte com um olhar desafiador, embora sorrisse, ao se lembrar da conversa com Gemma antes.

Teresa retribuiu o olhar para o lindo rosto da filha, em busca de palavras que não fossem banais nem instrutivas.

— Apenas me preocupo com você — respondeu, na defensiva.

— Ah, mãe, sei que se preocupa. — Tilda suspirou de frustração. — Agora que tive Jake, começo a entender, afinal, como você se sentiu em relação a mim e Jules todos esses anos. Deve ser o inferno vigiar os filhos quando correm riscos deliberados ou se põem em perigo. Eu mataria qualquer um que magoasse Jake, e vejo muito bem como seria fácil envolvê-lo com amor, cuidado, plástico bolha, e nunca deixá-lo sair de minha vista. Não pense que eu não sei o que você quer para mim.

— Só quero que seja... sensata — murmurou Teresa.

— Eu sei. — Tilda sorriu. — Como trocaria isso em miúdos?

A mãe riu contra a vontade.

— Incorrigível — disse. — Igual ao seu pai... Teve notícia dele?

— Recebi um cartão-postal de Yorkshire Moors dois dias atrás. Você vai ficar feliz de vender logo a casa para se juntar a ele, embora eu vá sentir sua falta. Disse que agendou uma folga de alguns dias para o batizado de Jake em setembro, por isso você precisa me avisar se quer ficar aqui conosco. Provavelmente teremos uma ou duas pessoas para dormir, entre elas Saul, claro.

— Saul. — Teresa largou a caneca e encarou a filha. Repetiu o nome, animada, como se lhe ocorresse uma ideia completamente nova. — Mas que simpático. Gosto muito de Saul.

— Eu também — concordou Tilda com toda calma. — E claro que era o melhor amigo de David, por isso será o padrinho de Jake. Já lhe contei que vai chegar aqui no próximo fim de semana para a festa?

— Sim, você disse algo a respeito. — Teresa hesitou, desejando fazer algumas perguntas, lançou um olhar na expressão de advertência da filha e, em vez disso, deu-lhe um sorriso radioso. — Será divertido para você, querida. Piers é um amor, mas é bom ter pessoas da mesma idade por perto, e Saul é a... — hesitou sob o olhar firme de Tilda — ... pessoa certa para tirá-la de si mesma. Quero dizer — continuou apressada — que é bom ter uma mudança.

— Você é incorrigível, mãe — respondeu Tilda, bem-humorada. — Sei o que quer dizer... na verdade, Gemma e eu conversávamos a respeito esta manhã. É uma pena ela não poder vir para o almoço. Já disse que lhe mandou lembranças, não?

— Disse. Eu gostaria de vê-la de novo. É uma menina tão bonita! — Teresa balançou a cabeça. — Devo admitir que tenho lá minhas dúvidas em relação àquele casamento.

— Ela e Guy se conhecem desde sempre — protestou Tilda. — Como eu e David.

— Não acho que seja a mesma coisa. Gemma sempre foi uma menina tão sapeca e, embora eu não conheça Guy muito bem, parece um rapaz meio sombrio, que me faz sentir nervosa, bem diferente de Saul. A gente nunca imaginaria que Saul e Gemma são irmão e irmã, não acha? Ela tão loura e ele tão moreno...

Tilda se lembrou do comentário de Gemma.

— Você o acha afável demais?

Teresa olhou para ela, perplexa.

— Afável demais? É possível alguém ser afável demais?

— Gemma acha que sim. Diz que é da qualidade desconhecida que as mulheres gostam nos homens.

— A "qualidade desconhecida": típico de Gemma — bufou Teresa com desdém. — Ah, talvez *achemos* que queremos o desafio de um homem com reputação, ficamos lisonjeadas como a única pessoa capaz de mudá-lo, mas, quando chegamos ao segundo mês da gravidez, o que desejamos é o tipo de homem que levante o nosso moral e nos faça sentir bem. — Hesitou. — A verdade é que as mulheres não sabem o que querem e tenho de admitir — disse com o ar de alguém tentando ser justa — que sempre achei meio irracional as mulheres esperarem que os homens saibam que hoje é o dia do mês no qual gostariam que eles as arrastassem até o quarto e fizessem amor passional, mas amanhã vão querer se sentar num canto, lacrimosas e carentes de alguém que lhes sirva xícaras de chá.

— Bem — disse Tilda, um tanto surpresa com o inesperado desabafo sem rodeios da mãe —, concordo com você e, embora não possa dizer que David fosse bom no preparo de chás quando eu estava com TPM, ele *tinha* certa qualidade desconhecida.

Teresa sorriu para o bebê adormecido.

— Sem dúvida, tinha. Então, se Saul vai se hospedar aqui, Felix precisará de uma cama para a noite, não? Tem certeza de que ficará tudo bem se eu dormir aqui?

— Claro. E o que você acha do meu plano de comprar um filhote de cachorro como presente de aniversário para Piers? Não acha uma excelente ideia? Alison a desaprova totalmente.

O último comentário bastou para distrair a mãe de quaisquer pensamentos em Saul; Alison, recém-chegada à família, vinha forçando a entrada em propriedade alheia, e Teresa não gostava dela por princípio.

— Acho uma ideia esplêndida — respondeu, carinhosa. — Piers sempre teve um cachorro por perto, embora Joker fosse muito especial, não?

— Joker o ligava a Sue e David — disse Tilda um pouco tristonha. — Era uma espécie de continuidade quando tudo desmoronava e ajudou Piers a atravessar alguns momentos muito sombrios. Quando morreu, foi como se toda uma era tivesse chegado ao fim. O pobre e velho Piers ficou bastante arrasado. Chorava baldes de lágrimas às escondidas, e acho que isso lhe permitiu sofrer a perda de tudo de uma só vez. Estranho, não, a gente sentir que pode chorar e se desesperar pela morte de um animal, quando não consegue se é a de uma pessoa? A morte de Joker lhe liberou parte da dor. A cama dele continua ali.

— Sempre o procuro quando entro de carro. — Teresa enxugou uma ou duas lágrimas. — Ele se deitava à luz do sol no pátio quando envelheceu e não podia mais sair com o dono. O pobre e velho Piers de fato percorreu um caminho muito duro de um ou outro jeito. Sue era uma diversão fantástica, mas extremamente exaustiva, cerca de meia hora em companhia dela bastava; e, claro, Marina, a mãe dele, uma mulher realmente difícil. Muito possessiva e osso duro de roer.

— Você se dava bem com ela? — perguntou Tilda, a curiosidade despertada. — Só consigo me lembrar um pouco dela, pois morava aqui, naqueles dias, claro, e Piers e Sue no chalé em Porlock. Saí com David algumas vezes quando ele era pequeno para visitá-la e a Felix, e me lembro dela como uma pessoa temerosamente distante e uma crítica implacável. Felix era muito diferente.

— Ah, todo mundo adorava Felix, mas Marina era muito antipática e fria. Piers sempre dava a impressão de que se interpunha entre os pais como uma espécie de mediador... coisa terrível para uma criança... e depois apareceu Sue e apenas o resgatou daquela situação. Ela era como uma enviada de Deus, varrendo tudo diante de si. Tinha um espírito vigoroso difícil de resistir. Por certo Marina foi horrível para a jovem, pois sentia um ciúme doentio de todas as namoradas de Piers, mas Sue simplesmente não tomava conhecimento da sogra. Não tenho certeza de que Piers algum dia soube o que nela o impressionou.

— Mas você não achou extraordinário o fato de ela simplesmente arrumar as malas e se mandar para os Estados Unidos assim de repente? — Tilda balançou a cabeça. — Foi tão... inesperado.

— Era típico de Sue. Empenhava-se de corpo e alma em tudo que fazia na época. Começou a pequena empresa quando David partiu para a faculdade, você sabe, e foi aí que descobriu que tinha um verdadeiro talento para os negócios. Era do feitio dela conseguir administrar a loja e mesmo assim ser esposa e mãe dedicada, mas, tão logo o filho entrou no exército, parece que os instintos maternais e conjugais se esgotaram. Aquele cenário chegou ao fim natural e Sue voltou toda a atenção para ampliar o negócio e expandi-lo no exterior. Foi uma separação muito amigável.

— Sue era muito boa na função de mãe, o que torna isso muito estranho — diz Tilda. — Competente, carinhosa, todos os três viviam tão felizes aqui em Michaelgarth. E então, fim!

— Piers sente falta da ex-mulher? — perguntou Teresa com curiosidade.

A filha franziu o nariz, pensativa.

— Na verdade, acho que não. Ou, pelo menos, apenas como a gente sente de alguma coisa à qual se habituou e gostava. Com certeza ele não ficou arrasado.

— Foi o que imaginei — concordou Teresa. — Acho que Sue serviu de ponte para ele, livrou-o das garras de Marina e, de forma um tanto curiosa, a separação também lhe fez bem. Concordo, Piers nunca me pareceu arrasado nem furioso, apenas feliz por seguir em frente. Embora eu acredite que Alison tente se insinuar de maneira dissimulada.

— Ah, não, mãe — retrucou Tilda sem muita convicção. — Ela é uma pessoa legal, na verdade, mas simplesmente não é a certa para Piers.

— O que ele *vê* nela?

— Bem, Alison perdeu o marido na mesma época que David morreu, e acho que ele sente pena dela e agora se encalacrou um pouco.

— Isso é tão do feitio de Piers — suspirou Teresa. — Marina incutiu nele a tendência a se sentir culpado se não agradar às mulheres a todo custo e ele ainda não se livrou do hábito arraigado. Só precisa se libertar disso. Acho que um filhote de cachorro é um excelente ponto de partida.

— Sei que ele anda pensando em arranjar um, mas é como se não conseguisse se convencer a fazê-lo ainda. Não acha cedo demais após Joker?

— Não, não acho, mas acredito que talvez seja difícil para Piers tomar a iniciativa sozinho. Precisa de um empurrãozinho.

— Foi o que pensei.

Elas se entreolharam e sorriram em total acordo.

— Jake adormeceu — disse Tilda. — Ponha-o na cadeirinha, que dormirá no mínimo por uma hora, e lhe mostrarei as roupas que Sue enviou dos Estados Unidos para ele. Preciso dizer que ela tem classe. São muito legais.

A campainha do telefone assustou as duas mulheres: Teresa instintivamente embalou o bebê adormecido para que não acordasse enquanto Tilda o atendia.

— Alô? Ah, alô, Piers... Tudo bem, ótimo. Mamãe está aqui comigo, na verdade... Sim, vou dizer a ela. Lembranças a Felix. Até logo.

— Tudo bem. — Teresa acomodou Jake com delicadeza na cadeira. — Não acordou.

— Piers lhe mandou lembranças e perguntou se ia ficar para o jantar. Vai passar na casa de Felix e depois se encontrar com um cliente no pub por meia hora, mas não se atrasará e adoraria ver você.

— Que simpático — comentou a mãe, satisfeita. — Não serei uma amolação?

— Deixe de bobagem. — Tilda passou o braço pelos ombros da mãe e lhe deu um rápido abraço. — Vamos lá em cima ver o novo guarda-roupa de Jake, e depois a porei para descascar legumes. Não tem essa de boca-livre em Michaelgarth!

CAPÍTULO VINTE E SEIS

Felix andou em silêncio pelo apartamento ao levar as coisas do chá até a cozinha estreita e comprida — de navio, como sempre dizia — e guardou a lata de biscoito no armário. A porta semivitrificada se abria para a grande plataforma quadrada de uma escadaria de ferro, na qual florescia um pequeno jardim de rosas, espécimes em miniatura plantados em vasos e potes. Ele cortara um botão amarelo perfeito para Lizzie.

— Ponha no copo da escova de dente — dissera. — Amanhã a encontrará em plena florescência.

Ela o recebera, roçara nos lábios e sorrira para ele.

— E você vai jantar comigo? — A hesitação dele fora inconfundível. — Você prometeu.

Felix assentira com a cabeça e, compreendendo a ansiedade dele mas se recusando a deixá-lo retroceder, ela o beijara e saíra. Agora, ao lavar as xícaras e os pires e enxaguar o bule de chá, emoções conflitantes lhe tomavam os pensamentos. Como fora bom e revigorante ter uma conversa franca sobre o passado que os dois tinham partilhado e preencher algumas das lacunas. No entanto, para ambos, era como se Piers estivesse na sala, a iminente chegada dele colorindo e remodelando as lembranças.

— Por quê? — perguntou Lizzie, de pé ao lado da gaiola, fitando-a. — Eu nunca tinha pensado de fato nisso antes, Felix. Não no *motivo* que levou você e Angel a começarem um caso. Tudo simplesmente parecia tão certo de algum modo. Você fazia parte da gente, era essa a sensação, e, no entanto, tinha outra família.

Ele parou perto dela e olhou o filhote felpudo, empoleirado ao lado dos dois passarinhos; um com a cabeça inclinada para trás, o bico aberto em alegre canção, enquanto o outro o escutava atento, a cabeça virada de lado.

— Para explicar tudo, eu teria de contar como era meu casamento — respondeu ele, afinal — e isso é muito difícil. Não por não querer que você saiba, mas por precisar ser necessariamente unilateral. Só posso lhe dizer como era para mim. Marina não está aqui para apresentar sua versão da história. Posso dizer apenas que eu não era um adúltero em série. Angel foi meu único... amor.

Lizzie, após dar uma última olhada no interior da gaiola, sentou-se na outra poltrona de orelhas.

— Fale de Marina. Conte como tudo começou.

Agora ele enxugava as xícaras com todo o cuidado, guardava no armário acima da área de trabalho e se perguntava se conseguira ser justo. Tentara explicar como começara: passara a amar Marina porque ela o amara primeiro, e acreditara de verdade que a namorada apenas precisava receber encorajamento para ganhar mais confiança; tivera certeza de que, com o amor dele para se apoiar, ela poderia superar a timidez. Tentara não pôr toda a culpa no ciúme da esposa, na incapacidade de demonstrar afeto físico, nos silêncios, mas mostrara que os eventos sociais se haviam tornado repletos de perigos por causa da cordialidade dele, e como suas conversas inocentes eram tão prontamente mal-interpretadas.

— Talvez eu devesse ter sido mais vigilante — disse. — Sei que lhe causava sofrimento, embora fosse difícil saber a maneira exata de lidar com o problema. Mas isso não se deveu apenas ao fato de eu ter ficado farto de ser sempre julgado um porco libidinoso e me ressentir; a verdade é que, quando vi Angel, simplesmente me apaixonei por ela. Não foi uma coisa só física; foi como se, de algum modo, reconhecêssemos um ao outro, e não tenho a menor dúvida de que, se eu fosse livre, eu a teria pedido em casamento.

— Nunca se sentiu tentado a abandonar Marina? — perguntou Lizzie.

— Oh, minha querida menina — respondeu ele, pesaroso —, toda vez que deixava vocês três, eu me perguntava se enlouquecera. Todo aquele amor, risos e calor humano... Mas havia Piers, você sabe. Mesmo que conseguisse abandonar Marina, jamais poderia ter aberto mão de meu filho. — Lançou-lhe uma olhada rápida, receoso de que talvez a tivesse magoado por ter se disposto a abandoná-las, a ela e a Angel, mas viu apenas compaixão no rosto de Lizzie. — Eu as amava. Vocês eram tão preciosas para mim, Lizzie, mas você, Angel e Pidge pareciam outro mundo, uma vida diferente. Consegue entender? Sei que os homens conseguem compartimentar a vida de uma forma que não é tão fácil para a maioria das mulheres, e não explico nem desculpo isso. — Sorriu tristemente, com uma expressão que gozava de si mesmo. — Talvez eu apenas quisesse obter o melhor dos dois mundos.

— E então o que aconteceu? Por que desistiu da gente?

— Marina descobriu. Acho que já suspeitava havia algum tempo, mas ocorreu... um confronto entre ela e Angel, que tinha trazido você aqui para umas férias...

Lizzie assentiu com a cabeça.

— Eu me lembro. Vimos Marina com Piers numa loja... não tenho a mínima ideia de qual. Tentei procurá-la, mas não a reconheço, embora me lembre dos cheiros. Café, queijo e coisas assim.

— Parhams — disse ele, sem pestanejar. — Santo Deus, Lizzie! Mas como pode ter tanta certeza? Você só tinha uns sete ou oito anos.

— Uma espécie de corrente elétrica pareceu chiar entre as duas, que se lançaram olhares furiosos, como dois gatos. Angel apertou minha mão com muita força, e lembro que olhei o menino e soube que ele também sentiu que algo estava errado. A tensão era grande demais. Mas como Angel podia saber quem eram eles? Ou Marina? É isso que eu me pergunto inúmeras vezes.

— Elas tinham se encontrado duas vezes, nos bastidores do teatro e numa festa. — Ele deu um suspiro forte. — Foi uma coisa louca sua mãe vir passar férias aqui. Eu não sabia de nada e, quando Marina me confrontou a respeito, fiquei totalmente aturdido. Quando dois mundos colidem, o efeito é devastador, e foi quando vi que teria de parar.

— Mas não parou então, parou?

Felix fez que não com a cabeça.

— Tentei abandonar vocês, mas não consegui. Em alguns aspectos, ficou mais fácil, porque o contrato de Angel com o Old Vic estava terminando e logo depois daquelas férias ela começou a trabalhar numa das outras companhias de repertório clássico, de modo que toda a cena mudou de qualquer maneira. Afirmei a mim mesmo que não faria mal a ninguém se continuasse a visitar você e Pidge, e Angel e eu continuávamos a nos encontrar vez por outra. Então, ela veio a Bristol e alguém nos viu juntos. Marina me deu um ultimato.

— Ela e Piers, ou Angel, Pidge e eu?

— Oh, querida — respondeu ele, desesperado —, só não pense que foi fácil. Dizer a Angel, tentar explicar...

Lizzie se levantou, ajoelhando ao lado, para ele passar o braço nela enquanto desviava o olhar das lágrimas diluídas, quentes, que ardiam nos olhos do velho amigo.

Felix enxugou-as com a toalha de chá, amaldiçoando-se, e olhou o relógio de pulso: quase quinze para as seis. O alívio e a alegria da conversa com Lizzie começavam a se desfazer diante da perspectiva intimidadora da chegada de Piers. Como conseguiria agir com naturalidade com o filho após esse encontro? Em alguns aspectos, sentia que traíra Piers ao conversar de maneira tão aberta com Lizzie, mas não imaginava como poderia ter sido de outra forma. Ela tinha direito a um lugar em sua vida, a fazer exigências. Piers, porém, também tinha: saber que Lizzie estivera ali e quem era ela.

— Vai contar a ele? — perguntou ela, quase com medo.

— Você se incomodaria? Seria maravilhoso se eu pudesse revelar tudo com franqueza e honestidade, mas não sei como começar. Ele sempre foi muito leal a Marina e não imagino como receberia tudo isso.

— Ele parece legal, Felix. — Ela dissera as palavras um tanto melancólica. — Eu gostaria que fôssemos amigos. Parece loucura? Bem, sou louca. Completamente doida.

Riram e o bem-estar se instalou mais uma vez entre os dois.

— Gostei do seriado humorístico — disse Felix. — Não tenho como lhe dizer como fiquei orgulhoso.

Ela sorriu.

— Ah-ah! — disse. — Então foi *assim* que me reconheceu. Toda essa tapeação de sexto sentido...

Parecia tanto com Angel quando sorria. No momento em que ele tentou conversar sobre a vida dela, contudo, o sorriso desapareceu.

— Não pergunte — respondeu ela, entristecida. — Angel, Pidge, Sam. Oh, Felix, perdi todos eles.

Levantou-se então e disse que precisava ir antes que o filho dele chegasse, insistindo que jantassem mais tarde no hotel.

— Boa sorte com Piers. Mas talvez ainda não seja o momento certo. Aja de acordo com a situação.

Nervoso agora, Felix orava por orientação. Retornou à janela para ficar ao lado da gaiola e observar a chegada do filho. Ao vê-lo, afinal, surgir de The Steep com aquele andar conhecido, foi tomado de medo. A simples visão de Piers, a pura realidade daquela figura decidida, apressada, tornou absurdas as frases ensaiadas e as desculpas formuladas com todo o cuidado: no entanto, precisava tentar. Traíra ao mesmo tempo Piers e Lizzie, e agora chegara o momento de reparar o dano causado.

Apertou o botão que soltava a lingueta da porta e o filho entrou, subindo as escadas de dois em dois degraus, o estojo dos óculos numa das mãos, a pasta debaixo do braço.

— Desculpe, me atrasei — disse meio ofegante. — Um pequeno pepino no escritório e depois o tráfego muito pesado. Escute, combinei de me encontrar com um cliente, por isso não posso demorar mais de um minuto. Verifique se ficaram bons.

Felix pegou o estojo, examinou os óculos e os experimentou.

— Perfeito. Não tenho palavras para dizer como lhe sou grato. Tem certeza de que não pode ficar? Esperava conversar algo com você.

— Simplesmente não posso agora, pai. É muito importante que eu o encontre... é John Clarke, se lembra dele? Achei que mataria dois coelhos com uma cajadada só... se entende o que quero dizer.

Fez uma careta como a se desculpar pela falta de jeito e Felix sorriu compreensivo, pondo a mão de leve no ombro de Piers.

— Não se preocupe, meu querido rapaz. Muito obrigado pelos óculos... Imagino que não poderia vir depois?

— Lamento, pai — Piers parecia constrangido —, mas o fato é que Tilda está com Teresa e sugeri que ela talvez gostasse de ficar para jantar. Daria uma impressão muito grosseira se eu chegasse atrasado demais, e não tenho a mínima ideia de quanto tempo John vai precisar.

— Entendo muito bem. Talvez amanhã? É muito importante. Vai telefonar? Foi gentil de sua parte vir...

Ao acompanhá-lo até a descida da escada, Felix enviou lembranças a Tilda e voltou à janela, envergonhado do grande alívio por lhe terem deixado fora de perigo por enquanto, e imaginando como combinar outro encontro com o filho o mais rápido possível. Apesar dessa trégua bem-vinda, sabia que simplesmente não podia deixar as coisas se arrastarem — no mínimo, a presença de Lizzie exigia ação rápida —, mas era difícil ver como alcançar sua meta.

Viu Piers aparecer abaixo, ergueu a mão num cumprimento, e permaneceu ali, petrificado de horror, a mão ainda erguida quando o viu atravessar a rua e desaparecer no pórtico do Luttrell Arms.

CAPÍTULO VINTE E SETE

Refrescada por um banho, Lizzie perambulava entre o banheiro e o quarto, tentando decidir o que vestir para jantar com Felix. Estava animada, com uma sensação de euforia desenfreada: ela o encontrara — e a gaiola — e simplesmente as horas que passara no apartamento dele e a conversa que tiveram tinham acalmado a solidão que a perseguira nos últimos meses. O evidente deleite do velho amigo em sua companhia lhe dera um impulso na confiança e — apesar da ansiedade em relação a Piers — sentira um extravasamento de bom humor.

Sussurrando para si mesma "Can't Help Loving that Man of Mine", de *O Barco das Ilusões*, ritmava a melodia enquanto torcia as mechas indomáveis da vasta cabeleira num nó baixo preso na nuca, e se sentou por um instante para se olhar no espelho. Fez algumas caretas — nunca deixava de surpreendê-la a facilidade com que conseguia transformar um conjunto de feições em tantas expressões diferentes — e se perguntou como Felix estava se saindo com Piers, tentando imaginar qual seria a reação do filho quando o pai começasse a desenterrar o passado. Imaginava a cena — Felix na poltrona de orelhas com Piers sentado na outra defronte —, mas com quais palavras, imaginava, esta começaria? Ensaiou algumas frases e descartou-as como demasiadamente dramáticas ou transmitindo patética banalidade. Tornou-se claro que seria muito difícil ele avançar sem despertar a oposição do filho quase no mesmo instante.

"A propósito, você se lembra daquela amante que tive quando você era um menino...?" ou "Jamais adivinhará quem está em Dunster, Piers..."

Como lhe explicaria a presença dela sem parecer algo absurdamente forçado?

"Bem, entenda: Pidge e Angel morreram há muito tempo, e quando ela perdeu o marido, decidiu..."

O quê? Procurar o amante da mãe? Depois de trinta e cinco anos? Imaginava o olhar cético no rosto de Piers; a expressão de "Ah, sei!". Talvez achasse que ela e Felix mantinham contato desde a morte de Angel e até acreditasse que o próprio caso amoroso continuara por muito mais tempo do que o pai admitira. Quando Lizzie perguntou a ele como explicara a presença da gaiola a Piers, Felix respondeu que o filho jamais quisera saber a respeito, e se comportava como se algum instinto o advertisse contra a procura de uma resposta que talvez o magoasse.

Aos poucos, ela sentiu a empolgação começar a diminuir sob uma onda de compaixão por Piers. Uma coisa era saber que o pai tivera um caso, outra muito diferente era a filha da amante aparecer de repente em cena. Fechou mais o roupão de toalha no corpo ao sentir um frio repentino, embora a noite continuasse quente. Com certeza, falar desses acontecimentos de tanto tempo atrás não poderia ser tão doloroso, poderia? Fez que não com a cabeça ao se lembrar do rosto de Felix e perceber que isso não passava de um pensamento baseado mais no desejo que na realidade. O problema de enterrar emoções com muita profundidade é que, assim que são reveladas de novo, ficam sujeitas a ser tão frescas, dolorosas e sensíveis quanto quando tinham sido encobertas por espessas camadas de negação. Até mesmo Felix, disposto a aceitar as consequências prejudiciais de seu comportamento, achara difícil conversar com ela sobre certos aspectos do passado. Como seria constrangedor ter esse diálogo com Piers.

Lizzie começou a sentir que precisava de um drinque. Olhou a hora no relógio de pulso: ainda não eram seis e meia e faltava uma hora e meia para se encontrar com Felix. Agira com imprudência ao insistir naquele jantar, pois sabia que ele teria um encontro desse tipo antes, mas sentira tamanha alegria ao revê-lo que detestara deixá-lo sem a promessa de tornar a vê-lo. Vestiu o jeans, junto com uma túnica folgada de linho, enfiou a chave grande na bolsa e desceu.

Devido à luz obscurecida da sala com as pesadas vigas de madeira e a única janela voltada para um átrio de muros altos, só depois que se instalou no bar, pronta para pedir, Lizzie viu Piers atrás dos ombros de um sujeito corpulento de costas para ela e com o cotovelo apoiado no balcão de madeira. Ele o escutava com toda a atenção, de olhos na caneca de cerveja, mas, quando ela se deslocou para sua linha de visão, ele ergueu o olhar e a encarou.

Os dois travaram os olhares com um impacto que os chocou com a mesma intensidade. O rosto dele se iluminou como em reconhecimento — e até prazer. Instintivamente, ela retribuiu o sorriso e logo controlou a emoção e desviou o olhar — *devagar, atenção ao ritmo, não se exceda* — ainda sorrindo, embora de forma meio vaga agora, como se quisesse envolver os outros ocupantes do bar na mesma cordialidade espontânea. O jovem barman veio atendê-la, cumprimentando-a muito animado, mas, enquanto ele misturava a vodca e tônica que ela pedira, acrescentava o gelo e a fatia de limão, Lizzie tinha consciência da atenção de Piers. O acompanhante dele — ao notar aquela súbita mudança de expressão — virara a cabeça e lançara um breve olhar para trás, mas agora continuava a conversa, enquanto o interlocutor, embora participasse, ainda a observava quando ela levou o drinque para a mesinha perto da porta.

Com o coração batendo como um relógio, ela se sentou. Incapaz de resistir, tornou a olhá-lo várias vezes: de novo aquele impacto! Com toda calma, abriu a bolsa, pegou o romance que pusera ali antes como proteção contra o casal loquaz, abriu-o e começou a ler ao acaso. As palavras se misturavam sem sentido diante dos olhos, ao mesmo tempo que os pensamentos se embaralhavam na mente: era tão impossível que ele se mostrasse tão equilibrado, tão pronto a ser amistoso após tal encontro. Afinal, não havia ninguém ali com quem confundi-la, e no entanto a encarava com tanta tranquilidade e, ela não tinha a menor dúvida, se inclinaria a interpelá-la tão logo o companheiro de bebida terminasse a conversa. Sentiu o estômago revirar diante da perspectiva, pegou o copo e tomou um pouco de vodca.

Nesse momento, entrou o casal simpático e logo iniciou uma série de perguntas com ar possessivo. Esperavam que a caminhada até a igreja não a tivesse deixado mais cansada. Ela *parecia* mais disposta. Iam se encontrar com amigos, mas adorariam se ela pudesse se juntar a eles. Não podia? Um convidado para jantar? Ah, entendiam muito bem. Talvez em outra ocasião?

Mal tinham se sentado à mesa, localizada logo atrás de Piers, chegaram os amigos; após muitos cumprimentos alegres, seguidos do habitual empurra-empurra de camaradas sobre quem pagaria a primeira rodada, todos se sentaram. Fingindo-se absorta no livro, Lizzie percebia os pequenos acenos em sua direção, as vozes baixas agora como se os loquazes se gabassem de conhecê-la. O segundo casal a encarou do outro lado do bar com visível interesse e a fez sentir um fraco rubor subindo pelas faces. Logo em seguida, o homem corpulento saiu após apertar a mão de Piers, que pegou a caneca e se dirigiu a ela.

Lizzie olhou para ele de baixo com o mínimo erguer de sobrancelhas, uma leve sugestão de surpresa, quase indagação.

"Afinal", disse a si mesma e ficou séria, "*sou* atriz". Mas ele lhe deu um sorriso tão aberto que ela sentiu os músculos faciais relaxarem num largo e radioso sorriso de resposta.

Tudo bem, tranquilizou-se, enfraquecida de alívio. Ele sabe e está tudo bem.

— Você deve achar que sou meio idiota — disse ele. *Oh, como a voz é igual à de Felix* — por encará-la assim. Sabe, achei mesmo que a tinha reconhecido...

— Ah, eu sei — interrompeu ela, entusiasmada. — Senti a mesma coisa.

— Então ouvi a conversa daquele casal — continuou ele — e percebi que *de fato* a reconheci, mas não da forma como imaginei. Você deve estar farta até a morte de pessoas que forçam uma abertura de conversa desse jeito, mas tenho de dizer que adoro o anúncio e aquela brilhante *sitcom*.

— Obrigada — disse Lizzie após um instante. — Isso é... tão amável. Na verdade, sou uma pessoa muito triste e adoro quando os outros me reconhecem. — Reunia força na voz enquanto se recuperava do choque, compreendendo que ele não tinha a menor ideia de quem era ela em relação a Felix e se perguntando como a descreveria sem citar a carreira artística. — Gostaria de ser indiferente a isso, porém é uma mudança muito agradável ser conhecida, na verdade.

— Que honestidade estimulante! — Ele hesitou, olhou a cadeira vazia, e ela indicou que se sentasse ao lado. — Jamais conheci uma celebridade antes, por isso não me leve a mal pelo grande prazer que senti.

Lizzie riu.

— Não conheceu uma agora — disse —, mas obrigada assim mesmo.

— Mas você dizia que sentiu a mesma coisa? Desculpe, só quis dar uma explicação antes para informá-la por que vim até aqui. Também achou que me reconheceu?

Ela o encarou: se dissesse não, depois ele descobriria a mentira. Confusa, sem tempo para pensar com clareza, sentiu, porém, com muita força que seria um grave erro negar.

— Sim — respondeu. — Sim. Reconheci. Você é muito parecido com seu pai, Piers.

Deliciado, ele soltou uma pequena gargalhada.

— É a primeira vez que posso dizer com sinceridade que gostei de ouvir isso. Mas como sabe meu nome? Escute aqui, que coisa mais misteriosa!

Nesse momento, ela entendeu que o confronto com Felix não ocorrera: Piers não estabelecera nenhuma ligação porque não tinha como fazê-la.

— Conheci seu pai quando era pequena — começou, maldizendo-se pela idiotice, por não perceber logo que ele não poderia ter falado com Felix sobre ela. — Não o vi durante trinta e cinco anos, mas o encontrei de novo esta tarde, naquele pequeno jardim memorial atrás da igreja. Meu nome é Lizzie Blake. Minha mãe era a atriz Angelica Blake.

A cordialidade dele desaparecera visivelmente enquanto ela explicava, e agora a encarava com cautela. Ela ficou grata por Piers estar sentado de costas para os outros ocupantes do bar, e tomou o cuidado de manter a própria expressão satisfeita para ninguém perceber que algo estava errado.

— Encontrou-o esta tarde? Por acaso?

— Vim a Dunster procurá-lo — respondeu ela, sem se alterar. — Não tinha a mínima ideia se iria conseguir encontrá-lo. Foi... extraordinário descobrir que ele estava muito perto.

— Extraordinário — concordou Piers secamente.

— Peguei-o totalmente de surpresa e conversamos sobre os velhos tempos, mas sei que ele queria lhe contar a respeito de minha chegada inesperada — quase dissera "adverti-lo", e mordeu o lábio. — Disse que você ia visitá-lo e ele lhe explicaria tudo.

Ao ouvir a própria voz dizer todas as coisas erradas, Lizzie notou a batalha de raiva e justiça que se travava e desprendia do rosto dele; viu a mão apoiada na mesa se cerrar num punho, o polegar entre os dedos médios.

— Eu não lhe dei a chance — acabou por dizer, afinal. — Saí apressado e não houve oportunidade.

— Sinto muito, Piers. Sei que não é fácil... e você na certa acha que foi muito errado e grosseiro de minha parte vir aqui... mas eu tinha alguma esperança de que, após todo esse tempo, pudéssemos ser amigos.

Ele franziu um pouco a testa com um pequeno sorriso, como se considerasse a sugestão absurda, mas não falou. Em vez disso, pegou a caneca e terminou a cerveja de um só gole.

— Afinal — falou, como se concluísse algum tipo de debate consigo mesmo —, nada disso foi culpa sua.

— Não — concordou ela —, tampouco sua.

— Verdade. — Piers a encarou com um olhar forte, duro. — Mas não muda nada, muda? Pode me perdoar se eu desaparecer? Acho que devo ter aquela conversa com meu pai, afinal.

Ela o viu se afastar — e então se virou para os outros clientes, que a olhavam interessados. Ao adivinhar que iriam convidá-la a se juntar ao grupo para uma bebida, sorriu radiante, indicou a hora e, com um ar pesaroso, a necessidade de se apressar e trocar de roupa para o jantar. Levantou-se, pegou o copo e subiu para o quarto.

CAPÍTULO VINTE E OITO

Piers atravessou a rua principal sem erguer os olhos e tornou a subir a escada de dois em dois degraus.

Felix o esperava perto da janela e pensou: Enfim, chegou o momento. É agora.

— Mudei de ideia — disse o filho, ainda parado junto à porta. — Achei que talvez fosse melhor termos aquela conversa, afinal.

— Você conheceu Lizzie.

Era melhor, pensou Felix, ser direto: sem tropeços num lamaçal de mal-entendidos ou desculpas simulados.

— Esperava prepará-lo, mas jamais me ocorreu que você ia se encontrar com John Clarke no Luttrell Arms. Deve ter sido um choque e tanto.

— Só um pouco. — A voz de Piers estava frágil. — Fiz papel de total idiota, na verdade.

Felix franziu as sobrancelhas, surpreso.

— Como foi isso? Imaginei que a tivesse reconhecido, caso contrário na certa não estaria aqui agora, mas... ela se apresentou?

— Ah, não, não se preocupe, a iniciativa não partiu *dela*. Eu a reconheci do anúncio, sabe, embora não a tenha identificado bem a princípio, mas quando percebi me lancei como um cachorro com um osso, encantado por certo.

— Foi uma coisa muito natural a fazer. — O pai manteve a voz inexpressiva de propósito, certo de que o filho ardia de constrangimento e tentava aliviar a dor da humilhação. — Claro, sendo Lizzie, teria vibrado com o fato de você tê-la reconhecido como profissional. Entendo que o sucesso é meio recente para ela.

— Não posso dizer que a satisfação de Lizzie tenha suprema importância para mim — respondeu Piers, furioso. — Há outras questões muito mais importantes.

— Concordo inteiramente — disse Felix em voz baixa. — Apenas fiz uma observação sobre a provável reação dela. Essa é a última coisa que Lizzie queria que acontecesse, embora esperasse conhecê-lo em algum momento. Pelo que me disse, sei que perdeu o marido há pouco tempo, e o choque e a solidão a deixaram introspectiva; fizeram-na remontar ao passado e tentar lembrar certas coisas. Ela decidiu me procurar motivada por um palpite e nos encontramos por acaso no jardim memorial. Prometi que ia lhe explicar a presença dela aqui quando o visse, portanto, quando você se apresentou, ela deve ter imaginado que já havíamos tido essa conversa. — Deu um riso áspero de frustração. — Lizzie também deve estar se sentindo bastante confusa. Espero que tenha sido... inteligente a respeito.

Piers ficou calado por um instante, como se refletisse sobre o encontro.

— Para ser franco — disse, devagar —, foi, sim. Eu... gostei dela.

O pai permaneceu imóvel, com as mãos nos bolsos. Embora consciente do imenso amor e da enorme admiração pelo filho, não se mexeu, à espera de que ele desse o passo seguinte. Por fim, Piers ergueu a cabeça e olhou para ele.

— Ela é minha irmã?

Chocado e consternado, Felix retirou as mãos do bolso e as estendeu num gesto involuntário de absoluta negação.

— Santo Deus, não! Claro que não. Meu filho querido... — Lembrou-se da cena com Marina... a pergunta dela: *Não será sua filha, por acaso?...* e fechou os olhos num momento de dor: todos esses anos, Piers vivera com essa terrível suspeita. — Meu filho querido — tornou a murmurar. — Juro que não há a mínima possibilidade disso. Lizzie tinha no mínimo seis anos quando a conheci.

Piers inspirou bem fundo e deu um suspiro arquejante; pareceu relaxar um pouco os ombros e Felix se adiantou, tomou-o pelo braço e quase o empurrou na poltrona de orelhas. Começou a falar, servindo duas doses de uísque, pois precisava amenizá-los para passarem por esse momento perigoso.

— Elas moravam numa curiosa casa antiga em Bristol, perto da universidade. Pidge, num apartamento no térreo, e Angel e Lizzie alugaram o primeiro andar e o sótão. Era um arranjo meio estranho, mas funcionava muito bem para as três. Pidge podia cuidar de Lizzie quando Angel estava no teatro.

Ruidoso às voltas com os copos e a garrafa, disparou um rápido olhar para o filho, que, sentado imóvel, não estava com os olhos fixos em nada específico, as mãos cerradas em punhos apoiadas nas coxas.

— Para explicar tudo, terei de dizer quem era o pai de Lizzie ou o fato poderia causar uma impressão errada, mas você precisa me dar sua palavra de que não repetirá isso para Lizzie. — Piers olhou para ele, de cara fechada, mas concentrado agora. — O pai dela era o general Sir Hilary Carmichael. — Felix assentiu a confirmação com a cabeça em reação à expressão descrente do filho. — Angel nunca me disse o nome dele, mas adivinhei muito rapidamente. Um herói de guerra com uma trágica vida privada. A esposa sofrera ferimentos muito graves num acidente de carro. Ficou não apenas aleijada, mas com danos cerebrais em virtude da queda, mas ele cuidou dela o melhor possível e se recusou a deixar que a internassem em uma instituição. Ouvi falar dele durante a guerra, claro, gozava de uma tremenda popularidade entre os soldados e todos o chamavam de "Mike", assim como todos chamavam Montgomery de "Monty". Angel se referia a ele apenas como Mike, mas, tão logo me descreveu os antecedentes do pai da filha, eu soube quem era. Pidge tinha sido motorista dele no fim da guerra, e Mike a informou quando o apartamento ficou vazio na casa em Bristol. Era o dono do prédio, você entende. A família tinha muitas propriedades. Bem, depois da guerra, ele e Angel se conheceram, tiveram um caso e, por descuido ou falta de sorte, Angel engravidou. Mike deixou muito claro que não havia futuro para os dois, e ela aceitou a situação, mas decidiu que queria ter o bebê. O pai se dispôs a apoiar Lizzie em termos financeiros, até certo ponto, e assegurou que Pidge e Angel se reunissem na casa em Bristol. Lizzie pensa que a casa era de Pidge e que esta a deixou para ela quando morreu, mas foi apenas mais um dos meios de Mike cuidar da filha.

Felix enfiou o copo na mão de Piers e tomou um gole mais do que necessitado do dele.

— E Lizzie nunca fez perguntas a respeito?

Profundamente aliviado porque o estratagema para distraí-lo parecia ter funcionado, o velho se sentou na poltrona defronte.

— Acho que não. Ela aceitou o que a mãe lhe contou: o pai era soldado e morreu na guerra da Coreia. Angel e Pidge chegaram até a dizer que era um Mensageiro do Rei, o que de fato Mike foi em determinado ponto, e isso acrescentou certo esplendor à história, mas você precisa lembrar que Lizzie teria sido criada entre órfãos de guerra. Acho que ansiava por um pai, mas, até onde sei, nunca questionou a versão contada por elas.

— E você preencheu o papel? Até certo ponto? — perguntou Piers, a voz seca.

— Se o fiz, foi inadequadamente. — Felix se perguntou até onde devia contar a verdade e decidiu nada ocultar. — Ela sugeriu uma vez que eu talvez gostasse de ser seu pai, mas expliquei que não podia ser, pois já era pai de um menino. Então, ela quis saber tudo a respeito de você. — Cravou os olhos no copo para não ver se o filho parecia desgostoso ou furioso com essa quebra de confiança. — Não a vi mais desde que tinha dez ou onze anos.

— Quatro anos. Vocês foram amantes durante *quatro anos*?

Felix mordeu o lábio.

— Não no sentido que você na certa imagina. Angel, por sorte, teve duas ou três temporadas na Old Vic em Bristol, mas depois partiu para uma das outras companhias de repertório clássico e eu a via muito pouco. Mas, enquanto ela esteve fora, em Manchester, se não me falha a memória, eu continuei a visitar Pidge e Lizzie quando ia a Bristol. Eu gostava de todas as três, sabe, não era apenas... um caso amoroso.

— Mas por quê? — Afinal, ele exprimiu a pergunta: a voz cheia de ressentimento. — Como pôde continuar o caso por tanto tempo se você via como mamãe sofria?

— Tudo a fazia sofrer — respondeu Felix, devagar. — Para começo de conversa, era surpreendente quando Marina se recusava a falar comigo porque eu tinha sido simpático com outra mulher numa festa ou enquanto pagava uma conta ou simplesmente mantinha a porta aberta para uma moça bonita passar. Quando compreendi que ela era uma mulher profundamente ciumenta, tentei ajudá-la a superar isso, mas nada funcionava, e após algum tempo não tinha a menor ideia de como ajudá-la.

— Então achou que um caso poderia dar conta do recado?

Felix sabia que era a dor do próprio Piers que infundia um tom tão pesado de sarcasmo à pergunta, mas, apesar disso, sentiu uma rápida e profunda pontada de raiva.

— Não seja tão precipitado em julgar as fragilidades dos outros — respondeu. — Se nunca viveu sem afeto, calor humano, nem nunca o sujeitaram o tempo todo a silêncios hostis e desprezo doloroso como punição por atos de cordialidade e bondade humanas comuns, não pode imaginar o quanto a gente se sente tão solitário e isolado. Ah, sim, sei que devia ter continuado a me virar sem amor, satisfeito por saber que tinha uma esposa leal, competente e boa mãe, mas fui fraco. Por favor, não pense que meu caso com Angel era apenas uma questão de sexo. Tive amor, calor humano e risos. Havia amizade, fraquezas humanas, generosidade... ah, tantas coisas tentadoras naquela pequena casa, com aquelas três mulheres, e eu as aceitava com toda gratidão.

Ao perceber que encarava a gaiola, desviou o olhar e serviu mais uma bebida.

— A gaiola era delas? — A voz de Piers saiu inesperadamente gentil.

— Era. — O pai piscou para afastar um ameaçador surto de lágrimas. — Angel a trouxe de algum lugar... de uma sala de adereços e objetos de cena, suponho... e acrescentaram o filhote depois. A ideia era que representasse as três. O sobrenome de Pidge desencadeou a história. Embora se chamasse Charlotte Pidgeon, ninguém jamais a chamava pelo primeiro nome. Quando Angel morreu, pediu a Pidge que a desse a mim como lembrança. Não tive notícias delas por mais de vinte anos, e foi um choque terrível. Angel não podia ter muito mais de sessenta anos quando morreu, e Lizzie estava casada e morava em Londres. Fui a Bristol pegá-la.

— Mas por que ela quis que você a tivesse? Afinal, devia significar muito para Pidge também. — Piers agora estava com a voz calma, interessada.

— O fim do caso foi muito amargo. Angel não conseguiu entender por que não devíamos continuar do mesmo jeito, e nos separamos pessimamente. Acho que a gaiola foi o modo dela de me mostrar que tinha me perdoado.

— Mas por que então, depois de todos esses anos? O que aconteceu para gerar o rompimento?

— Marina me deu um ultimato. Eu tinha tentado antes parar de vê-las, depois que Angel fez a grande loucura de trazer Lizzie aqui para umas férias e sua mãe viu ambas. Ela se encontrara com Angel duas vezes, nos bastidores e numa festa, e foi uma questão de segundos, imagino, para adivinhar a situação. Foi nessa época que o contrato de Angel terminou no teatro Old Vic de Bristol e ela ia trabalhar no norte durante uma temporada. Achei que não faria mal algum visitar Pidge e Lizzie em Bristol, mas Angel apareceu num fim de semana e tudo recomeçou mais uma vez, embora de forma muito esporádica. Alguém nos viu juntos no cinema em Bristol, comentou com Marina, e pronto. Ela me disse que se divorciaria e nunca mais me deixaria ver você, e assim, no fim, não houve briga.

O som estridente da campainha do telefone assustou Felix e o fez derramar a bebida; ele estendeu a mão para pegá-lo, esforçou-se por manter a voz calma e rezou para que não fosse Lizzie.

— Tilda. — Deu um suspiro de alívio. — Alô... Como? Ah, sim, continua comigo. Gostaria de dar uma palavra?

Passou o telefone ao filho e, enxugando os dedos e a base do copo no lenço, foi ficar junto à janela, de olhos fixos no lado de fora, e se perguntou onde estaria Lizzie e em que pensaria, imaginando o choque que deve ter sido quando Piers se apresentou. O toque em seu ombro o fez saltar.

— Eu tinha esquecido inteiramente que Teresa ia ficar para o jantar. — Piers esboçou um sorriso. — Não é uma surpresa terrível, imagino, nas circunstâncias. Acho que seria uma boa ideia eu ir para casa agora, não? Tenho muito em que pensar e sinto que ambos precisamos de uma pequena folga.

Felix assentiu com a cabeça e se perguntou como devia agir, os instintos normais prejudicados pela falta de confiança. Não tinha a mínima ideia do que Piers poderia estar pensando, e talvez fosse direito do filho determinar o passo seguinte.

— Parece muito razoável. Espero... Sinto muito, meu filho querido...

A voz vacilou, de repente ele se sentiu exausto, e Piers o ajudou a se sentar na poltrona.

— Obrigado por ser tão franco — disse. — Não deve ter sido fácil. Descanse agora e eu lhe telefono pela manhã.

Beijou-o de leve na testa, como sempre fazia, e saiu sem fazer barulho. Felix ficou sentado alguns instantes em silêncio, cansado demais para qualquer coisa além de refletir sobre todas as palavras que acabaram de ser ditas, tentando lembrar as reações do filho, na esperança de que não tivesse posto tudo a perder. De repente — com uma pequena pontada de culpa —, pensou mais uma vez em Lizzie, lembrou-se do encontro para jantar, e, pegando o telefone, discou o número do Luttrell Arms.

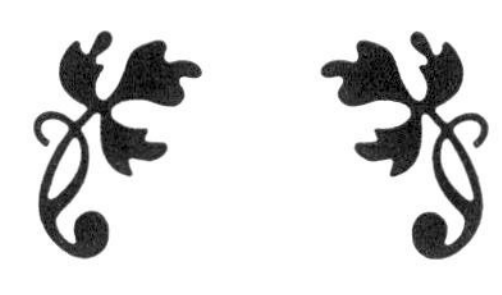

CAPÍTULO VINTE E NOVE

De volta ao quarto, Lizzie se sentou trêmula na poltrona perto da janela e pôs a bebida na mesinha próxima. Não conseguia se concentrar — lembrar as palavras exatas que dissera nem como reagira —, sabia apenas que toda a cena fracassara: a escolha do momento fora absurda, os gestos terrivelmente mal-ensaiados.

— Um total *fiasco* de performance — anunciou, recorrendo ao seu velho truque de fazer alguma coisa parecer menos assustadora... menos importante... se dita em voz alta. — De fato, eu talvez tenha de fuzilá-la. Saracoteando lá, rindo como uma prostituta de terceira categoria assim que ele a olhou.

Sentiu o estômago se contrair ao pensar em como reagira ao olhar franco e sorridente dele do outro lado do bar, ao lembrar o repentino impacto que a assustara e fizera dar um sorriso tão desprotegido. E depois, quando o vira se aproximar, a observação espontânea de abertura de Piers a levara a baixar as defesas cuidadosas, sorrir para ele enlouquecida como uma colegial...

Lizzie gemeu alto de humilhação, rubra de vergonha, ao curvar o corpo para apoiar a cabeça nos joelhos, como se quisesse se esconder, mas a cena continuava a se repetir, implacável, em sua mente. Se ao menos tivesse mantido a boca fechada e escutado, mas não, mas não — gemeu mais uma vez —, precisara interrompê-lo, dizer que também o reconhecera. Se ao menos tivesse mais percepção, talvez adivinhasse que toda a reação se associava àquele anúncio de televisão infeliz e que ele não falara com Felix afinal.

A lembrança de Felix teve o efeito de tornar a empertigá-la, perguntar-se como ele estava enfrentando Piers e o que talvez lhe dissesse. Pegou o copo e engoliu um pouco da vodca agora quente, tentando decidir em que momento poderia se arriscar a telefonar. Começou a se sentir nervosa e sem confiança, temia que a chegada a Dunster pudesse ser tão desagregadora quanto a de Angel, quarenta anos antes. Gostaria de saber o que Angel esperara alcançar ou se aquilo fora apenas um momento impulsivo de loucura. Ao tomar um gole do drinque, tentou imaginar como Angel julgara a família do amante: se a necessidade de vê-lo sobrepujara qualquer sentimento de culpa. Ocorreu-lhe que, na infância, achava bem razoável o fato de Felix se dividir entre os dois lares — embora dois ou três dias uma vez por mês mal chegassem a ser uma distribuição justa de sua companhia — e, embora tenha desejado que ele fosse seu pai, ela nunca se ressentira do menino de nome estranho que morava "no campo" com a mãe; ao contrário, ficara fascinada com ele, desejara conhecê-lo. Que estranho ela tê-lo feito, ali na loja de Dunster, sem perceber na época quem eram ele e a mulher de expressão amargurada! Aquele encontro assinalara o fim do caso.

Deve ter sido quase tão difícil para Pidge se adaptar à separação quanto fora para Angel. Estava claro que, embora Pidge tivesse desaprovado aquelas férias em Dunster — *... você ficará aliviada por saber! Nenhum sinal de F...* —, sempre a alegrara ver Felix na Gaiola, cumprimentava-o, brincava com ele, preparava um jantar especial. Por certo, não exibia expressões desaprovadoras nem se mantinha afastada: juntos formavam uma pequena família. Ocorreu a Lizzie que Angel tinha uma grande generosidade ao se mostrar tão disposta a dividir o amante com a amiga e a filha: sempre tão cheia de afeto e risos fáceis. Era tão triste lembrar isso que, mais tarde, ela começara a beber muito, se tornara irresponsável e, em consequência, passaram a lhe oferecer cada vez menos papéis. Talvez, pensou, a mãe tivesse sentido mais a falta de Felix do que a filha ou Pidge perceberam. Imaginou-a com trinta e tantos anos então.

No início da década de 1960, não mais lhe oferecem os papéis de Rosalinda ou Lydia Languish, mas ela aceita com entusiasmo os de Mistress Quickly e Lady Sneerwell — e descobre um talento para os papéis de conteúdo mais substancial em comédias inglesas do período da Restauração. Embora comece a perder a flexibilidade bem-formada, o peso extra lhe cai bem, empresta-lhe uma beleza de estátua, a pele cremosa ainda lisa e eminentemente intocada. Quando a década se aproxima do fim, porém, a carreira de Angel começa a declinar. Isso se manifesta aos poucos, na falta de autodisciplina, na necessidade desesperada de outra bebida. Talvez nada tenha a ver com o rompimento de Felix: talvez não consiga obter um papel importante para o qual faz testes ou o fim de uma peça, mas, a certa altura no decorrer da década de 1960, Angel perde a confiança e se torna instável, oscilando entre empolgações extravagantes e uma espécie de indiferença arrogante; entre a maternidade afetuosa e a depressão provocada por embriaguez.

Ela vai até o café em King Street, que chamam de Cozinha do Inferno, ou ao Duke, para uma bebida com os amigos atores, às vezes os convence a voltarem juntos para uma "folia" em casa, mas, com o passar dos meses e ainda sem trabalho disponível, torna-se mais retraída, acha cada vez mais difícil exibir uma expressão alegre ou encolher os ombros num gesto de indiferença.

Não é fácil para Angel quando descobre que ofereceram à filha o papel de Nellie Forbush numa montagem de *South Pacific*. Ela simula um desdém que, embora saiba que magoa, não pode evitar.

— Comédia musical? — A expressão chocada é quase ridícula.

— É o *papel principal* — resmunga Lizzie, na defensiva.

— É uma companhia itinerante de primeira classe. — Da voz de Pidge, desprendem-se afeto e orgulho. — Não é maravilhoso? Todas aquelas aulas de canto compensaram. Estou tão emocionada, Lizzie.

— Não podemos ser todas shakespearianas — diz Lizzie. Trata-se de uma resposta magoada à reação de Angel, mas Lizzie sorri grata a Pidge.

— Claro... — Angel dá de ombros; diminui o tom da voz aos poucos, indicando que isso a deixa sem fala.

Pidge aperta o braço em volta do ombro de Lizzie como para repelir a acentuada falta de entusiasmo de Angel.

— Você é tão esnobe, Angel — diz em tom brincalhão. — Ou será que se sente um pouco enciumada?

— Oh, feche a matraca, Pidge. — O sorriso relutante franze o nariz ainda encantador. — *É* meio que um choque a nossa filha ganhar o primeiro papel importante, sobretudo quando ninguém nos disputa para oferecer um trabalho. — Abre os braços para Lizzie. — Me dê um beijo, meu bem, e perdoe sua velha mãe por ser uma megera.

É muito típico de Angel durante aqueles últimos anos essa mudança do desprezo de língua ferina para alegria afetuosa; o sorriso — autodepreciativo, mas com um brilho de prazer nos olhos — significa uma mistura especial de penitência e regozijo que pede perdão. Nessa ocasião, elas se refizeram muito rápido e abriram uma garrafa para brindar ao sucesso de Lizzie; Angel ergue a taça e desvia os olhos com cuidado até enchê-la.

— Nossa, cheia até a borda! Esta é para você, meu bem...

E Lizzie sempre se mostra pronta a aceitar o ramo de oliveira após esses acessos.

No entanto, é quase um alívio quando chega a hora de deixar Angel e Pidge na Gaiola; abrir as asas, afinal. Mas ela sempre retorna; após o sucesso ou o fracasso, ali continua a ser o seu lar.

* * *

O telefone interrompeu seus pensamentos com um choque que a mergulhou de volta nos horrores do encontro com Piers.

— Após um longo tempo, resolvemos as diferenças. — Felix parecia exausto. — Foi uma situação muito delicada, mas acho que continuamos amigos. Espero que o pior tenha passado, mas preciso lhe dizer que simplesmente não posso enfrentar o restaurante do hotel, Lizzie. Gostaria de aparecer e me ver depois de jantar?

— Não tenho fome, Felix — disse ela, preocupada com o timbre irregular da voz dele. — Adoraria vê-lo, mas não quero cansá-lo mais do que já está.

— Ah, por favor, venha — pediu ele de imediato. — Também gostaria muito de vê-la. Podemos comer um pouco de queijo e biscoitos, ou um sanduíche. Embora cansado, estou terrivelmente agitado...

— Chego aí num instante — concordou ela. — Sei muito bem como se sente. A adrenalina continua disparada, mas sem lugar algum por onde fluir. Estou louca para lhe contar como fui idiota. Mas acredito que Piers já o tenha feito. — Lizzie ouviu o risinho dele e sentiu uma grande elevação de ânimo. — Cinco minutos — disse e, após desligar o telefone, ela permaneceu ali por um instante, as mãos entrelaçadas de alívio e gratidão.

No carro de volta a Michaelgarth, Piers se surpreendia com sua principal reação às revelações do pai: um alívio esmagador. Agora podia encaixar as peças que faltavam e entender o quebra-cabeça, ao se lembrar daquele momento anos atrás, em que parara diante da porta da sala de estar e escutara as terríveis acusações da mãe.

Daquele momento em diante, teme que em algum lugar no mundo, à espera de aparecer, exista uma meio-irmã. A mãe está com a voz cheia de aversão, as palavras claras, embora só muito depois ele entenda o pleno significado delas. Não sabe o que significa "amante", mas as palavras

"Tinha uma criança com ela. Não será sua filha, por acaso?" enchem-no de uma ansiedade desconhecida. Ao ouvir a exclamação do pai, os passos que se aproximam da porta semiaberta, ele foge a toda, mas, mesmo quando se esconde na colina com Monty, pensa no encontro naquele dia na Parhams: a mão fria da mãe apertando a sua quando encara a mulher e a filha. A mãe dela parecia legal — bonita, muito amistosa, disposta a se divertir um pouco — e a menina olhou para ele com grande intensidade, mas como se também quisesse se tornar amiga.

À medida que ele cresce, a consciência da existência daquela criança paira à margem de sua consciência. Uma vez tenta suscitar a questão com a mãe:

— Aquela mulher que vimos na Parhams — começa, envergonhado —, lembra, mãe? Você a conhece?

Nota a expressão bem conhecida — desprezo, raiva — apoderar-se do rosto dela ali parada diante da mesa da cozinha, sovando massa. Parece bem-arrumada e sensata na saia de tweed bem-cortada e blusa de malha de lã fina verde. Tirou todos os anéis e ele pega um — o de diamante que o pai lhe deu de noivado —, gira-o nos dedos, vê a joia cintilar.

— Seu pai a conhece — responde. — É uma atriz. Encontrei-a uma ou duas vezes em Bristol.

— Mas por que ela veio aqui? — pergunta ele.

A mãe hesita e comprime os lábios.

— Na esperança de ver seu pai — responde Marina. — Eram amigos muito íntimos. Ele passa o tempo com elas quando vai a Bristol. De fato, na certa pensa mais nelas do que em nós.

— Mas por que ele faz isso? — pergunta Piers, ansioso.

Ela dá de ombros, soca a massa com o rolo, as mãos brancas de farinha; há algo quase violento em suas ações.

— Lamento dizer que seu pai não é uma pessoa especialmente fiel — responde por fim.

Ele tem a sensação de que ela *não* lamenta dizê-lo; ao contrário, acredita que *gostou* de dizer, que as palavras lhe deram algum tipo de prazer amargurado. Decide, afinal, que não quer saber mais nada; larga o anel e sai para o pátio, chama Monty e, enquanto perambula ali por perto, se pergunta se o pai ama de verdade a mulher e a filha, e por que as quer se já tem uma família. Talvez preferisse uma filha a um filho; será que a outra mulher, a atriz, sorri mais que a mãe — pelo que consegue lembrar, isso bem poderia ocorrer — e o faz sorrir?

Por um período, vive com dois medos: o primeiro, de que o pai os deixe pela atriz e a filhinha; o segundo, de que alguma coisa aconteça à atriz e resulte em ele trazer a menina para morar em Michaelgarth. O fato de estar longe na escola ajuda a manter esses medos a distância. Contudo, logo depois da cena após a partida de críquete, informam-no que fecharam ou venderam o escritório de Bristol — qualquer que fosse a razão, isso significava que não ocorreriam mais visitas —, e ele consegue relaxar um pouco. Os pais se acomodam numa espécie de trégua: menos silêncios hostis da mãe, mas, apesar dos esforços do pai, tampouco muita alegria.

Uma das coisas que o atraem em Sue é a animação, a propensão a rir, partilhar. Estar em companhia dela tem o mesmo efeito de sair de uma noite fria e úmida para uma sala iluminada pelas chamas de uma lareira. A jovem é irresistível, com uma energia que o arrebata. Marina não gosta muito dela, mas isso não é novidade. A mãe, até então, consegue arrasar com qualquer relacionamento no início; o lábio curvado para baixo e o olhar frio — "Precisa usar as saias tão curtas? Tão vulgar, além de tão desastrosa com aquelas pernas" ou "Ela é capaz de alguma ideia original, Piers? Imagino que *saiba* ler" — destroem logo de imediato a confiança e a felicidade.

O pai sempre o apoia, o que em geral piora tudo: "Acho que ela é um amor", diz, ou, "Aos dezoito anos, não é exatamente uma vencedora do prêmio Nobel que a gente quer levar a uma festa, Marina".

Os olhos frios o varrem com desprezo.

— Todos nós sabemos qual é a direção de seu gosto, Felix. Espero algo melhor para Piers.

Uma vez, subitamente furioso, o pai retruca:

— Tem de criticar meu gosto com tanta liberdade, Marina? Afinal, me casei com *você*, não?

Humilhado, furioso com ambos, Piers os deixa à beira de uma briga e, até surgir Sue, simplesmente para de levar as namoradas para casa. Após se diplomar no Royal Agricultural College, ele se muda para o chalé em Porlock, feliz por morar sozinho, apesar de ficar longe de Michaelgarth.

Com o passar dos anos, seus medos diminuem, mas o amor pela antiga casa aumenta, e quando, por fim, se muda para lá com a jovem família, Piers desfruta um dos momentos mais felizes da vida. Sempre que vê Michaelgarth encimar a colina como um memorável ponto de referência, quando cruza de carro a passagem em arco para o pátio ou se senta em silêncio na velha capela, Piers é tomado por uma irresistível sensação de segurança e de fazer parte daquele lugar. Ali é o seu lar. Sabe disso em todas as estações: banhada em ouro, as janelas ígneas que refletem um resplandecente pôr do sol de pleno verão; ou com os muros de pedra cinza sombrios tendo como pano de fundo uma encosta coberta de neve. Ama a paz da sala de estar quadrada, elegante, numa noite de outono, as pesadas cortinas de brocado fechadas contra o rugido de uma ventania do nordeste, a lenha acomodada na grade, uma repentina erupção de chamas que projeta sombras fantásticas na luz artificial. Essa tranquila atmosfera faz um contraste satisfatório com a desarrumação movimentada do gabinete, a janela voltada para o pátio: a pequena sala entulhada na qual Joker gosta de se enroscar no velho sofá, vergado num pedaço ensolarado enquanto Piers, entretido à escrivaninha, folheia algum livro esquecido ou escuta uma gravação de Miles Davis. Às vezes, nessas ocasiões, imagina o que aconteceria se a meio-irmã aparecesse para exigir sua parte, obrigá-lo a vender a casa, e se sente oprimido por um pavor gélido. Diz a si mesmo que a herdou da família materna, Michaelgarth é dele agora, mas não consegue conter muito bem o medo de perdê-la. Apesar disso, jamais se sentiu em condições de enfrentar o pai, nunca teve coragem de fazer aquela única pergunta vital.

Não até hoje, depois de conhecer Lizzie Blake. Assim que trocaram olhares, foi como se uma empatia tivesse fluído entre ambos: podiam ser velhos amigos que tinham se separado durante anos. O reconhecimento dele foi muito além de tê-la visto na televisão. Logo quisera falar com a mulher, sentar em sua companhia: como se tivesse se apaixonado no mesmo instante. Parecia ridículo, após todos esses anos, quando seu medo finalmente se tornara uma realidade viva, ele quase ficar menos preocupado pelo fato de ela retornar para reivindicar o amor do pai ou Michaelgarth do que não ter conseguido tentar formar algum tipo de amizade com a atriz. Essa inesperada libertação de todos os terrores antigos também o inundara de alívio.

Piers afundou um pouco no volante. Afinal, terminara a espera: feito o confronto, dadas as explicações. Agora se perguntava por que esperara tanto tempo. O que o teria impedido, a não ser o medo de ouvir uma verdade desagradável? A história do pai o comovera mais profundamente do que ele demonstrara: apesar da lealdade e do amor pela mãe, sabia tudo sobre o silêncio e a sensação de isolamento.

Via muito bem a atração da Gaiola sobre o pai, embora ainda imaginasse até que ponto o conhecimento do caso afetara a mãe. O ciúme e a frieza haviam existido desde o início, era verdade; mas em que nível a traição do pai a afetara? Piers afastou a pergunta. Por enquanto, não haveria mais recriminações. Sem dúvida, outras perg ıntas, outras dúvidas surgiriam de vez em quando, mas, pelo menos, agora que desabara a muralha de reserva entre os dois, ele conseguiria fazer todas as perguntas e preencher as lacunas.

Essa aceitação da situação lhe permitiu voltar os pensamentos para Lizzie: lembrar como ela era e o que dissera. *Eu tinha alguma esperança de que, após todo esse tempo, pudéssemos ser amigos.* Claro, ele fizera um papel totalmente idiota, agira como um imbecil e depois a abandonara!

Gemeu um pouco e se perguntou o que ela pensava, se o pai podia lhe explicar a situação. No fundo, tinha a sensação de que Lizzie não usaria aquele comportamento deplorável contra ele: parecera demasiado amistosa e divertida para se agarrar ao ressentimento.

Por instinto, fez a ligação: sem a menor dúvida, foi assim que o pai vira Angel após a atmosfera gélida de Michaelgarth. Bem, ele ao menos não tinha essas restrições e pretendia entrar em contato com Lizzie o mais rápido possível. Quem sabe aceitaria almoçar com ele? O alívio continuava a lhe inundar o íntimo e animar o estado de espírito quando entrou no pátio, estacionou o carro e entrou para jantar.

CAPÍTULO TRINTA

Gemma foi a primeira a acordar. Guy continuava virado para o outro lado, o lençol atirado na altura dos joelhos, e ela deslizou a mão de leve pelas costas morenas dele. O marido não se mexeu e ela se deitou de costas, os braços sob a cabeça, imaginando como as aventuras com outros homens jamais tinham diminuído aquela necessidade que sentia por ele. Talvez porque não se apaixonava por eles: avaliava-os em termos físicos, como a um parceiro de dança ou de jogo de tênis, e não considerava importantes as outras qualidades ou os defeitos dos amantes.

Sorriu para si mesma ao analisar o desempenho do mais recente parceiro, lembrando que tinham se conhecido pouco antes do casamento de Sophie com Henry Corbett, cuja família cultivava fazendas em Exmoor por gerações. Fora divertido: a expectativa de ser madrinha de Sophie, tornar a encontrar outra das colegas de escola, Marianne, que seria a dama de honra. Nas férias escolares, e até o casamento de Gemma com Guy, Marianne sempre passava algumas semanas em Dartmoor todo verão e dividia o tempo entre a família de Gemma e a de Sophie. O namorado dela, Simon, era um dos mais antigos amigos de Henry.

— Será maravilhoso morar perto de Marianne — dissera Sophie na pequena festa que oferecera mais ou menos um mês antes do casamento. — E aqui está Simon que vai ser o padrinho. Esta é Gemma, Simon. Você vai ser o par dela, mas cuidado com o marido dela, é um homem ciumento.

Simon, sobrancelhas erguidas com um ar apreciativo, lhe tomara a mão estendida.

— E quem pode culpá-lo? — perguntara. — Olá, Gemma.

Estranho — pensava agora ali deitada, aquecida e relaxada ao lado de Guy — como soubera logo que Simon era um aventureiro como ela. Tinham trocado os números de celular sob o pretexto de ele se manter a par dos arranjos do casamento; e ela o vira quando ele trouxera Marianne para uma prova dos vestidos em Exeter e levara as três — pois Sophie também comparecera — a um pub depois. Durante todo o almoço ele cruzava o olhar com o dela, mas se apressava a afastá-lo mais uma vez, e lhe tocara uma ou duas vezes no ombro ou no braço quando lhe passava um copo: tão excitantes aqueles momentos roubados, Marianne sentada ao seu lado, conversando sobre o grande dia e bastante alheia à preocupação de Simon.

Como foi muito mais difícil no dia do casamento, com Guy presente, trocar aqueles minúsculos sinais: muito mais difícil, porém ainda mais excitante devido ao perigo. Por saber que Guy não se mostrava no seu melhor humor em situações sociais, não tinha naturalidade nem espírito gregário espontâneo, Sophie o pusera com a irmã de Henry, uma jovem franca e objetiva, sócia minoritária de um escritório jurídico em Taunton, que não teve a menor dificuldade em mantê-lo entretido. Gemma, ao vê-los em uma conversa séria — discutiam uma questão, trocavam ideias com convicção —, ficara tão satisfeita por vê-lo assim, tão bem-cuidado, que dera toda a atenção a Simon.

Próximo ao fim do dia, ele lhe arrancara a promessa de encontrá-lo para almoçar: uma promessa que ela se dispusera a cumprir de bom grado. A família de Simon tinha uma empresa que fornecia maquinário agrícola, e ele viajava por todo o Sudoeste, visitava fazendas e feiras, por isso fora muito fácil encontrá-lo em bares distantes uma ou duas vezes, mas ele logo a pressionava a aceitar um encontro menos público. Essa viagem fora uma dádiva dos deuses, mas, mesmo assim, muito arriscada. Não podia mais contar com Sophie para encobri-la como fizera tantas vezes no passado. Antes, ela ria das escapadas de Gemma, admirava e invejava a amiga atraente e charmosa, mas, desde o nascimento dos gêmeos, sobretudo agora que a amiga era uma mulher casada, Sophie de repente se tornara muito conservadora, e Gemma sabia que ela não aprovaria essa pequena aventura com Simon.

Franziu o cenho ao fitar o teto e sentiu o gelado toque do medo esfriar-lhe a pele.

— Guy é um pouquinho assustador — observara Sophie. — Eu era louca por ele antes, lembra? Mas não sei se conseguiria suportá-lo porque lhe falta senso de humor. Você deve ficar em alerta, não? Não imagino como escapa impune disso, na verdade. A gente parece estar no tipo de terreno inseguro permanente de Tom Tiddler na presença dele, como no livro *Nicholas Nickleby*, de Dickens.

— Ah, Guy é legal — retrucara, com pouca ênfase. — Conheço todas as zonas proibidas.

— Parece mais a negociação com uma potência estrangeira do que um casamento.

Sophie rira e dera pouca importância, mas Gemma sabia exatamente o que a amiga quisera dizer: um certo melindre em Guy excluía algumas áreas de comportamento. Quando lhe despertava o veio puritano, ficava com o rosto sem expressão, as pálpebras caíam meio ameaçadoras sobre os olhos, e ele se colocava atrás de uma barreira de austeridade quase inacessível. No entanto, ela sempre conseguira atravessar essa barreira, escapar do problema, e, por mostrar sempre seu amor por ele com tanta evidência, o marido estava preparado para admitir que era rápido demais na crítica.

Durante essas breves excursões em aventuras extraconjugais, nunca perdera o controle do relacionamento com Guy, e, até agora, ele jamais descobrira motivos nos quais basear as suspeitas que vinham à tona com tanta facilidade. Para lhe fazer justiça, ele se esforçava muito para ser mais tolerante, reconhecer a natureza simpática, afetuosa, da esposa como tal e, de vez em quando, Gemma se sentia culpada por enganá-lo. Mas Sophie tinha razão: não era fácil viver com ele, e ela precisava daquele paliativo de diversão irresponsável tanto quanto o marido precisava daquelas longas horas solitárias no mar. E isso *era* um paliativo: um vício. Não conseguia resistir à oportunidade de aproveitar o prazer e a perspectiva de um parceiro novo, excitante, tão tentadora quanto o chocolate — bem fora do alcance no armário — na infância. Não conseguia se concentrar em outras coisas nem esquecer aquela presença invisível: a visão da guloseima sempre ali, pressionando o limite de seus pensamentos. Cedo ou tarde, arrastava o tamborete pelo chão, subia e enfiava a mão dentro do armário para pegá-lo, de modo a sentir o grude macio nos dedos e provar a doçura quando se desmanchava sob a língua.

Simon era divertido: conhecia um lugar tranquilo, privado, uma área gramada e ensolarada, oculta por altos barrancos de tojo, onde estendia a manta no terreno de relva compacta antes de abrir uma garrafa de vinho.

— Por que acho que você já fez isso antes? — perguntara ela à toa, apoiada num dos cotovelos enquanto o observava.

— Eu? — Ele fingira surpresa, até indignação. — Imagine!

Na véspera, Gemma correra ao encontro de Simon mais uma vez, dera a Bertie um passeio no caminho e estacionara o carro ao lado do Land Rover Discovery dele, que bloqueava da estrada qualquer vislumbre daquele lugar secreto dos dois. Dessa vez, levara a própria manta do carro e a estendera em cima da dele para tornar a cama mais confortável. Trouxera uma cesta de piquenique, que tinham partilhado, e depois, muito depois, ela se deitara nos braços do amante e deslizara os dedos pelos cabelos dele. Louros, meio secos, suaves ao toque, e uma lembrança fugaz a distraíra.

— Você me faz lembrar David — murmurara, e Simon respondera, sonolento:

— David? Quem é David? Achei que ele se chamasse Guy. Ah, e, a propósito — Simon despertara —, Marianne sabe que você está aqui de férias. Sophie lhe contou.

— Contou? — Gemma se sentira lânguida e satisfeita naquele canto protegido, tão quente que o sol parecia derreter seus ossos e sugar a cautela de sua mente. Bertie estava deitado, estendido à sombra do tojo, ofegante. — Acha que devo telefonar para ela?

Ele franzira o cenho.

— O que lhe diria? Pensei que tínhamos acertado que você não ia vê-la.

— Mas eu não sabia da rapidez com que Sophie espalharia a notícia feliz. Seria meio difícil de qualquer modo, não, ver Marianne? Com ela no trabalho em Taunton o dia todo?

— Hum. Mas acho que seria meio estranho você não entrar em contato com ela. Quer saber? Se telefonar para a casa dela entre nove e seis horas, vai ouvir a secretária eletrônica e pode simplesmente deixar um recado.

— A sorte — respondeu ela — é que todo mundo que conhece Guy não espera que ele queira passar as noites em confraternizações; do contrário, talvez fosse natural supor que saíssemos os quatro.

Simon rira e fizera uma cara cômica.

— Pode ser complicado. Duvido que eu consiga ser tão indiferente assim. Se Marianne sugerir uma saída, talvez eu precise inventar algumas visitas noturnas esta semana. Por sorte, no meu trabalho, não tenho rotina.

— Não se preocupe. Marianne entenderá muito bem que não é fácil convencer Guy. As visitas programadas a Michaelgarth já andam minando o bom humor dele. Acho que estamos seguros.

Agora, ao virar a cabeça para olhar Guy, ela sentiu uma pontada de remorso pela forma como o descrevera, embora fosse a pura verdade.

— Vamos ter de jantar de novo na sexta-feira? — perguntara ele. — Estivemos lá no domingo.

— Ah, mas eu quero ver meu irmão mais velho — protestara Gemma. — Seria uma pena perder a oportunidade de nos encontrarmos com Saul, e teremos de partir na manhã de sábado... Você vai velejar com Matt amanhã de novo?

Ela notara a expressão culpada do marido de maneira divertida, mas ele balançou a cabeça.

— Achei que seria um pouco demais abandonar você durante três dias seguidos — admitira ele. — Podíamos passar o dia de amanhã juntos, dar uma caminhada pelos penhascos e almoçar num pub em algum lugar.

Gemma fora inteligente o bastante para saudar a ideia com entusiasmo.

— Eu adoraria — respondera, deixando-o ver o prazer que lhe dera a sugestão —, embora não queira estragar sua diversão. Não poderia sair de novo na quinta ou sexta?

— A maré tem tornado mais difícil sair cedo, porém Matt sugeriu sairmos algumas horas depois do almoço na sexta. — Ela o observara e vira o momento em que ele percebera que algumas concessões mútuas eram recomendáveis ali. — Claro que voltarei com tempo de sobra para jantar em Michaelgarth. — E acrescentara por fim: — Será bom ver Saul.

— Ótimo, então — dissera ela de bom grado, e ele pegara o mapa para planejar a caminhada.

Simon fora filosófico a respeito.

— Vou dar um jeito de manejar os compromissos para a quarta e quinta e manter a sexta livre. Mesmo lugar, às duas?

Gemma ficara aliviada, embora não surpresa com essa pronta aceitação, percebendo que o pequeno caso chegava ao fim e sabendo que iam se separar como bons amigos.

Era importante, disse a si mesma, que ninguém fosse magoado.

Intrusa, uma imagem do rosto de Marianne no dia do casamento de Sophie se apresentou em sua mente: parecia tão feliz quando tomou o braço de Gemma, sorriu para Sophie vestida de noiva e exclamou: "Mas ela não está deslumbrante?", feliz e confiante. E agora Tilda aparecia ao seu lado com aquele olhar direto, aqueles admiráveis olhos azuis de centáurea, e Gemma a ouvia dizer: "Embora a saudade seja terrível, aqui em Michaelgarth sinto que David está perto de nós."

Ela fechou os olhos como se quisesse apagar essas imagens, rolou para o outro lado, pressionou o corpo contra o de Guy e ocultou o rosto nas costas dele.

— Acorde, querido — disse, meio desesperada, e ele se agitou, gemeu e se virou quase automaticamente, ainda semiadormecido, para abraçá-la.

CAPÍTULO TRINTA E UM

Pela primeira vez, Tilda e Jake chegaram ao térreo antes de Piers. Ela acomodou o bebê na cadeirinha e parou um instante em contemplação: não era do feitio do sogro se atrasar para o café da manhã. Em boa forma na noite anterior, ele fizera as duas rirem, ao lembrar as indiscrições juvenis da mãe dela, e Teresa — ora encantada, ora protestando — se divertira muito. Era mais tarde que de hábito quando a mãe partiu no trajeto de meia hora de carro ao voltar para Taunton, mas se recusara a pernoitar, insistindo que tinha coisas a fazer de manhã cedo.

Tilda pôs a chaleira na chapa de aquecimento elétrico, cortou algumas fatias de pão para torrada, mas, antes de decidir se devia acordar Piers — talvez levar uma xícara de café —, ele entrou.

— Dormi além da conta! — Revirou os olhos para a nora. — Uma xícara de café rápida vai ter de bastar hoje de manhã. Bom-dia, Jake.

Apesar da pressa evidente, parecia mais tranquilo e descansado do que se mostrara em muitos meses. Ela o observou engolir o café, fazendo uma careta ao queimar a língua, e concluiu que se desprendia alguma animação represada dele. Tinha o ar de alguém que se vestira com esmero, como se talvez fosse a um encontro importante. Essa atitude, tão próxima do bom humor durante a noite anterior, intrigou-a.

— Alison telefonou ontem à noite antes de você chegar — informou, testando-o. — Alguma coisa a ver com suas férias semana que vem? Eu disse que você ligaria de volta.

A expressão dele mudou de forma tão estranha que Tilda o encarou curiosa. O olhar brilhante se transformou como por um choque, e ele ficou imóvel, como alguém que acaba de se lembrar de algo que talvez se revelasse um obstáculo a um prazer futuro. Largou a xícara, apalpando sem ver à procura do pires, as sobrancelhas contraídas.

— Tudo bem com você, Piers?

Ele olhou para ela, distraído.

— Hein? Ah, claro. Tudo bem.

— Se assim o diz...

O tom irônico na voz da nora o alertou e ele logo sorriu, pegou a pasta, um paletó de algodão e tomou outro gole de café.

— Estou ótimo — respondeu firme.

Tilda ergueu as sobrancelhas, descrente.

— Que bom — disse. — Tudo bem, então.

Piers parou junto à porta, a cabeça um pouco curvada, e mordeu os lábios, como se tentasse ver o que tinha pela frente.

— Hoje vai ser meio... complicado. Se for me atrasar, eu telefono.

— Tudo bem — respondeu ela. — Tanto faz.

Ele sorriu para ela, saiu pela copa e logo em seguida a nora viu o carro passar com a janela aberta.

Tilda ligou a televisão, percorreu os canais e se sentou à mesa com o desjejum. Enquanto comia a torrada, falava com Jake, curvava-se para fazer os bonecos dançarem na barra presa diante da cadeira, via-o sorrir sem dentes, continuava a se perguntar o que acontecera com Piers. Fazia séculos — bem, antes de David morrer — que o vira tão alegre quanto na noite anterior. Ele se divertira de forma tão evidente, mostrara-se tão despreocupado, como se o tivessem aliviado de uma carga pesada de medo ou culpa. Claro que talvez fosse apenas algo no escritório que solucionara um problema de longo prazo; resolvera alguma crise financeira. Ele não tinha o hábito de partilhar os problemas do escritório, não por achar que nada tinham a ver com ela, desconfiava Tilda, mas porque não queria aumentar seus próprios problemas. Pelo menos não tentava tratá-los como de pouca relevância, tentando fazê-la entrar em outro relacionamento, mas tampouco a incentivava a discuti-los. Como homem, pensou, não queria sondar sua psique mais profunda, embora se mostrasse muito disposto a ouvi-la se ela quisesse conversar.

Cada um sofria de uma ansiedade quase mórbida de perturbar o outro por manifestações ocasionais de insensibilidade. Às vezes — apenas em algumas ocasiões —, Tilda descobria que conseguia esquecer totalmente David: assistia a um programa de televisão e se via dando gargalhadas escandalosas, Piers entrava e ela lhe acenava, ainda rindo, e então pensava: Oh, meu Deus, David morreu e eu aqui rindo! — e Tilda ficava oprimida de vergonha, horror e infelicidade. Não que Piers alguma vez se tivesse mostrado crítico ou magoado — muito pelo contrário, gostava de vê-la feliz —, mas, ainda assim, a culpa continuava ali. Acontecia no sentido inverso também, e isso, lembrava a si mesma, era um dos aspectos negativos da coabitação: nesse sentido, os dois tendiam, juntos, a manter a ferida aberta apenas pela consciência da dor do outro.

— Mas não quero esquecer seu pai; eu o amo — disse a Jake, meio desesperada. — Sempre o amarei. Mas como a gente aprende a viver sem alguém? Como funciona?

Começou a tirar as louças da lavadora e guardá-las, desejando ver David entrar pela copa.

— O que há com você? — perguntaria ele. — Está com uma cara de quem comeu e não gostou!

Ela pensou: Ele jamais dirá coisas assim a Jake. Jamais o verá crescer e se orgulhará do filho. Jamais jogará críquete na colina com Jake, como Piers fazia com ele, nem o levará até o topo de Dunkery para ver o sol se pôr, nem sairão para velejar em Porlock Weir.

Chorava em silêncio, de costas, como aprendera a fazer para não inquietar o filho, o rosto enterrado no pano de prato. Como se o bebê pressentisse essa infelicidade, começou a choramingar também, e ela enxugou as lágrimas, foi até ele, levantou-o da cadeirinha e se sentou com ele à mesa. Acomodando os dois confortavelmente, desabotoou a blusa e começou a amamentá-lo. Jake sorria enquanto a olhava, a minúscula mão batendo de leve no seio ao sugar.

O carro passou devagar pela janela e entrou no pátio; uma porta bateu e ela ouviu passos que atravessaram as pedras do calçamento e entraram pela copa. Uma batida na porta, e Alison apareceu.

— Olá — disse. — Não chego em má hora, espero? Oh.

Tilda a observou, o exterior calmo, ao vê-la pegar o controle remoto para desligar a televisão. Sabia que o "Oh" — embora desse a impressão de ter sido pega de surpresa — queria sugerir que era meio estranho e não de bom tom se sentar à mesa da cozinha amamentando um bebê enquanto assistia a um programa de entrevistas na televisão. Alison não era uma pessoa sincera, concluiu; existia por trás de um esquema de expressões e ações que ela negaria se fosse desafiada. Gostava de controlar sem parecer manipular: era interesseira, enquanto fingia que as próprias intenções visavam o benefício de outra pessoa; nesse caso, Piers. Quase de imediato, a recém-chegada confirmou essa conclusão.

— Ainda acho meio chocante vê-la sentada aí quando entro — disse, com uma risadinha animada. — Piers deve achar isso uma grande transformação. Era sempre tão silencioso quando eu aparecia aqui antes.

— Mas você não teria passado além da copa, teria? — perguntou Tilda, também rindo. — Não a esta hora do dia, quando Piers está no escritório, quero dizer.

Alison enrubesceu: não gostou da inferência de que não tinha um relacionamento íntimo o bastante com Piers para merecer uma chave da casa.

— Trouxe um dos meus pães de ló sem gordura — disse, ignorando o comentário, e pôs o tabuleiro do bolo na mesa. — Sei que Piers os adora.

Olhou em volta, à procura de novos indícios da presença de Tilda, sempre ansiosa, com receio de que haja sinais de uma ocupação mais permanente.

— Gostaria de um café?

Tilda se recompôs, ao lembrar que aquela casa era de Piers, e Alison era amiga dele.

Por favor, rezou a ninguém específico, por favor, não seja por causa dessa mulher que Piers tenha ficado como ficou ontem à noite.

— Eu ponho a chaleira no fogo. — Alison correu até o Aga. — Você toma café com... sabe?

Acenou com a cabeça em direção a Jake e o seio nu da mãe como se nada disso fosse muito agradável de ver, e Tilda sentiu um espasmo de felicidade ondular na barriga. O bebê abriu os olhos com um ar reprovador e ela sorriu para ele.

— De vez em quando, sim. Gostaria de um, por favor — respondeu. — Muito leite, mas sem açúcar, obrigada.

— Voltou a ficar tão quente. — Alison se ocupou com as pequenas etapas do café, desfrutando a sensação de estar na cozinha da casa de Piers. — Essas grandes casas antigas decerto são muito frescas, diferentemente do meu pequeno bangalô.

— É um pouco diferente no inverno quando sopra um vendaval — comentou Tilda. — é um pouco parecido com estar no mar. Lá em cima, em meu quarto naquele canto noroeste.

Alison tentava encontrar um assunto que pusesse Tilda no seu lugar; acentuasse o fato de que Piers tivera uma vida antes de a nora aparecer com o bebê: uma vida em que ela, Alison, desempenhava um papel importante.

— Eu queria que Piers se livrasse desse velho saco de aniagem — declarou. — Muito insalubre. Ele me disse que ia fazer isso na última vez que o vi.

— Na certa, ele o conserva para o próximo cachorro. De qualquer modo, está limpo; lavei o forro na máquina.

— O próximo? — Alison, ao pôr as canecas de café na mesa, foi pega desprevenida. — Entendi que não haveria mais cachorros.

Tilda disparou as sobrancelhas para cima.

— Você não pode estar falando sério! Piers sem cachorro? Ele apenas demorou um pouco mais para superar a perda de Joker que o habitual, só isso. Sempre houve cachorros em Michaelgarth.

Transferiu Jake para o outro peito e acomodou-o confortavelmente enquanto a outra olhava a cena com uma aversão explícita. Ao erguer os olhos, captou sua expressão e Alison logo desviou o olhar e tomou um gole de café, mas foi incapaz de deixar o assunto morrer:

— Quando conversamos a respeito, Piers concordou que tinha chegado a hora de tentar viver sem um cachorro. Também concordou que um cachorro cria uma ligação extremamente assustadora e nós... ele... poderia ter muito mais liberdade sem um.

-- Liberdade pra quê? — perguntou Tilda com grande interesse. — Afinal, os cachorros nunca impediram Piers de fazer o que quis antes. Ele os leva ao escritório, no carro e até ao bar. E existe aquela maravilhosa entidade Animal Aunt, que cuida de animais na casa do dono quando este precisa se ausentar. — Balançou a cabeça, como se descartasse a opinião de Alison, como se desse a entender que ela devia ter compreendido mal Piers. — Não, não imagino a existência dele sem um cachorro por muito mais tempo.

— Acho que, pelo menos desta vez, talvez você não saiba tanto quanto imagina. — Alison não conseguiu ocultar a irritação. — Garanto que Piers e eu tivemos uma conversa detalhada e cuidadosa a respeito.

— Talvez você falasse e ele ouvisse — sugeriu Tilda —, o que é um pouco diferente.

Pare, Alison pensou consigo mesma. Pare *já*.

— Creio que você deve lembrar que, embora Piers lhe tenha proporcionado um lar temporário, isso não lhe dá o direito de interferir na vida privada dele. — Alison ficou com o rosto coberto de manchas vermelhas irregulares e os olhos brilhantes, um pouco aquosos, de raiva e constrangimento misturados. — Só porque está de luto e sofre a perda do marido, não deve achar que isso lhe dá algum direito de viver à custa da generosidade dos outros. Piers também sofre, e precisa do espaço e da liberdade para seguir em frente agora.

— Ele lhe disse isso também? — perguntou Tilda. — Além de não querer um cachorro, quero dizer.

Alison comprimiu os lábios numa linha fina, furiosa consigo mesma por ter sido induzida a falar demais. Se dissesse "sim", Tilda poderia confrontar Piers; se negasse, ela riria muito por dentro e perceberia a verdade da situação. Por isso, tergiversou.

— Claro que não com todas essas palavras. Piers é altruísta demais. Quer que você e Jake sejam felizes e tenham condições de construir uma vida nova juntos...

... em algum outro lugar, acrescentou Tilda em silêncio. De repente, sentiu uma imensa depressão; uma sensação de desamparo.

— Jake precisa dormir — disse, desprendeu com todo o cuidado o bebê sonolento do peito e se cobriu com a blusa. Estranhamente, sentiu a repentina necessidade de se esconder do olhar hostil e intrometido da mulher no outro lado da mesa. O lampejo de desafio se extinguira e a saudade de David retornara. Oh, da visão dos olhos dele, sempre tão brilhantes, tão entusiásticos, sorrindo dentro dos seus; sentir a força do marido fluir em seu corpo entorpecido. Ajeitou Jake no ombro, massageou com delicadeza as pequenas costas e sentiu a cálida umidade das gotas leitosas que a ensopavam através da blusa fina.

Alison engoliu o café e se levantou. Ficou um pouco preocupada diante da expressão no rosto de Tilda, embora não tivesse a menor intenção de mostrar uma gentileza que pudesse enfraquecer qualquer um de seus argumentos anteriores.

— Vou embora — disse. — Espero que goste do bolo.

Depois que ela se foi, Tilda saiu para o vestíbulo ensolarado, murmurando para Jake, e parou por um instante naquela paz e quietude, antes de subir as escadas para o quarto.

CAPÍTULO TRINTA E DOIS

Lizzie tomava o café da manhã quando a avisaram do telefonema. Largou o suco de laranja e seguiu a moça até o balcão da recepção, perguntando-se se Felix não passava bem. Achara-o tão cansado na noite anterior — mas muito calmo e seguro de que tudo daria certo, embora soubesse que deveria haver mais um encontro com Piers.

— O pior já passou — dissera várias vezes, mas não como se tentasse se convencer, e sim em consequência do alívio de um imenso peso emocional.

No entanto, ela correu ansiosa até o telefone. Felix, afinal, se submetera a uma cirurgia complicada recentemente e poderia ter sofrido um revés à noite.

— Alô — disse em tom urgente no aparelho, porém o mais baixo que pôde, e se afastou da recepcionista, ocupada a certa distância. — Tudo bem com você, Felix? Fiquei preocupada, achando que não devia ter aparecido ontem à noite após todo o drama, só que simplesmente tinha de saber como você estava e se Piers voltaria com uma arma e me dar um tiro. — Esperou a risada dele, que não chegou, e sentiu outra punhalada de pressentimento. — Desculpe. Não paro de matraquear. Continuo vacilante com toda essa história. Você está bem?

— Bem, com certeza não vou voltar e lhe dar um tiro. — A voz de Piers saiu divertida, embora meio fria. — Mas *estava* imaginando se podíamos almoçar juntos.

Lizzie agarrou o fone com um aperto convulsivo, os olhos fechados de horror.

— Ai, meu Deus — murmurou. — Ai, meu *Deus*! A moça disse apenas Sr. Hamilton... — Suspirou. — Tudo bem. Devemos retomar a conversa desde o início ou você gostaria de desligar agora?

Ele deu uma risada muito reconfortante.

— Será um grande prazer retomar desde o início se isso significa recomeçar mais uma vez... de ambos os lados. Com certeza, não tive a intenção de induzi-la ao erro. De fato, dei o nome completo, mas a recepcionista na certa só pegou o sobrenome.

— Ainda é muito cedo, e Felix me *telefonou* uma ou duas vezes, portanto talvez isso fosse confuso — concordou Lizzie, disposta a perdoar qualquer coisa — e eu adoraria almoçar com você. É muito... — rejeitou "amável", pensou em "gentil"... — estupendo — concluiu de forma inepta.

— Ótimo. — Ele ainda parecia meio divertido. — Tem um pub simpático em Porlock Weir. The Ship. Pego você? Digamos meio-dia e meia?

— Estupendo — repetiu Lizzie, pouco convincente.

Não consegue pensar em outra palavra?, repreendeu-se furiosa. Não é atriz? Não trabalha com palavras?

— Pode me esperar na frente do hotel? — perguntou ele. — Estacionar na certa será impossível e eu posso simplesmente pegá-la ao passar.

— Parece... excelente.

— Ótimo. Até mais, então.

A linha emudeceu e Lizzie ficou ali por um segundo, escutando o zumbido, antes de repor devagar o telefone no gancho. A recepcionista lhe deu um sorriso inquisitivo, como se quisesse perguntar se pretendia fazer outra ligação.

— Tudo bem? — perguntou com educação, após um momento.

— *Absolutamente* bem. — Cônscia de que ria de forma desenfreada, Lizzie eliminou a expressão absurda do rosto. — Apenas uma notícia muito boa — disse, na esperança de que isso explicasse o comportamento bizarro. — Muitíssimo obrigada.

Voltou à sala de jantar e tornou a se sentar. O resto dos ovos mexidos estava congelado em forma sólida não apetitosa, mas ela comeu metade de uma torrada, sem sentir o gosto de uma migalha sequer, e terminou o suco de laranja. Viu que se destinava a fazer papel de idiota diante de Piers e gemeu desanimada antes de uma crescente sensação de entusiasmo impedir essa autocondenação. Ele queria que almoçassem juntos e parecia... não, *amável* não, *nem* gentil, mas decididamente divertido. Aquela risadinha, tão parecida com a do pai... Como Felix reagiria?, perguntou-se. Ficaria satisfeito ou ansioso pelo passo inesperado de Piers? Embora esperasse que o velho amigo aprovasse a aceitação do convite, seria reconfortante falar com ele primeiro; checar algumas coisas para ficar preparada. Tinham combinado de tomar café às onze da manhã e, enquanto isso, ela planejava explorar a Dunster Wearhouse. Uma farra de compras — precisa se lembrar de comprar alguns cartões-postais para enviar aos amigos —, café com Felix e almoço com Piers: suspirou em expectativa prazerosa, largou o guardanapo na mesa e se levantou para sair.

O casal simpático aguardava: ambos, inclinados nas cadeiras, sorriam com ar de expectativa. Esperavam que fosse uma boa notícia. Tinham, a princípio, temido que pudesse ser uma emergência — ela retirada assim da mesa do café da manhã —, mas viam pelo seu rosto que... não devia ser nada sério *demais*...

Lizzie sorriu para eles, curvou-se um pouco mais perto e baixou a voz:

— Um telefonema de meu agente... Hollywood... eu sei... muito incrível... vejam bem, nem uma palavra...

Saiu da sala, ainda com uma expressão compatível com tamanha possibilidade — exultação cuidadosamente misturada com a dose certa de descrença estupefata: humildade, concluiu, era a tônica — e subiu.

* * *

Passava pouco das onze quando ela subiu a escada até o apartamento, após deixar as bugigangas no hotel.

— Fiz umas compras — gritou para cima. — Esperava encontrar algo meio especial para vestir. Ah, Felix, você jamais adivinhará. — Abraçou-o quando chegou ao patamar. — Piers me telefonou esta manhã e me convidou para almoçar.

Tarde demais, notou o gesto de advertência e, ao olhar além dele, viu uma jovem loura e alta se levantar da cadeira junto à janela.

— Esta é Tilda — disse Felix, a voz demonstrando apenas prazer pelo fato de as duas se conhecerem. — Nunca sei muito bem o termo técnico para o nosso relacionamento, mas ela é nora de Piers. Tilda, eu lhe apresento uma velha amiga, Lizzie Blake.

— Olá. — A jovem se adiantou, estendeu a mão e arregalou os olhos de surpresa. — Mas você não é...? Minha nossa, Felix! Jamais me contou que conhecia uma atriz famosa.

— Porque ele não sabia que conhecia. — Lizzie sorriu com afeto. — Mas também não me contou que tinha uma belíssima nora-neta. Acho que devíamos dar uma lição nele, não?

— Eu simplesmente adorei o seriado humorístico... E aquele anúncio...

— Que amor. — Lizzie sabia dar a resposta de "comovida e grata, tingida com um toque de generosidade", quase sem esforço algum. — Não adora o cachorro? Eu quis ficar com ele, mas não deixaram.

— Tome um café. — Felix arrastou-a sala adentro, os olhos divertidos, sem se enganar nem um pouco com essa representação. — Tilda e eu já começamos. Gostaria de um biscoito? E este é Jake, meu bisneto.

Lizzie olhou o bebê deitado numa espécie de cadeira transportável embaixo. Gorgolejava satisfeito, sacudia violentamente os punhos rechonchudos e as perninhas nuas, e a mãe sorriu um pouco encabulada.

— Jake está se comportando bem no momento, mas eu realmente preciso ir embora. Foi apenas uma visita rápida. — Tilda riu um pouco.

— Venho ver Felix quando me sinto meio infeliz. Ele sempre me anima, mas preciso correr, pois senão vou passar do período de estacionamento do carro. — Hesitou. — Foi mesmo um grande prazer conhecê-la. Está hospedada por aqui?

— No Luttrell Arms. — Com dificuldade, Lizzie desgrudou os olhos do bebê. — Até a manhã de sexta-feira.

— Sexta? — Felix não conseguiu ocultar a decepção. — Não sabia que seria uma estada tão curta.

— Tive sorte por conseguir quatro noites nesta época do ano... ou assim creio. — Lizzie deu um sorriso radiante aos dois. — Adoraria ficar um pouco mais, claro.

— Tentou os outros hotéis? — perguntou Tilda. — Ou o sebo, talvez. Chama-se Cobbles. Os Corley têm um adorável apartamentozinho independente. Só começaram a alugar os mobiliados por temporada este verão, por isso talvez não tenham lotado os quartos. Você não pode desaparecer tão rapidamente.

— Bem... — Lizzie ficou meio surpresa com esse evidente desejo de sua companhia. — Para ser franca, não tinha pensado em ficar muito além de sexta-feira. Sabe, vim apenas ver Felix.

— E ainda não viu Piers? — Tilda transmitia uma cordialidade tão autêntica que era impossível ficar ressentida com esse interesse pelos assuntos pessoais dela. — Não a ouvi dizer que ia almoçar com ele?

— Ainda não tiveram tempo para se conhecer bem — interveio Felix, sentando Lizzie com delicadeza na poltrona de orelhas e pondo uma xícara de café na mesa ao lado. — Teremos de examinar a possibilidade de outra acomodação.

— Há sempre a possibilidade de você ficar em Michaelgarth. — Tilda fez uma careta e de repente pareceu sem graça. — Desculpe. Esqueci que não tenho o direito de fazer nada sem antes perguntar a Piers. Não que ele se incomode. Poderia ficar na ala oeste comigo e Jake. — Lizzie olhou mais uma vez o bebê, balançando na cadeira, que a mãe agora segurava como talvez o fizesse com uma cesta de compras. — Ele é muito bom — acrescentou, temendo que talvez desconcertasse Lizzie com essa sugestão. — Ah, *fale* a respeito com Piers! Seria tão divertido ter você conosco...

— Boa ideia — interveio Felix de novo — Embora precisemos deixar Lizzie decidir sozinha.

— Claro. — Tilda pareceu mortificada. — É tão típico de mim. David dizia: "Tente engrenar a embreagem do cérebro antes de acionar a marcha da boca." Desculpe, Lizzie.

— Foi muito amável você me convidar - Imaginou, apenas por um instante de insanidade, aceitar o convite e contar a Piers no almoço. Risos enlouquecidos ameaçaram sufocá-la. — Parece uma grande diversão. — Notou o olhar de advertência de Felix e se recompôs. — Vamos ver como tudo se resolve? Sei que nos encontraremos de novo, de qualquer jeito.

— Espero que sim — afirmou Tilda com nítida sinceridade. Beijou Felix, riu para Lizzie e saiu, carregando com cuidado a cadeirinha de Jake.

Ambos ouviram a porta da rua se fechar.

— Que situação... delicada! — disse Felix.

— Realmente, fico cada vez melhor nos improvisos — comentou ela. — Que moça mais perfeita e adorável. E espere só até saber de minha última gafe com Piers.

— Vão almoçar juntos mesmo?

Felix se sentou à sua frente.

— Vamos. Ele telefonou ao hotel esta manhã e, naturalmente, quando a recepcionista informou "Sr. Hamilton", supus que fosse você. Não lembro as palavras exatas que lhe disse, mas ele deve achar que preciso de um atestado de sanidade mental.

— E ele foi simpático? — perguntou o pai, ansioso. — Pareceu espontâneo?

— Muito educado e encantador, com uma risada idêntica à sua. — Lizzie sorriu com uma expressão tranquilizadora. — Acha que preciso saber de alguma coisa antes que me humilhe ainda mais?

— Isso me deixa muito satisfeito — respondeu Felix, rindo. — É um bom sinal ele querer se encontrar mais uma vez com você. Significa que aos poucos começa a se desfazer de todo esse ressentimento.

Balançou a cabeça, como se palavras não bastassem, e ela estendeu o braço para tocar na mão dele.

— Também fiquei muito satisfeita — admitiu. — Então vamos. Me ensine as falas, me dê as deixas, quero ensaiar esta cena antes de interpretá-la diante de uma plateia.

CAPÍTULO TRINTA E TRÊS

Tilda seguia em frente, em meio aos veranistas de férias que não tinham pressa, desfrutando a sensação de fazer parte do lugar; feliz na consciência de sua própria permanência entre tantos visitantes. David muitas vezes se rebelava com a indecisão de casais que bloqueavam o caminho, por não conseguir parar o carro diante do apartamento do avô no auge da estação, mas ela aceitava isso com calma. Os raios quentes de sol inundavam de luz amarela a bonita cena de aldeia, esculpiam traços pretos incisivos de sombra no calçamento de pedras afundadas e tocavam as cestas penduradas com cores vivas e espalhafatosas. Tivera de estacionar em West Street esta manhã e — ao passar embaixo das paredes compridas e acinzentadas dos três andares do antigo convento de freiras, com o cuidado de manter a cadeira de Jake afastada do tráfego — pensou na possibilidade de começar um pequeno negócio ali, em Dunster. Hesitou diante do sebo, perguntou-se se devia consultar Adrian e ver se o apartamento mobiliado para alugar em férias estaria livre para Lizzie, mas decidiu que não devia interferir; parou para olhar a vitrina de roupas antigas de linho da Linen Basket, outrora a loja de comestíveis Parhams, e resistiu ao impulso de experimentar um dos lindos chapéus de palha pendurados na entrada.

— Não posso arcar com essa despesa — disse a Jake, que a encarava de olhos arregalados enquanto balançava ao lado o próprio chapéu de linho vistoso enviesado para protegê-lo do sol. — Tenho de pensar em seu futuro, não?

Depois de ajeitá-lo no carro, o celular entoou a tola melodia e ela o pegou na mochila.

— Saul! — A voz saiu tão cheia de prazer que talvez pudesse perdoar o rapaz por imaginar que se sentia mais satisfeita que o habitual por ouvi-lo. — Como vai? Continua de pé a sua vinda na sexta-feira?

— Claro. — Não traía o arroubo de seu coração causado pela voz dela. — Quero ver meu afilhado, não?

— Ah, Saul, você jamais adivinhará quem acabei de conhecer!

— Não, é provável que não. — Ele parecia cauteloso agora, pois tentava disfarçar uma onda de desapontamento. — Brad Pitt? Pierce Brosnan? Homer Simpson? Desisto. Quem você acabou de conhecer?

— Estava tomando café com Felix, e quem me aparece no apartamento senão a atriz Lizzie Blake! Lembra daquele seriado cômico? *Valores de Família*? David o adorava. E ela faz aquele anúncio com o cachorro extraordinário...

— É, sei de quem fala. — Saul suspirou com alívio silencioso: nenhum homem novo, deslumbrante, então. — Como Felix a conheceu?

— Ele não disse exatamente, e eu não quis perguntar, mas ela é *muito* legal.

— E vou conhecê-la?

— Não sei. Ela só reservou quatro dias no Luttrell Arms, mas a gente está tentando convencê-la a ficar mais tempo. Minha esperança é que venha a Michaelgarth. Não seria fabuloso?

— Seria — concordou ele. — Enquanto isso, chego por volta da hora do chá, está bem?

— Vai ser tão bom ver você, Saul. — De repente, ela se deu conta de como aquilo era muito verdadeiro. — Ah, escute, quase esqueci. Sabia que Gemma está aqui?

— Em Michaelgarth? — Estava visivelmente surpreso.

— Não, estão no chalé. Adiaram um trabalho de Guy para velejar e tivemos um cancelamento, por isso vão passar uma semana aqui.

— Que ótimo. — Saul pareceu esquivo. — Como vão meus sobrinhos?

— Ah, ela deixou os gêmeos com sua mãe para aproveitarem uma folga de verdade. Guy tem velejado com um sujeito a quem vendeu um barco ano passado.

— Gemma está passando o tempo com você e Jake, então?

— Um pouco. Sua irmã tem uns amigos aqui, você sabe, mas os dois vão jantar na sexta-feira conosco. Dirija com cuidado, por favor, Saul. Ligue para mim a caminho.

— Claro. — Ele ouviu o tom crescente de ansiedade... desde o acidente de David, Tilda sofria de um medo anormal quando os amigos faziam viagens longas... mas manteve a voz animada. — Todo mundo lhe manda lembranças e diz que devo trazê-la de volta comigo.

Um breve silêncio.

— Sim — disse ela, num tom meio ressentido. — Tenho certeza que sim.

— Tilda, eles sentem mesmo saudades de você.

— Eu sei. — Ela controlou a onda de ressentimento: de que um cruel capricho do destino de repente a afastasse tão completamente do convívio dos amigos e do mundo no qual fora tão feliz. — Dê lembranças a todos, sim? E a gente se vê na sexta-feira.

Tilda se afastou ao volante com todo o cuidado: dirigir fora uma coisa que tivera de se forçar a fazer logo depois da morte de David, por saber que, se perdesse a coragem, sua vida... e a de Jake... ficaria impossivelmente limitada. Alegrara-se com o telefonema de Saul, planejava com uma parte da mente o próximo fim de semana, e a outra parte ainda se perguntava como poderia ocupar seu tempo e seus talentos pessoais. Chegara a Alcombe antes de lhe ocorrer, de repente, que o ótimo humor de Piers talvez se devesse à perspectiva de almoçar com Lizzie Blake e nada tivesse a ver com Alison.

— Ah, como espero que seja isso — disse em voz alta.

Olhou de relance Jake no espelho e depois o relógio. Se desse uma passada rápida na Cooperativa ali em Alcombe, em vez de ir ao Tesco's, haveria tempo de sobra para ver os novos filhotes de labrador caramelo em Huntscott. Reservara um camarada encantador várias semanas antes, e a criadora, uma velha amiga dos Hamilton, concordara que, se Piers de fato não estivesse pronto para ter outro cachorro, ela o aceitaria de volta.

— Não se preocupe, minha querida — dissera. — Sei que ele vai querer. O irmão de Joker é bisavô deste, mas entendo como você se sente. Não terei dificuldade de encontrar um lar para ele.

— Não vai lhe contar, vai? — perguntara Tilda, ansiosa. — Quero que seja uma grande surpresa para o aniversário dele.

A criadora lhe dera um aperto amistoso no ombro.

— Nem uma palavra — prometeu.

Tilda pôs a cadeira de Jake no carrinho, decidida. Ver Bertie confirmara sua convicção de que já era hora de outro filhote em Michaelgarth. Piers deve ganhar o presente no sábado durante a festa enquanto Saul estiver com todos para dar apoio. Saul, como David, é um homem de ação positiva e podia apoiá-la para mantê-los firmes, se o momento se tornasse comovente demais. Sorria para Jake enquanto o empurrava pelas alas, escolhendo guloseimas para o jantar de aniversário. Sentiu um pequeno salto de excitação no coração: talvez Lizzie Blake também fosse uma das convidadas da festa.

Naquela manhã toda, Piers teve consciência de uma excitação indomável: trabalhava com um olho no relógio e os pensamentos em outra parte. Quando chegou diante do hotel, não encontrou vaga para estacionar e só conseguiu se inclinar até o outro lado e abrir a porta para Lizzie o mais rápido possível, de modo a não causar um engarrafamento.

Ele disse:

— Queira me desculpar pelo mau jeito, mas não imaginei em que outro lugar poderia me encontrar com você — enquanto ela lhe contava que quase fora atropelada ao entrar e sair à procura dele.

Ambos se calaram, nenhum olhava para o outro, os dois ansiosos pelo receio de se comportarem como adolescentes inexperientes no primeiro encontro. Foi Lizzie — por saber mais do passado que Piers — quem conseguiu assumir o controle; desviou cuidadosamente a conversa das banalidades para a intimidade de que os dois precisavam.

— Adoro esta parte da aldeia — observou, ao vê-lo tomar um atalho pela St. George Street. — Tem uma quietude tão incrível. A gente nem acredita que ocorre todo aquele movimento agitado na rua principal quando se senta naquele lindo jardinzinho.

Ele sorriu e reduziu um pouco a velocidade ao passar pela escola e virar em Priory Green.

— É muito especial mesmo — concordou.

— Foi tão estranho — continuou ela quase como se ele não houvesse falado — ver Felix sentado ali naquele banco. Achei que seu pai talvez tivesse morrido, sabe? E eu precisava tanto vê-lo.

— Por quê? — perguntou Piers após um instante. — Por que agora?

— Trata-se de um daqueles estalos promovidos pela dor. Sei que existe todo tipo de nome inteligente para isso, mas acho que é muito comum. Ocorre algo implacável, alguma perda terrível, e você se descobre reavaliando a vida, tentando entender por que certas coisas acontecem, mas, para isso, precisa preencher algumas lacunas, e às vezes só pensa em fazer perguntas quando é tarde demais. Bem, comigo não foi assim. Angel, minha mãe, morreu muito jovem... mal tinha feito sessenta anos... portanto, não chegou àquela idade em que a gente começa a olhar para trás e iniciar toda essa coisa de "Você se lembra?". E eu não tinha idade suficiente para querer saber então.

— Mas por que acha que meu pai sabe coisas de sua vida? — A pergunta saiu brusca, até agressiva, e Piers fechou a cara, frustrado com a falta de tato. — Não estou entendendo muito bem.

— Não se preocupe. — Lizzie se sentia estranhamente à vontade com ele. — Não posso lhe dizer como fiquei feliz por você ter querido fazer isso. Almoçarmos juntos, quero dizer. Sempre senti que o conhecia, entenda. Felix falava muito de você e eu imaginava como você devia ser, do jeito que fazem as crianças. Suponho que ele não falava a meu respeito.

— Não — concordou Piers após um instante, comovido com o tom meio melancólico. — Não desse jeito.

... Tinha uma criança com ela. Não será sua filha, por acaso?

Lizzie olhava para ele, curiosa.

— Não como tal — repetiu, pensativa. — Lembra quando você nos viu na Parhams naquele dia, Piers? — Viu-o apertar as mãos no volante e morder os lábios. — Desculpe — apressou-se em dizer. — Estou explicando tudo errado, não? Viemos de diferentes pontos de vista. Você me viu como uma inimiga e eu o vi como um amigo. Nós... eu, Angel e Pidge... éramos felizes por partilhar Felix, mas como não tínhamos opção alguma na questão, apenas aceitamos o fato de ter sorte até mesmo por chegar a receber alguma coisa dele. Você, por outro lado, tinha todo o medo de perdê-lo, e nós constituíamos uma ameaça. Entendo muito bem isso, mas só quero que sejamos amigos agora. — Balançou a cabeça e deu um suspiro. — Sempre me jogo em tudo de cabeça — disse, arrependida. — Meto os pés pelas mãos, faço conjecturas... Aonde você disse mesmo que íamos almoçar?

A mudança repentina de assunto e o leve tom sociável não o enganaram de modo algum:

— Estou tendo dificuldade para me ajustar — admitiu ele, recusando a oportunidade que ela lhe oferecia. — Toda vez que penso que acabou tudo, que isso é coisa do passado, outra lembrança ou algum antigo golpe de lealdade salta do esconderijo.

Ela se virou para ele, aliviada e grata pela honestidade.

— Por certo que sim. Nossa, de que outra forma poderia ser? Era a isso que me referia quando disse que viemos de posições totalmente opostas. Eu tinha decidido ir ao encalço do passado e identificá-lo, portanto me preparei, até onde pude, na esperança de encontrar Felix... e você. Veja bem, fiquei muito nervosa. Afinal, a gente não pode simplesmente aparecer depois de trinta e tantos anos sem esperar algumas surpresas. Mas para você isso é um raio caído do céu. Desculpe por ontem à noite, Piers. Fui incrivelmente idiota e sem tato. Deve ter sido um grande choque para você.

Ele começou a rir.

— Eu me senti um completo imbecil. Achei de fato que a reconheci... bem, reconheci mesmo, claro... e me achei um verdadeiro maioral, de papo com uma atriz famosa...

Lizzie também ria.

— Você devia se preocupar. Eu me comportei como uma burra total.

Piers girou a cabeça, ainda rindo.

— Vamos recomeçar tudo desde o início? — sugeriu. — Novos leitores começam aqui?

Ela riu, recostou-se no banco e fitou direto em frente como num set de filmagem.

— Tudo pronto — respondeu em voz alta aguda. — Certo. Primeiro Ato. Cena Dois... Tomada Dois. Ação... — e esperou. Dessa vez, ele está no controle.

— Comece do início — pediu Piers após um momento —, continue até o fim e depois pare. Conte-me tudo que consegue lembrar sobre Angel, Pidge e a Gaiola.

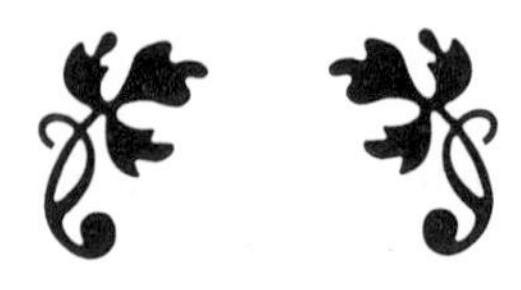

CAPÍTULO TRINTA E QUATRO

Felix os viu partindo, o coração batendo num ritmo tão irregular que o obrigou a estender a mão até o encosto da poltrona e se apoiar. Ansiava tanto pela harmonia entre os dois; tinha esperança de que as delicadas forças de compreensão e amizade fizessem algo para sanar a dor e o ressentimento que ainda estendiam os braços, de longos dedos, do passado, para tocar e machucar o presente. Pressentiu a corrente de interesse que fluía entre eles, faiscando intermitente em algo mais que a mera curiosidade despertada pelos antigos acontecimentos, e a angústia se apoderou dele.

Ria em voz alta quando Lizzie pulava do pórtico para a rua toda vez que um carro se aproximava, assustava o motorista antes de mais uma vez recuar de um salto e acenar para ele, simulava medo, expectativa e transformava toda a cena em teatro de rua. Sabia que era um meio de ela manter o ânimo elevado, recusar-se a deixar os nervos assumirem o controle: comportava-se como Angel antes de uma apresentação. Lembrou-se de como ela o cumprimentava com alívio exagerado, apertava um dos roupões de algodão no corpo, a xícara de café após o almoço tiritando no pires quando a mão tremia.

— Não consigo me lembrar de uma única palavra, querido, nem uma palavra. Tenho a mente muito, muito vazia. Graças a Deus você apareceu, Felix. Detesto mesmo a tarde antes de uma noite de estreia. Sinto o terror de dizer as falas erradas. Uma vez, quando fazíamos uma temporada das peças de Rattigan, parei nos bastidores pouco antes de entrar em cena e não me lembrava se era *Caçadora de corações* ou *Cadete Winslow*. Deu um branco total. Ai, que horror... Felix, acho que preciso de consolo...

Aquele olhar mal-intencionado para cima, que transmitia toneladas de amor e necessidade, nunca havia deixado de comovê-lo; mas Angel era capaz de mostrar vulnerabilidade, aceitando, agradecida, a ajuda, ao mesmo tempo que continuava a encontrar os próprios meios de lidar com isso — como fazia Lizzie agora. Marina ocultava suas fraquezas, protegia-se na armadura de orgulho e hipocrisia desastrada; contra as tentativas dele de ajudá-la, tornou-se oprimida e com uma ferrenha autoproteção, de modo que, toda vez que o ciúme e o medo a desequilibravam, ficava cada vez mais difícil voltar ao rumo.

Agora, ao ver Lizzie, Felix se sentiu perfurado de pena e remorso, sabendo que, mesmo depois de ter terminado o caso com Angel, a sombra do relacionamento extraconjugal se estendera entre ele e Marina: uma indelével mancha que jamais se conseguiria lavar, por mais solventes de afeição ou penitência que ele tentasse aplicar. Traíra as duas: Marina e Angel.

— Ela começou a beber — dissera Lizzie. — Bem, sempre gostou de uma bebida, claro, mas a coisa ficou mais séria. Passou a ser um círculo vicioso, se entende o que digo. Bebia um pouco, tornava-se irresponsável, perdia a confiança e então bebia ainda mais. Eu tinha começado a trabalhar nessa época, por isso coube à pobre e velha Pidge suportar a crise. Foi um processo muito gradual; uma dose extra de uísque antes de ir para o teatro, um pequeno trago entre os atos. Ela ficou muito indisciplinada, como você pode imaginar, e na verdade Pidge não tinha a esperança de...

Felix tentara imaginar Angel mais velha, insegura, perdendo aos poucos a capacidade profissional, sem querer enfrentar o próprio papel dele no declínio da amante, o rosto sombrio. Lizzie olhou fixamente pela janela.

— É difícil saber quando tudo isso de fato começou — sugerira. — Perguntei-me se acontecera porque ela havia atuado numa peça que foi um fiasco, qualquer coisa assim, ou se chegava àquela idade tão letal no teatro: a chegada dos quarenta era um pesadelo muito grande. Hoje a televisão preenche essa lacuna, mas não havia alternativa para Angel então...

Mesmo enquanto ela tentava lhe aliviar a culpa, ele se lembrava do último encontro com Angel em Bristol. Agora as lembranças antigas retornavam aos borbotões e afastavam da mente o pensamento atual de Piers e Lizzie.

— Querido, você está com uma aparência horrível — diz ela. — O que houve?

As janelas estão abertas e as folhas do plátano cintilam douradas e verdes ao brilho do sol do entardecer enquanto o burburinho da cidade ressoa baixo além da pracinha deserta. Ele olha a sala em volta: o xale amarelo franjado de Angel atirado no largo braço de uma poltrona, revistas numa pilha desarrumada ao lado no chão; as novas sapatilhas de balé de Lizzie — as pontas de cetim rosa já precisando de uns remendos — postas juntas na mesa com a cesta de trabalho de Pidge, cheia de carretéis de linha de algodão com cores vivas e uma gorda alfineteira de veludo rosa forte; a nova e limpa partitura com as bordas lisas — uma sonata de Beethoven — se equilibrava no suporte, enquanto uma pilha de páginas amareladas, amassadas, ameaçava tombar da tampa nas teclas pretas e marfim. E — presidindo toda essa cena familiar e querida — a gaiola. Ele ergueu os olhos para os dois passarinhos bonitos, com o filhote ao lado no poleiro, e sentiu a garganta fechar de angústia.

— Venha — diz ela, ao ver a expressão em seu rosto —, venha, meu querido, você parece precisar de consolo.

Felix a acompanha pela última vez até a cama aquecida, adiando a brutalidade da separação e agarrando essa oferta final de conforto e amor.

— Você disse isso antes — retruca ela mais tarde, envolta num longo roupão de algodão, os cabelos soltos na altura dos ombros, o rosto pálido. — É impossível, Felix. Tentamos uma vez e não deu certo.

— Tem que dar. — Ele não consegue olhar para ela. — Marina ameaçou se divorciar...

Angel logo se põe ao lado do amante, ergue os olhos para os dele, afastados dos dela com determinação.

— Isso seria tão ruim? — pergunta com delicadeza. — Seria, Felix?

— Não é tão simples assim — responde ele, arrasado. — Marina disse que nunca mais me deixaria ver Piers.

— Está blefando — responde ela de imediato, recuando um passo e apertando o cinto mais firme. — Ela não pode fazer isso.

— Talvez consiga. Afinal, não agimos exatamente com extrema discrição, agimos? Se o caso chegasse ao tribunal...

— Ninguém separaria um filho do pai. — O medo crescente torna a voz de Angel trêmula. — É um absurdo.

— Não posso correr esse risco. — Na tentativa de fazê-la entender que está falando sério, só consegue parecer hostil. — Tenho de pensar em Piers.

— E quanto a mim?

— Pensa que fazer isso é fácil para mim?

— Vejo você por poucos dias todo mês, quando tenho sorte...

— Quantas vezes nos vemos não é a questão...

Discutem em círculos que conduzem ao fracasso de ambos até, por fim, odiando a si mesmo, ele erguer a arma do casamento e se preparar para apontá-la.

— Você sempre soube o roteiro, Angel. Jamais fingi que algum dia deixaria Marina. Sabíamos que isso poderia acontecer mais cedo ou mais tarde...

Ela se descontrola, atacando-o com palavras amargas, acusando-o de deslealdade, covardia... até, de repente, ao aparecer Pidge, encaminhar-se para a amiga.

— Ele vai nos deixar — informa, quase em tom de conversa. — Desta vez é pra valer, Pidge. O que vamos fazer?

A repentina explosão de lágrimas o choca, e Felix se adianta por instinto, os braços estendidos, mas Pidge faz que não com a cabeça, abraça Angel e o observa dar uma última olhada em volta antes de cruzar a porta e descer as escadas.

Nunca mais tornara a vê-la. Mesmo agora, não saberia dizer se tomara a decisão certa. Pelo menos, ele e Marina tinham voltado a amar um ao outro no fim, embora isso tivesse sido consequência do sofrimento dela. Felix tivera o pequeno consolo de saber que a esposa necessitara dele e que ele pudera lhe dar conforto e afeto. Inspirou fundo: precisava de uma bebida. De nada adiantava ficar sentado imaginando se Piers e Lizzie estavam se dando bem ou discutiam, ressentidos, o passado; melhor seria tomar umas e outras no pub com um ou dois dos velhos amigos, seguidas por um almoço. Demorou para pegar as chaves e o chapéu, desceu com todo o cuidado as escadas e avançou para a rua movimentada.

Depois de deixar Piers pagando a conta, Lizzie percorreu sem pressa o bar comprido, de teto rebaixado, e piscou ao sair na brilhante luz do sol. Dirigiu-se à muralha à beira-mar e ali ficou por algum tempo, os braços cruzados apoiados na pedra quente, olhando os pequenos barcos que descansavam, atracados, à espera que a maré os erguesse de volta à vida. O longo cais se estendia pelo canal afora, e na restinga que se prolongava mais adiante se viam três chalés confortavelmente aconchegados, os fundos voltados para o mar.

Piers surgiu ao lado, enfiou a carteira no bolso de trás e olhou o paredão do porto defronte.

— Gostaria de caminhar até a praia? — perguntou.

— Adoraria, se você tiver tempo.

Seguiram a passos sincronizados, desviando de visitantes, juntando-se mais uma vez, cada um cônscio do outro. Lizzie parou na pequena ponte para olhar o ancoradouro interno onde se viam outros barcos, alguns em destroços.

— Gostaria que a maré estivesse alta — disse ela, com um jeito sonhador. — Parece impossível imaginar o volume de água necessário para enchê-lo. Deve ser muito lindo na maré alta com lua cheia.

— É. — Ele continuou em frente, com as mãos nos bolsos, e se virou para olhar para ela. — Talvez amanhã à noite... ou sexta-feira? Podíamos jantar no The Anchor. Não prometo lua cheia, mas checarei a maré...

Hesitou e ela sorriu, assentindo com a cabeça.

— Parece delicioso. Mas sexta não. Já terei voltado a Bristol a essa altura.

Piers não conseguiu ocultar a decepção.

— Bristol? Mas quando vai embora?

— Na manhã de sexta. — Lizzie fez uma expressão pesarosa. — Só tinham o quarto livre por quatro noites. Suponho que dei sorte por consegui-lo, pois liguei com muito pouca antecedência, mas começo a desejar poder ficar mais tempo.

Piers tropeçou na coleira estendida de um pequeno spaniel bamboleante, desculpou-se com o dono e estendeu a mão para puxar Lizzie até o espaço gramado diante dos chalés.

— Você não pode partir de forma tão rápida assim. — Tentou um tom animado que não a enganou nem um pouco. — Ainda não visitou Michaelgarth. — Ficou um pouco surpreso ao perceber o quanto queria isso. — Meu pai sabe que você vai embora na sexta?

Ela fez que sim com a cabeça.

— Comentei esta manhã. Já lhe disse que conheci Tilda? — Deu uma risadinha. — Insistiu para que eu ficasse, abençoada seja, mas não é tão simples assim. Devo imaginar que o lugar esteja abarrotado de gente, embora ela falasse de um apartamento mobiliado em Dunster. Numa livraria...?

Ele assentiu distraído, percebeu que ainda segurava o braço dela e o soltou de repente. Tornaram a avançar juntos, num ritmo lento, ambos pensativos.

Lizzie pensou: acho que ele realmente quer que eu fique. Nossa, fiquei rouca de tanto falar, mas ele parecia mesmo precisar saber tudo sobre Angel e Pidge. Não ouvia apenas por educação. Ai, Deus me ajude! Devo ir ou ficar? Como gostaria de ficar... se de fato ele diz o que sente. Sei que Felix ficaria feliz, e aquela moça encantadora também. Que terrível a morte do marido, o filho de Piers... e o bebê... Ai, meu Deus, o bebê! Será que eu conseguiria dar conta disso...?

Piers olhava para ela de vez em quando e tentava avaliar sua reação. Ficou pasmo ao ver como se sentia desanimado ao imaginar que Lizzie partiria em menos de quarenta e oito horas. A história, que ela contara com todo o talento da sua profissão, dera-lhe muito em que pensar, como se um membro desaparecido da família tivesse chegado inesperadamente à cena; alguém que preenchesse as lacunas e colocasse uma nova luz sobre antigas lembranças: uma luz delicada, bondosa com as falhas humanas e que aparasse as rígidas arestas pretas e brancas de verdades preconcebidas. Impossível vê-la desaparecer quase tão de repente quanto surgira.

— E de qualquer modo — disse em voz alta, como se encerrasse o assunto. — Entro de férias semana que vem. Posso lhe mostrar o lugar como se deve.

Ao dizer essas palavras, Piers pensou mais uma vez em Alison; desde que Tilda se referira a ela no café da manhã, não lhe saíra do fundo da mente: uma sombra atravessada na crescente luz dessa estranha e nova felicidade. Tinham chegado ao fim do cais e pararam ali juntos, contemplando as distantes colinas de Gales, indistintas e etéreas no brumoso calor defronte ao canal de Bristol. Lizzie o encarava pensativa.

— Talvez eu possa checar a livraria...? — Franziu os lábios, com um ar espontâneo, aberta às possibilidades, mas não ávida *demais*. — Se Tilda acha possível...

— Bem, é uma ideia. — Ele deslocou o peso de uma perna para a outra, enfiou as mãos nos bolsos e se decidiu. — Mas você poderia ficar conosco, Tilda, eu e Jake, em Michaelgarth... apenas por alguns dias. — Fitou-a e tornou a desviar o olhar. — Talvez seja um pouco repentino. Afinal, você não conhece bem nenhum de nós, mas poderia ser muito divertido.

Uma gaivota gritou acima, as asas brancas estendidas com o céu ao fundo, fluindo no ar leve. Lizzie se virou, olhou de novo as altas colinas frondosas acima do porto, fechou os olhos por um instante contra o calor do sol e depois os abriu com um sorriso.

— Muitíssimo obrigada, eu adoraria.

PARTE TRÊS

CAPÍTULO TRINTA E CINCO

Lizzie se agitou, alternando sono e vigília, adejando as pálpebras. Abria e fechava as mãos, estendia o braço no lençol como se quisesse pegar alguma coisa... ou alguém.

— Não poderia ter menos importância, querida — diz Sam. — Você me conhece. Faz parte do trabalho, pelo que sei. É como no caso dos fotógrafos: os bons de verdade sempre dizem que precisam estar um pouco apaixonados pelo que vão fotografar para conseguir o seu melhor. Mas você sempre soube, não? Não é como se algum dia tivesse sido um segredo e isso nada tem a ver conosco.

Ela luta para falar, dizer-lhe algo importante, mas não consegue emitir som algum.

Despertada ao estado de vigília pelo esforço, puxou os travesseiros numa pilha de apoio macia sob a cabeça e fitou pela janela a grande colina, toda verde e dourada à luz do amanhecer. A perda a envolve, o pânico lhe rasga o peito, e Lizzie continua deitada imóvel, olhando em volta, como se, ao examinar e conhecer o quarto, ela conseguisse vencer os medos. Sempre achou difícil lembrar lugares com precisão, embora reagisse no mesmo instante à atmosfera: sabia imediatamente quando se sentia à vontade e feliz ou, em vez disso, inquieta e desejosa de estar longe. A descrição de uma cidade, de um quarto, causava-lhe agonia.

— Conte-nos tudo! — ordena Angel, assim que a filha retorna de uma visita a uma amiga da escola ou, anos depois, após uma excursão no exterior, e a pobre Lizzie espreme os olhos voltados para cima, na tentativa de dominar o desempenho da memória recalcitrante, interrompendo e tropeçando numa versão corriqueira e chata enquanto a mãe revira os olhos desesperada e Pidge sorri receptiva. Ocorre exatamente a mesma coisa com as pessoas: Lizzie se sente logo atraída por elas ou estas lhe causam total indiferença, e muito raramente tem motivo para reavaliar essa primeira opinião. Assim acontece com Sam: uma fascinação instantânea; uma ânsia absoluta da companhia dele.

— Eu te amo, minha pequena Lizzie — lhe diz ele. — Você me emociona à flor da pele. Sabia disso?

Ela se vê rindo para ele; tenta ser indiferente e sofisticada, mas fracassa miseravelmente.

— Sam é um terrível boa-pinta e sexy — advertem-na as amigas, em coro — e muito mais velho que você. Também tem uma senhora reputação...

Lizzie ouve obediente, balança a cabeça sensatamente, os olhos arregalados e sonhadores; sabe de tudo isso — e a comove o fato de as amigas se preocuparem o bastante para protegê-la —, mas a idade e os atrativos físicos dele, as predileções por atrizes mais jovens fazem parte de Sam. Decidido, astuto, vigoroso — até seus cabelos pretos se anelam e encrespam de vitalidade —, concentra os brilhantes olhos castanhos com intensidade desconcertante ou os move rapidamente num constante vaivém, inquietos, observadores e vigilantes.

— Eu também te amo — responde ela sem timidez nem hesitação, mas desejosa, carente. Depois, quando começam os rumores — que ele nunca se dá ao trabalho de negar —, ela não toma conhecimento.

— Sempre circularão rumores sobre um cara como Sam. — Angel transmite um pragmatismo confortante. — Ignore-os se puder e não banque a detetive; não interrogue, a menos que não consiga mesmo suportar. Isso faz parte do trabalho dele e nada tem a ver com os sentimentos que nutre por você.

Talvez isso se deva ao fato de Lizzie saber que Angel passou por uma situação semelhante no caso de amor com Felix, e talvez, como a mãe, tenha o caráter isento de ciúme e possessividade; ela consegue lidar com esses lapsos ocasionais; e Sam torna tudo mais simples porque nunca mente. Trata suas infidelidades, a maioria não mais que flertes contínuos, como uma espécie de risco ocupacional necessário: se uma atriz apresenta um desempenho melhor por achar que está apaixonada por ele, ora, tudo bem. Espera que Lizzie seja inteligente a respeito e, como ele nunca é dissimulado, nunca a exclui, mas sempre toma o cuidado de fazê-la sentir que ela e o casamento existem em total separação desses surtos cansativos, e Lizzie consegue aceitá-los. O marido, além de ser discreto, sempre que possível, certifica-se de que em público esteja sempre com Lizzie ao lado. Ocorrem momentos difíceis, quando a atriz atual o julga sério com ela, mas Sam sempre se previne, deixando uma rota de fuga para a parte injuriada se retirar com certo grau de dignidade. Se, contudo, alguma delas se recusa a partir educadamente, não hesita em tratá-la de forma brutal: jamais as engana sobre os verdadeiros sentimentos e se nega a ser chantageado.

Uma ou duas vezes, a parte prejudicada procura Lizzie, implorando para que desista de Sam, convencida de que apenas ela, esposa dele, interpõe-se ao amor dos dois.

— Desculpe, querida, desculpe — resmunga o marido, a mente ausente, já planejando a nova montagem teatral e a nova sedução —, a mulher tem a inteligência de uma ameba. Que vexame! A coitada deve estar arrancando os cabelos...

— Você é incorrigível. — Mas ela lhe estende os braços. — Por que tolero isso...?

* * *

O gemido alto, fino e agudo de um bebê a despertou e ela puxou o lençol até o queixo, quase como uma espécie de proteção. O choro insistente e fraco, embora exigente, penetrou suas defesas e fez Lizzie sentir jorrar do íntimo uma onda de tristeza e dor: será que se dispusera tanto a perdoar os lapsos de Sam porque não pudera lhe dar um filho? Essa culpa, que crescia junto com o próprio desejo de ter um bebê, a tornara mais vulnerável e temerosa de perdê-lo.

Uma porta se abriu e ela ouviu um leve passo no corredor. Percebeu o cessar brusco do choro, o movimento, o som de um baixo murmúrio e depois silêncio. Levantou-se da cama, cantarolou um pouco — "Peel Me a Grape", de Blossom Dearie —, desviou o olhar da janela e se concentrou no quarto. Curvou-se para inalar o perfume das rosas arrumadas num bonito vaso de prata sobre a cômoda de carvalho num canto do quarto. Uma fotografia lhe chamou a atenção: montado numa bicicleta, o menino franzia o rosto contra a forte luz solar, fitando a câmera com um ar quase reprovador.

David, pensou Lizzie — e tomou consciência de um enrijecimento dos músculos da barriga quando o pânico se apoderou dela. Por mais impossível que parecesse, estava ali, em Michaelgarth, com Tilda no mesmo corredor e Piers adormecido do outro lado da casa.

— Ainda não consigo acreditar — dissera a Felix, depois que Piers a deixara em Dunster após o almoço na tarde de quarta-feira. Fora ao apartamento ao anoitecer e o encontrara na grande plataforma, regando alguns vasos e recipientes. As mangas da camisa estavam enroladas, os braços bronzeados; ela percebeu que examinava as mãos dele. — Foi um tamanho choque... Bem, você consegue imaginar, não?... E simplesmente aceitei. "Muitíssimo obrigada, eu adoraria" — imitou a si mesma — e foi isso. Agora sinto um daqueles bons e velhos pânicos, Felix, e conto com você para me acalmar. — Encostada no umbral da porta da cozinha, vendo-o trabalhar em meio às minúsculas florescências no jardim em miniatura, de repente riu, com uma expressão maliciosa. — Não — acrescentara com falsa sinceridade — estou me referindo a *consolar* aqui, você entende.

Ele a encarara, os movimentos suspensos, uma estranha expressão mista de surpresa e culpa, e desatara a rir, os anos desaparecendo aos poucos, de modo que o rosto parecera quase jovem de novo, os olhos brilhando de diversão com antigas lembranças.

— Lizzie, querida — dissera, com tanto carinho e amor que ela, por instinto, lhe estendera os braços e os dois se reuniram no meio da cozinha e se abraçaram.

— Sou louca? — Segurara-o à distância do braço e examinara seu rosto cheia de medo. — Por aceitar assim, sem mais nem menos? Afinal, mal conheço Piers... ou Tilda.

— Mas *de fato* o conhece, não? — perguntara ele com delicadeza. — De alguma forma inexplicável, o conhece, pois me conhece. Você o conhece desde menina.

— Sim — concordara ela, por fim. — É essa a impressão. Quando eu o vi no bar, senti uma espécie de reconhecimento, e não apenas por vocês dois serem fisicamente parecidos. E acho que ele se sentiu da mesma maneira.

— Também acho. — Felix a soltou, tornou a se virar para o jardim em miniatura ao ar livre diante da cozinha, guardando a tesoura de podar e um pequeno garfo numa caixa de ferramentas de madeira. — Admito que me surpreendeu ele tê-la convidado tão rápido, embora, para ser justo, Piers jamais tendeu a adiar decisões. Claro que quer conhecê-la muito melhor, e, quanto a mim, não consigo pensar em maneira melhor de fazer isso. Sou todo a favor, mas, por outro lado, é provável que eu seja tão louco quanto você — uma pequena pausa — e não devemos esquecer que tenho um interesse oculto.

— E o que significa isso? — Lizzie o observara e franzira o cenho de ansiedade ao sentir o humor do velho amigo oscilar para a insegurança. — Que interesse?

Felix se levantara, esfregara as mãos para soltar o pó e as enfiara nos bolsos da velha calça cáqui. Cabisbaixo por um instante, absorto em pensamentos, continuara ali sob o brilho do sol crepuscular, ruminando enquanto ela o encarava quase receosa do que poderia ouvir.

— Eu gostaria de sentir que Piers me perdoou — acabou por dizer, afinal. — Ou, no mínimo, desejaria que ele entendesse e aceitasse meu comportamento no passado. Durante todos esses anos, existiu entre nós uma sombra de ressentimento da parte dele e de culpa da minha, e jamais conseguimos enfrentá-las muito bem. Agora, você chega de repente entre nós e não podemos ignorá-las por mais tempo. Tão logo se deu aquele primeiro e imenso passo, pareceu-me que o pior havia terminado e tivemos uma boa chance, Piers e eu, de refazer a amizade antes que fosse tarde demais. Agora você me diz que ele a convidou para Michaelgarth... e esse lugar é muito especial para Piers, lembre-se... assim não posso evitar sentir que ele deu os três ou quatro passos seguintes em um único grande salto. Santo Deus! *Naturalmente*, estou muito feliz. Por aceitar *você*, sem dúvida meu filho deve ter *me* perdoado. Você personificava tudo que o ameaçava e ainda assim a convidou para o lar e a família dele, *e* a tempo para o aniversário dele, para que conheça alguns dos amigos mais íntimos. Ah, eu sei que Piers conserva algumas reservas, mas sinto... ah, como se tivesse recebido algum tipo de absolvição. É *claro* que eu quero que você vá a Michaelgarth, mas meus motivos não são necessariamente isentos.

— Mas não poderia haver algum motivo oculto da parte dele também? — Lizzie parecera um pouco transtornada e Felix se apressara a tranquilizá-la.

— Por certo que não. Não é de modo algum o que eu queria sugerir. — Ele sorriu. — Significa muito para mim, só isso. A visão de você e Piers como amigos curaria muitas feridas antigas, e imaginá-la em Michaelgarth com ele e Tilda é demais para absorver de uma só vez. Isso está além de tudo que algum dia esperei ter.

— Que bom, então — ela retribuíra o sorriso, embora ainda nervosa —, esperemos que eu consiga contribuir com um bom desempenho. Deseje-me sorte numa estreia verdadeiramente bizarra.

— Você se sairá muito bem — encorajou-a Felix. — É o momento perfeito, por causa do aniversário de Piers e da estada de Saul por alguns dias, e eu estarei em Michaelgarth no sábado. A presença de Tilda aliviará toda a tensão da situação. Não há nada a temer.

Agora, enquanto vagava pelo quarto, examinando a aquarela de uma antiga ponte de pedra que transpunha uma cascata de água branca, espreitando os armários embutidos que ocupavam uma parede inteira, ela deu um riso debochado de descrença.

Não há nada a temer.

Não percebera que o aniversário de Piers não seria apenas uma pequena reunião de família: parece que iam mergulhá-la numa festa completa, o que, embora com certeza fosse desviar a atenção de sua presença em Michaelgarth, a enchia de medo.

— Virão muitas pessoas — dissera-lhe Tilda, animada, logo depois que ela chegara ao cair da tarde de sexta-feira. — Piers tem muitos amigos e retribui o afeto oferecendo grandes festas de vez em quando. O aniversário é uma oportunidade boa demais para perder. E *espere* quando virem *você*. — Deu um suspiro de contentamento e olhou para ela com visível satisfação, como se fosse um colecionador e Lizzie uma peça rara e de alto preço. — Ah, como estou louca para ver a cara de Alison.

— Quem é Alison? — perguntara Lizzie, ansiosa.

Mas Tilda respondeu sem dar muita importância:

— Ah, apenas uma amiga meio chata.

E se recusara a ir além.

Jake começara a chorar, distraindo-a, e Lizzie escapara para o pátio, perambulando nervosa ao imaginar a provação que a aguardava, até ouvir um carro se aproximar. Logo em seguida, surgira Piers, que entrara no pátio a passos rápidos e firmes, e sorrira com prazer ao vê-la ali.

Ela erguera a mão casualmente em retribuição, e logo dera um jeito de exibir uma expressão relaxada, natural. "Tente se lembrar de que *é* atriz" — como se estivesse habituada a se hospedar com pessoas que conhecera por breves dois dias, e ele olhara para ela atento, como se tentasse avaliar seu estado de espírito.

— Tilda tem cuidado de você? — perguntou ele, mas quase em seguida, sentindo a tensão da hóspede e adivinhando que falava como um anfitrião supereficiente, fizera uma careta de autodepreciação. — É um pouco aflitivo, não? — indagou, em tom solidário. — Hora de um drinque? Sentimos que precisamos muito de um?

— Sim — respondera Lizzie, comovida... e, com uma estranha calma por causa da presença dele, seguira-o para dentro de casa.

Nessa manhã, ao refletir sobre o efeito que Piers tinha sobre ela, intrigada pelos sentimentos por ele, terminou a excursão pelo quarto, murmurou "Socorro!" para ninguém em particular e saiu para tomar uma ducha.

CAPÍTULO TRINTA E SEIS

Quando Tilda chegou à cozinha, Piers havia terminado o café da manhã e desaparecera, e Saul, parado diante da janela, olhava em direção a Dunkery, uma caneca de café na mão. Ele se virou assim que ela entrou, largou a caneca na mesa e com total naturalidade foi pegar Jake no colo, segurou-o confiante e lhe sorriu. Ao observá-lo, uma onda de infelicidade fez submergir a primeira reação de prazer dela. Imaginara David nessa situação com o filho no colo, os braços fortes a embalá-lo em um contraste comovente com a condição indefesa do bebê; a pequena cabeça sacolejante apoiada no ombro largo. Nesse breve momento, ao mesmo tempo que se ressentiu de Saul, sentiu o simultâneo desejo de se apoiar naquela força.

— Piers deve ter acordado cedo. Vejo que já tomou o café da manhã. — Tilda se serviu um copo de leite e se refugiou em banalidades... "Dez minutos na maldita obviedade", como teria comentado David, que não tolerava nenhum tipo de simulação. — Ele em geral desce um pouco mais tarde nos fins de semana.

— Animado demais para dormir? — sugeriu o amigo, fazendo caretas para Jake. — Aniversariante e tudo mais? Não aguenta esperar pelos presentes?

— Ah, feche a matraca — respondeu ela, de mau humor.

Saul, também, jamais se deixava enganar por qualquer tipo de subterfúgio, e mais uma vez Tilda lidava com emoções ambivalentes: alívio por não ter de fingir para o compadre e irritação por ele se recusar a cooperar com as táticas evasivas dela.

— Talvez seja por hospedar uma atriz famosa. — Saul decidiu evitar turbulências emocionais e se sentou à mesa com o afilhado confortavelmente acomodado no colo enquanto terminava o café. — Tenho de dizer que gosto mesmo dela.

— Ah, eu também — uma onda de entusiasmo afastou a confusão de Tilda. — É tão divertida, não? E tão espontânea. A gente dificilmente acredita que ela mal acabou de nos conhecer. Achei que Lizzie e Piers fossem velhos amigos, mas é Felix que ela de fato conhece. Parece que os dois não se viram durante anos, no entanto, não dá para saber de verdade, dá?

— Bem, afinal — comentou Saul, pensativo —, ela *é* atriz, mas eu sei do que você está falando. Acho que o velho Piers está um pouquinho apaixonado.

Ela lhe lançou um olhar penetrante.

— Também acho. — Uma pequena pausa. — O que será que Alison vai achar?

— Essa é a mulher dominadora que tem feito você passar maus bocados? Ainda não a conheci.

Saul falou como se a perspectiva lhe desse alguma satisfação, e Tilda riu para ele com um ar desafiador, embora afetuoso.

— Trouxe seu cavalo de batalha branco, Sir Lancelot? — perguntou ela, sorrindo, e Saul enrubesceu um pouco.

— Ah, sei que você sabe se cuidar, mas não vejo a hora de uma briga com ela. Não estrague minha diversão. Só vou lhe dar uns tapas, nada muito...

Tilda riu.

— Tem minha permissão, se a mandona se portar de forma horrível com Lizzie — concordou. — Ela tem algo de estranhamente vulnerável, não? É... — Franziu as sobrancelhas, ao tentar traduzir as ideias em palavras — bem, Lizzie me parece louquinha, mas de forma agradável. Não é infantil e irritante, mas... meio autenticamente ingênua. Não sabe lidar com Jake de jeito nenhum.

— O que quer dizer?

Saul olhou para ela, intrigado.

— Nunca teve filhos, sabe, e ele é tão pequeno que a deixa apavorada. "Não tem medo de quebrá-lo?", ela perguntou. É uma mudança muito agradável, na verdade. As mulheres dessa idade em geral querem me dizer como devo cuidar dele e o que faço de errado. Toda essa coisa de: "Ah, não fazíamos isso na *minha* época." Bem, fora Alison, claro, que parece achar que não deviam permitir mãe e filho saírem em público.

Saul ergueu as sobrancelhas diante do tom amargurado na voz dela, que lhe fez uma careta.

— *Acho* que você está torcendo para Lizzie causar problemas entre Piers e Alison — disse e mudou Jake de posição no colo.

Ambos trocaram um olhar conspirador, e, quando Tilda se virou, começando a preparar o desjejum, ele se permitiu o luxo de não reprimir os sentimentos naturais por ela, olhando-a com desejo enquanto se movia na cozinha. A viúva de seu melhor amigo era tão linda, tinha uma elegância tão descontraída; tão inalcançável agora quanto o fora sempre, desde que David os apresentara.

— Esta é Tilda -- dissera com toda aquela confiante facilidade com a qual tinham abençoado David. — Eu já lhe falei dela.

De fato falara, mas nada o preparara para a realidade da jovem: alta, belas formas no leve tecido do vestido colado de baile, os vastos cabelos louros deslizando do penteado de engenhosa informalidade e caindo em longos fios pelo pescoço, aqueles olhos extraordinários... A forte cotovelada de David lhe dera um doloroso alerta.

— É hora de dizer "Olá" — aconselhara o amigo com delicadeza, e Tilda lhe dera um sorriso caloroso, apertara-lhe a mão e ignorara o acanhamento dele.

— David é tão brutamontes — dissera ela, pesarosa. — Não tem noção alguma de gentileza. Mas creio que você saiba disso, não?

— Ah, sim — concordara ele, tão comovido, que todos tinham rido, e se formou um elo instantâneo entre eles.

Tornavam-se um quarteto com qualquer garota que Saul namorava no momento, e ele alimentou uma amizade tão profunda e sincera por David que não se permitiu demonstrar tudo o que sentia por Tilda.

— Cereal? — perguntava ela agora. — Torrada? — e se virou surpresa quando não obteve resposta.

— Ótimo. — Saul logo baixou o olhar para Jake, pois temeu que Tilda percebesse a expressão nos olhos dele. — Sim, as duas coisas, por favor... Estou doido para ver o filhote.

— Vai chegar mais tarde. — Ela pegou tigelas e pratos e pôs um lugar para Lizzie. — A entrada em cena será durante a festa. Uma espécie canina de beije-o-vovô. Ah — revirou os olhos de alegre e malvada expectativa —, não vejo a hora de ver a cara de Alison.

Saul balançou a cabeça, a expressão de dúvida.

— Começo a me perguntar se vou me divertir nessa festa. Coitado do velho Piers. Gostaria de saber se ele desconfia da surpresa que o espera.

Ouviram passos que atravessavam o pátio e entravam pela copa, e ela levou um dedo de advertência aos lábios. Quando Piers entrou na cozinha, Saul comia cereais com toda calma, com Jake adormecido num dos braços, enquanto a nora esperava paciente junto à torradeira. O recém-chegado ergueu as sobrancelhas diante do inesperado silêncio, e Tilda, sorrindo para ele, estava maravilhada como muitas vezes ficava com a econômica expressividade do rosto dele: transmitia nos mínimos movimentos faciais surpresa, diversão e uma avaliação astuciosa do que de fato ocorria ali entre eles. Saul virou a cabeça para saudá-lo, e Piers deixou a mão apoiada no ombro dele por um breve instante.

— Dormiu bem? — perguntou.

— Como uma pedra. — Ele largou a colher e se virou na cadeira. — Feliz aniversário, Piers. Está um dia ótimo para a comemoração.

— Já faz calor. — Piers estreitou os olhos com afeto à visão do neto, adormecido, contente, e... como Tilda antes... se sentiu tomado por um espasmo de dor aguda por tudo que perdera. Afastou-se rápido, como se quisesse examinar algumas cartas no aparador, disposto a dominar o sofrimento. — A noite será esplêndida para um churrasco. Já comecei a prepará-lo, mas conto com sua ajuda, Saul.

— Não tem problema. — Quando o rapaz tentou passar manteiga na torrada com apenas uma das mãos, Tilda pegou Jake e o acomodou com delicadeza na cadeirinha. — Sou um verdadeiro craque quando se trata de churrasco.

Antes que Piers pudesse responder, passou um carro pela janela, e Tilda, captando um vislumbre, enrijeceu-se e fez uma expressão de advertência para Saul. Piers ergueu a cabeça, prestou atenção, e, após um instante, a porta bateu e Alison atravessou a copa e entrou na cozinha. Equilibrava uma travessa coberta numa das mãos e segurava uma sacola de compras na outra. Saul se levantou quando o aniversariante largou as cartas, e Tilda, na tentativa de um sorriso receptivo, comeu outro pedaço de torrada.

— Nossa! — Alison olhou em volta com decidida animação. — Que grande comitiva! Vim desejar-lhe feliz aniversário, Piers, pois o telefone cai o tempo todo na secretária eletrônica nos últimos dias. Ah, e também para trazer minha contribuição para a festa. Achei que era um pouco demais você conseguir alimentar os cinco mil sem uma ajudinha.

— Não são tantos assim. — Piers tocou os lábios na face dela erguida em expectativa! — Obrigado pelas felicitações... e pela contribuição. Este é Saul, o melhor amigo de David e padrinho de Jake. Saul, esta é Alison Rowe.

Ele não disse a segunda parte da apresentação, qualificando o grau de proximidade entre eles, e ela mordeu o lábio ao pôr a sacola numa cadeira e apertar a mão estendida de Saul.

— Parece interessante — falou Tilda em tom animado ao indicar a travessa tampada. — Espero que não seja um bolo de aniversário, senão a Sra. Coleman vai ter um ataque e Piers um sério problema para apagar dois grupos de velas.

— É uma torta inglesa. — Alison a colocou na mesa. — Parece que nunca se tem comida o bastante a oferecer nessas festas, não acha? E na sacola, trouxe pães recheados com salsicha e alguns tira-gostos.

— É muita gentileza sua. — Piers tomou o cuidado de não olhar para a nora. — Sei que vão ser muito apreciados.

Sorriu para a amiga, mas Alison fechou um pouco a cara ao assimilar o comentário de Tilda.

— O que a Sra. Coleman tem a ver com isso?

— Você deve ter conhecido a Sra. C., Alison — respondeu Tilda em tom frágil, com vivacidade coloquial. — É faxineira de Piers e sempre faz a comida para as festas dele. Nem *eu* me intrometeria nos domínios dela.

— Não sou exatamente uma estranha aqui, Tilda — respondeu Alison, incisiva. — Claro que sei quem é a Sra. Coleman, embora o que ela tenha a ver com o aniversário de Piers...

Instintivamente, os dois homens intervieram: quando Saul se deslocou para ficar ao lado de Tilda, e Piers começou a explicar o papel da Sra. Coleman nas festas, a porta se abriu e Lizzie entrou na cozinha. Hesitara por um instante diante da porta ao ouvir os comentários de Tilda e o nome de Alison. Tão logo entrou, absorveu a cena — a jovem mãe de faces acaloradas e desafiadoras, com Saul ao lado protegendo-a; Piers preso entre a lealdade familiar e a amizade; Alison agressiva — e os instintos teatrais vieram à tona. A sombra de Angel pareceu deslizar-lhe dentro da pele e informá-la do desempenho — "Recorri *direto* ao exagero e atraí a atenção da plateia", admitiu depois a Felix, "e a levei para o centro do palco".

— Sinto muito pelo atraso, querida — exclamou, curvando-se para beijar a face afogueada de Tilda e dando um sorriso radioso para Saul, que lhe retribuiu instintivamente, e logo se dirigiu a Piers. — Meu querido, uma orquestra inteira me acordou ao amanhecer, mais um galo novo com laringite e uma ovelha com um terrível caso de bronquite. — Encolheu os ombros, desamparada, as palmas estendidas para cima. — E dizem que faz silêncio no campo. Quando voltei a pegar no sono, dormi por horas, e logo em seguida ouvi um carro e quando *olhei* o relógio...

Tilda deu uma olhada para o rosto incrédulo de Alison e desatou a rir de forma descontrolada.

— Desculpe — murmurou impotente. — Desculpe, é que...

Lizzie se virou logo para ela.

— Foi você quem levou o café, Tilda? — perguntou. — Bem, simplesmente salvou minha vida quando acordei e o vi ali, só isso.

A jovem, que sabia muito bem que Lizzie acordara havia muito e tomava uma ducha quando lhe levara o café, caiu de novo na risada.

— Alison, esta é Lizzie Blake. — Piers, com sentimentos confusos, assumiu o comando. — Tenho certeza de que a reconhece das aparições na televisão... Lizzie, esta é Alison Rowe.

Mais uma vez, não se estendeu para qualificar o relacionamento entre eles, e Alison deu um sorriso glacial.

— Eu raramente vejo televisão. Devia conhecer você? — Tocou brevemente na mão de Lizzie. — Sou uma dessas pessoas muito ocupadas que não precisam viver de forma alienada assistindo a novelas detestáveis.

Satisfeita por ter conseguido insinuar com inteligência a área de atuação na qual seria natural supor que Lizzie trabalhava, ela se virou para Piers com um sorriso de proprietária, mas Lizzie logo desviou a atenção do aniversariante com um beijo de cordialidade e o desejo de muitas recompensas felizes no dia. Ele se curvou por instinto para receber as felicitações e o sorriso de Alison se desfez.

— Meu marido dizia que televisão era o último recurso dos desmiolados — disse ela, com uma leve risadinha que não enganou ninguém — e de fato eu concordo com ele.

— Bem, que sorte a sua, querida. — Lizzie se sentou à mesa, pegou um pedaço da torrada de Tilda e a cobriu com uma generosa quantidade de manteiga. — Eu dependo totalmente dela. Sobretudo das novelas antigas. É *tão* divertido rever todos os amigos...

— Café? — sugeriu Saul, diplomático. — Vou tomar mais um pouco. Lizzie? Alison?

Jake acordou de repente e choramingou baixinho; Tilda, que ainda continha a risada, empurrou a cadeira para trás e foi pegá-lo.

Alison tocou o braço de Piers.

— Posso lhe dar uma palavra a sós?

Lançou-lhe um olhar divertido, com a sugestão de que a cozinha estava cheia de lunáticos, e saiu na frente para o pátio.

Os outros três se entreolharam.

— Já ouvi a expressão "roubar a cena" antes, mas jamais vi isso feito de forma tão profissional — disse Saul, meditativo, enquanto preparava o café. — Você merecia ganhar um Oscar por isso, Lizzie.

— Café é suficiente — respondeu ela, de cara fechada. — Então essa é a tal Alison. Vocês deviam ter me avisado.

Tilda olhou para ela, ansiosa, por cima da cabeça de Jake.

— Não consigo decidir se sou só eu, sabe? — disse. — Não me importaria com o fato de ela ser hostil comigo e Jake se acreditasse que é a mulher certa para Piers. Mas sei que não é, e ele vem se encalacrando cada vez mais nisso. Posso até imaginar o que diria David!

Lizzie pegou outro pedaço de torrada.

— Conte tudo sobre ela — pediu. — Como começou, e toda a história. Rápido com o café, Saul, e depois fique perto da porta e nos avise quando eles voltarem. Acho que Alison é alguém de quem preciso saber tudo. Desde o início, Tilda, e não omita nada.

CAPÍTULO TRINTA E SETE

— Meu caro Piers — dizia Alison lá fora, no pátio —, que mulher extraordinária! Você não me disse que ia hospedar alguém em Michaelgarth. Ela está aqui para a festa?

Já fazia calor: o ar quente, abafado, impregnado do agradável perfume das rosas, que trepavam e tombavam sobre os muros altos de pedra em cachos dourados, creme e rosa; rostos franzidos de tecido macio que se abriam em direção ao sol. Ao fundo, em meio aos caules lenhosos, os botões aveludados, em compacta aglomeração, exibiam-se como chamas de vela ocultas entre folhas de cores vivas, enquanto, mais alto ainda, nos galhos espinhosos entrelaçados, tombavam flores em pleno desabrochar, as pétalas esmaecidas ondulantes caindo em silêncio e se acomodavam de leve nas antigas pedras arredondadas.

Piers se abaixou para arrancar um botão que mal começava a abrir e o examinou com profundo e grato prazer, antes de dá-lo a Alison. O ato a deteve, como nada mais poderia tê-lo feito, mas, antes mesmo de ele ver seu rosto — passando da perversidade ao prazer surpreso —, soube que cometera um erro. Ela interpretaria mal o gesto, como tantas vezes no passado, e mesmo enquanto ele lhe sorria, amaldiçoava a própria estupidez. Essas trocas humanas casuais ocultavam muito perigo: cada um com sua própria interpretação de palavras, ações. Algumas pessoas abençoadas eram natural e delicadamente sintonizadas na mínima nuança; outras agiam como obtusas de maneira quase deliberada. Versos de um poema lhe percorreram a mente:

A Terra é repleta de céu,
Em cada arbusto simples a resplandecência de Deus;
E só aquele que vê, tira os sapatos...
O resto se senta em volta e colhe amoras silvestres.

Sabia que, ao dar a rosa a Alison, permitira-lhe imaginar algo que não era verdadeiro. Entretanto, distraiu-a por um momento: a rosa, em toda a sua beleza viçosa, tornava impossível que ela continuasse sendo desagradável. Ela a girou nos dedos, inspirou o perfume e deixou a oferta serenar a alma inquieta, ávida.

Piers pensou: daqui a um instante, Alison tornará a calçar os sapatos e começará a colher amoras silvestres — e viu o segundo exato em que ela rejeitou as forças mais delicadas da generosidade e da bondade, e escolheu a presunção e o conflito.

Virou-se para ele, esquecido o botão de rosa, e perguntou:

— Mas quem é ela, Piers, Lizzie seja lá como a chamou? Você pareceu esperar que eu a conhecesse. — Riu aborrecida, como se achasse tal ideia absurda. — Você não me disse que ia hospedar alguém, de fato eu nem sabia quais eram os preparativos para a festa, embora tenha tentado encontrá-lo desde quarta-feira. Suponho que Tilda tenha se esquecido de lhe dar meu recado. Então, quem é essa mulher?

Ele tentou decidir de qual aspecto do orgulho ferido dela devia cuidar primeiro. Sabia que a transtornara ao se recusar a apresentá-la como uma velha amiga — ou alguém mais íntimo —, mas continuava indeciso em relação a como descrever o relacionamento deles. Gostava dela, mas sua compaixão pelo luto de Alison, sobretudo por coincidir com o seu, induzira-a ao erro, e ele também sabia que deixara isso acontecer sem tomar medidas para impedi-lo: por causa da pena, por causa dos problemas e necessidades dela terem sido um confortante antídoto para o sofrimento pela perda de David — quaisquer que fossem os motivos, ele tivera uma participação nesse engano. A chegada de Lizzie o tirara da apatia, mas, na verdade, não podia dizer que acreditava estar agindo de forma justa com Alison. Sabia que não se comprometera nem se apaixonara, tinha consciência das expectativas dela, mas concordara em deixar a coisa prosseguir; só agora se sentia incapaz de continuar a iludi-la. Optou pela verdade.

— É amiga de meu pai — começou. — Encontrei-a apenas por um instante quando éramos crianças, mas meu pai conhecia muito bem a mãe dela. Não a via por muito tempo, e ela apareceu em Dunster de forma um tanto inesperada. Sei que perdeu o marido há pouco e acho que se encontra naquele terrível estado de perda e ausência de raízes. Bem, já passamos por isso, não?

Alison, ferida de ciúmes e chocada ao ver uma mulher atraente tão à vontade na cozinha em Michaelgarth, não se dispunha sequer a conceder à Lizzie a bênção do luto.

— Não me pareceu desolada — retrucou, com a habitual risada meio desdenhosa de irritação. Mesmo dominada por aquela incerteza opressiva e angustiante, não se mostraria vulnerável de forma clara e honesta. Em vez disso, precisava tentar desacreditar Lizzie aos olhos de Piers. — Pessoalmente, não suporto aquele tipo de exibicionismo — um encolher de ombros —, embora suponha que atraia algumas pessoas.

Piers se calou: em meio ao medo e à raiva, Alison girou o botão de rosa de um lado para outro entre os dedos, retalhou e soltou as suaves pétalas, transformando-as em minúsculas bolas de veludo amarelo.

— Posso imaginar que Tilda está maravilhada — continuou em tom de desprezo. — Qualquer um remotamente famoso *a* atrairia. Vive diante da televisão, não? Mal pude acreditar quando vi aquela TV portátil na cozinha...

Piers, observando a boca amarga, o sorrisinho de escárnio, a expressão de medo nos olhos, se lembrou da mãe. Tentou definir se o ciúme de Alison tinha origem numa necessidade de posse e controle ou se resultava de uma falta de confiança e baixa autoestima. Temia que fosse o primeiro caso e ficou tomado de aflição: em ambos, ele não queria que esse problema fosse seu, embora não pudesse negar com muita facilidade a compaixão que sentia por ela.

— Tilda é boa para mim. — Falou com pouca ênfase, tentando conduzi-la a uma disposição de espírito mais serena. — Ela e Jake me dão tanto.

— Dão tanto a *você*? — Ela arqueou as sobrancelhas em descrença. — Eu diria que a situação é exatamente o contrário.

— Você não deve esquecer que ainda tem seus filhos — lembrou ele com delicadeza. — Talvez já não venham visitá-la com tanta frequência, mas estão *aqui*, vivos em algum lugar no mundo. A qualquer momento um deles pode telefonar ou enviar uma mensagem de texto. Talvez você encontre um cartão-postal no meio da correspondência ou receba um presente no dia do seu aniversário, de seu filho ou de sua filha, ou os dois poderiam até aparecer, chegar sem rumo, refugiar-se, de volta ao lar para recarregar as baterias, reunir coragem ou apenas para pedir dinheiro emprestado. Todos esses privilégios me são negados agora.

Alison foi sensata o bastante para não sorrir sarcasticamente, como em geral fazia, e perguntar em tom irônico: "Você chama essas coisas de privilégios?", mas permaneceu calada, frustrada com a dolorosa simplicidade dele.

— Não se trata apenas da companhia deles — dizia Piers. — Não tenho o menor problema de ficar sozinho. Só que ela e Jake são partes de David, e, enquanto eu os tenho por perto, sinto que o tenho também. Ai, às vezes dói muitíssimo, mas mesmo a dor pode ter sua função. Tenho certeza de que se sente assim em relação a Philip de vez em quando.

Impossível ela responder que raras vezes pensava em Philip, a não ser quando surgia um problema doméstico; que o desejo por Piers se sobrepunha a quase todas as outras sensações.

Pensou: isso é como ter uma febre terrível. Estou apaixonada por ele. Nunca foi assim com Philip.

Mesmo sem olhar, tinha consciência da proximidade dele: o roçar da manga da camisa no braço nu, o movimento das mãos, o rápido olhar atento. Em sua mente, viu mais uma vez a mulher na cozinha, lembrou-se de como se encaminhara tão à vontade para dar aquele beijo em Piers, e a naturalidade com que ele curvara a cabeça para recebê-lo. O medo se apoderou dela: alta, esguia, os vastos cabelos colhidos de forma tão frouxa atrás, parecera bem jovem quando fizera a entrada em cena, chamando toda a atenção, fazendo com que todos rissem. Alison se sentira desajeitada em comparação à cena anterior, pesada e sem senso de humor, apenas cônscia demais de que a angústia lhe pintava linhas cruéis no rosto e a enraizava no chão enquanto o corpo da outra fluía com inconscientes elegância e graça.

Talvez pudesse ser assim; talvez, mesmo agora, pudesse aceitar o gesto dele e deixá-lo levá-la para longe da terra lamacenta, escura e estéril da possessividade, em direção ao terreno mais elevado, cálido e frutífero da generosidade. Contudo, enquanto contemplava a ideia, uma gargalhada da cozinha atacou-lhe os ouvidos, enrijeceu-lhe a espinha; ao olhar para baixo, viu o botão de rosa destruído e jogou os restos nas pedras, limpando o dedo no lenço.

— Tenho um presente para você no carro — disse —, mas esperava um momento a sós...

A voz se extinguiu e ela desviou o olhar dele, o rosto embotado de ressentimento. Piers, sabendo que fracassara, resistiu ao habitual impulso de compensar em excesso, com palavras e gestos extravagantes.

— Muita gentileza sua — comentou ele, animado, mas sem fazer tentativa alguma de sugerir uma solução que a atraísse. — E obrigado pelas gulodices. Parecem deliciosas. A Sra. Coleman virá aqui mais tarde e Saul vai me ajudar a juntar todos os móveis do jardim. Acho que vai ser um dia daqueles. Tem certeza de que não gostaria de pegar meu presente, voltar lá para dentro e tomar um café enquanto eu o abro?

Piers virou a cabeça para trás quando Tilda saiu no pátio com Jake no colo, cantando para o bebê.

— Não — respondeu Alison, em tom rude. — Agora, não. — O desespero a oprimia. — Mas devo vê-lo mais tarde?

— Claro — afirmou calorosamente. — Não seja boba. Venha cedo e tome uma bebida. — Sorriu, incapaz de deixá-la partir infeliz. — Vamos fazer a entrega do presente então, que tal? Por volta das seis e meia?

O rosto de Alison se iluminou com a promessa e ela imaginou se não devia simplesmente pegar o presente e fazer como ele sugerira, mas, quando ouviu a voz de Lizzie se juntar à de Saul e de Tilda, o impulso se desfez.

— Até mais tarde, então — despediu-se. — Não, não se incomode em me acompanhar. Eu o verei às seis e meia — saiu apressada do pátio, entrou no carro e se afastou ao volante.

CAPÍTULO TRINTA E OITO

Entre a porta do chalé e o portão, ostensivamente instalado por temer que, de algum modo, o esquecessem, Bertie olhava a preparação da partida. A semana toda se sentira inseguro, desabituado aos arredores, intrigado com as longas horas solitárias preso no carro. Batia de leve o rabo toda vez que levavam uma sacola ou mala para fora; de ouvidos aguçados, esperava pacientemente os chamados que significariam que, afinal, voltariam para casa.

— Vou levá-lo para um passeio em um minuto — avisou Guy, que tropeçara nele duas vezes, o xingara de todos os nomes e agora se sentia culpado. — Talvez seja preferível fazê-lo agora, antes que fique quente demais; e depois ele se acalma e dorme no carro. Quer vir?

Gemma fez que não com a cabeça.

— Vou terminar de arrumar as malas — respondeu. — Não tem muito mais para levar e prefiro terminar logo. Quando você voltar, tomaremos café para começar a viagem.

Guy calçou os sapatos e saiu.

— Ok — ela o ouviu dizer a Bertie —, sua hora chegou. Não, no carro não, seu animal idiota; vamos dar uma caminhada.

Gemma os viu passarem pela janela da frente e seguirem colina acima, e depois começou a fazer uma checagem completa da casa. Alguém telefonou e avisou que a Sra. Coleman chegaria dali a pouco para trocar os lençóis e fazer uma faxina. Enquanto isso, queria se certificar de não ter esquecido nada, deixar a casa arrumada, limpa e em ordem. Piers se recusara a receber qualquer pagamento pelo aluguel de uma semana, e o mínimo que ela podia fazer era diminuir o trabalho da faxineira.

Esvaziara os armários e a cômoda; nenhum livro fora chutado para baixo da cama, não deixara roupas de banho penduradas atrás da porta. Foi de aposento a aposento, tomada pela sensação de inquietação que se instalara nela desde o início da manhã, pronta para voltar para casa: a diversão terminara e a deixara apreensiva. A breve sensação de fazer parte do lugar desaparecera, a curta hospedagem chegara ao fim e se sentia uma intrusa ali. Enfiou a cabeça no vão da porta para olhar a sala de estar. Nunca tinham usado aquele aposento com a lareira aberta e poltronas confortáveis, preferiram ocupar a grande sala da família no outro lado do corredor estreito, mas hesitou na porta por um instante, cônscia de uma atmosfera de continuidade: séculos de vida cotidiana. A sala, na verdade o chalé todo, tinha um ar de permanência: sem nada da uniformidade impessoal dos chalés de férias.

Ali Piers morara, primeiro sozinho e depois com a família, antes de tornar a se mudar para Michaelgarth, e Gemma imaginou que conseguia detectar a influência da esposa dele em ação entre as bonitas cortinas alegres e mantas soltas sobre os sofás.

— Sue era brilhante — dissera-lhe Tilda na manhã em que viera para o café. — Fazia tudo tão bem! Quando os últimos inquilinos saíram, convenceu Piers a alugar o chalé para turistas. Explicou que isso daria mais dinheiro. Embora ele concordasse em tentar, ficaria mais feliz se o deixasse com uma pessoa local num contrato de longo prazo, e dizia que no fim desse verão o chalé tornaria a ser uma locação temporária. Acho que está esperando para ver se eu prefiro morar aqui, e não em Michaelgarth.

— E você não gostaria? — perguntara Gemma com curiosidade. — Não receberia com prazer um pouco mais de privacidade?

Ansiara por perguntar a ela se não sentia falta da liberdade, se desejava alguma diversão, mas algo no olhar claro e tranquilo de Tilda a proibira.

— Na verdade, não. — Tilda pensara seriamente na pergunta. — Piers me dá muito espaço, você sabe. As duas alas dividem a casa de forma bem natural, ele tem seu gabinete e transformamos a sala de jantar num lugar confortável para mim e Jake. Acho mais agradável ter alguém por perto à noite, e meio que confortamos um ao outro sem ficarmos emotivos demais, se entende o que digo. É de Piers que sinto pena, na verdade. Na certa, tenho prejudicado a vida privada dele sem perceber, mas ele não dá sinal algum de se sentir encurralado. Às vezes imagino o que ele faria se conhecesse alguém e o relacionamento ficasse sério. Duvido que outra mulher fosse querer que eu e Jake ficássemos na ala oeste. Suponho que nos mudaríamos para aqui, então, mas, como boa egoísta, espero que isso não aconteça. Me sinto tão em casa em Michaelgarth, e quero que Jake seja criado lá, se possível. É o lugar onde David foi mais feliz e quero que Jake se sinta parte disso. — Olhara com afeto para o chalé quando as duas se sentaram diante da porta aberta. — Claro que ele morou aqui também quando muito pequeno. — Rira e balançara a cabeça. — Simplesmente não consigo me afastar dele.

Ao lembrar, Gemma de repente fechou a porta da sala de estar e atravessou o corredor. Pusera a bolsa, bojuda, com vários objetos que talvez precisasse durante a viagem, no balcão de desjejum ao lado das canecas já prontas para o café. Inspecionou a geladeira, tirou uma garrafa d'água, um resto de queijo e algumas uvas. Sobraram um pouco de leite para o café e algumas miudezas, que juntou e jogou na lata de lixo. Pegou o suéter de Guy no encosto de uma cadeira, o mapa da mesa na janela, reuniu as últimas coisas a serem postas no carro e arrumou-as numa pilha no balcão.

Encheu a chaleira, ligou-a e levou o queijo e as uvas para o carro. Em direção ao pequeno cesto já abarrotado entre as cadeirinhas dos gêmeos, inclinou-se e esticou-se por cima do banco mais próximo, para levantar a tampa de vime e pôr o resto da comida dentro. Ao fechá-lo, percebeu que faltava alguma coisa; um objeto em geral mantido no banco de trás. Franziu a testa, intrigada, e retornou ao chalé, tentando lembrar o que esquecera. Já haviam colocado a cama de Bertie na parte de trás da caminhonete, junto com a tigela d'água, e Guy pusera as botas e os casacos no vão atrás do banco do motorista.

Gemma deu outra examinada em volta da sala, tentou imaginar o conteúdo habitual do banco de trás e se perguntou se pensara em algo que não fora necessário para as férias: deixara, por exemplo, a bolsa acolchoada que continha as coisas necessárias para viagens com os gêmeos, junto à sacola de lona cheia de brinquedos macios com os quais os entretinham em longas jornadas. Deu de ombros, fisgou o celular na bolsa entulhada e checou se havia mensagens. No segundo entre pensar em Simon e decidir não arriscar uma última chamada, lembrou o que faltava: a manta. Quase deixou o telefone cair e levou a mão à boca, horrorizada, ao rever o último encontro dos dois.

— Precisamos mesmo de duas mantas? — perguntara ele, em tom provocador. — Talvez eu devesse tentar pegar um colchão de penas.

— Agora é um pouco tarde, não? — retrucara ela, estendendo a manta em cima da dele. — Mas talvez deva pensar nisso para a próxima vez.

— Vai haver uma próxima vez? — perguntara Simon, puxando-a para baixo, e Gemma balançara a cabeça ao sorrir para ele.

Depois tinham conversado, tomado o café de uma garrafa térmica, reunido os restos do piquenique. Simon se curvara para pegar as mantas, enrolara-as debaixo do braço, falara de Marianne, contando a reação dela quando ouvira a mensagem de Gemma na secretária eletrônica. Ela o escutara sentada na borda do banco do carona do próprio carro, penteara os cabelos e se examinara no pequeno espelho dentro do porta-luvas. O que acontecera em seguida?

Gemma cerrou os olhos, tentando desesperadamente recriar a cena. Teria ele posto as duas mantas no próprio veículo? Acomodou o celular em cima da bolsa e correu até o carro; retirou às pressas as caixas que Guy empilhara antes, ergueu a cama de Bertie e examinou os vãos atrás dos bancos dianteiros. Mantinham a manta sempre na pequena cesta entre as cadeirinhas dos gêmeos, pronta para envolvê-los se eles ficassem com frio ou para estendê-la a fim de que engatinhassem durante um piquenique. Não a via em lugar algum. Ela tentou se acalmar. Afinal, Guy na certa nunca notaria a falta e se podia facilmente substituí-la. Não tinha nada de especial: era a manta que levara à faculdade para usar na cama no inverno, um alegre tecido enxadrezado com uma faixa costurada numa ponta com seu nome... Prendeu a respiração e sentiu o coração martelar: via aquele nome com muita clareza: G. WIVENHOE, em azul sobre um fundo branco.

Num único instante, imaginou Marianne colocando algo no Discovery — um casaco? as botas de caminhar? —, ao notar a manta enrolada e retirá-la para dobrá-la direito.

"O que é isso?", perguntaria a Simon, com muita naturalidade, para começo de conversa, intrigada ao encontrar uma segunda manta enrolada na deles. "De onde surgiu esta?"

E a estenderia para ele, sem suspeitar de nada até, alertada pelo silêncio do marido, examiná-la com atenção.

Gemma engoliu em seco. Como Simon reagiria após aquele primeiro choque? Blefaria?

"Não tenho a mínima ideia, querida. Não lembro a última vez que a usamos, você lembra?", diria e tentaria apressá-la a entrar no carro.

Marianne, ainda intrigada, insistiria em examinar a manta e ver aquele desgraçado nome? Gemma olhou o relógio. Claro que Simon ainda não notara, senão teria telefonado. Ainda havia tempo para avisá-lo. Devia enviar um torpedo: deixar um bilhete?

— Melhor não telefonar amanhã — dissera ele. — Com quase toda a certeza, Marianne e eu estaremos juntos. Em geral fazemos compras na manhã de sábado, e seria meio arriscado.

Se enviasse um torpedo, o celular dele tocaria e o denunciaria? Teve uma horrenda visão de Marianne chegando ao chalé, balançando a manta e pedindo uma explicação: viu Guy retornar a essa cena, a surpresa e o desgosto se transformarem em suspeita e, por fim, em raiva. Girou nos calcanhares e correu para o chalé, pegou as canecas e as enfiou de volta ao armário, esvaziou o leite na pia e jogou a embalagem no lixo. Agarrou os pertences, saiu correndo e examinou a estrada, desejosa de que Guy aparecesse com Bertie seguindo-o de perto. Nenhum sinal dos dois. De volta ao interior, remexendo na bolsa, encontrou as chaves do chalé que tinham mandado deixar no balcão do desjejum: "A Sra. Coleman tem um conjunto de chaves próprio", dissera Tilda — e largou-as no balcão de pinho. Estava nauseada e assustada e, ao ouvir o marido chegar afinal, correu para fora e tentou forjar um sorriso.

Ele estava fechando o portão atrás de Bertie, que visivelmente desejava entrar no carro, e pareceu surpreso ao vê-la sair pendurando a bolsa no ombro. Gemma tinha as belas feições delicadas alteradas e contraídas, e Guy franziu um pouco o cenho.

— Tudo bem com você? Achei que íamos tomar café.

— Ah, querido — a voz saiu irregular e ela pigarreou —, tive um anseio repentino de seguir viagem. Você se importa? Sei que parece tolice, mas simplesmente não posso mais esperar para ver os bebês, não sente o mesmo? Foi uma folga deliciosa, mas simplesmente quero ir para casa.

Ele deu de ombros.

— Por mim, tudo bem, mas preciso ir ao banheiro antes. Não trancou a casa, trancou?

Desapareceu no chalé, enquanto ela abria a porta traseira da caminhonete para deixar Bertie entrar, depois parou junto à porta aberta do carro, mordendo o lábio e torcendo para Guy se apressar. Estava com os joelhos trêmulos e olhava a estrada ao longe, convencida de que ouvira um motor. Ele chegou enfim, bateu a porta e entrou no carro. Angustiada, esperando o marido procurar a chave no bolso, Gemma deu uma última olhada para trás e compreendeu, naqueles infindáveis instantes, exatamente o que arriscara e o quanto poderia perder.

Guy ligou o motor, prendeu o cinto de segurança, e afinal partiram com ela, queixo no ombro, vigiando a estrada vazia deslizar atrás.

CAPÍTULO TRINTA E NOVE

Sentada na cadeira da passagem fechada diante do vestíbulo, Lizzie observava Saul e Piers. Deixara a cozinha aos cuidados da Sra. Coleman e de Tilda, cujas vozes murmurantes se ouviam pela janela aberta, e estava contente por instalar-se ali à sombra, entretida em paz com a cena diante de si. Enquanto as andorinhas mergulhavam acima dele, Saul não parava de desaparecer no celeiro, apenas para retornar com outra cadeira de madeira ou uma espreguiçadeira quebrada. De cada uma tirava o pó, reexaminava e depois a testava se apoiando com cuidado nas ripas apodrecidas ou na lona esfiapada, com uma expressão tão cômica de receio cauteloso que a fazia rir alto. Uma antiga espreguiçadeira desabou sob seu peso e ele foi resgatado no momento exato pela mão estendida de Piers, que o ergueu quando a lona se desintegrou.

Ao observá-los ali juntos — Saul limpando o pó de cima a baixo do corpo com uma expressão de repugnância, Piers rindo solidário —, ela imaginava a dificuldade de Piers ver Saul e Tilda juntos, a dor de ver o amigo de David empreender as pequenas tarefas que naturalmente teriam cabido ao filho. Decerto Tilda e o sogro constituíam um grande conforto mútuo, e a coragem dos dois a fazia se sentir mortificada: mortificada e envergonhada.

Já se arrependia de seu comportamento anterior, apesar do evidente prazer que dera a Tilda e Saul; quaisquer que fossem os sentimentos deles por Alison, não tinha direito algum de interferir ou supor que Piers precisava de sua ajuda. Segundo o recital de Tilda, ficou evidente que Alison não aceitara de bom grado a presença da nora e do neto de Piers em Michaelgarth e não estava sendo muito inteligente a respeito; no entanto, cabia a Piers tirar as próprias conclusões. Lizzie dissera a Tilda que concordava: em circunstâncias normais, Piers já teria compreendido que Alison não era a mulher certa para ele; a preocupação da jovem, ela explicara, era que Alison interpretava de forma equivocada a bondade de Piers como algo muito diferente e por isso ele agora se via encurralado por um sentimento de culpa.

— Piers é bom em culpa — acrescentara Tilda. — Minha mãe diz que foi a dele quem lhe incutiu esse sentimento. Felix teve um caso com uma mulher no interior que durou muito tempo, e Marina descontava em Piers. Fazia-o sentir que tinha de recompensá-la por isso, se entende o que quero dizer.

Fora um tanto chocante ouvir Tilda referir-se de forma tão inconsequente a uma parte de sua própria vida — ouvir Angel descrita dessa maneira —, e ela se enchera de compaixão pelo jovem Piers, tentando confortar a mãe, ao mesmo tempo que tentava entender o comportamento do pai. Seguira Tilda na saída para o pátio e observara com sentimentos contraditórios a partida de Alison, sem conseguir detectar a reação de Piers, e de repente se sentira constrangida.

Pensou: pareço uma turista de passagem na vida dele, espreitando-a e avaliando-a, sem saber nada a seu respeito. O que ele pensa e realmente sente? Quem sou eu para achar que precisa ser protegido dos amigos dele?

Sentira-se muito feliz por ficar sozinha por um instante quando Tilda saiu para trocar Jake, e Saul se dirigira ao celeiro para checar o churrasco.

Vira-o fazer alguns comentários com Piers, que, com um olhar amistoso para ela enquanto terminava o café à luz do sol, entrara. Não tornara a vê-lo até a hora do almoço: um lanche rápido de pão e queijo, perturbado pela chegada da Sra. Coleman, carregada de sacolas e caixas. Saul e Tilda se apressaram a retirar a louça e as sobras da refeição, conversando enquanto enchiam a máquina de lavar louça e Piers apresentava a hóspede à Sra. Coleman. Lizzie, que já a imaginara como uma camponesa idosa com as faces cor de maçã, dedicada à família de Piers por gerações, fora obrigada a rever as primeiras ideias: mulher magra, de aparência meio cansada, uns trinta e tantos anos, tinha um sorriso muito meigo e um ar de tranquila confiança. Estava claro que Piers nutria uma grande afeição por ela, e ela lhe dera um beijo rápido ao entregar o cartão de aniversário.

— Você é um amor mesmo, Jenny — dissera ele, abrindo, lendo e colocando-o em pé com os outros cartões no armário da cozinha. — Muitíssimo obrigado.

— Muitas felicidades. Agora, se saírem e me deixarem algum espaço, vou iniciar os trabalhos, a não ser que Tilda queira me dar uma ajudinha.

Piers e Saul logo se dirigiram ao pátio e levaram Lizzie, e agora ela, sentada no banco, via Saul começar a formar uma pilha de assentos rejeitados, buscar um carrinho de mão e levá-los para jogar fora depois. Piers veio sentar-se ao seu lado no banco.

— Estou decepcionada — murmurou Lizzie, sem olhá-lo, observando Saul cheia de preguiça.

Ele absorveu o perfil, os olhos semicerrados dela, com um olhar divertido.

— Lamento saber disso.

— Tudo dera certo na minha mente — continuou na mesma voz baixa. — A Sra. Coleman devia ser uma antiga empregada, ciumenta da posição aqui, dando duro em Michaelgarth. Eu até a tinha imaginado um tanto parecida com uma personagem de Irene Handl. Sabe o tipo de coisa? Meio despenteada, mas limpa, muito limpa, de avental imaculado. Aquelas faces murchas vermelho-maçã e olhos aguçados, mas bondosos. Ah, e sapatos sérios.

— Sapatos *sérios*? — repetiu ele, intrigado.

Lizzie o encarou.

— Deve saber ao que me refiro — insistiu. — Pretos com cadarços, mas distorcidos por joanetes. Pesados e desconfortáveis, porém ela sempre os usa com meias, mesmo no dia mais quente. Eu tinha decidido que a Sra. Coleman talvez me julgasse e declarasse insatisfatória, a não ser que tivesse sorte bastante para ser aprovada por causa do anúncio da TV, mas, mesmo então, ela ainda recearia que eu fosse frívola.

Ele riu ao se lembrar da Sra. Penn.

— Sim, vejo como você deve ter ficado decepcionada. Jenny Coleman não se encaixa muito bem nessa descrição.

Lizzie suspirou.

— Chega de ideias preconcebidas.

— Sempre forma imagens mentais de pessoas que vai conhecer?

Ela franziu os lábios, cautelosa.

— Não sempre. Têm de parecer interessantes, provocar a imaginação. Algumas fazem isso ao contrário, claro. Imaginam que os atores são as personagens que interpretam, sobretudo se estiverem atuando em qualquer coisa apresentada em longa temporada.

— Quer dizer que a identificam o tempo todo como a mãe adorável, embora maluca, de dois filhos adolescentes rebeldes cujo pai encantador mas disfuncional não para de lhe estragar a vida?

— Mais ou menos isso — concordou ela, após uma pausa.

— Alguma semelhança? — perguntou Piers com cuidado.

— Quase tão fiel quanto a imagem que eu fazia da Sra. Coleman — respondeu Lizzie. — Não pude ter filhos — apressou-se a acrescentar, mas com uma objetividade que o calou.

Ele olhou as andorinhas acima, que mergulhavam e rodopiavam no ar azul e quente, desapareciam nas sombras escuras do celeiro para abastecer os ninhos e tornavam a se lançar como flechas para o brilho solar: parecia que qualquer coisa que dissesse só poderia soar trivial ou inquisitiva.

— Você, por outro lado, era exatamente como o tinha imaginado. — Ela o ajudou naquele momento embaraçoso. — Mas também eu tinha em que me basear. As lembranças de Felix me ajudaram. Será estranho vê-los aqui, os dois juntos. Já não está na hora de eu ir buscá-lo?

Piers olhou o relógio, aceitando a sugestão.

— Quando quiser. Espero que não seja demais para papai, mas ele pode descansar entre o chá e o jantar. É bondade sua ir.

— E Alison estará aqui para o chá? — perguntou Lizzie, como quem não quer nada. — Ou... alguém mais?

— Não — respondeu ele meio depressa demais. — Não, o chá de aniversário é só para a família e amigos muito íntimos. Sempre funciona assim em Michaelgarth.

—- Nesse caso, eu me sinto muito honrada, sobretudo porque só nos conhecemos há quatro dias. Claro, você poderia dizer que nos conhecemos há quarenta e tantos anos...

— Você é especial — disse Piers, num momento desprotegido, e ela se virou para olhá-lo, surpresa e satisfeita.

— Gostaria de ter comprado um presente para você agora. Droga!

Ele estreitou os olhos com um sorriso.

— Já me presenteou com vinhos, se não me falha a memória.

— Sim, mas não foi um presente de aniversário. Foi um presente antecipado de obrigada-por-me-receber. — Lizzie meneou a cabeça. — Achei que não o conhecia bem o bastante para escolher alguma coisa. Agora me sinto mal. — Hesitou. — Piers, preciso lhe pedir desculpas por esta manhã. Ah, nada desse olhar intrigado: sabe muito bem a que me refiro. Todo aquele exibicionismo diante de Alison. Apenas me senti meio tímida, suponho...

Ele deu uma gargalhada.

— Tímida? — retrucou, num tom descrente, provocador.

E ela riu junto, mais uma vez à vontade e feliz, o acanhamento de repente dissipado. Entreolharam-se, aquela estranha sensação de reconhecimento pairando entre ambos até, genuinamente tímida agora, Lizzie encenar o número de olhar o próprio relógio e dizer que precisava aprontar-se para buscar Felix.

No banheiro do andar superior, encarou o reflexo no espelho e ouviu a voz de Sam perguntar: *Amá-la? Como posso saber se a amo? Amor é uma palavra tão desgastada pelo uso. Não tenho certeza de que ainda sei o que significa.*

Afastou-se do espelho e, de volta ao quarto, se sentou na beira da cama. A lembrança da personalidade inquebrantável do marido desalojou outros sentimentos, e ela o imaginou como melhor o conhecia, ao dirigir um ator: as mãos cortavam e modelavam o ar, o corpo retesado pela urgente necessidade de transmitir exigências precisas. Imaginou a frustração quando interpretavam mal essas orientações, as mãos puxando e correndo pelos cabelos vastos e rebeldes; a excitação quando uma cena saía excelente, um punho socando o ar, o rosto vincado de deleite. Na companhia dele, os outros se apagavam em insignificância e, em sua ausência, a vida era vazia e sem cor: de um jeito ou de outro, Sam era muito difícil de acompanhar.

Amor é uma palavra tão desgastada pelo uso. Não tenho certeza de que ainda sei o que significa.

Logo em seguida, ela se levantou, pegou as chaves do carro e desceu, o eco das palavras ainda nos ouvidos.

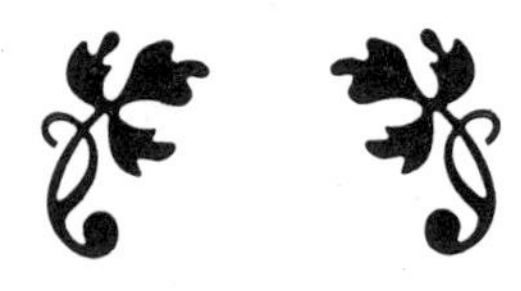

CAPÍTULO QUARENTA

Tomaram o chá à sombra de um guarda-sol verde imenso, sentados em volta de uma grande mesa de madeira no pátio. Tilda e Saul se acomodaram num banco com Jake na cadeirinha ao lado, enquanto os outros três ocupavam as cadeiras de jardim mais confortáveis, selecionadas antes por Piers e Saul. Jenny Coleman fizera deliciosos sanduíches macios de pepino, finos e leves como hóstias, e um bolo de café e nozes. Ali reunidos à luz solar matizada, conversavam ociosos sobre como Tilda poderia abrir algum tipo de pequeno negócio, talvez trabalhando em Michaelgarth, sem ter de deixar o filho com alguém.

— Tantas pessoas trabalham em casa hoje em dia — disse ela. — Devo poder fazer alguma coisa. Com certeza não imagino retornar à rotina de escritório, embora eu seja boa em organização.

A conversa continuou num tom descontraído, com várias sugestões atiradas para lá e para cá, até chegar a hora de cortar o bolo.

— Meu preferido — declarou Piers com grande satisfação enquanto Tilda servia mais chá. — Que tal uma fatia, Lizzie?

— Ah, sim. Por favor — respondeu ela com um ar meio sonhador, o olhar na direção do celeiro. Vinha imaginando como Alison reagiria a

essa troca de ideias e notando que Saul tinha muito pouco a dizer.
— Vocês sabem que este seria um lugar fantástico para as pessoas ministrarem workshops. — Aceitou a fatia de bolo. — Dei uma olhada no interior do celeiro mais cedo. Há espaço de sobra e não se teria problema de estacionamento. Tilda falou em abrir um pequeno salão de chá, mas por que não transformá-lo numa espécie de oficina de artesanato na qual as pessoas viriam dar aulas?

— Que tipo de aulas? — Felix pareceu interessado, ao aceitar o chá de Tilda. — Não quer dizer que Tilda devia dar as aulas?

— Não, não. — O grito agudo de Tilda divertiu Lizzie. — Eu pensava em algumas das oficinas de artesanato que vi. O especialista em qualquer atividade que seja... ah, deixe-me lembrar. Aquarela? Pintura em seda? Cerâmica? Oficina literária... alugaria o celeiro para um curso, que ele ou ela divulgaria. As pessoas sempre precisam de lugares para dar cursos... chamam de ponto de encontro, termo mais horrível... e um lugar como este, tão antigo e situado ao redor deste belo pátio, atrairia como um ímã qualquer pessoa criativa.

— Então alugamos o celeiro — começou Tilda meio tímida e com um olhar de esguelha para Piers —, mas apenas em base temporária e a muitas pessoas diferentes?

— Acho que você teria de ver a demanda — observou o aniversariante, pensativo. — Talvez encontre alguém que o queira nas mesmas semanas todo ano ou uma vez por mês.

— Talvez dê uma certa dor de cabeça encaixar cada aula e manter uma agenda de todas — reconheceu Lizzie —, mas Tilda disse que gosta de organizar. Não acho que as oficinas de teatro funcionariam sem algum tipo de palco, mas creio que poderiam oferecer aulas de mímica e dança.

— E os alunos pernoitariam? — perguntou Felix, com visível fascínio pela ideia.

— Depende da duração do curso e da distância que percorrem — respondeu Lizzie, muito satisfeita com a boa recepção da ideia. — Mas aqui há muitas pousadas e hotéis pequenos. Não deve ser problema. A área constitui uma grande atração em si, sobretudo para artistas...

— E eu poderia fornecer almoço. — Tilda se empertigou, o bolo esquecido. — Sopa e pães feitos em casa, com um pudim muito delicioso.

— Pelos quais pagam extras — interveio Lizzie, sorrindo para ela.

— Custaria muito arrumar o celeiro? — perguntou Saul, dando sua primeira contribuição.

— Precisaríamos instalar um banheiro — disse Piers; levava a coisa com visível seriedade — e equipar uma pequena área para fazerem café, e assim por diante. E pôr algum tipo de aquecimento.

— Creio que você poderia checar com a biblioteca os cursos oferecidos na cidade — sugeriu Felix — e depois abordar os professores.

— Brilhante — disse Tilda —, e o Departamento de Turismo também. É a melhor ideia que já tivemos até agora — hesitou um pouco. — Não, Piers?

— É — respondeu ele em tom categórico. — Muito boa.

Tilda deu um imenso suspiro, recostou-se para terminar o bolo e sorriu para Saul, sentindo que ele não tinha o mesmo entusiasmo sincero dos demais.

— Venha me ajudar a dar banho em Jake — disse-lhe. — Quero tentar pô-lo na cama um pouco mais cedo esta noite. — Lançou um olhar para Lizzie, lembrou que Teresa sempre pedia para dar banho no neto e se sentiu meio inoportuna. Lizzie, embora sorrisse para o bebê e não mostrasse nenhum dos pequenos chiliques de Alison quando o via mamando ou abrindo o berreiro, tampouco dava os primeiros passos para se aproximar dele. — A não ser que queira me ajudar, Lizzie...? — começou, cautelosa.

— Ai, não! — Lizzie pareceu tão apavorada que todos riram. — Não pode estar falando sério! Eu o deixaria cair ou o afogaria. Não, não. — Sacudiu a cabeça. — É tão frágil que me mata de medo.

— Venha, Saul. Você não tem medo dele, tem? — Tilda se levantou, pegou a cadeirinha e os três entraram em casa.

— Ele é tão pequeno. — Lizzie sentiu que precisava explicar melhor sua reação. — Ah, que responsabilidade por uma pessoa tão minúscula!

De repente, fez uma expressão reprovadora, mordendo o lábio, e Felix, que a observava, curvou-se e empurrou o prato um pouco para o lado.

— Boa ideia a sua, Lizzie. Em relação ao celeiro, quero dizer. O que acha, Piers?

— *É*, sim. — Piers cruzou as pernas e se reclinou na cadeira. — Na certa não custará muito transformar o celeiro, mas vou ter de examinar as regulamentações de planejamento. Tilda precisa de algo a que se dedicar de corpo e alma, e essa poderia ser uma solução perfeita.

No andar de cima, apoiado no batente da porta, Saul a observava colocando o afilhado na pequena banheira. Animado, o bebê sacudia as pernas ao tocá-las na água quente e ria com prazer da liberdade e da força recém-descobertas. Tilda, ajoelhada, uma toalha enrolada na cintura, ria com ele, desviava a cabeça dos borrifos, as pontas dos cabelos molhadas. De repente o ergueu bem alto, de modo que a água escorreu pelos braços bronzeados e fortes enquanto Jake gorgolejava de alegria.

Saul se sentiu enternecido: achara difícil ficar calado, ouvindo planos que confinariam Tilda em Michaelgarth, embora não tivesse alternativas sensatas a oferecer. De seu ponto de vista, teria preferido que ela ficasse em algum lugar que não fosse a casa da família de David, onde se via tão estampada e tão forte a presença do amigo. Contudo, Michaelgarth era a herança de Jake, e Tilda se sentia segura ali. Afinal, era quase tanto a casa dela quanto fora de David, e ele sabia que, por mais que ela tivesse saudades dos amigos do exército e da vida social, seu lugar era naquela parte de Exmoor.

Na noite anterior, com Gemma e Guy, que se haviam juntado a eles para jantar, Tilda fora tão senhora da ocasião, tão naturalmente confiante ao circular pela cozinha e sala de estar depois. Tinha uma força e uma graça que contrastavam de forma aguda com a formosura de boneca, mas superficial, da irmã dele e, embora ninguém pudesse ser mais encantadora que Gemma quando em boa forma, Tilda tinha alguma qualidade especial que transcendia o encanto. Ele sentira a habitual pontada desagradável ao vê-las juntas, desejando não ter sido sobrecarregado com o segredo que o fazia se envergonhar da irmã e sentir raiva de David. Em sua inocência, Tilda mostrara uma amistosa cordialidade com Gemma, objetividade e comedimento com Guy — que detestava quem o tratasse com demonstrações de afeto exageradas —, e se perguntou, não pela primeira vez, como ela reagiria se descobrisse a verdade.

"Esqueça isso, amigo", teria dito David. "Não passou de uma daquelas coisas. A vida é curta demais..."

Saul ficava com o coração apertado quando imaginava como aqueles olhos talvez o encarassem se ela algum dia viesse a descobrir o que acontecera entre David e Gemma: o que pensaria do silêncio dele? Iria acusá-lo de ajudá-los a enganá-la ou entender que apenas tentava protegê-la? Sofria de amor e necessidade dela, desejava cuidar de ambos, e por instinto se dirigiu aos dois, pegou a toalha e a estendeu para envolver Jake naquelas dobras quentes e macias. Sentaram-se juntos os três na borda da banheira e Tilda se apoiou nele, os cabelos pingando na camisa de algodão do amigo.

— Eu te amo — disse ele, enraivecido. — Esse é o problema. Realmente sabe disso, não, Tilda?

— Sim — respondeu ela, após um instante. — Sim, eu sei, Saul.

— Me sinto tão impotente. — Ainda falava em tom agressivo, mas continuava a segurar a criança com ternura. — Me sinto desleal a David, mas eu a amei desde o primeiro minuto e simplesmente tenho de dizer isso em voz alta.

Ela deslizou o braço pelo ombro dele, a face encostada no ombro, e se lembrou das palavras de Gemma: *Não consigo muito bem ver Saul no mesmo time de David.*

Como ela poderia descrever o grande afeto que sentia por ele?

— Você é muito especial, Saul — começou —, só que...

— Eu sei. — Ele tentou sorrir, sem querer afligi-la arrancando explicações para aliviar o sofrimento. — Simplesmente não me diga que sou como um irmão para você, só isso.

Tilda se calou por tanto tempo que ele se virou para olhá-la, o medo e uma fraca centelha de esperança batalhando no peito.

— Não consigo descrever exatamente o que sinto — respondeu por fim. — David era tão... superenvolvente. Tão difícil de acompanhar... que não posso imaginar sequer pensar nisso ainda, se é que algum dia poderei. Mas eu também te amo, só que é desonesto dizê-lo quando nada posso lhe oferecer. Sei que eu detestaria não tê-lo por perto e preciso de você para me manter com os pés no chão, se entende o que quero dizer.

— Acho que sim. — Ele sabia que devia ficar contente com esse tanto, ao menos por enquanto, mas a minúscula chama de esperança continuava a brilhar no seu íntimo e a animar o seu estado de espírito. — Vamos arrumar este camarada e depois preciso descer para ajudar Piers a acender as luzes no pátio. — Ele se curvou e tocou os lábios de leve nos cabelos dela. — Não se preocupe, Tilda. Estarei por perto enquanto precisar de mim.

Ela sorriu agradecida e lhe deu um abraço.

— Nós dois precisamos de você — declarou, seguindo-o até o quarto do bebê.

CAPÍTULO QUARENTA E UM

Ao se vestir para o encontro com Piers às seis e meia, Alison lançava olhares esperançosos, porém ansiosos, para o espelho da penteadeira, passando para lá e para cá em frente a ele: como se esses breves vislumbres, tomados em movimento, lhe revelassem algum lado desconhecido, apresentassem algum aspecto do qual raras vezes tinha consciência. A figura rápida nesse vaivém em luta com um zíper, enfiando uma camiseta pela cabeça, mostrava uma mulher diferente da sentada no banco estofado, o olhar crítico e insatisfeito ao espelho triplo. Piers a veria assim, em movimento, flexível? Ou pensaria na outra, com rugas finas esculpidas entre as sobrancelhas e a boca descontente?

A presença de Lizzie Blake em Michaelgarth lhe solapara a confiança com muito mais sucesso do que Tilda conseguira até então, e já experimentara e rejeitara três trajes separados: o primeiro informal demais, o segundo elegante demais, e o terceiro apenas sem graça. O aposento, que dava para o estreito jardim lateral, era quente e abafado, as altas cercas de cipreste bloqueavam qualquer corrente de ar frio. Aliás, não predominavam correntes naquela moradia confortável e pequena, tão sensata e arrumada, e previsível, quanto a própria dona da casa.

Racional, de administração econômica, cercada pelo jardim bem-planejado, e, por poupar trabalho, era exatamente a casa que Philip teria escolhido para as atuais circunstâncias dela. Da penteadeira, a fotografia do falecido marido sorria em aprovação condescendente.

Ele ficaria surpreso, pensava agora, se a visse no atual dilema, com as peças descartadas jogadas de qualquer jeito na cama, em vez de penduradas em ordem no armário embutido. Até a morte de Philip, tinha encarado as roupas como artigos necessários que nos dão respeitabilidade e nos mantêm aquecidos — e quanto mais baratas, mais as apreciavam. Ele entendia o sentido de pagar um pouco mais por uma qualidade que duraria para sempre — uma saia de tweed, digamos, ou um casacão clássico —, mas comprar roupas por diversão transcendia a compreensão dele. Moda era uma palavra que não fazia parte do seu vocabulário, e se podiam encontrar a saia — ou o casacão — em um brechó beneficente por um quarto do preço dos novos, por que se esquivar se a cor não combinava muito com as roupas ou o comprimento tinha três centímetros menos que o ideal?

Ao experimentar uma blusa de gola estilo anos 1970 com uma listra púrpura berrante demais, ela começou a se dar conta por que Philip e a filha brigavam com tanta frequência. Antes, talvez usasse a blusa sem sequer pensar, além da necessidade de ser limpa e bem-passada, mas agora a imagem de Lizzie naquela macia túnica de linho verde-maçã pairava entre ela e o espelho. Parecera esguia e arrojada, mas a calça capri larga acrescentara um toque jovem, meio sexy, ao traje. Ao se encarar na blusa antiquada com a saia rodada de brim desalinhada, entendeu pela primeira vez a agonia por trás dos resmungos de Sara:

— Não posso usar essa velharia. De nada adianta baixar a bainha. O corte está errado, não consegue ver?

Talvez uma mulher como Lizzie, abençoada com estilo e graça, tivesse se colocado entre Sara e a última paixonite dela, de modo que o humor portentoso e os sermões inoportunos de Philip sobre os perigos da extravagância em busca da vaidade devem ter sido difíceis de suportar.

Alison, mais preocupada com os resultados das provas do que com o sucesso social da filha — e, de qualquer forma, muito mais sintonizada com as necessidades de Mark —, sentia um prazer quase perverso ao apoiar o marido. Afinal, por que devia reduzir as despesas para economizar centavos quando Sara os gastava em frivolidades?

Agora, de carranca fechada em perplexa frustração diante de seu reflexo, sentia uma pontinha de remorso: tinha um vislumbre da oportunidade desperdiçada, perdera uma chance de se aproximar mais da filha, de partilhar. O fruto desses sermões moralistas e piadas ditatoriais à custa da filha tinham gerado ressentimento em Sara: talvez um toque mais leve, generosidade de vez em quando...? Por instinto, rejeitou o que parecia uma exigência muito desnecessária de reavaliar os padrões de Philip ou os dela própria. Sara sempre fora uma criança ingrata, mal-humorada e, quando mais velha, reticente e crítica. Mark era descomplicado, menos melindroso, e ela sempre achara as exigências do filho mais aceitáveis — não que ele aparecesse com maior frequência para visitá-la agora do que a filha...

Decidida, afastou os filhos da mente e começou a abrir o zíper da saia. Com certeza devia ter algo que ao mesmo tempo lhe desse confiança para se encontrar de novo com Lizzie e atraísse a atenção de Piers. Ansiava pelos quinze dias seguintes, tê-lo só para si. Já esboçara um pequeno roteiro de saídas: nada exigente demais, mas que lhes daria muito tempo juntos longe de Michaelgarth. Teria de ser — rejeitou as palavras "astuciosa" e "engenhosa", que sugeriam de maneira pouco lisonjeira a falta de disposição de Piers — "diplomática" era mais a palavra, em sua determinação de ver que ele saíra de seu ensimesmamento. Em Michaelgarth, sobretudo com Tilda e Jake morando lá, as sombras de David e Sue o impediam de começar uma vida nova. Mudar-se da casa em Minehead fora um passo muito sensato em relação ao passado: chegara a hora de encorajar Piers a seguir em frente.

Alison despiu a blusa infeliz, pendurou-a com a saia de brim e começou uma nova busca ao parco guarda-roupa.

* * *

Lizzie, sentada com Felix no banco sob a área coberta diante do vestíbulo, viu-a entrar no pátio e sentiu um surto de exultação venenosa. A saia era um pouco justa demais e o comprimento desfavorável às pernas curtas e atarracadas de Alison; a blusa era enfeitada demais para um churrasco — na verdade, seria difícil, pensou Lizzie, imaginar uma ocasião adequada para tal peça — e as sandálias, visivelmente escolhidas por serem confortáveis, eram pesadas e nada lisonjeiras.

Tudo simplesmente errado, coitada, pensou satisfeita, e se deslocou uma fração mais para perto de Felix quando a recém-chegada se aproximou. Trazia um embrulho retangular debaixo do braço, e a visão de Lizzie e Felix, sentados juntos tão amigavelmente, em nada lhe atenuou a expressão de cautela e agressividade.

— *Alôô* — exclamou Lizzie, com um sorriso, sentindo a influência de Angel mais uma vez se insinuar. — Você é a primeira a chegar. Que amor, não?

Sentiu a risada silenciosa de Felix reverberar pelo braço acima e reprimiu o desejo de desatar a rir. Alison os encarou com frieza ao se aproximar, mas, quando Felix ia se levantar, Piers surgiu na entrada e gritou uma saudação.

— Vamos nos retirar por um instante — disse ele aos dois no banco e puxou Alison para a cozinha.

— Por que não gosta dela? — perguntou Felix, ainda sorrindo consigo mesmo.

— Ela faz com que eu queira me comportar mal — respondeu Lizzie com toda honestidade. — Assim que bati os olhos nela esta manhã, simplesmente senti essa vontade se apoderar de todo meu ser. Por que será, você tem alguma ideia?

— Poderiam ser vários motivos. Acho que Alison é o tipo de pessoa que nos faz ficar de pé atrás. Não apenas pela ausência dessa qualidade indefinível que chamamos de encanto; ela tem uma aura ferina mais definida, combinada com uma espécie de pretensioso senso de virtude quase ofensivo.

Lizzie deu um assobio.

— É uma das melhores reprimendas que já ouvi — disse com admiração. — Ensaiou de antemão ou apenas a improvisou?

Felix pareceu encabulado.

— Lamento. Foi um alívio tão grande poder dizer isso em voz alta. Sei que nada tenho a ver com isso, mas os Rowe nunca foram meus preferidos e me sinto muito aflito por Piers se envolver tanto com Alison.

— Ah, por favor, não se desculpe — apressou-se a retrucar Lizzie. — Adoro o assassinato de uma boa personagem. Piers *de fato* parece gostar dela, embora eu creia que Tilda não aprove. — Silêncio. — Tive uma sensação muito estranha esta manhã, Felix. Quando a conheci, foi como se o passado começasse a se reencenar...

Hesitou mais uma vez, sem saber como continuar, e ele virou a cabeça para olhar para ela.

— Com Alison no papel de Marina e você no de Angel? — indagou.

Ela o encarou, ansiosa.

— Parece meio ofensivo dito em voz alta — respondeu. — Não tenho a intenção de ser. E, de qualquer modo, não é exatamente a mesma coisa. Ela não é esposa de Piers... e ele e eu não somos amantes... mas a mulher tem algo de santarrona, como se fosse dona de Piers e eu uma espécie de intrusa predadora.

— Na certa Alison também vê a situação assim. Você representa uma ameaça, e a reação dela é natural: enfurecida, garras apontadas. Como eu disse, não é o tipo de pessoa pela qual sentimos simpatia espontânea e, no seu caso, imagino que ela esteja ainda menos disposta a ser agradável.

— Foi bastante grosseira quando nos apresentaram — reconheceu Lizzie —, mas tenho de admitir que Piers não fez nenhum esforço para indicar que ela tinha algum direito especial sobre ele. Por outro lado, não quero causar problemas.

— Não? — perguntou o amigo em tom seco.

Ela riu, sem se ofender com a perspicácia dele.

— Fiquei feliz por estarmos sentados juntos aqui quando ela chegou — confessou. — Senti que fazia parte da casa e ela era a visitante... Do que está rindo?

— Acho que você deixou isso bem claro quando a cumprimentou daquele jeito — respondeu Felix. — Muito afável.

Continuavam rindo, encostados um no outro, como duas crianças perversas, quando Piers e Alison saíram para o pátio.

— Vejam que linda pintura de Dunkery Alison encontrou para mim — disse ele com uma alegria um pouco forçada.

Ergueu um quadro a óleo com moldura pesada para inspeção, Alison parada com um ar meio presunçoso ao lado. Lizzie e Felix tomaram posição de sentido e examinaram a cena com atenção educada.

— Aquela não é a colina que vejo do meu quarto? — perguntou Lizzie, animada, decidida a ser amigável. — Que coisa impressionante reconhecê-la! É muito bonita, não, Felix?

— Maravilhosa — concordou ele. — Esplêndido efeito de luz e sombra.

Piers baixou o quadro, deu outro olhar apreciativo como se quisesse mostrar gratidão e satisfação, e sugeriu que era hora de um drinque.

— Boa ideia — concordou Lizzie um tanto rápido demais. — Posso preparar as coisas?

Viu Alison se retesar, como se estivesse pronta para saltar à ação defensiva se ela fosse de fato se levantar do banco, e decidiu lhe ceder qualquer direito que ela julgasse ter.

— Não que eu tenha a menor pista de onde são guardadas as coisas. — Virou-se para Felix. — A Sra. Coleman preparou a comida, mais deliciosa impossível — disse. — Gostei muito dela. Quisera eu conhecer alguém assim para me socorrer quando dou uma festa!

Alison fechou a cara.

— Pessoalmente, considero-a muito supervalorizada como cozinheira — declarou em tom ressentido, e fez-se ao redor um silêncio embaraçoso.

Tilda e Saul saíram da copa com uma bandeja de copos e uma garrafa, brincando um com o outro, e Piers se virou com alívio para recebê-los. Felix se levantou, fazendo a Alison uma pergunta sobre o jardim dela. Tilda serviu vinho numa taça e a passou a Lizzie. Esta parecia nervosa e fez uma careta, tomando o cuidado de dar as costas aos outros.

— Não me deixe — murmurou, tomando um gole de suco de laranja no próprio copo. — O filhote chegará aqui a qualquer momento e vou precisar de seu apoio moral. Começo a sentir que cometi um erro terrível. Não desapareça, Lizzie. Conto com você para nos conduzir desde a chegada até o fim com uma diversão teatral.

Ouviu-se um carro se aproximar; motor desligado, portas batidas. Tilda permaneceu imóvel em expectativa, mas ao ver o casal que surgiu pela arcada, com gritos de saudações e presentes, soltou a respiração num arquejo de alívio. Piers e Felix foram recebê-los, Alison os seguiu logo atrás, e Saul se afastou depressa para verificar o churrasco. Chegavam mais pessoas na entrada para carros, e Lizzie empertigou os ombros, inspirou fundo para controlar os nervos, e Tilda a encarou, os olhos em chamas de expectativa.

— Aqui vamos nós — disse, examinando Lizzie de cima a baixo, meio crítica, como se fosse uma filha favorita prestes a se apresentar no palco pela primeira vez. — Abertura e iniciantes, por favor, e toda essa coisa. Pronta para receber seu público?

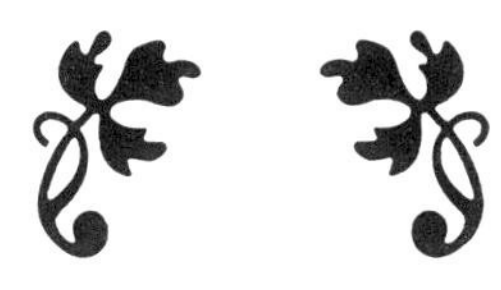

CAPÍTULO QUARENTA E DOIS

Felix via com certa diversão e uma estranha sensação de orgulho Lizzie circular pela festa. Os convidados, amigos da família toda, não apenas os íntimos de Piers, vibravam por ter uma atriz famosa e popular entre eles. Acotovelavam-se para serem apresentados, cada um querendo lhe falar de sua impressão da *sitcom* ou do anúncio — muitas vezes dos dois —, e ela recebia toda saudação calorosa com grande charme: uma brilhante mistura de humildade, gratidão e prazer irresistível. Ele quase ouvia Alison ranger os dentes.

De sua posição numa cadeira de estofamento confortável, observava todos exatamente como se fossem personagens de uma peça encenada naquela noite de pleno verão, no pátio do antigo claustro, especialmente para seu deleite. Saul dava duro na churrasqueira, envolto num longo avental azul de açougueiro, virava peças de bife e salsichas que chiavam, ao mesmo tempo que trocava gracejos com alguns jovens que tinham sido amigos de David e se alegravam por ter Tilda de volta ao convívio. Ela aparecia em intervalos regulares para lhe dar tapinhas de encorajamento, dar-lhe um pedacinho saboroso na boca e brincar com os amigos que, por adivinharem a profundidade da dor que ela sentia, eram cautelosos em manter a conversa leve. Os cabelos cor de manteiga caíam sobre os ombros quadrados, bronzeados, uma camiseta de algodão mantida no lugar por tiras estreitas, as pernas compridas semicobertas por um sarongue transparente azul-pavão.

Felix sentiu uma pontada de pena de Saul, que não parava de sorrir, afastava os cabelos do rosto quente com um golpe impaciente do antebraço e aceitava as ofertas esporádicas de Tilda com uma mímica extremamente exagerada de gratidão surpresa, o que fazia os amigos rirem e comovia Felix. Todos percebiam o amor de Saul — embora o rapaz tivesse certeza de que o escondia por baixo da encenação — e o velho balançou a cabeça. Ficou se perguntando se ele poderia preencher o espaço deixado pelo falecimento de David. O neto fora abençoado com uma qualidade que atraía as pessoas como um ímã e as mantinha por perto: amável, sim, até certo ponto; cônscio das necessidades dos mais próximos; mas David acrescentara a essa mistura uma rudeza que muitas mulheres consideravam atraente. A combinação se revelara extraordinária, emprestava uma vitalidade excitante a qualquer um que entrasse na órbita dele; a morte prematura apenas se somava à mística e lhe dava mais uma vantagem injusta: a idade não o definharia, nem os anos o condenariam.

Via-se com evidência o profundo afeto existente entre Tilda e Saul, mas seria o tipo de amor que capturaria a imaginação e despertaria a paixão dela? Uma vez que tínhamos encontrado o sentimento verdadeiro, poderia qualquer outro estar à altura? Felix imaginava se seria justo ele até mesmo tentar; mas podia haver mais força em Saul do que qualquer um deles pudesse imaginar. Em Michaelgarth, até agora, sempre tivera de desempenhar um papel secundário ao brilhante desempenho de David. Talvez agora, após David...

Felix esticou as pernas, cruzou-as no tornozelo e embalou o copo com cuidado. A vida depois de Angel — Ah! Como parecera lúgubre o futuro após aquele último encontro na Gaiola; como sentiu o coração pesado. Restara-lhe como única salvação futura fazer Marina o mais feliz que conseguisse; do contrário, tudo acabaria destruído e o término do caso amoroso teria sido apenas um gesto estéril. Sentia-se grato pelo fato de, nos últimos anos, ter havido aquele breve florescimento tardio de afeto entre os dois: uma reconciliação nascida do sofrimento de Marina e nutrida pela compaixão dele por ela.

O longo entardecer de junho desaparecia, as cores do pôr do sol — escarlate e chama — se extinguiam no céu ocidental e se dissipavam nas águas púrpuras do Canal. A luz azul do crepúsculo enchia o pátio, e as pequenas lâmpadas, fixas em intervalos ao longo dos muros altos, projetavam minúsculas poças de luz dourada entre os ramos estendidos e nodosos das macieiras e amoreiras, dando um toque bronzeado às delicadas folhas verdes. Lizzie, agora conversando com Tilda, avançou devagar para o campo de visão de Felix, e o coração dele de repente bateu tão forte no peito que ele ficou com falta de ar e se agarrou ao braço da cadeira. Ela inclinava a cabeça com cuidado, meio na sombra, a massa de cabelos clara àquela luz, a expressão divertida e quase perversa lembrava tanto Angel: quase podia ouvir a voz dela murmurar alguma fofoca chocante, lembrando-se daqueles comentários engraçados, maldosos, no ouvido: "... então ela continuou com aquela fala monótona, querido, sobre a sombria traição do marido, lamuriava-se sobre a outra mulher e dizia pela vigésima vez: 'E ela *sabe* que ele é casado', então me curvei do outro lado da mesa e disse: 'Mas, querida, ele também sabe...'"

Felix estremeceu com a dor da lembrança e da perda e, nesse mesmo instante, Tilda jogou a cabeça para trás, às gargalhadas, enquanto Lizzie ria. Alison de repente apareceu entre elas com uma expressão de desaprovação hipócrita, indicando alguma coisa ou pessoa negligenciada, de modo que Tilda fez uma pequena careta de culpada e se afastou às pressas, deixando as outras duas presas por um breve instante numa necessidade social de comunicação.

Ele não ouvia a voz de Lizzie e pôde apenas imaginar as palavras que acompanhavam o gesto expansivo e o olhar sorridente de prazer que indicavam que a festa corria bem e os convidados se divertiam. A expressão de Alison era mais complicada: a etiqueta exigia uma resposta civilizada, mas, mesmo àquela distância, viu que ela, rancorosa, se recusava a dá-la. A relutância em encarar os olhos de Lizzie, o leve enroscar do lábio, destinado a lhe mostrar que era uma forasteira, sugeria que Alison dizia que esse evento anual sempre fora um sucesso e este nada tinha de diferente. Parecia de suma importância para ela se incluir firmemente no grupo da família, mostrar um conhecimento superior, distanciando-se assim daquela intrusa indesejável.

Felix observava, chocado com o poder que o passado continuava a exercer. Nos últimos anos, punira-se, perguntava-se como pudera trair a esposa e o filho, condenando as próprias ações. Agora, ao olhar Lizzie e Alison, soube exatamente por quê; lembrou-se dos silêncios hostis, dos comentários amargos de um lado e da generosidade amorosa do outro. O ciúme de Marina se revelou nos primeiros anos do casamento, e o amor dele por Angel — ou, melhor, o dela por ele — serviu de alimento e calor após anos de privação. Fora fraco? Abanou a cabeça: que os outros tentassem viver num congelador de condenação e suspeita antes de julgar. Claro, o caso com Angel apenas confirmou a visão que Marina tinha do marido, mas, por outro lado, que importância tinha isso agora? Sua única defesa era que ele jamais recebera conforto de qualquer outra mulher, jamais olhara para o lado; apenas Angel conseguira fundir ternura, humor e paixão numa única e irresistível unidade — e só a ameaça de se separar de Piers tivera a força de convencê-lo a dar as costas àquela magia; apenas a segurança e a confiança do filho tinham feito o sacrifício valer a pena.

Ao ver Lizzie e Alison, rezava com fervor para que Piers não se visse em situação semelhante. Nos olhares possessivos de Alison, o persistente esforço da presença ao lado do aniversariante quando ele se movia entre os convidados, os pequenos toques que pareciam espontâneos no braço do filho, Felix via os tentáculos de expectativa pegajosa, coesiva, que, se não arrancados, se entrelaçariam e prenderiam com mais proximidade e força até impossibilitar a fuga de seu pesado fardo. Lizzie tinha um toque leve: aproximava-se com um sorriso, podia até enfiar o braço no da outra pessoa com simpatia calorosa, e se afastar de forma tão rápida e natural quanto chegara: nada tinha de opressivo.

Viu que Piers se juntara às duas, com uma bebida, relaxado e à vontade. Uma ou duas vezes, percebera uma expressão diferente no rosto dele e soube que o filho pensava em David: o primeiro Natal sem ele, o primeiro aniversário, todos constituíam momentos dolorosos a superar, aprendendo, ao mesmo tempo, a inevitabilidade e a terrível e gélida objetividade da morte. Alegrou-se ao vê-lo rir, viu Lizzie murmurar alguma coisa em seu ouvido e a maneira espontânea de ele se curvar um pouco — apenas um pouco, pois ela era alta — para ouvi-la, enquanto Alison se retesava vigilante e alerta, pronta para trazer de volta a atenção de Piers para si. Pareceu um acidente que, no leve movimento em direção à Lizzie, Piers derramou um pouco de vinho na mão e no pulso dela, que a fez dar um pequeno salto e um gritinho. Ele se apressou a tirar um lenço e enxugar a mão estendida, às gargalhadas, e nenhum dos dois notou o rosto furioso e atormentado de Alison.

Foi nesse exato momento que chegou o filhote. Foi trazido — em meio a gritos de desculpas pelo atraso — acomodado numa cesta de vime forrada com um cobertor macio. Todo orelhas arriadas e patas imensas, o animalzinho parecia muito receoso ao ser transportado através do grupo maravilhado e ao ouvir as exclamações "oh" e "ah" de convidados emocionados. Piers ergueu os olhos da operação de enxugamento, perplexo enquanto Tilda deslizava entre as figuras atentas para ficar entre Lizzie e a mãe. A pequena procissão agora parava diante do aniversariante, o filhote erguido bem alto na cesta, enquanto a criadora e o marido irromperam na primeira frase musical de "Parabéns pra você". A melodia foi continuada com vontade pelos outros convidados, os gritos ressoaram ao redor do pátio, ecoando na noite silenciosa e culminando num coro de "Pois ele é um bom companheiro".

Felix descobriu que estava com os olhos cheios de lágrimas enquanto observava a surpresa, a satisfação e a ternura começarem a se manifestar no rosto do filho ao encarar o cachorrinho e ouvir as vozes dos amigos.

Todos se amontoaram em volta para lhe dar um tapinha no ombro, um aperto de mão, até ele conseguir, por fim, estender os braços para receber a cesta com o filhote de labrador caramelo: sobrinho-bisneto de Joker. Tilda e Teresa ficaram juntas, braços entrelaçados, o rosto da primeira molhado de lágrimas. Ela virou a cabeça por um breve instante, escondendo-o no pescoço da mãe, que deitou a face nos cabelos claros e abraçou a jovem na tentativa de confortar e proteger. Então Piers a procurou, reconhecendo que fora a nora que planejara essa surpresa, e Tilda mais uma vez sorriu, embora trêmula, abraçando o sogro e o filhote juntos, ao mesmo tempo que Lizzie sorria com os olhos marejados e Alison mordia os lábios de mortificação.

Os convidados tornaram a se fechar ao redor deles e Felix não conseguiu ver mais nada. Levantou-se com dificuldade, pegou a bengala e entrou em silêncio na casa.

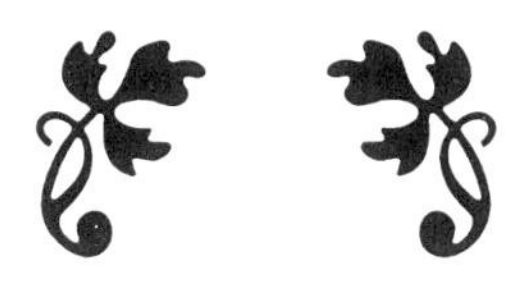

CAPÍTULO QUARENTA E TRÊS

Assim que Piers se dirigiu ao encontro de Tilda, Lizzie se afastou. Pela primeira vez desde o início da festa se sentiu uma estranha. Todas aquelas pessoas partilhavam lembranças comuns: uma história que as unia num padrão de escola, trabalho, amor, do qual ela não participava. Por instinto, olhou em direção a Felix, viu a cadeira vazia e se sentiu ainda mais solitária. Alguns passos para trás a levaram à quina da ala oeste e ao alto muro do pátio e, sentando-se no pequeno banco nas sombras, se envolveu num manto de silêncio e imobilidade, na esperança de não notarem sua falta.

Todos queriam ver o filhote, tocá-lo e soltar exclamações sobre o cachorrinho: todos, menos Alison. Mesmo naquele momento de isolamento, Lizzie não pôde resistir ao sorriso lamentável que sem querer lhe aflorou aos lábios. Alison, afastada num canto, se dilacerava entre mostrar abertamente sua fúria ou fingir que participara do segredo. Ao examiná-la, sentia que "fúria" não era uma palavra forte demais para a expressão que via no rosto da outra. Era evidente que a reação de Piers — e a aceitação — ao presente de Tilda revelava que não apenas a opinião de Alison pouco lhe importava, mas que ele se dispunha a mostrar isso em público.

Adivinhou que a mulher encarou o ato como uma vitória de Tilda e Felix, assim como de qualquer outro convidado a quem informara o que sentia em relação ao fato de Piers ter outro cachorro.

Mais interessante ainda: o aniversariante não mostrava nenhuma sensação de constrangimento e inadequação. Era inteligente demais para imaginar que Alison lhe fosse indiferente, mas não hesitara em demonstrar seu deleite. Com o cachorrinho nos braços, afagava a cabeça macia, examinava-o entusiasmado, e Lizzie ouviu várias vezes o nome "Joker" quando a criadora salientou uma semelhança e relatou a descendência comum. O rosto de Tilda brilhava de ternura quando se curvou para beijar o focinho do filhote e tocar as orelhas caídas e, no momento em que Teresa se juntou ao pequeno grupo mais próximo de Piers, a jovem riu para a mãe, que lhe retribuiu o sorriso com uma expressão de cumplicidade triunfante.

Por algum tempo, esqueceram-se de Lizzie: o filhote dominava a cena. Ela se sentia mais à vontade, desejando ter trazido a bebida, feliz por estar naquele canto silencioso e fora da ribalta. Jamais tivera problemas em se fazer de tola se isso ajudasse tudo a fluir, quebrasse o gelo ou fizesse alguém se sentir melhor, mas sempre a agradara ser espectadora. Gostava de observar a linguagem corporal, os gestos e as expressões: para o ator, isso equivalia à cópia do escritor. Por exemplo, Tilda agora se movia com a fluidez e a leveza do alívio; abraçou Saul quando — encerrados os deveres de chefe de cozinha — ele veio ver o filhote, o braço de leve no amigo ao se encostar feliz nele. Saul admirou o cachorrinho com o prazer da gratidão pessoal, pois o presente indiretamente lhe rendera esse gesto cordial, amoroso, e, quando Piers se curvou para fazer uma observação jocosa, ele ergueu os olhos com uma humildade sorridente, encantadora, que enterneceu Lizzie. Viu que Teresa também olhava o casal mais jovem, a acentuada beleza do rosto suavizada por uma espécie de ansiedade esperançosa. Mas, ao olhar para Piers, assumiu uma expressão mais cautelosa e, vendo pelos olhos dela, Lizzie reconheceu a atração que arrastava as mulheres para ele: aquela naturalidade com o próprio corpo, o rápido olhar avaliador, entrecerrado, a engraçada curva da boca.

Concluiu que seria fácil ser tentada a cometer o erro de sentir pena de Piers. À parte as dificuldades da infância dele, sempre era uma reação natural sentir compaixão por alguém abandonado. O fortalecimento deve ser sempre daquele que vai embora: o abandonado, desamparado, colhido despreparado e humilhado entre os destroços do relacionamento, vê o ainda amado iniciar uma nova e excitante jornada, enquanto o não amado enfrenta cada dia cinzento monótono e cada noite fria infindável com toda a dor da traição e do desespero. Fora assim que Piers de fato reagira à partida de Sue: até onde sofrera? Não se viam aqueles sinais que distinguiam os solitários: nada de olhar triste, subjugado; e tampouco falta de confiança interior. Ela desconfiava que a dor que nem sempre ele conseguia esconder brotava da morte do filho: claro, a morte também era terrível, mas pelo menos nos era permitido agarrar o amor partilhado e reviver a ternura; podíamos repassar na mente as lembranças felizes, as pequenas cenas de intimidade não estragadas pelo ressentimento nem negadas pelos que precisavam jogar o passado no lixo para justificar um novo e brilhante futuro com outra pessoa.

Lizzie enxugou os olhos na manga da túnica. Louca, concluiu, doida, maluca: sentada sozinha num canto, observava pessoas que conhecia no máximo havia quatro dias e no mínimo três horas, chorava sobre a bebida — só que a deixara na mesa... Inspirou fundo várias vezes e se concentrou naquele truque de fazer uma análise das circunvizinhanças, numa tentativa de se controlar. Várias mesas, cada qual com uma seleção de cadeiras, se espalhavam em intervalos no pátio, as pernas de madeira meio instáveis nas pedras, mas a maioria dos convidados continuava de pé em grupos ou escolhia alguma iguaria das duas mesas compridas de cavalete que ladeavam a churrasqueira. Toalhas brancas adamascadas cobriam essas tábuas, e garrafas, copos, pratos e talheres sobrecarregavam uma das mesas. Na outra, as travessas de pães, minissanduíches, *vol-au-vents* e quiches tinham sido bastante depauperadas e, pouco depois, Tilda traria as deliciosas sobremesas que a Sra. Coleman preparara mais cedo.

Ela viu que Alison se afastara um pouco com uma mulher loura de tez rosada: Margaret Hooper. "Margaret e Geoffrey, irmão de Alison, se mudaram há muito pouco tempo", contara-lhe Tilda. "Geoffrey estava tendo um caso e Margaret decidiu ser drástica. Não sei se Alison está empolgada por tê-los tão perto..." Tinham sido apresentados com um grupo de outros convidados, e Lizzie mal absorvera os nomes, mas agora, quando as duas se aproximaram um pouco mais uma da outra, adivinhou que Alison partilhava a irritação com a cunhada. A loura se empertigou e encolheu um pouco os ombros sólidos, e ela, escondida no canto escuro, viu o rosto de Alison se fixar em vincos de ressentimento. Um homem alto se aproximou por trás da loura, e ela se virou para olhá-lo com uma pequena sacudida do queixo e uma careta que o convidava a partilhar o desprazer das duas com o espetáculo.

Lizzie perguntara como Margaret Hooper conseguira incluir a infidelidade do marido na vida diária; como a contivera e controlara para poder ignorá-la — ou perdoá-la. "Ele cumpriu pena", respondera Tilda. "Presentes, férias, rastejando..." Ao olhar aquele rosto claro de faces avermelhadas, ela acreditava que Margaret Hooper cobrara tudo olho por olho, dente por dente, e agora, desconfiava, mantinha o marido em rédea curta: rédea forjada por cumplicidade, mentira e subserviência dele e uma série de exigências dela. Seria possível um relacionamento conservar a dignidade, a integridade, uma vez que mentiras e enganos sobrepujavam a confiança? Como se comportara Marina quando Felix rompera com Angel? Será que o prendera da mesma maneira?

Ao observar os Hooper, compreendeu que, por mais ilógico que fosse, não podia incluir Felix na mesma categoria. Fechou os olhos, a testa franzida, como se debatesse consigo mesma: era quase impossível julgar o relacionamento de outras pessoas. Tudo parecia bem diferente quando a gente fazia parte dele.

“Como pode suportar isso?”, perguntavam seus amigos, quando os jornais ou as revistas exibiam fotos de Sam na última premiação da Academia Britânica de Cinema e Televisão com uma estrela iniciante agarrada ao braço.

“Não é importante”, ela respondia — e essa era a verdade.

“A total chateação das jovens, querida”, dizia ele e revirava os olhos com impaciência exausta. “Levam-se tão a sério. Mas vai chegar a hora...”, e mudava de expressão, desviava os olhos além dela para a visão que tinha de cada nova produção. Mas, com o passar dos anos, parecia faltar alguma coisa: a excitação, a paixão.

— Você não devia ter deixado o teatro — dissera-lhe ela. — Lembra-se do Centre Stage? — e ele a olhara nos olhos, com uma espécie de remorso doloroso, e estendera a mão para abraçá-la. Lizzie sentia o cheiro de Sam agora: nicotina, café e o odor específico dele...

Tilda se sentou ao lado e deslizou o braço pelo ombro dela.

— Não é terrível? — disse quase em tom coloquial. — Esse choro horrível chega sem aviso algum, não? Senti várias vezes esta noite; saudades de David, quero dizer, e depois irromper em lágrimas. Sei que posso lhe dizer isso, pois entende o que é nunca mais ver na vida a pessoa que a gente amava mais que o mundo. Venha para dentro comigo e me ajude com as sobremesas. Está tranquilo na cozinha e isso nos dará um momento para nos recuperarmos.

Lizzie enxugou as faces, tentou sorrir, assentiu com a cabeça e a seguiu pelo jardim, mas com o coração pesado e cheio de culpa.

CAPÍTULO QUARENTA E QUATRO

Deixado a sós por um breve momento, Piers as viu passarem. A chegada do filhote levara a festa a um clímax e agora os amigos circulavam e o rodeavam, conversavam, comiam, bebiam, e ele conseguiu desfrutar uma sensação de solidão cercado de alegria. Examinou a cabeça macia e dourada do cachorrinho, sentiu nos braços o peso do corpo e procurou em volta à procura de um lugar para se sentar. Uma cadeira ao lado de uma pequena mesa de jogo o convidou a descansar por um instante, e ele se sentou agradecido, com o filhote agora quase adormecido, meio deitado no peito. Os amigos sorriam para ele, tocavam seu ombro, alguém lhe trouxera uma bebida, mas tiveram a sensibilidade de deixá-lo em paz para tomar fôlego e absorver a cena.

O pai, sentado na cadeira estofada, balançava um copo na mão, conversando com alguns velhos amigos. Sua expressão era sutil e agradável; os cabelos brancos lustrosos puxados para trás, o rosto animado e os elegantes tornozelos cruzados de forma relaxada. O foco de visão dos dois se cruzou e o velho fez um pequeno meneio aprovador com a cabeça em direção ao animal, enviou uma leve piscadela, de modo que Piers, comovido ao extremo, ergueu o copo em retribuição. Que bom se sentar ali no pátio numa noite em pleno verão, rodeado pela família e pelos amigos: que bom sentir a carga de responsabilidade, de lealdade aos mortos, se dissipar afinal. Não necessitava mais julgar o pai nem condenar as ações dele: conseguia encará-las com indulgência. Se sentisse a sombra da mãe reprová-lo, não precisava reagir. As explicações que ele lhe dera, as próprias experiências, lhe permitiam entender e perdoar a mágoa: livrara-se, enfim, do medo. Era impossível perdoar uma pessoa em nome de outra, a dor da mãe permanecia não resolvida, mas ele não se dispunha a deixar o sofrimento do passado estragar o presente. Viu-se pensando com afeto no avô, e em Monty, lembrando que, quando o labrador morrera, fora Felix quem lhe comprara o primeiro filhote.

Com uma pontada de desânimo, percebeu Alison ao lado, junto a Margaret Hooper, e indicou pesarosamente a incapacidade de se levantar. Nenhuma das duas parecia muito satisfeita com a visão do filhote, adormecido em paz, de costas agora, a barriga gorda exposta e as enormes patas frouxas.

— Então Tilda fez o que queria — disse Alison com uma risadinha melancólica. — Achei que ia mesmo fazer. Na verdade, foi um gesto muito ruim dela, não? Pobre Piers, ela se aproveita da sua bondade.

Ele sorriu educado e refletiu sobre como detestava ser chamado de "pobre Piers".

— Você sabe que eu pensava em arranjar outro cachorro — lembrou-lhe com gentileza, e vendo-a corar.

Seria impossível continuar nessa linha de conversa diante da cunhada sem demonstrar sua falta de poder, e Piers se perguntava como ela nomeara o relacionamento dos dois aos Hooper. Ressentira-se de ser obrigado a convidá-los à festa de aniversário — eram conhecidos, e não amigos —, mas ela sugerira, vinculando o convite de forma um tanto astuciosa ao jantar festivo que o casal dera e ao qual ele a acompanhara, fazendo-o sentir, com uma certa culpa, que se exigia uma retribuição de hospitalidade. Teria sugerido os quatro jantarem num pub, mas, com a festa acontecendo agora, fora difícil dissuadi-la.

Acariciou o filhote, tentando pensar em algo para dizer a Alison, e se amaldiçoou por ter deixado as circunstâncias levarem aquela amizade tão longe em direção a algum tipo de compromisso público. Tornara-se tão natural serem considerados um casal nessa pequena comunidade social que, por uma espécie de apatia nascida da dor, ele permitira isso acontecer. A chegada de Lizzie a Michaelgarth forçava uma ligeira brecha entre ele e Alison, a pronta aceitação do presente de Tilda a alargava, e Piers sabia que não podia deixar escapar essa oportunidade.

— Pensei que nós tínhamos decidido que você precisava de um pouco de liberdade — dizia Alison com uma jocosidade forçada. — Com Tilda e Jake instalados tão firmemente...

Esse "nós" o rechaçou da tentativa de afabilidade — proporcionada pela relutância em magoar — e perseverou um rude senso de autopreservação.

— Mas não quero me livrar de minha família — afirmou, com determinação. — Já lhe disse como é importante ter Tilda e Jake em Michaelgarth. Quanto ao filhote, bem, é de todos nós. Sempre partilhamos nossos cachorros, você sabe.

Embora tivesse exagerado na ênfase deste outro "nós", lembrando que ela sabia muito pouco sobre ele ou seu passado, Piers não sentiu remorso. Margaret Hooper o encarava, os lábios curvados quase num riso de escárnio, e ele pensou: é o tipo de mulher para quem os homens são sempre o inimigo. Nada pode existir ali além de conflito.

Saul apareceu ao lado delas, com dois pratos, dando uma desculpa sorridente pela interrupção, mas tornou impossível continuar a conversa particular com Alison ou Margaret.

— Felix disse que você não tinha comido nada ainda — explicou, animado. — Ocorre sempre o mesmo na festa da gente, não? De qualquer modo, tampouco tive uma chance, por isso pensei em aproveitar a oportunidade juntos. Trouxe coisas que pode comer com uma só mão, já que está meio limitado. Que esplêndido camaradinha! Já pensou num nome para ele?

Continuou a matraquear, sorrindo para as duas, mas monopolizando o aniversariante, até as mulheres se afastarem um pouco, Geoffrey se juntar a elas e encaminhá-las na direção das bebidas. Piers ergueu uma sobrancelha para Saul.

— Socorro do assédio? — sugeriu, e Saul riu.

— Mais ou menos isso — concordou. — Felix achou que as chances eram meio altas. Duas contra um, sabe, e de qualquer modo você precisava comer alguma coisa. Tudo bem agora se eu me retirar, esvaziar um pouco a mesa e prepará-la para as sobremesas?

— Acho que estou muito seguro no momento — garantiu Piers. — Obrigado, Saul.

Olhou em direção ao pai, que os observava com um sorriso, e desejou de repente, com todo o coração, que aquele momento de verdade tivesse ocorrido muito antes na vida deles. Tanto tempo foi desperdiçado: ressentimento da parte de Piers e culpa da parte de Felix tinham frustrado o afeto instintivo que sempre existira entre os dois. Agora via com mais clareza como devia ter sido lúgubre a vida do pai ao terminar para sempre o relacionamento com Angel. Marina nunca encarou o perdão como uma opção, mas o ressentimento e a aversão se tinham suavizado aos poucos, numa expectativa de permanente vigilância: os caprichos precisavam de pronto atendimento, os maus humores suportados com alegria e as necessidades satisfeitas na hora. A atenção de Felix precisava se concentrar nela em todas as ocasiões como prova do arrependimento, e ela nunca lhe oferecera a mínima indicação de que perdoara o pecado: ao contrário, pairava uma atmosfera de vigilância desconfiada quase tangível. Fora esta a punição: jamais tornaria a confiar nele.

O ciúme paralisante da mãe lhe moldara a própria vida até Piers agarrar a oportunidade de ir embora. Depois que deixara o Royal Agriculture College, tivera condições de mudar-se para o chalé em Porlock, e, embora sentisse falta de Michaelgarth, a sensação de liberdade — de sair de baixo daquele esmagador peso de vigilância e crítica aos amigos — valera a pena. Ela mantivera um breve controle, porém, sujeitando-o a visitas repentinas em horas impróprias, inquisições, até Sue aparecer de repente em sua vida como um furacão de bom humor revigorante, abolir a culpa e arrebatá-lo para longe do alcance ciumento da mãe. Tinham passado bons tempos juntos, sem grande paixão, mas com muitas risadas, e depois ela tornou a se mudar, correndo na direção de novos horizontes e o deixando, mais uma vez, livre para ser ele mesmo.

Curvou-se sobre o filhote, ocultando a expressão de horror diante da ideia de que quase entrara em outra prisão já pronta de vigilância ciumenta e afeto sufocante, restritivo. Viu com que astúcia Alison o afastaria, passo a passo, daqueles a quem amava e intensificou o senso de preservação. Pensou em Lizzie: os modos engraçados, o humor ágil, e como ele se sentira quando aquela chama de reconhecimento surgiu entre os dois. O que acontecia quando essa chama ardia tarde demais: quando se estava comprometido com outra pessoa? Alison ou Lizzie: Marina ou Angel? Lembrou as palavras do pai: *Marina disse que nunca mais me deixaria vê-lo, e assim, no fim, não houve briga.*

Engoliu o resto da bebida e, suspendendo o filhote nos braços, levantou-se e atravessou o pátio até Felix. Abaixou-se num joelho para ele poder ver o cachorrinho, e o viu passar a mão elegante e fina na cabeça do animal com uma estranha constrição na garganta.

— Estava pensando em vovô e Monty — disse. — Parece que foi tanto tempo atrás. Lembra de Spider? Quantos anos eu tinha quando você me deu ele de presente? Dez? Onze? E depois Snoopy? David escolheu esse nome, claro. As revistas em quadrinhos *Peanuts,* no auge da moda então, eram desejadas por todos, e não conseguimos convencê-lo a trocar. Então, como vamos chamar este?

Felix alisou a macia pele caramelo e foi recompensado com uma lambida sonolenta.

— Que tal Lionheart? — sugeriu, e sorriu do olhar perplexo, inquisitivo de Piers. — De Ricardo Coração de Leão, que liderou a Terceira

Cruzada, se não me falha a memória — murmurou. — Parece muito adequado, nestas circunstâncias. Terceira vez de sorte, talvez?

Piers, surpreendido, deu uma gargalhada estrondosa da insinuação de Felix. Era verdade que Sue o resgatara da influência da mãe e agora o filhote da de Alison. Talvez não precisasse ser libertado de Lizzie: terceira vez de sorte.

— Será Lionheart, então — respondeu. — Tem a cor certa para o nome e lhe daremos o apelido de Lion. Vamos beber à saúde dele, pai?

— Beberemos a nós três — corrigiu Felix, mas, quando erguia o copo, alguns amigos ouviram por acaso, amontoando-se em volta para brindar mais uma vez à saúde de Piers e soltar exclamações sobre o filhote recém-batizado.

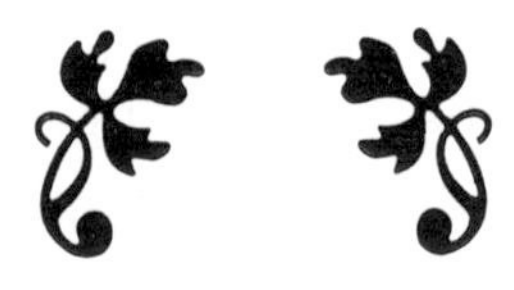

CAPÍTULO QUARENTA E CINCO

Depois que as sobremesas foram levadas para o pátio, Tilda permaneceu sozinha na cozinha. Lizzie subira sob um pretexto qualquer, e a mais jovem não tentou detê-la, pois entendia que a situação devia ser meio opressiva para uma quase estranha. Curioso, porém, refletiu, Lizzie não parecer nem um pouco estranha no que lhe dizia respeito: parecia mais um parente que retornou após uma longa estada longe. Talvez todas aquelas mudanças — a contínua adaptação a novas montagens, elencos, acomodações — a mantivessem flexível, lembrando Tilda de suas conhecidas, criadas em famílias de militares. Elas, como a atriz, tendiam a sentir-se à vontade em qualquer companhia, dispostas a adaptar-se a circunstâncias inesperadas.

Tilda começou a preparar várias xícaras e canecas para café, um ouvido atento de forma automática aos ruídos de Jake, lembrando-se de outras comemorações ali em Michaelgarth: o vigésimo primeiro aniversário de David, a festa de noivado dos dois, a animada festa anual de Piers. Ao vê-lo com o filhote, lembrara-se da chegada de Joker quinze anos antes, quando ela e David tinham onze e doze anos, respectivamente. Havia uma fotografia de David com o filhote no colo e rindo enquanto ela estava de pé ao lado dele, sorrindo para a câmera. Piscando para afastar as lágrimas dos olhos, imaginava-o ao seu lado dizendo: "Feche as torneiras, amor. A vida é curta demais", e começou a servir café nas xícaras numa segunda bandeja.

Aqueles minúsculos dardos de medo que Alison fincara com precisão tão dolorosa haviam sido extirpados e neutralizados pelo próprio Piers. Sabia que passara dos limites com Alison antes, mas o sogro deixara claro, com a aceitação pública do filhote, que os sentimentos de Alison não eram a preocupação principal dele. As insinuações de que ele tinha esperança de que ela e Jake pudessem se preparar para começar vida nova longe de Michaelgarth tinham minado a segurança de Tilda, mas a conversa na hora do chá lhe restaurara de fato a confiança.

Conversava muitas vezes com Piers sobre os planos para o futuro, mas nada sugerido até então a prendia de forma tão completa a Michaelgarth quanto as ideias de Lizzie para um pequeno centro de artesanato. Vibrara com a sugestão e sentira um profundo alívio ao ver que o sogro não mostrara nenhuma hesitação em apoiá-la. Pouco antes de a festa começar, ele parara ao seu lado e tocara o copo no dela. "Brindemos ao nosso novo projeto", dissera — e Tilda sentira um alívio e uma gratidão esmagadores. Então, chegara o filhote e, ao vê-lo segurá-lo, lembrara-se de David, todo o estilo de vida que perdera junto com o marido, e fora obrigada a derramar algumas lágrimas no ombro de Lizzie. Estranha a rapidez com que se ligara à amiga de Felix, desconfiava que isso tivesse algo a ver com o fato de as duas serem viúvas recentes. Agora mesmo, por exemplo, quando a localizara sentada no canto escuro do pátio enxugando as lágrimas, adivinhara que Lizzie sentia aquele terrível isolamento de alguém que perdeu não apenas o parceiro, mas também o melhor amigo.

Oh, a dor... Tilda mordeu o lábio enquanto esperava a chaleira ferver. "Aguente firme", teria aconselhado David — jamais muito solidário em crises emocionais —, e ela sorriu de forma vacilante para si mesma, como se tentasse seguir esse conselho. Ouviu passos atravessarem a copa e por instinto empertigou os ombros, virou-se de costas para a porta e ensaiou um sorriso mais animado.

— Ora, *que* sucesso! — A mãe pôs um braço em volta dela. — A emoção deve tê-la despedaçado. O caro e velho Piers com certeza se m strou à altura da ocasião, não?

Tilda retribuiu o abraço.

— Não foi fantástico? E o filhote não é deslumbrante?

— Perfeito.

Teresa se apoiou na borda da mesa.

— Piers vai chamá-lo de Lionheart. Lion para encurtar. Não é bonito? Aonde foi a Srta. Blake? Não acreditei nos meus olhos quando a vi. Devia ter me avisado, Tilda. Creio que seja uma velha amiga da família?

— Eu quis que fosse uma surpresa. — A filha ergueu a pesada chaleira da placa de aquecimento. — Ela é tão legal, não? Acho que é mais próxima de Felix, na verdade, ou ao menos a mãe foi. Era a atriz Angelica Blake, que já morreu, e Lizzie acabou de perder o marido, por isso temos um tipo de afinidade uma pela outra.

— Eu não fazia a menor ideia. — Teresa entendeu rápido. — Ah, coitada! E foi tão divertida a noite toda. Tampouco deve ter sido fácil para você, querida. Deixe-me ajudá-la com essa chaleira. É muito pesada para você.

Tilda tornou a pôr a pesada chaleira na chapa e se afastou, vendo a mãe despejar água fervente no café instantâneo das xícaras e canecas.

— Essa é a primeira rodada — disse, ao observar as duas bandejas. — Talvez tenhamos que nos virar com as canecas de plástico para piquenique. Vamos levar estas para começar.

Seguiu Teresa pela copa e saiu no pátio. Piers conversava com um grupo de amigos, comia uma porção de uma das deliciosas sobremesas de Jenny, e Felix estava sentado em paz, com o cachorrinho enroscado nos joelhos. Os Hooper e Alison se mantinham um pouco afastados, as expressões desconfiadas e descontentes, mas não se via sinal algum de Lizzie.

* * *

Alison, ladeada pelos Hooper, observava Piers com uma frustração impotente. Bem no início daquela noite, começara a perceber que a presença do irmão e da cunhada talvez não fosse a vantagem que imaginara a princípio; mas agora se ressentia francamente dos dois... Quando aceitara afinal o fato de que Piers não a convidaria para ser coanfitriã da festa como desejara, ela, porém, esperara que ele lhe atribuísse alguma função especial. Como se passaram os dias e tal sugestão não se apresentara, ficara ao mesmo tempo magoada e furiosa, e a insistência em que os Hooper deviam ser convidados como retribuição pela hospitalidade deles fora, como todo o resto, um teste de poder. Por maior o afinco com que pretendia e desejava que fosse de outro jeito, os dois não faziam parte do círculo íntimo do aniversariante, e Alison tivera uma sensação de triunfo quando ele concordara — embora com óbvia relutância — em convidá-los. Silenciara um murmúrio interno de que fora impositiva em excesso, e lembrou que era o mínimo que ele podia fazer. Margaret, afinal, era sua cunhada, e ela e Geoffrey tinham se mostrado muito dispostos a receber Piers tanto para eventos familiares quanto sociais nos últimos seis meses. O fato de que ele só aceitara apenas um desses convites não tinha importância, e ela decidiu que ele deveria retribuir a gentileza.

Agora, irritada com a presença próxima do casal, via que sem os dois talvez tivesse tido muito mais oportunidade de permanecer junto de Piers. Poderia ter se insinuado na companhia dele, se mostrar em público como alguém importante para o anfitrião e se recusado a se afastar dele. Na verdade, fora espontâneo de Piers se comportar como se ela fosse mais parte do pequeno grupo familiar dos Hooper do que uma amiga especial; e a onipresença vigilante do irmão e da cunhada, a princípio incentivada por Alison, possibilitara que a desviassem para perto deles sem parecer estranho nem rude. De fato, isso poderia facilmente dar aos amigos de Piers a impressão de que a haviam convidado por uma gentileza forçada, com os Hooper colados para lhe fazer companhia.

Alison fervia de raiva impotente. A saia, escolhida como a mais lisonjeira de suas roupas de verão, ficara um pouco apertada demais, e o tecido de poliéster causara, na primeira parte da festa, um suor desagradável; agora, na fresca brisa noturna, grudava-se pegajosa em cada ponto de contato. Movia-se nervosa, tentando soltá-la da pele, e Margaret olhou para ela com uma espécie de afeto condoído.

— Hora de ir? — perguntou. — Está ficando meio tarde.

Alison se contorcia de mortificação. Parecia impossível ter imaginado que o apoio da cunhada talvez fosse uma vantagem na luta contra Tilda pelo primeiro lugar nas afeições de Piers. Via agora que tolice fora imaginá-los como um quarteto — ela e o aniversariante, Geoffrey e Margaret — no centro da festa. Acreditara que o convite para trazer o presente e abri-lo em particular, apenas os dois juntos, significava que ficaria ao lado do anfitrião quando chegassem os convidados; em vez disso, a atriz desgraçada e o pai senil de Piers tinham entrado em ação e roubado o espetáculo, com Felix apresentando qualquer-coisa-Blake aos recém-chegados, como se fosse verdadeiramente famosa, enquanto ela, Alison, parada ao lado, era completamente ignorada.

Para ser justa, fora um alívio então ver Margaret e Geoffrey; olhar e concordar com eles que tudo aquilo era muito tolo — embora Margaret precisasse ter sido firme com o marido quando ele de repente reconhecera a Srta. Blake de algum anúncio e quisera ser apresentado à atriz. Esta não fizera nenhuma tentativa de monopolizar Piers, conversava com os amigos dele como se os conhecesse de há anos, mas estava claro que lhe tinham falado sobre a surpresa do filhote.

Alison encarava com fúria a criatura ofensiva enroscada nos joelhos de Felix. A chegada inesperada do presente causara um imenso choque, uma provocação direta no que lhe dizia respeito, como se Tilda a desafiasse da forma mais pública possível. Pior ainda fora a reação de Piers: sem dar-lhe um único olhar de choque, nem de constrangimento, tampouco de desconforto, como se não tivessem sequer existido aquelas conversas anteriores entre os dois sobre se ele deveria ter outro cachorro e os desejos que ela expressara a respeito; e quando falara afinal com Piers, com Margaret firme ao lado, ele lhe dera um fora educado. Não tivera oportunidade de apelar ao cavalheirismo ou à sensação de culpa dele — o que poderia ter feito sem a presença de Margaret, tão sólida e hipócrita — e depois Geoffrey as arrebanhara comc se fossem duas ovelhas, e Alison não tivera chance alguma de tornar a falar com ele. Pior, ouvira aquele chega pra lá e agora agia com um tipo nauseante de pena consciente.

Observou Piers à vontade, conversando com um amigo, e sentiu a necessidade desesperada, o desejo por ele, agora conhecidos, que lhe impossibilitaram recuar e sair tranquila.

— Vocês vão para casa — disse a Margaret. — Na verdade, ficarei bem.

— Se tem certeza... Telefono amanhã.

Margaret se virou para procurar o marido.

Alison não se deu ao trabalho de responder: não se via sinal da Srta. Blake, mas Tilda e Teresa acabavam de surgir da casa com bandejas repletas de xícaras e canecas. Se fosse cuidadosa e felizarda, talvez conseguisse monopolizar Piers enquanto as duas se ocupavam do café. Buscando uma chance, deslizou entre os pequenos grupos de convidados, esquivou-se de mesas e atravessou o jardim até o aniversariante.

CAPÍTULO QUARENTA E SEIS

Lizzie entrou no quarto e se sentou na beira da cama. Olhou pela janela aberta o brilho da lua, que lançava uma pálida radiação nas encostas altas e nuas de Dunkery Hill: o céu azul da meia-noite era tão denso de estrelas que parecia uma cortina dourada após a outra e se abria sobre uma insondável infinidade de luz enquanto muito abaixo, na depressão, íngremes e estreitos vales projetavam cunhas escuras de sombra pelas bordas dos claros campos prateados. A simples imensidão da paisagem e o profundo silêncio aumentavam a confusão e tristeza que a tinham acometido antes, quando se sentara no banco do pátio.

O caloroso afeto e a solidariedade de Tilda tornaram quase impossível ficar com ela na cozinha. Ali, em Michaelgarth, sua capacidade de se afastar da realidade cantarolando de boca fechada e dançando começava a se desfazer, e o controle dessas oscilações de humor entre a alegria e o desespero estava ficando difícil. Lizzie se agitou: isso já acontecera antes, essa tentativa de disfarçar a frustração com otimismo, de ocultar o medo cada vez maior por trás de uma animação frenética.

* * *

Naqueles primeiros anos de casamento com Sam, ela jamais imagina que não poderá ter filhos — por que deveria? —, mas logo começa a sentir inveja das amigas grávidas, a temer o modo como a expressão esperançosa no rosto do marido se desfaz em desapontamento quando ela admite que sua menstruação veio afinal. É importante restaurar o bom humor dele, e por isso ela dança e canta para trazê-lo de volta à euforia e à confiança, esperando até ficar sozinha mais uma vez, antes de ceder espaço ao próprio desespero privado.

Como anseia por um filho — o filho de Sam. Representa a cena na cabeça tantas vezes; imagina o orgulho e a ternura dele, a maneira como ele seguraria o bebê; acredita que isso o enraizaria com mais segurança e satisfaria aquela profunda inquietação que o impele a fazer experiências, a buscar metas mais altas. Quanto às amantes, as belas atrizes às quais se relaciona o nome dele: será que ela espera que um filho também as substitua? Em algum ponto, sente sua própria confiança, a fé nele e no casamento, solapadas por esse fracasso. O próprio desejo por acalentar o bebê, a necessidade faminta de sentir o corpinho quente e pesado nos braços são continuamente negados a ela na ansiedade por compensar Sam de alguma forma.

— Você não tem culpa — diz ele, depois que os resultados de alguns exames comprovaram que ela era estéril. — Pelo menos não desse jeito.

Segue-se então uma nova e terrível delicadeza desatenta na afeição dele, que a enche de terror.

Quando Sam vai para os Estados Unidos dirigir o primeiro filme no exterior, sua ausência é quase um alívio. Ela consegue dar-lhe o generoso encorajamento — "*Claro* que você deve ir. É uma oportunidade fantástica. Vou ficar bem e aparecerei assim que a peça acabar" —, uma espécie de presente, uma recompensa por ele aceitar a infertilidade dela. Quando o flerte habitual pela primeira vez o faz avançar aos poucos para um caso, ela descobre que encara isso da mesma forma: como uma espécie de prêmio de consolação merecido que, pelos mesmos motivos de desapontamento suportados com coragem, ele merece. Aceita as explicações de Sam com a mesma tolerância e compreensão que emprega para lidar com os namoricos dele, e se sente quase agradecida pela aprovação dele. O marido passa a trabalhar cada vez mais no exterior, enquanto seu próprio trabalho a mantém entre Londres e Manchester, de modo que o tempo que passam juntos assume a qualidade de férias: muito divertidas, não muito reais, deixando os problemas em banho-maria.

Os casos agora se tornam o padrão, e ela precisa lembrar as palavras de Angel: *Sempre circularão rumores sobre um cara como Sam. Ignore-os se puder e não banque a detetive; não interrogue, a menos que não consiga mesmo suportar. Isso faz parte do trabalho dele, nada tem a ver com os sentimentos que nutre por você.* Bom conselho, sem dúvida, mas às vezes muito difícil de seguir. O trabalho árduo a salva do desespero privado, de meditar demais sobre sua impossibilidade de ter filhos, e com o tempo ela consegue aceitar as namoradas de Sam como o mesmo tipo de risco ocupacional que passar sozinha longas semanas ou o nervosismo das noites de estreia.

Um barulho na cozinha abaixo perturbou os pensamentos de Lizzie: o tinido da chaleira no fogão e o murmúrio baixo da voz de Tilda conversando com Teresa. Ela franziu a testa, como se tentasse escutar as palavras, e de repente, como se chegasse a alguma conclusão, estendeu a mão para a espaçosa mala de viagem. Revistou-a e encontrou os cartões-postais que comprara no início da semana para enviar aos amigos, e ficou por alguns instantes com eles na mão, olhando a foto do Yarn Market.

O Yarn Market é octogonal e data do século XV...

Colocou os cartões ao lado na cama e pegou o celular na bolsa; ligou-o e conferiu as mensagens. Escutou com cuidado cada uma das três e tornou a passá-las. Por fim, pegou uma caneta na bolsa e começou a escrever no verso de um dos cartões, parando de vez em quando para escolher as palavras. Quando acabou de escrever, pegou outro cartão na mala. Examinou-o, virou-o para ler a mensagem, enfiou-o no envelope e pôs os dois na bolsa de couro a tiracolo. Saiu para o longo patamar e parou por um instante na janela que dava para o pátio murado embaixo, antes de descer.

Piers a viu chegar ao pátio e notou aquela expressão de preocupação voltada para dentro antes da mudança automática para uma espécie de consciência desligada e divertida da cena, como se ela tivesse pisado de repente no palco. Sentiu-se tomado por uma sensação de pressentimento tão forte que, deixando Alison segurando o café, atravessou o calçamento de pedras até Lizzie e pegou-a pelo braço.

— O que foi? — perguntou, e ela lhe dirigiu aquele olhar risonho, luminoso e ausente, como se ele fosse um desconhecido. Ele quis sacudi-la, dizer-lhe: "Vamos, sou eu. Não precisa fingir", e depois, com a mesma rapidez, perdeu a confiança, ao lembrar que tinham se conhecido havia menos de cinco dias.

— Venha tomar um café — disse com animação. — Embora eu a advirta que talvez lhe deem uma caneca de plástico. Tilda disse que você tinha subido por um instante.

Piers percebeu que simplesmente tinha deixado Alison sozinha e agora arrastava Lizzie de volta até ela, pegando uma xícara de café da bandeja que estava na mesa ao lado. Antes de soltar o braço de Lizzie, sentiu que ela estava tensa, como se estivesse se preparando para agir, aprontando-se para atuar.

— Minhas lentes de contato desgraçadas — apressou-se ela a inventar. — Uma verdadeira agonia às vezes, você sabe.

Aceitou o café e deu um sorriso radioso para Alison, que a olhou com visível antipatia, furiosa com Piers por simplesmente se afastar assim no meio da conversa dos dois.

— Tenho a vista perfeita — respondeu ela com frieza. — Não preciso de óculos e, se precisasse, com certeza não sentiria necessidade de sofrer todo o desconforto das lentes de contato. Tenho excelente visão de longe.

— Mas consegue ver o que acontece bem debaixo do seu nariz? — perguntou Lizzie.

Fez a pergunta de um modo tão natural, tão intencional, como se estivesse de fato interessada, que Alison chegou a inspirar antes de entender o verdadeiro significado por trás das palavras da atriz. Por um breve segundo, Piers e Lizzie se olharam com tanta concordância mútua, com compreensão e reconhecimento divertidos tão totais, que naquele instante pareceu não haver mais ninguém com eles no pátio. Foi Lizzie quem se mexeu primeiro, voltou a pôr a caneca na mesa e disse:

— Parece que a festa está acabando e eu gostaria de desejar boa noite a algumas dessas pessoas simpáticas — e se afastou.

— Devo dizer — declarou Alison, furiosa, olhando para ela — que me pergunto se ela está toda ali. A gente lê sobre o temperamento artístico e essa coisa toda, e só posso afirmar, se é assim, que você faça bom proveito dele.

Piers fez seu típico gesto facial de indiferença; o olhar que trocara com Lizzie lhe restaurara a confiança, embora ainda se sentisse pouco à vontade.

— Não há dúvida de que ela é incomum — murmurou, vendo Lizzie se agachar ao lado da poltrona do seu pai, conversando com ele enquanto afagava Lion.

Alison, cheia de medo renovado, procurou distraí-lo.

— Vê-se com toda clareza que ela não é normal — disse em tom azedo. — Certamente concordo com você nisso, mas, voltando ao que dizíamos, sobre a próxima semana; Knightshayes...

Como se recebesse uma deixa, o pai ergueu a cabeça e olhou para ele, lembrando-lhe da conversa anterior. *Ele liderou a Terceira Cruzada, se não me falha a memória...* A saída era clara, se ele tivesse a coragem de agarrá-la: no entanto, era difícil conquistar a própria liberdade à custa de outra pessoa. Impossível explicar a ela que, após conhecer Lizzie, sabia que a amizade deles não se desenrolaria em alguma coisa; não desejava magoá-la, mas de que outro modo fazer isso senão falando claramente? Baixou os olhos para o rosto ansioso e tenso de Alison e viu Lizzie, do outro lado do pátio, encostar a face na cabeça do cachorro e rir de alguma coisa que Felix lhe dizia. Respirou fundo e cruzou os braços

— Não creio que vou conseguir — murmurou baixinho.

Havia uma objetividade na voz e na expressão dele, e a angústia a dilacerou por dentro. Um fraco instinto a avisou que os poderes mais delicados da aceitação e da boa vontade a sustentariam em melhor posição no momento do que o conforto árido de palavras ressentidas; mas, consumida pela humilhação e pela derrota, negou o instinto pelos mesmos motivos que antes, neste mesmo lugar, a tinham impelido a destruir a rosa que ele lhe dera.

— Eu jamais o julgaria o tipo de homem que fizesse papel de bobo por uma mulher dessas. — A voz tremeu de infelicidade furiosa, o rosto ficou feio de nojo. — É tão indigno alguém da sua idade comportar-se como um garoto de vinte e um anos...

Tilda surgiu ao lado deles, com Lion nos braços. Entregou-o a Piers e sorriu como se não tivesse ideia de que interrompia alguma coisa.

— Felix já vai para a cama — disse — e acho que Lion está pronto para ser apresentado aos novos aposentos. — Lançou um olhar simpático para Alison. — Acho que a festa acabou — acrescentou em tom delicado.

Alison a encarou. Havia alguma coisa de simbólico no ato de Tilda, como se mostrasse que vencera a batalha e que ela, Alison, estava fora. Antes que ela pudesse responder, Felix se juntou ao grupo.

— Noite maravilhosa — observou ele com naturalidade. — Eu não tinha noção de que era tão tarde. — Virou a cabeça para dar um sorriso direto para Alison. — Espero que tenha se divertido — disse com afável autoridade, um tanto como se fosse o anfitrião. — Boa-noite.

Diante de cortesia tão implacável, ela não pôde fazer nada além de murmurar "Boa-noite" e se afastar. Felix pôs a mão no braço de Piers para contê-lo.

— Não estrague tudo — murmurou. — Mesmo uma observação amistosa nesse estágio desfará todo o bem que você fez. Será mais benéfico no longo prazo.

Piers, que, comovido com o ar de derrota de Alison, estivera a ponto de gritar para ela — "Mantenha contato" ou "Até logo" —, olhou o pai.

— Ela entendeu tudo errado, sabe? — Felix lhe deu um sorriso. — Quando nos sentimos desesperados, podemos nos convencer a ouvir ou enxergar o que precisamos.

— Sei que tem razão — admitiu Piers. — Apenas me sinto meio desprezível.

Felix balançou a cabeça, animado.

— Encaixe-se sob o título "Durão" — disse. — Espero que você sobreviva.

Piers riu.

— Muito justo — respondeu. — Se divertiu, pai?

— Na verdade, muito. — O velho hesitou. — Acho que Lizzie fez muito bem a nós dois.

Esperou ansiosamente a resposta do filho, a mão frágil na cabeça do cachorrinho, puxando uma das orelhas macias numa carícia delicada.

— Muito bem mesmo — concordou Piers, e viu o alívio suavizar o rosto do pai numa felicidade delicada.

— Boa-noite, meu filho querido. Vou direto para a cama.

As pessoas vinham em duas e três para se despedirem, agradecer a Piers, até por fim o pátio se esvaziar e ele ir ao encontro de Tilda dentro de casa, que estava colocando o saco de aniagem de Joker no chão da copa, e Teresa e Saul limpavam a cozinha, enquanto Lizzie perambulava de um lado para outro e, em geral, atrapalhava.

— Vá para a cama — disse Tilda a Lizzie, entrando para pegar um jornal velho. — Vamos todos subir logo. Já enchi a lavadora de louça e podemos terminar tudo amanhã. Você também, mãe. Piers tem de passar uns dez minutos tranquilos a sós com Lion, para ele se adaptar.

Teresa continuou na tarefa de raspar os restos dos pratos na lata de lixo enquanto Saul recolhia garrafas de vinho vazias; mas Lizzie fez o que mandaram: disse boa-noite a Teresa e Saul, deu um abraço em Tilda e transpôs a entrada, onde Piers segurava Lion nos braços. Olharam-se com toda cautela, quase cansados, e, mudando o peso de Lion, ele a apertou forte com um dos braços quando ela estendeu a mão para lhe dar um beijo na face.

— Obrigada, Piers — murmurou. — Foi realmente sensacional. Não consigo dizer...

Encostou-se nele por um breve instante e passou por ele, entrou no vestíbulo e subiu as escadas.

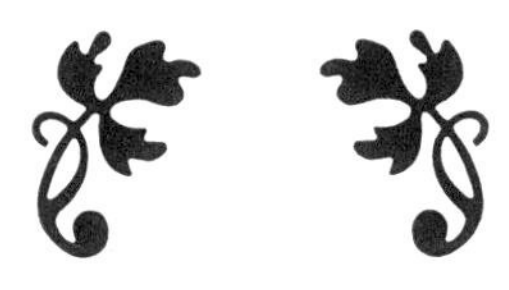

CAPÍTULO QUARENTA E SETE

Piers teve um sono pesado até o fechamento de uma porta e o barulho muito fraco e insistente dos gemidos de infelicidade de Lion o despertarem. Rolou de costas, viu que já havia luz suficiente e olhou o relógio de cabeceira: passava pouco das cinco. Gemeu, sabendo que devia descer por volta das seis para soltar o cachorro, dar-lhe comida e brincar um pouco com ele, imaginando se Tilda já descera para vê-lo. Esse período inicial de ligação com o animal era muito importante, e ele não sentia má vontade, mas no momento teria preferido mais umas três horas de sono. Ao menos podia ter uma, disse a si mesmo, se pudesse tornar a adormecer. O ruído triste e doloroso que entrava pelas janelas abertas causou-lhe pena, mas ele sabia que Lion devia se acostumar a ficar sem os irmãos e irmãs de ninhada. Logo se ajustaria; Piers endureceu o coração e se virou de lado, forçando-se a dormir. Um carro passou pela alameda embaixo da casa e um melro cantou na colina atrás do pátio. Ele se acomodou com mais conforto.

Um melro sempre canta na colina desde que consegue se lembrar. Quando menino, ele dorme no quarto da quina na ala sudeste, que dá para a colina, mas sempre anseia por uma vista do mar do seu aposento.

Para diante da janela do quarto dos pais, olha os pequenos campos dourados na direção da costa, onde os vendavais de outono agitam o mar cinzento nos rochedos abaixo de Hurlstone Point.

— Eu poderia dormir na ala oeste? — suplica ansioso. — No antigo quarto do vovô, por favor...

Tem outro motivo: sente muita falta do avô, e ocupar o quarto dele o traz para mais perto, renova as lembranças do velho. Sente-se aliviado pelo fato de o pai mal mudar o gabinete onde o avô um dia ouvira o rádio e lera o jornal; isso retém a influência dele, como se pudesse encontrá-lo ali, cochilando na poltrona, despertando para gritar: "O que houve? Onde é o incêndio?" O quarto ainda conserva os livros nas prateleiras, os pequenos artigos pessoais espalhados, e Piers gosta de tocá-los, para sentir a marca da mão do avô.

— Ainda não — responde a mãe, de forma inexorável. — Você é pequeno demais para um quarto tão grande. E, de qualquer modo, se ficasse doente ou assustado durante a noite, eu jamais o ouviria.

Ele tem doze anos quando lhe dão o quarto na quina noroeste da casa, que, no devido tempo, se torna o de David. Sue tem muito menos escrúpulos em relação à audácia do filho e lhe permite mudar ao completar oito anos.

— Não sinto o menor desejo de ouvi-lo à noite — declara ela. — Quanto mais longe, melhor. Preciso dormir.

David implora para ficar com a cama de casal com a mesma paixão ardente que, depois, tem por motocicletas, carros esportivos — "Uma verdadeira pechincha, pai. Posso trabalhar nela; uma beleza" — e o barco à vela que mantém em Porlock Weir. "Só um empréstimo, pai", diz. "Afinal, é apenas dinheiro. Tenho de telefonar ao dono hoje, senão o perderei. Não faça essa cara, a vida é curta demais."

Piers apertou o rosto contra o travesseiro. Ah, tornar a ver aquele sorriso cativante, o baixar de cumplicidade da pálpebra: pôr a mão com orgulho nos ombros largos do filho e sentir o calor e o conforto dos braços fortes e jovens num abraço. Sufocou os soluços que lhe apertavam a garganta e faziam os olhos arder enquanto Lion continuava a gemer de infelicidade. E logo em seguida afastou os lençóis, vestiu o roupão e desceu em silêncio ao térreo, atravessou o vestíbulo e foi até a copa pela cozinha.

Lion correu ao seu encontro, abanando a cauda freneticamente. Piers o ergueu, segurou-o junto do corpo, e o cachorrinho lambuzou seu rosto com lambidas excitadas.

— Vai acordar a casa toda se continuar assim — murmurou ele. — Bom menino, então. Bom companheiro. Vamos sair.

Abriu a porta da copa, pôs o filhote nas pedras arredondadas do calçamento e se curvou para abrir o jornal. Lion perambulou em volta inquisitivo, abanando o rabo com cautela; farejou um copo vazio, deixado meio escondido ao lado da mesa de cavalete, e se sentou rápido, as orelhas abaixadas, quando as andorinhas deram voos rasantes sobre o pátio. Após jogar fora o jornal, Piers ficou na porta olhando para ele, a dor se dissipando. Após um momento, foi se servir um copo-d'água e, ao voltar, trazia um dos brinquedos de Joker: uma bola de borracha vermelho forte. Rolou-a em direção a Lion, que correu atrás dela cheio de alegria, arranhando-a, tentando pegá-la com os dentes e empurrá-la com o focinho. Toda vez que ela parava, Piers a repunha em movimento, e Lion pulava de um lado para outro, batendo as orelhas e, visivelmente se divertindo com a brincadeira.

Após algum tempo, Piers pegou uma das cadeiras de jardim reclináveis mais confortáveis e se sentou, de repente tomado por um enorme cansaço. Lion veio olhá-lo, ganiu um pouco e se ergueu nas patas traseiras, as dianteiras apoiadas na cadeira.

— Cansou, amigão? — Piers passou a mão no pelo macio e felpudo e imaginou o quanto David o teria aprovado, conseguindo pensar no filho agora com um pouco menos de dor.

O descendente de Joker tornou a ganir, abanou o rabo esperançoso e o dono o ergueu, ajeitando-o com todo conforto, e logo em seguida os dois acabaram ferrados no sono.

* * *

Tilda os encontrou várias horas depois e levou Lion para comer o desjejum, sugerindo que Piers subisse, tomasse um banho e se vestisse.

— Café? — ofereceu ela quando o sogro apareceu na porta da cozinha bocejando, mas o viu fazer que não com a cabeça.

— Vou tomar mais um pouco d'água — Ele encheu um copo e, sedento, bebeu-o, observando Lion, que perambulava, explorando a nova casa. — Você desceu mais cedo, Tilda?

Em vez de pôr a cadeirinha de Jake numa das cadeiras da cozinha como em geral fazia, ela a deixou no chão, para o bebê ver o filhote. Quando Lion encontrou as pernas que chutavam tão próximas do focinho inquisitivo, sentou-se de repente, olhando espantado. Tilda riu e se agachou ao lado, com palavras de estímulo.

— Veja, Jake, este é o Lion. Ele não é legal? Diga oi.

Ergueu o olhar ao ouvir a pergunta de Piers.

— Não — respondeu. — Achei que você devia ser o primeiro que Lion visse. Disse que gostaria de ter esse tempo com ele sozinho, por isso eu o deixei para você. Ouvi-o, porém, ontem à noite e hoje de manhã. O problema é que, com esse calor, precisamos deixar todas as janelas abertas, por isso não se pode evitar ouvi-lo. Ele se acalmou muito depressa, na verdade.

— Esperemos que o filhote não tenha acordado os outros. — Piers se encostou na pia, tornozelos cruzados, e olhou o cachorro que farejava com cuidado os dedos dos pés de Jake.

— O quarto de Lizzie fica bem em cima da copa.

— Eu avisei a ela que o cachorro talvez fizesse barulho na primeira noite longe dos irmãos e irmãs. — Tilda se levantou e começou a juntar as coisas do desjejum. — Ela me disse que certa vez tinha dormido enquanto o caramanchão do jardim do anfitrião pegava fogo, o que incluiu a família toda correndo em volta da casa e uma visita dos bombeiros, e jamais teve problema para dormir. Disse que acordar já era outra coisa. Na verdade, me fez prometer que levaria um pouco de café lá em cima se não tivesse aparecido até às nove horas. Eu lhe disse que podia dormir até o almoço se quisesse, mas acho que ela sente que ainda não nos conhece o suficiente para isso. Combinamos dez horas.

— Ótimo. Bem, vou ver se o banheiro está livre e desço assim que puder. — Piers acabou de beber a água e tornou a encher o copo. — Quero encontrar o antigo cercadinho de David. Foi muito útil para Joker e sei que vamos precisar dele de novo agora. É uma maneira maravilhosa de conter os filhotes e bebês, mas, enquanto isso, se você tiver algum problema, tranque Lion na copa.

— Pare com essa preocupação exagerada e vá para o chuveiro. Posso lidar com um bebê e um filhote, você sabe. — Ela pôs duas fatias de pão na torradeira. — Espero que a chegada dele no meio de sua festa não tenha sido... constrangedora demais para você.

Ele se curvou para alisar delicadamente a cabeça de Jake com um dedo.

— Se você se refere a Alison — respondeu após um instante —, digamos que achei o momento perfeito. Ele é um presente sensacional. O melhor. Será divertido vê-lo crescer junto com Jake.

Ambos se olharam, lembrando-se de David, cada um consciente do fato. Num gesto raro, o sogro lhe estendeu um braço e Tilda deslizou para mais perto e o abraçou com força, o rosto escondido no roupão dele. Piers olhou por cima dela, o rosto triste por um momento, mas ao vê-la erguer a cabeça sorriu para ela, tocou sua face, fez uma careta e disse:

— Ah, diabos, preciso me barbear.

— Tudo bem — respondeu Tilda, restaurada a coragem, reconfortada pela partilha da dor oculta dos dois. — Até logo. Bata na porta de Saul quando passar.

Tirou o pão da torradeira e serviu um pouco de suco de laranja, encontrou o mel e se sentou à mesa. A porta se abriu e Teresa apareceu, bonita e arrumada como sempre, de aparência revigorada e pronta para a ação.

— Querida — começou ela, e parou para dar um gritinho de prazer ao ver Lion enroscado ao lado da cadeirinha de Jake. — Oh, mas não é uma gracinha? Ouvi-o ganir mais cedo, pobre almazinha, mas achei melhor deixar Piers cuidar dele.

— Ele desceu mais cedo. — Tilda espalhou o mel na torrada e deu uma grande mordida. — Lion a manteve acordada com o ganido? — perguntou de modo não muito claro.

— Não, na verdade, não. — Teresa empurrou a chaleira para o fogão. — Não se levante, não quero tomar o desjejum ainda. Preciso de café, só isso. Não, adormeci muito depressa ontem à noite, mas o ouvi hoje de manhã, pobrezinho, e depois alguém que se movimentava aqui embaixo e imaginei que Piers tinha descido. Quer café?

Tilda balançou a cabeça.

— Não, não tomo com muita frequência ultimamente. Jake não gosta muito. O pão está ao lado da torradeira.

— Num minuto. O café primeiro. — Teresa se sentou diante da filha. — Acho que saiu tudo muito bem, não? — Os olhos de ambas se encontraram. — Tenho a sensação de que você não vai ver Alison muito mais em Michaelgarth.

Tilda riu.

— Eu também — admitiu. — Imaginei se não tinha sido muito arrogante ao trazer Lion desse jeito, sem perguntar a Piers primeiro, mas ele disse mais cedo que foi o melhor presente que poderia ganhar.

— Que bom para ele. — A mãe aproximou um pouco a cadeira, num gesto quase conspirador, e baixou a voz. — Acha que está rolando alguma coisa entre ele e Lizzie?

A filha franziu a testa, pensativa, e acabou de comer a torrada com alívio evidente.

— Parecem absurdamente bem-sintonizados — respondeu após um instante. — Como se estivessem em paz juntos e muito felizes. Trocam pequenos gracejos e parecem tão... bem, à vontade, mas também parece que simplesmente acabaram de se encontrar após anos e anos. É curioso.

— Sabe quanto tempo faz que ela perdeu o marido? — perguntou Teresa com cuidado, consciente de que entrava em terreno sensível. — Estava pensando nisso, sabe...?

— Ela não fala no assunto, mas quando conversei com Felix ele disse que achava que era bem recente. Pelo que entendi, o luto a fez decidir procurá-lo de novo. — Tilda deu um sorriso sardônico. — Na certa é cedo demais para começar a espanar seu chapéu de casamento, mãe.

— Chapéu de casamento? Quem vai se casar? — Saul entrou na cozinha, olhos abatidos, um roupão atoalhado amarrado sobre uma camiseta e short. — Piers acabou de bater na minha porta e depois desapareceu no banheiro. Que sacana.

— Não se levante, mãe. — Tilda começou a comer a segunda fatia de torrada e Teresa, alvoroçada, já ia se levantar. — Saul faz o chá dele. E ninguém vai se casar. Falávamos apenas dos planos frustrados de Alison. — Piscou para a mãe. — Estávamos nos parabenizando por nossas táticas. Ou estratégias. Ou seja lá o que for.

Lion acordou, levantou-se cambaleante e começou a andar decidido em volta da cozinha.

— Rápido — disse Tilda a Saul. — Leve-o ao pátio, antes que ele faça xixi no chão. Ande, Saul.

Ele pegou o filhote como se fosse uma bola de rúgbi e se precipitou pela copa enquanto as duas riam e Teresa se levantava para fazer umas torradas. Logo em seguida, Piers e Felix chegaram juntos e o dia começou de verdade; tomaram o desjejum, discutiram planos. Saul disse que podia ficar para o almoço, mas precisava ir embora na hora do chá; Felix, por outro lado, perguntou se o deixariam sair um pouco mais cedo caso fosse conveniente para todos os demais. Parecia satisfeito, mas meio cansado, e Teresa se ofereceu para deixá-lo no apartamento quando voltasse para Taunton.

— Simplesmente tenho de voltar antes do almoço — explicou ela — se não for cedo demais pra você, Felix.

— Serão muito bem-vindos se ficarem — disse Piers, imaginando se os dois não estavam sendo diplomáticos. — Pelo menos nos ajudam a acabar com as sobras da comida no almoço.

— Vou levar um pouco de café para Lizzie — disse Tilda, pensando com alívio que ao menos Alison não irromperia pela porta adentro naquela manhã — e depois terei de amamentar Jake. Não desapareça ainda, mãe.

Saiu, com uma caneca de café, e Saul entrou, com Lion nos calcanhares, à caça das solas dos chinelos ruidosos e gastos do rapaz.

— A manhã não poderia ser mais fantástica — anunciou. — Saímos um pouco na subida da colina e a vista é de tirar o fôlego. Ai! — Puxou o calcanhar do alcance dos dentes afiadíssimos do filhote. — Como vai conseguir manter Lion dentro do pátio, Piers? Se pudesse botar um portão, seria perfeito para ele.

Antes que Piers pudesse responder, Tilda reapareceu, ainda com a caneca na mão.

— Lizzie não está aqui — disse ela, olhando ao redor ansiosa, pondo a caneca na mesa. — Aonde pode ter ido?

Seguiu-se um breve silêncio.

— Talvez tenha sido ela que eu ouvi saindo mais cedo — respondeu Teresa. — Talvez Lion a tenha perturbado e ela decidiu sair para dar uma caminhada de manhã cedo.

— Mas as coisas dela desapareceram e o quarto está vazio. — Tilda parecia intrigada. — Desapareceu completamente.

CAPÍTULO QUARENTA E OITO

Piers levou alguns instantes para controlar o choque e, mais revelador, o medo da perda que o oprimia de angústia. Ouviu Saul dizer que ia verificar se o carro de Lizzie tinha partido e Tilda explicar que o deixara na entrada de veículos, e não no celeiro; ele tomou consciência das várias teorias apresentadas por Teresa, mas, instintivamente, recorreu ao pai. Felix o observava com o conhecido ar de compaixão e afeto.

— Ela terá deixado uma mensagem — disse o velho, firme, em resposta à tácita pergunta do filho. — Se foi embora, terá um motivo. Haverá alguma mensagem.

Mensagem: Piers se viu tomado por uma nova esperança, mas foi Tilda quem encontrou o cartão encaixado entre a xícara e o pires dele. Passara-o ao sogro e, mal olhando a foto do Yarn Market, ele o virara para ler o que ela escrevera no verso. Percorreu rapidamente com os olhos as linhas, sob o ávido olhar dos outros, e Saul voltou para informar que o carro de Lizzie se fora.

— Diz aqui que, quando ela checou o celular após a festa ontem à noite, encontrou várias mensagens urgentes de seu agente. — Piers pigarreou. — Ele a esperava de volta no fim de semana e ela se esqueceu completamente de avisá-lo que havia prolongado a estada. Ao que parece, tem de estar em Manchester na manhã de segunda-feira bem cedo para uma filmagem e precisa parar em Bristol no caminho para pegar algumas roupas. — Fez uma pausa e leu direto do cartão. — "Imagino que vocês todos dormirão até tarde após uma festa tão maravilhosa, por isso provavelmente vou sair de fininho, tentando não incomodar ninguém. Nem posso lhe dizer como me diverti. Sinto tanto que tenha perdido a cabeça e esquecido esse compromisso, mas, por favor, dê minhas afetuosas lembranças e agradeça a todo mundo por mim." É isso, então.

Olhou para todos em volta, tentando esconder a decepção arrasadora.

— Creio que a vida é assim — dizia Teresa — quando se é famoso. Ela me contava ontem à noite que vão fazer outro anúncio, como uma espécie de sequência do primeiro.

— Mesmo assim — Tilda parecia quase tão decepcionada quanto Piers —, eu gostaria que ela pudesse ter ficado para se despedir.

— É uma longa viagem até Manchester — observou Saul — e, se ela precisa passar em Bristol, não tem muito tempo de sobra. Seria tolice, para não dizer irritante, ficar aqui esperando as pessoas acordarem. Afinal, todos poderíamos ter acordado ao meio-dia.

— Não haveria muita chance com Jake por perto — respondeu Tilda, quase zangada. — Para não falar de Lion. Acho que foi Lizzie, ao sair, que o perturbou.

Piers lembrou-se do barulho da porta se fechando e do som do carro na alameda. Ainda tinha na mão o cartão-postal, e não queria soltá-lo para ser lido pelos outros. "Significou muito encontrá-lo finalmente, Piers", escrevera ela. Ele queria ter tempo para examiná-lo mais uma vez em particular e, subitamente, sentiu a necessidade de ficar só.

Felix se levantou da mesa.

— O que acharia se fôssemos embora daqui a pouco? — perguntou a Teresa. — Não quero ser desagradável, mas sinto que um longo descanso é a ordem do dia no que me diz respeito.

Se ele esperava desviar a atenção do filho e do cartão, o plano teve sucesso. Tilda olhou para ele ansiosa e a mãe dela se levantou rapidamente.

— Sim, claro — respondeu. — Você deve estar exausto, Felix. Não sente dores, espero?

— Não, não. — Ele deu um sorriso tranquilizador e balançou a cabeça, pesaroso, como em desespero pela própria fraqueza. — Sinto muito por separar o grupo. Se Saul não se importa de pegá-la, minha mala já está pronta.

Teresa e Saul subiram juntos a escada, Tilda começou a tirar a mesa e Piers saiu com o pai para o pátio, onde Lion farejava curiosamente uma abelha. As rosas voltavam as faces de papel para o sol, duas andorinhas tagarelavam no telhado do celeiro, mas, em meio a essa cena tranquila, pareceu ao velho que o filho era um centro de atividade mental fervilhante: quase ouvia as ideias borbulhando na cabeça dele. Cruzara os braços no peito, fechara as mãos e trancara os polegares entre os dedos médios de cada punho. Felix esperou, observando o filhote, que agora encontrara a bola feita de jornal descartada e metia delicadamente o focinho entre as pedras do calçamento.

— Parece tão estranho — disse Piers por fim — que ela tenha saído tão depressa assim.

Manteve a voz baixa, e o pai olhou para ele com a testa um pouco franzida.

— Não acredita na mensagem dela? Me pareceu bem razoável.

— Aconteceu alguma coisa errada ontem à noite — respondeu Piers. — Não no início, mas depois, quando ela voltou a descer bem no fim da festa. Andei imaginando se foi então que checou as mensagens, mas, se foi assim, por que não me disse então que teria de partir de manhã bem cedo? Não faz sentido. E tem outra coisa... — hesitou, como se tentasse decidir o grau de importância com que isso o obcecava. — Ela não deixou endereço nem número de telefone.

— Entendo. — Felix pareceu pensativo. — Claro, se saiu depressa, talvez não tenha pensado nisso. Na certa vai telefonar quando chegar a

Bristol. A gente faz coisas ensandecidas, você sabe, nos momentos de tensão.

— Também me perguntei sobre isso. — Piers fez uma pausa. — Mas, de qualquer modo, você sabe o endereço, não?

— Bem — disse o velho, perplexo —, sabia antes, mas diabos me levem se eu conseguir lembrar assim de repente. Não escrevia muito a... nenhuma delas, você sabe. Cartões de Natal, de aniversário, esse tipo de coisa. Telefonava às vezes, do escritório. Entenda, Angel geralmente estava no teatro, por isso os melhores momentos para encontrá-la eram à tarde, logo após o almoço...

Sentiu uma dorzinha no coração ao lembrar. Oh, aquelas conversas. Ele, no escritório vazio, o telefone junto à boca, debruçado sobre o mata-borrão na escrivaninha no qual desenhava pequenas figuras de palitinho: Angel na cama, a fumaça de cigarro subindo espiralada do cinzeiro. "Oh, querido, você não sabe como preciso que me confortem."

Felix abriu os olhos e viu que Piers o encarava.

— Tudo bem com você? — perguntou o filho. — Lembra o endereço?

Confuso, o pai retribuiu o olhar.

— Se lembro? — repetiu, ainda pensando naquelas tardes, conversando, conversando... sempre tanta coisa a dizer. Como poderia esquecer algum dia?

— O endereço — recordou-lhe Piers. — Consegue lembrar?

Felix engoliu em seco e se recompôs.

— Não — admitiu. — Sumiu. Elas moravam numa pracinha bonita perto da universidade.

— Bem, de qualquer modo, você sabe onde fica a casa. Podia me orientar até lá, não, se eu encontrar um mapa das ruas de Bristol?

Felix ergueu as sobrancelhas, surpreso com a insistência de Piers.

— Meu querido camarada — disse. — Sim, suponho que posso. Só que, Santo Deus, isso faz mais de trinta e cinco anos...

— Mas você foi pegar a gaiola — disse Piers, para sacudir a memória do pai. — Há quanto tempo?

— Quinze anos? — O velho arriscou um palpite. — O problema é que os lugares mudam. Sistemas de mão única, esse tipo de coisa.

— As cidades não mudam tanto — retrucou Piers, firme. Não nas áreas residenciais. Tenho certeza de que, juntos, a encontraremos.

Felix sorriu, deliciado no íntimo, ao ver no filho aquela total aceitação de Lizzie e de tudo que ela representava para ele.

— Tenho certeza que sim — concordou. — Claro, podemos verificar no Luttrell Arms. Ela teria dado o endereço a eles, não?

Piers olhou o pai com admiração.

— Brilhante — declarou —, mas será que eles nos dariam?

— Vou pedir. Afinal, me conhecem muito bem. Tentarei quando chegar a Dunster e ligarei para você.

— Obrigado. — Piers pareceu de repente encabulado. — Na certa, é uma reação excessiva minha — admitiu —, mas tenho a sensação de que alguma coisa está errada. Por que ela veio agora, pai? Chegou a lhe dizer?

Felix franziu a testa e tentou lembrar do encontro no jardim. *Vim a Dunster procurar você*, dissera ela. Ele parecia esperá-la — porque parecia muito correto que Lizzie devesse estar lá —, portanto não fizera perguntas. Mais tarde, quando tentara falar sobre a vida dela, Lizzie parecera triste. *Não pergunte*, respondera. *Angel, Pidge, Sam*: *Oh, Felix, perdi todos eles.*

— Falou alguma coisa sobre a perda do marido — disse. — E, claro, Angel e Pidge se foram. Julguei que, após a morte do marido, sozinha, tirando as coisas da casa em Bristol, ela desceu a estrada até o passado que às vezes percorremos após um trauma na vida. Tentamos nos reconectar às coisas ou pessoas que perdemos no caminho; buscamos nossa juventude em velhas fotos e cartas.

Lembrou-se das últimas palavras de Pidge: *Lembre-se de como éramos.*

— Acho — disse, com cuidado — que por um curto período na vida de Lizzie fui importante para ela, e na hora da dor esse tempo específico lhe voltou. Sei que parece estranho, mas jamais fui fundo para descobrir os motivos. Você não perguntou?

— Perguntei, sim — respondeu Piers. — Ela falou sobre estalos de virada; quando acontece alguma coisa triste, a gente reavalia a vida. Na verdade, não falou sobre o marido, apenas disse que, com Angel e

Pidge mortas, decidiu procurá-lo na esperança de que você preenchesse algumas lacunas para ela. — Balançou a cabeça, frustrado. — Em ocasiões como essa, as pessoas de fato não pensam direito o bastante para ser muito minuciosas e pôr os pontos nos is. — Deu uma risada breve. — Bem, *eu* não pensei.

— Você tinha sofrido um choque — começou Felix, cauteloso, mas Piers sorriu para ele.

— Não se preocupe, pai — respondeu ele. — Chega de recriminações. Não quero perdê-la agora, só isso.

Nesse momento, Tilda e Teresa saíram para o pátio, seguidas por Saul, que trazia a mala de pernoite de Felix, que só conseguiu pegar a mão de Piers, agradecido e aliviado.

— Me ligue mais tarde — murmurou o filho —, depois que tiver repousado.

Foram em grupo até o carro de Teresa; seguiram-se muitos beijos, despedidas e depois o carro partiu, todos acenando.

— Vou procurar o cercadinho lá em cima — Piers pegou o filhote que tornara a se deitar nas pedras do calçamento e instalou-o no saco de aniagem na copa. — Cama — disse, o tom firme.

Lion abriu um olho sonolento e se esticou com todo conforto.

— Ele e Jake vão poder entrar no cercadinho juntos — observou Tilda. — Deve ser divertido.

Piers subiu, mas, quando ela e Saul chegaram à cozinha, um carro passou pela janela; o motor foi desligado e bateram na porta. Tilda correu à porta da copa, com Saul logo atrás, e os dois se perguntavam se Lizzie teria retornado. Para grande surpresa deles, viram Marianne atravessar o pátio. Vinha de cara fechada e trazia no braço o que parecia uma manta.

— Oi, Tilda — disse ela, ignorando Saul. — Gemma está aqui, por acaso?

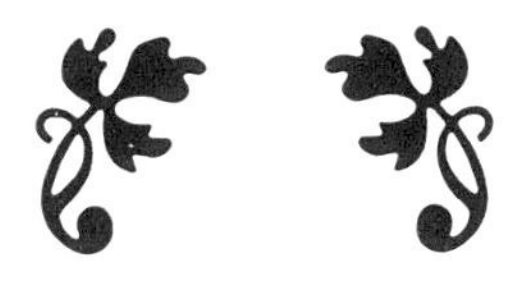

CAPÍTULO QUARENTA E NOVE

Deixaram Marianne passar e recuaram para a cozinha, onde ela olhou em volta, como se desconfiasse que eles tivessem escondido Gemma num armário.

— Qual é o problema? — perguntou Tilda, confusa com a expressão da outra. — Acabei de lhe dizer que ela não está aqui. Foi embora com Guy na manhã de ontem antes da chegada dos novos hóspedes à tarde. O dia da troca é sábado. — Olhou a manta que a recém-chegada segurava. — Ela deixou isso para trás? Vocês conseguiram se encontrar, afinal?

— Sim e não — respondeu Marianne. Jogou a manta na mesa, como se fosse um indicador de guerra. — Quer dizer, sim, deixou a manta, mas não, não conseguimos nos encontrar. *Nós*, Gemma e eu, mas ela deu um jeito de se encontrar com Simon. E se encontraram com muita intimidade, se entende o que quero dizer.

— Não — disse Tilda após um instante. — Acho que não.

Saul não disse nada: olhava a manta.

— Vejo que Saul não tem contribuição alguma a dar. — Marianne cruzou os braços, mas Tilda viu que as mãos dela tremiam. — Bem, sábio é o homem que conhece a própria irmã, não é, Saul?

Ele pensou: Vai sair tudo agora. Tudo — mas continuou calado.

— Gemma deixou a manta por engano. — Marianne voltara a falar com Tilda. — Após um dos pequenos momentos íntimos deles atrás dos arbustos de tojo, ou onde quer que seja. Simon, com grande estupidez, enrolou as duas mantas por engano e as colocou no carro. Acabei de encontrá-las quando guardávamos nosso material de caminhada no Discovery. "O que é isso?", perguntei com toda inocência. — Passou a reencenar o ato numa autoparódia quase violenta, como para demonstrar o desgosto pela própria obtusidade. — Eu disse: "Oh, *veja*, parece que você pegou duas mantas. De onde terá vindo isso?" Seguiu-se um silêncio, como se ele não tivesse ouvido, por isso me virei para olhar para ele, mostrando a manta. — Ergueu-a para mostrar e Tilda se esquivou. "Não faço ideia", ele respondeu com toda indiferença. "Não tenho a menor pista. Terá sido naquele piquenique com os Corbett? Isso importa? Vamos embora, tá?" Mas a essa altura, você entende, eu a sacudi e dei uma boa olhada: "O que é *isso*?", gritei. "Há uma faixa de pano com um *nome*. Ah, bom, poderemos devolvê-la. Agora que nome é?" E lá estava, enorme em azul e branco: "G. Wivenhoe." — Mostrou a tira de pano com o nome quase em triunfo e enfiando-lhes a manta debaixo do nariz, mas quando tornou a falar, já desaparecera a autogozação furiosa. — Dessa vez, quando olhei para Simon, vi um tipo de expressão que vocês jamais vão querer ver no rosto de alguém que amam. — Tornou a largar a manta, curvou-se sobre a mesa e apoiou o peso nos pulsos, agora com a voz baixa; selvagem de tanta raiva e infelicidade. — Culpa, Tilda. Foi o que vi. E medo. E vergonha. Também me senti assustada, e com o estômago nauseado. Por isso perguntei: "Quer tentar de novo?" E quando ele procurou se livrar no grito, respondi que ia direto ao chalé perguntar a Gemma. Então, ao ouvir a verdade, fui mesmo direto até lá, porém não havia mais ninguém lá e subi até aqui.

Tilda quase tinha medo de se mexer. Com o rosto branco aquilino e o corpo tenso, Marianne parecia a ponto de despedaçar; cada pedaço dela era puro osso, tendão e músculo esticado. Qualquer resposta pareceria inútil após tal explosão, e Tilda olhou para Saul em busca de ajuda.

— Gemma não está aqui, Marianne — disse ele, com toda calma, o rosto sem expressão alguma. — Não sabíamos de nada disso.

— Mas não ficou surpreso, ficou? — Ela deu um riso de deboche sem alegria. — Claro que não. Por que ficaria? Conhecendo Gemma, não sei por que eu também ficaria. Eu apenas achava que ela podia impor limites quando se tratasse dos amigos. — Olhou quase especulativamente para Tilda, que lhe estendera a mão, e Saul, por instinto, contraíra os músculos da barriga, como se se preparasse para o soco. — Embora eu não saiba por que devia pensar assim — acrescentou ela com um dar de ombros. — Afinal, ela não impôs limite a David, impôs?

Tilda deixou a mão cair e se imobilizou; observava a outra com cautela, como se fosse perigosa; como se ela própria ponderasse o que Marianne podia fazer ou dizer em seguida.

— Tem algum sentido nisso? — perguntou Saul, desesperado. — Pelo amor de Deus, Marianne...

— Qual é o problema, Saul? — Marianne fora além de sentir compaixão. — Todos sabemos que sua irmã é uma piranha...

— Espere — disse Tilda. — Por favor, espere. Que negócio é esse sobre a imposição de limites a David, Marianne?

— Ele nunca lhe falou da tórrida quinzena de férias que passou com o querido amigo Saul em Dartmoor? Eu também estava lá, não, Saul, hospedada com Gemma? Formamos um grupinho muito feliz de quatro. Acho que você estava dando duro em Londres, Tilda.

Ao olhar o rosto de Tilda, Saul contornou a mesa na intenção de impedi-la de cair. Ela estendeu o braço, parecendo querer afastá-lo, olhou para ele como se tivesse dificuldade de situá-lo, examinou a expressão dele e se lembrou da conversa com Gemma.

Seria impossível esquecer alguém como David... Deus do céu, como ele me fazia rir... O que queremos é a qualidade desconhecida, e isso David tinha..

— Então é verdade? — questionou-o ela, desnorteada, e deu as costas de repente quando ele não pôde negar.

— Vocês não eram casados então — apressou-se a dizer Saul, ignorando Marianne. — Nem sequer noivos...

— Cale a boca — disse Tilda bruscamente. — Vá embora, Marianne. Já fez o que veio fazer. Saul pode dar a manta a Gemma na próxima vez em que a vir. Por favor, vá embora.

— Oh, não. — Marianne tornou a pegar a manta. — Não, eu mesma faço isso. Quero ver a cara dela quando entregá-la. Quero estragar tudo como ela fez comigo.

— Pare com isso! — gritou Tilda. — Pense no que está dizendo. Pense em Guy, nos gêmeos e em todo o sofrimento. Isso não lhe fará bem algum, Marianne, e há as crianças. Se você fica feliz em estragar a vida de alguém, pode se parabenizar por estragar a minha. Agora vá embora.

Acima, Jake começou a chorar, um lamento alto e fino. A raiva deixou o rosto de Marianne, cujos ombros caíram um pouco. Ela desviou o olhar de Tilda, confusa.

— Desculpe — murmurou. — Desculpe, Tilda. Achei que você sabia. Escute, não foi assim...

— Vou subir para pegar Jake — respondeu Tilda. — Gostaria que você fosse embora antes que eu voltasse, Marianne.

Saiu da cozinha e Marianne hesitou por um instante, antes de largar a manta na mesa. Ela e Saul se olharam, nenhum dos dois conseguindo pensar em alguma coisa a dizer, e Marianne deu as costas. Ele permaneceu imóvel até o barulho do motor desaparecer na distância, depois dobrou a manta num volume muito pequeno e a fez sumir de vista, no assento de uma das poltronas, quando Tilda desceu trazendo o bebê. Sentada à mesa, com Jake no colo como um escudo, ela o fitou com um ar acusador.

— Você sabia — disse — e jamais me contou.

Ele sentiu a raiva despertando por dentro e deixando seus músculos tensos.

— Não — concordou. — Jamais contei.

— Ainda não compreendo — disse Tilda. — David e Gemma... e todo esse tempo eu nunca soube. Mesmo então, lá no chalé, onde ela falava aquelas coisas sobre ele, jamais imaginei. Vocês todos sabiam e eu parecia uma criança idiota... — Um espasmo de humilhação atravessou seu rosto. — Suponho que David lhe pediu para não me contar.

— Oh, por favor — disse Saul, cansado. — Não façamos isso. Pense, Tilda. Gostaria mesmo que eu lhe dissesse que David e Gemma perderam um pouco a cabeça durante um verão? Em que ponto acha que me cabia dar a notícia? E como? Lembre-se de que eu não a conhecia então e, mesmo que *você* se julgasse comprometida com David desde o jardim de infância, *ele* podia não sentir o mesmo até o noivado. Talvez eu devesse ter anunciado na festa de noivado.

— Mas eu não sei disso, sei? — perguntou ela, furiosa. — Quero dizer, como posso saber se David não galinhou *depois* de noivarmos? Não posso perguntar a ele, posso? Nem ver o rosto dele ou olhá-lo nos olhos, e ele não me pode tranquilizar. Não entende como isso tudo é terrível para mim? Ele não pode explicar, para podermos encerrar a coisa na risada e depois fazer amor. David não pode me dizer que ela não significava nada, que ele só amava a mim. Foi o que sempre acreditei, você sabe. Sempre fomos tão... unidos.

— Claro que sim — concordou Saul, impaciente. — Ninguém nega isso, mas, pelo amor de Deus, Tilda, David não era nenhum santo. Você sabe que não. Ele vivia segundo regras próprias, como se jamais fosse haver tempo suficiente para tudo que tinha a fazer, e era provável que simplesmente partisse a qualquer momento por qualquer coisa maluca. Sempre teve essa qualidade desconhecida. É um dos motivos pelos quais você o amou.

Tilda abraçou Jake com mais força. Era como se tivesse Gemma ao lado, com aquele sorriso enviesado, fumando um cigarro. *A qualidade desconhecida... era o que tinha David...* Ciúme e mágoa a tomaram e a fizeram fechar os olhos contra a imagem de Gemma e David juntos...

Deus do céu, como ele me fazia rir. Parecia intolerável que tivesse acontecido e que Saul soubesse disso o tempo todo. Ela se perguntou o que ele dissera a Saul a respeito. "Pelo amor de Deus, não conte a Tilda. Afinal, foi apenas uma diversãozinha, mas ela talvez não visse sob a mesma luz, e a vida é curta demais para mal-entendidos..." Ela quase ouvia a voz dele.

— Acho que você deve ir embora, Saul — falou com alguma dificuldade. — Não consigo... — Balançou a cabeça. — Por favor, apenas vá.

— Tudo bem — respondeu ele, entristecido. — Eu vou. Mas escute um pouco, Tilda. Não fui eu o infiel, e me recuso a servir de bode expiatório para David porque ele não está aqui para responder às suas perguntas. Fui um tolo por ficar à sombra dele esse tempo todo, esperando você superar a dor, e ficando por perto para o caso de você precisar de um ombro no qual chorar ou para escutar você falar sobre David, e vou sair dessa sombra agora mesmo. Ou temos um verdadeiro relacionamento à frente, que se erguerá e cairá por seus próprios méritos, ou resta apenas um cartão no Natal e meu papel como padrinho de Jake. Você tem de me olhar, Tilda, e ver a *mim*, Saul, e não o amigo de David que talvez seja um tolerável segundo lugar.

Tilda olhou para ele, chocada, enquanto Jake a chutava e gorgolejava nos braços, e ele pegou a manta na cadeira e deu as costas. Mesmo que ela tivesse condições de fazer uma oferta de reconciliação, a visão da manta lhe fechou a garganta com uma onda de emoções conflitantes. O choque foi brutal demais para ela lidar com a dor e a humilhação, além de aceitar o que Saul dissera. Não fazia ideia de quanto tempo ficou ali naquele estado de confusão entorpecida, mas de repente ouviu vozes no saguão — Saul e Piers conversavam — e num momento de pânico se levantou, ergueu Jake firmemente nos braços, passou disparada por Lion e saiu para o pátio. A passagem coberta do lado de fora oferecia certa proteção, e ela se sentou no banco à sombra, esperando para ver Saul surgir.

Tinha certeza de que ele olharia em volta à sua procura e a veria sentada ali, no fundo do pátio, no pequeno claustro, e viria se despedir. Era uma espécie de teste: se Saul a visse, ela falaria com ele direito, tentaria explicar. Ele e Piers estavam na cozinha agora, Tilda ouvia as vozes pela janela aberta e via Piers andando de um lado para outro. Afinal, Saul saiu pela copa, com a mala, e isso a deixou tensa de expectativa, tomada por um súbito anseio de chamá-lo. Lembrou que, mais cedo, ansiara por repousar naquela força, ressentida porque ele não era David, mas agora, quando o olhava atravessar em passos largos o calçamento, ela o via pela primeira vez como a pessoa que era, sem a figura sombria de David ao lado, e sentiu uma pontada de terror à ideia de perdê-lo. Ele já jogara a mala no carro e entrara quando ela gritou. O barulho do motor afogou sua voz, e, quando ela se levantou, o pequeno conversível já saíra em alta velocidade do celeiro e disparava pela entrada de garagem abaixo.

CAPÍTULO CINQUENTA

Enquanto viajavam juntos para Dunster, quase toda a conversa de Teresa girou em torno de Tilda. Felix escutava com toda paciência, muito concentrado em contribuir muito pouco com o que ameaçava se tornar um monólogo, pensando em Lizzie. No íntimo, temia que houvesse mais alguma coisa além de um ensaio marcado por trás da fuga dela, e a ideia de que talvez não tornasse a vê-la lhe causava uma sensação muito concreta de apreensão. Sem dúvida, após aquele encontro, que proporcionara tanta alegria, simplesmente não podia perdê-la de novo como um dia, tantos anos atrás, perdera Angel. Ela o abraçara com força no fim da festa.

— Ah, Felix — dissera —, não acha tudo isso inteiramente bizarro?

Ele tinha pleno conhecimento do que ela quis dizer: estar ali em Michaelgarth como convidada na festa de aniversário de Piers, ficar amiga da família dele, trazer consigo aqueles ecos do passado.

— Bizarro — concordara, sorrindo para ela — e maravilhoso. — Notara as lágrimas que marejavam nos olhos dela. — E graças a Deus — acrescentara — que Angel me legou a gaiola, do contrário eu talvez nunca encontrasse você de novo.

— Foram tantas coisas que aconteceram ao mesmo tempo e deram início a tudo — respondera ela com um suspiro —, mas a gaiola me fez sair à sua procura, e então encontrei o cartão. — Ah, Felix — parecera de repente angustiada, a voz se tornara urgente —, fui uma completa idiota...

Alguém interrompera nesse ponto, querendo se despedir de Felix; Lizzie se afastara e ele não voltara a vê-la. Engoliu em seco, agarrou os joelhos com as mãos, e se lembrou de como fora embora da Gaiola, quase trinta e cinco anos antes, e jamais revira Angel. Surpreso, percebeu que Teresa continuava a falar.

— O problema, Felix, é que o luto às vezes se torna um *hábito*, uma espécie de meio para chegar a seu próprio fim, se é que me entende. Notei que, se o estado se prolonga demais, alguns dos que perdem entes queridos podem se iludir e pensar que o sofrimento gera nobreza numa medida em que tudo mais chega a ser quase indecente... Bem, quase. *Claro* que Tilda sente saudades de David... Deus do céu, todos nós sentimos... mas não suporto a ideia de que está desperdiçando a vida em Michaelgarth. Não que não ache maravilhoso Piers ter oferecido um lar a ela e a Jake... isso absolutamente salvou a vida de minha filha, tenho certeza... mas seria fácil demais ela afundar e não se *importar*. Afinal, faz quase um ano que David morreu, e Tilda só tem vinte e seis anos... Ai, meu Deus, Felix, sei que pareço de uma extrema crueldade, mas na verdade não se trata nem um pouco disso. Eu adorava David, e vejo que será difícil substituí-lo, mas ela precisa ter condições de seguir em frente...

Concentrado em escutá-la e introduzindo ruídos encorajadores aqui e ali, ele pensou no neto com a habitual pontada de tristeza e perda misturada com uma sensação de desperdício pela morte prematura do rapaz. Desde a infância, David vivera em velocidade máxima, como se soubesse que precisava comprimir muita vida num período muito curto. Felix não o vira muito quando criança — Sue vivia ocupada demais para acompanhá-lo em visitas ao avô, que sempre tivera uma consciência mórbida de que não devia abusar da presença em Michaelgarth — e, quando jovem, o neto parecia jamais parar quieto no mesmo lugar por mais de cinco minutos. Aparecia no apartamento de vez em quando, ficava tempo suficiente para tomar uma xícara de café ou um copo de uísque e tornava a sair, se despedia e se precipitava escada abaixo, com acenos da rua ao avô. Felix sempre gostara dessas visitas, encantado por ver o rapaz e sentir aquela energia que lhe revitalizava os ossos velhos, mas tinha o cuidado de não fazer exigências e, em vista do tempo que David passara num internato e depois no exército, jamais tinham tido a oportunidade de se tornarem realmente íntimos.

— Preciso dizer que gosto muito de Saul — dizia Teresa agora, quando dirigia The Steep subindo — e acho que Tilda também... gosta mais do que percebe... mas a gente tem de ser muito cuidadosa com os jovens. Eles tendem a nos repelir pela menor coisa... Agora vou subir com você, Felix. Não, eu insisto. Você parece muito cansado e eu me sentirei mais à vontade se o vir instalado numa poltrona descansando antes de deixá-lo. Posso apenas me espremer e sair por aqui, se quiser saltar primeiro.

Felix, que pretendia fazer uma visita à recepcionista no Luttrell Arms, decidiu concordar com o plano proposto. Sabia que ela ia interrogá-lo e ele não tinha a menor intenção de dizer que Lizzie não deixara endereço nem número de telefone. Teresa tinha uma bondade que chegava a ser quase um aborrecimento, pois agora isso o obrigaria a subir a escada duas vezes — sentia um cansaço assustador e o quadril doía —, mas saltou do carro e foi abrir a porta da frente à espera que ela o trancasse e se juntasse a ele.

O envelope estava estendido no capacho, e Teresa o pegou para ele antes de subir a escada. Ela olhou a sala ensolarada em volta com um ar aprovador, largou a mala de Felix, que ele esquecera, e sugeriu que fizesse uma xícara de café antes de seguir seu caminho.

— Muita bondade sua — disse com firmeza —, mas vou ficar bem.

E então voltou a se perguntar, com sentimento de culpa, se devia ter lhe oferecido algum tipo de lanche.

— Preciso ir — dizia ela —, se você tem certeza absoluta de que não necessita de nada. Descanse um pouco, Felix; parece que você está precisando. Foi uma boa festa, não foi? Não, não me acompanhe até a porta.

Ela desceu a escada e, tão logo ouviu a porta da frente se fechar, o velho afundou na poltrona, grato por finalmente o deixarem sozinho, e fechou os olhos por um instante. Cochilou um pouco e acordou de repente, percebendo que ainda estava com o cartão no colo. Tinham escrito seu nome no envelope, o qual ele abriu sem curiosidade, imaginando ser de alguém da cidade: um convite ou notícia de algum evento futuro.

Querida Pidge,

Então aqui estamos e o chalé é agradável.

Tempo adorável, porém é uma baita jornada até a praia para as pernas da pequena Lizzie, coitada. Dunster é a aldeia mais deslumbrante, só que — você ficará aliviada por saber! — nenhum sinal de F. Mas não deixei de ter esperança!

Amor de nós duas. Angel xx

Chocado, releu as palavras, remexendo o cérebro em busca de uma explicação. A única razoável era a de que Lizzie o colocara sob a porta nessa manhã, mais cedo. Seria aquele o cartão do qual ela falara: o ponto de partida para a viagem a Dunster? Encontrara-o numa gaveta ou entre as páginas de um livro, e assim começara a examinar mais de perto o passado? Lembrou-se da pergunta de Piers — Por que agora? — e desconfiou que o cartão fora o verdadeiro catalisador. Mas por que ela deixara a mensagem para ele, enfiando-a na caixa de correspondência ao fugir de volta a Bristol? Examinando a foto em preto e branco, viu barris empilhados dentro do Yarn Market enquanto um cavalo atrelado a uma carroça esperava paciente ao lado, mas fora isso nenhuma mudança se notava na aldeia. *Nenhum sinal de F.*

Com um sorriso agora, tocado pela pungência do cartão e de sua força para recriar o passado, imaginou Angel escrevendo-o e enviando-o com aquela mistura de maldade e vulnerabilidade esperançosa que tanto a caracterizava. Não, nenhum sinal de F, e a divertida busca por aventura tinha derrubado toda a frágil estrutura que sustentava o amor dos dois. O sorriso se extinguiu em seu rosto quando, ao virar nervosamente o cartão entre os dedos e olhar a gaiola, reviveu a dolorosa cena que se seguiu.

— Vi aquela mulher hoje em Dunster — diz Marina. — Aquela atriz. É sua amante, não é? Tinha uma criança com ela. Não será sua filha, por acaso?

O coração de Felix martela no lado do peito quando ele a olha com descrença. Angel e Lizzie em Dunster? Não pode ser verdade — contudo, no íntimo, sabe que é: Angel empreendeu alguma ação ousada e enlouquecida que ameaça a todos. Mesmo enquanto se prepara para responder, vê a sombra além da porta entreaberta e, com uma exclamação angustiada, larga o copo e atravessa depressa a sala. Escuta as passadas que correm pelo vestíbulo, saem pela porta da cozinha, mas, quando chega à copa, Piers e Monty já desapareceram.

Retorna à cozinha, sabendo que não adianta procurá-los, e encontra Marina à sua espera. Ela usa um vestido de verão, com saia rodada, decote quadrado e grandes bolsos embutidos, a cintura envolta num largo cinto branco: o vestido de algodão azul-claro, salpicado com um desenho de centáureas, é bonito, novo e dá frescor à sua aparência. O olhar velado e os braços cruzados, porém, mostram-se em desarmonia com aquele traje, e de repente ele se sente tomado pelo desespero.

— Piers estava do outro lado da porta — explica. — Espero que não tenha ouvido.

Marina ergue as sobrancelhas.

— Não é um pouco tarde para se preocupar com isso?

— Não quero transtorná-lo — responde Felix, e ela ri.

— Devia ter pensado nisso antes de mudar sua amante e a filha para a aldeia.

— Não fiz nada disso. Se Lizzie e Angel estão em Dunster é porque estão de férias em algum lugar próximo. Não é contra a lei tirar férias em

Exmoor, você sabe, mas juro que nada tive a ver com isso. Não fazia ideia de que elas estavam em qualquer lugar perto daqui.

Marina o observa com desdém, o queixo erguido.

— Mas não nega que ela é sua amante?

— Não — admite ele, passado um instante. — Não nego. Visito-a quando vou a Bristol.

Não inclui Pidge nem Lizzie nessa declaração: Marina jamais entenderia como a vida dos quatro se tornara tão estreitamente unida. Deixa-a acreditar o que imagina ser a verdade: que se trata de luxúria e satisfação pessoal. Somos tão grandes ou pequenos quanto os objetos de nosso amor — a frase desliza em sua mente, embora ele não se lembre da origem dela, e no momento pensa apenas em como parece pequena a exigência de posse de Marina em comparação à generosidade de Angel.

— E a filha não é sua?

— Claro que não — grita ele com impaciência. — Em nome de Deus, a menina tem quase a mesma idade de Piers.

Ela se dispõe a aceitar isso, mas estreita os olhos, pensativa.

— Quer dizer que não sabe onde ela está hospedada?

Ele faz que não com a cabeça.

— Que pena! Seria uma excelente oportunidade de você ir vê-la. — Ela ergue as sobrancelhas com a surpresa do marido. — Para lhe dizer que tudo terminou. — Silêncio. — Porque, se assim não for, Felix, tomarei medidas para me divorciar — explica ela. — E, como esta casa é minha, terei de lhe pedir que a deixe logo. Também vou fazer de tudo para que você não possa mais ver Piers. Creio que vai achar difícil provar ser um bom exemplo para um menino pequeno, assim que todos os fatos se tornarem públicos. — Endireitou os ombros, descruzou os braços e mergulhou as mãos nos bolsos fundos do vestido. — Então, o que vai ser?

Felix se sente diminuído e humilhado: quer berrar com ela — ou ir embora —, mas há Piers.

— Não posso deixar Piers — responde.

O sorriso de desdém de Marina indica que ela acredita que ele é covarde — usa o filho como um disfarce para manter a posição e o *status* em Michaelgarth e arredores —, mas assente com a cabeça, convencida.

— Vai me informar assim que tiver dito a ela, não vai?

— Não tenho a menor intenção de explorar Dunster na esperança de encontrá-la, se é o que quer dizer — retruca ele, furioso. — Podem estar hospedadas em qualquer lugar. Vou esperar até depois do fim de semana e então telefono para ver se ela já voltou a Bristol.

Marina dá de ombros.

— Basta apenas me informar — lembra, sai da cozinha e sobe as escadas, deixando-o sozinho.

Felix fica ali de pé, imóvel, pensando em Angel e Lizzie, imaginando onde elas estariam, e se vê consumido pelo anseio de vê-las. Está furioso com Angel, mas frustrado pelo fato de saber que ela está por perto, mas inteiramente fora de alcance. Por um breve instante, pensa em desistir de tudo — abandonar Michaelgarth e a família e ir para Bristol —, mas, enquanto pensa, um barulho o distrai: o frenético ruído das asas de uma borboleta contra a vidraça da janela, lutando para ganhar liberdade ao ar livre. Quando vai ajudá-la, escancarando a janela da cozinha e vendo-a voar para a luz do sol lá fora, ele pensa por algum motivo no sogro. Lembra-se da bondade do velho, da sabedoria e da generosidade, e o amor que tinha por Piers, e é como se tivesse David Frayn parado ali ao lado, o braço em seu ombro, instilando coragem.

Felix dá um suspiro muito profundo, sai, atravessa o pátio e sobe a colina para procurar o filho.

CAPÍTULO CINQUENTA E UM

Ele se mexeu como se acordasse de um sonho, esticou as pernas e os ombros, e por fim se levantou com esforço. Apesar disso, as lembranças o acompanharam até a cozinha, fazendo com que, enquanto punha uma colher de café solúvel na caneca e esperava a chaleira ferver, os pensamentos continuassem a correr, desenrolando-se firmes de cena a cena. Levou o café de volta para a poltrona ao lado da janela, bebericou devagar, pegou mais uma vez o cartão e tornou a ler a mensagem: lembrava o encontro com Angel na Gaiola.

— Por quê? — pergunta ele, tomando-a pelos ombros e lhe dando uma pequena sacudida. — Não lhe ocorreu que isso poderia arruinar tudo?

Ela abandona seu método instintivo — o olhar penitente mas travesso que a livrava de tantas enrascadas — e ergue os olhos para ele.

— Eu só precisava *fazer* alguma coisa — diz em tom moderado. — Quando você escreveu dizendo que não podia vir, simplesmente me deu uma sensação de que tinha acabado de qualquer modo.

— Mas por que deveria achar isso? Eu não mudei. — Felix a solta. — Você mudou?

— Claro que não — responde Angel, impaciente. — Eu teria ido até Dunster se tivesse mudado? O problema é que o tempo está se esgotando, Felix. Meu contrato aqui terminou, embora eu espere voltar para outra temporada dentro de mais ou menos um ano. Achei que isso talvez nos obrigasse a algum tipo de ação.

— Sem a menor dúvida, obrigou — responde ele, secamente. — Marina me deu um ultimato. Não, Angel — balança a cabeça diante da expressão esperançosa dela. — Não posso abandonar Piers. O ultimato é o seguinte. você ou Piers. Meu filho só tem um ano mais que Lizzie, e a mãe dele sabe muito bem que, tão logo nosso relacionamento venha a público, não me restaria a mínima esperança de conseguir a guarda. Talvez nem sequer me deixem vê-lo. Simplesmente não posso correr esse risco, Angel.

— Mas o que vamos fazer? — Parece que, mesmo agora, ela na verdade não pensou bem nem imaginou a destruição que seu ato provocou. — Não podemos deixar de ver um ao outro, querido.

Felix olha para ela, em desespero.

— De qualquer forma, seria mesmo quase impossível — diz, por fim — com você em Manchester.

— Mas eu voltarei para casa — apressa-se a dizer Angel. — Lizzie vai ficar aqui com Pidge e eu voltarei sempre que puder. — Observa-o, de repente assustada. — Você ainda virá visitá-las, não? Não pode abandonar Lizzie, Felix. Ela precisa de você.

— Dei minha palavra a Marina... — começa ele, os punhos cerrados de frustração, mas ela o corta depressa.

— Mas não em relação a Lizzie ou Pidge. Ela não teria pensado nas duas, teria? Ou você lhe contou o jeito como vivíamos?

— Não, claro que não lhe contei. Deus do céu, Angel...!

— Então poderia vir vê-las nas noites de domingo, como sempre fez — implora ela. — Não estarei aqui, portanto qual a diferença? Por favor, Felix. Significa tanto para Lizzie. E para Pidge. Você pertence a todas nós, não apenas a mim.

Fica claro que ela começa a compreender a extensão do dano que causou, e sua angústia é tão genuína que Felix lhe estende os braços.

— Ai, meu Deus — murmura ela, abraçando-o com força —, acho que nós dois precisamos de alguma coisa reconfortante.

E mesmo nesse instante, diante dos meses sem Angel se arrastando vazios e tristes no futuro, ele não pode deixar de sorrir. Promete que continuará a visitar Lizzie e Pidge na Gaiola, e, no íntimo, embora não reconhecida, há a esperança de que Angel às vezes também esteja presente lá, nos feriados, entre contratos: ele sabe, com sentimento de culpa, que ainda não acabou de todo.

Agora, enquanto termina o café e vê o Luttrell Arms pela janela, Felix se lembra de repente de sua incumbência. Olha o relógio, perguntando-se há quanto tempo vem sonhando acordado; imagina Piers impaciente, à espera do seu telefonema e se levanta depressa. Enfia o cartão-postal entre as barras da gaiola, para olhar para ele de vez em quando, com a sensação de que escolhera o lugar certo para colocá-lo, e pega a bengala. Sentindo-se instável, meio tonto, desce com cuidado, sai para a luz do sol e atravessa a rua.

A recepcionista foi simpática e se prontificou a ajudar, mas explicou que a política do hotel a proibia de fornecer qualquer informação desse tipo. Só quando destrancou mais uma vez a porta Felix se viu tomado pela solução óbvia do problema: a resposta estava debaixo do nariz desde que chegara mais cedo em casa, mas ficara preso demais ao passado para vê-la.

— Idiota — resmungou. — Maldito idiota.

Ao fechar a porta atrás de si, o telefone começou a tocar e ele correu escadaria acima, tentando ignorar a dor, que começava a entorpecer sua perna esquerda e o tornava desajeitado e vagaroso. No alto dos degraus, foi obrigado a parar, respirar ofegante, a perna quase inútil, e mal conseguiu pegar o receptor, derrubando-o da base, antes de tombar de bruços com o rosto no tapete.

* * *

Ao ouvir Piers gritar seu nome, Tilda correu ao topo da escada e olhou ansiosa para ele embaixo.

— O que houve?

— É papai — respondeu ele, o rosto contraído e a testa enrugada de preocupação. — Acabei de telefonar para ele, mas, embora o ouvisse levantar o receptor, escutei um baque, como se ele tivesse derrubado algo ou caído, e depois nada. Vou direto a Dunster.

— Ai, meu Deus! — Ela levou a mão à boca. — Devo ir com você?

Piers fez que não com a cabeça.

— De nada adianta. Fique aqui com Jake e Lion. Manterei contato.

— Pegou o celular? — gritou ela e ouviu a resposta fraca quando ele se precipitou para fora.

Tilda parou, prestou atenção, perguntando-se se haviam perturbado Jake e se devia voltar a passar roupa, o que fazia no quarto das crianças, ou verificar se Lion estava seguro no cercadinho. Não vinha som algum de lá, por isso desceu e conferiu o celular em busca de mensagens pela terceira vez desde que Saul deixara Michaelgarth. Mais cedo, imaginara ter ouvido um carro e, convencida de que ele voltara, saíra às pressas para o pátio ao seu encontro. Ficou surpresa com a profundidade da decepção que sentiu, cônscia das sobrancelhas erguidas de Piers quando ela voltou com um ar irritado e meio tolo.

— Achei que tinha ouvido um carro — resmungou, e ele, que permanecera em silêncio diplomático sobre a súbita partida de Saul, fizera aquele gesto de indiferença facial tão conhecido dela.

Agora, ao observar Lion brincando com a bola de Joker na segurança do cercadinho, Tilda tentava analisar a sensação de perda. Claro, disse a si mesma, conhecia Saul havia anos: ele sempre se mantivera por perto, parte de sua vida no exército, como se fosse da família, e passara a depender intensamente dele desde a morte de David...

Com um pequeno choque, compreendeu que se preocupava muito mais agora com a partida de Saul do que com o namorico de David com

Gemma. Parada à luz do sol, de olho em Lion, era difícil recriar o sentimento de traição, de algo sendo arruinado, diante dessa perda mais recente. O passado, neste momento, mudara-se para algum ponto distante, não mais de preocupação imediata e, em consequência, menos doloroso. Acertar as coisas com Saul se tornara muito mais importante.

Ela imaginava agora como pudera mandá-lo ir embora: por que a presença viva dele parecera sem importância alguma à luz dessa nova prova do comportamento de David? Quando dissera que Marianne estragara sua vida, falara sério — parecera, naquele momento, que se lembrar do marido jamais voltaria a ser a mesma coisa —, mas a inesperada reação de Saul pusera tudo sob o ângulo correto. O que ele afirmara fora bastante razoável, e, embora ela ainda sentisse uma infelicidade nauseante ao pensar em David com Gemma, esse conhecimento se recusava a se investir do mesmo grau de drama que sentira antes.

Imaginava a resposta de David: "História passada, amor. Acabada e espanada. Não perca a real dimensão das coisas, a vida é curta demais."

O celular tocou e ela o arrancou do bolso do jeans. Era Piers.

— Acho que ele teve um derrame — disse rapidamente. — Respira, mas está inconsciente e com um corte feio na cabeça por ter batido na quina da cadeira quando caiu. A ambulância já está a caminho. Escute, telefono para você do hospital.

— Ah, Piers — disse Tilda com um arquejo. — Ai, meu Deus. Ele vai ficar bem?

— Espero que sim — respondeu ele num tom sombrio.

Tilda pôs o celular de volta no bolso e pensou em Felix, assustada e de repente solitária: se não tivesse reagido de forma tão dramática mais cedo, Saul ainda estaria ali com ela. E se Felix morresse...? Ergueu o cachorrinho do cercado, segurou-o contra a face, recebeu uma lambida entusiástica no rosto e se sentiu confortada pelo corpo quente e inquieto dele e tentou não pensar na fragilidade da vida humana. E se Saul sofresse um acidente na viagem de volta...? Combateu os temores, sentindo-se confusa e infeliz, refugiando-se na ação imediata.

— Hora do almoço — disse a Lion. — Você primeiro, depois Jake.

E o levou para a copa.

CAPÍTULO CINQUENTA E DOIS

No caminho de volta a Bristol, Lizzie passou a maior parte da viagem se punindo pela maneira como se comportara durante a semana anterior.

— Uma semana! — exclamou, retornando ao hábito de pensar em voz alta: o velho truque para se sentir menos só e afastar a ansiedade. — Dá para acreditar? Há uma semana você não conhecia nenhum deles. Bem, a não ser Felix, claro. Que loucura me envolver assim em tão pouco tempo! Mas, também, você *é* doida. Pirada. Maluca. Lelé da cuca. Quero dizer, por que tinha de se comportar desse jeito?

Gemeu de consternação com as lembranças: praticamente paquerara Piers no bar; confundira-o com Felix ao telefone; fizera o "papel de Angel" quando conhecera Alison. Parecia jamais ser capaz de agir como alguém normal. Assim que outra pessoa entrava em sua órbita, era como se a cortina subisse, o holofote se acendesse, e ela se impelisse para aquela luz e entrasse direto no seu número.

— Justaponha os pés em batida da chapinha da frente sem peso com contratempo de duas batidas da chapinha do calcanhar com peso. Arraste a chapinha da frente adiante, como uma escovada, combine batida da chapinha da frente sem peso com contratempo de duas batidas da chapinha do calcanhar com peso....

Cantarolou o ritmo em voz alta, ouvindo a voz da professora de sapateado gritar os passos acima do estardalhaço dos sapatos com chapas metálicas no piso de cimento pintado. Desde aquela tenra idade, tinham lhe ensinado que, ao subir a cortina, ela devia sorrir: mesmo estando nas fileiras mais ao fundo, sem ninguém olhando para ela, ainda assim tinha de continuar dançando e fazendo mímica. Animação era essencial, e você aprendeu a continuar a cantar pelo jantar, mesmo depois de acabado o espetáculo.

— O problema foi — disse a si mesma — que você começou a ensaiar o papel da mulher valente mas abandonada, e, de repente, tudo rodopiou e saiu de controle, e você ficou presa naquilo. Não que tivesse alguma vez dito que Sam morrera: pelo menos não de forma tão explícita.

Foi apenas uma tentativa de se justificar — mas, mesmo ao dizer as palavras em voz alta, ela sabia que estava sendo capciosa.

— Perdi meu marido três meses atrás — comunicara à agente de viagens e agora se lembrava do choque daquelas palavras: como pareceram saltar-lhe da boca, cair e ficar ali no balcão diante dela. A mulher as aceitara pelo que pareciam e se portara de acordo, com deferência e pena pela recém-enlutada, e ela, Lizzie, não tentara explicar, mas, ao contrário, fora tomada por um ataque de riso histérico: oscilando naquela corda bamba entre lágrimas amarguradas e risada enlouquecida, na qual se equilibrava de forma bastante precária desde o telefonema recebido dos Estados Unidos.

Lizzie balançou a cabeça, revivendo a cena, ouvindo as palavras claramente na cabeça:

— Não, não — devia ter dito à recepcionista. — Não o perdi como se estivesse "morto". Não, eu o perdi para outra *mulher*: uma atriz muito mais jovem que eu e que espera um *filho* dele. Eu não podia fazer isso, você entende — devia ter dito à moça do balcão. — Não podia *dar* um filho a *ele*, e agora que alguém o fez, ele ficou num *estado* terrível. Quer a atriz e a criança, mas não quer me *libertar* por completo. Oh, meu marido se sente muito *mal* a respeito — ela deveria estar quase gritando com a agente de viagens a essa altura — porque tentei não armar uma confusão sobre suas pequenas escapadas, e afinal *eu* queria tanto um filho quanto *ele*, e senti uma culpa terrível, mas era uma maldita escapada que fora *longe demais*.

Lizzie parou o carro bruscamente no acostamento da estrada, desligou o motor e procurou um lenço de papel. As lágrimas jorravam de seus olhos, pois parecia ouvir a voz de Sam, explicando tudo durante o telefonema.

Tão logo atende o telefone, ela sabe que aconteceu de novo — outra mulher se apaixonou por ele —, mas dessa vez é diferente.

— Ela está grávida — diz ele, e a voz tem uma mistura insuportável de constrangimento e orgulho; vergonha e excitação. — Diz que é meu. — Uma longa pausa: Lizzie se fechou demais com o choque e o medo de falar. — Acho provável que seja — acrescenta Sam, num murmúrio. — Escute, é terrível jogar essa notícia assim em cima de você, mas eu queria que soubesse por mim. Sabe como esses rumores se espalham...

— Você a ama?

A voz dela sai fria e quase impessoal — mais ou menos como se os dois discutissem os problemas de outra pessoa —, cortando as insuportáveis desculpas e explicações. Isso o calou por um instante.

— Amá-la? — repete ele devagar, afinal. — Como posso saber se a amo? Amor é uma palavra tão desgastada pelo uso. Não tenho certeza de que ainda sei o que significa. Escute, vou pegar um voo para...

— Não — Lizzie solta um grito agudo. — Não faça isso. Preciso de tempo para pensar.

Sam continua a falar, rápido, persuasivo, e ela sabe logo que ele espera exercitar o mesmo controle, as mesmas desculpas que usou durante todo o casamento.

— Não — diz, desesperada. — Não, Sam, não estou preparada para ser uma espécie de primeira esposa idosa, relegada ao segundo plano como uma velha matrona, para que você passe quase todo tempo com sua nova família enquanto para mim resta um ou outro fim de semana que me atiram como um osso a um cachorro.

Contudo, quando ele fala do esperado bebê e ela ouve o anseio na voz, começa a perder a esperança. Sam escolherá a mulher mais jovem, que pode lhe dar um filho: a única coisa que o marido jamais teve.

Com o passar das semanas, fica claro que a nova amante usa o bebê em gestação para fazer exigências.

— Não se pode culpá-la — diz ele com uma espécie de súplica desesperada — por querer que a criança tenha o pai por perto.

— Nem você a *mim* por querer ter meu marido por perto — grita Lizzie. — Mas creio que isso não importa. Não tenho influência no assunto, tenho? Por ela dispor de condições para gerar um bebê, posso ser jogada fora como se nosso casamento nada significasse. E não me diga que me ama. Como você afirmou da última vez, simplesmente não sabe mais o que isso significa. Provavelmente nunca soube.

Ela bate o telefone e se senta, trêmula: eu o perdi, pensa. Dessa vez eu o perdi.

Ele não liga de volta e, após alguns dias, Lizzie resolve escrever para dizer que, no que lhe diz respeito, tudo acabou entre os dois. É um choque descobrir a rapidez com que os rumores se espalharam, e um alívio poder deixar Londres, fechar o apartamento por um mês e regressar à Gaiola. Ele não diz nada, e ela o imagina com a nova mulher, visualiza-o com o recém-nascido no colo.

A mensagem de Sam no celular chega como um choque: "Estarei no Reino Unido dentro de uma semana. Espero vê-la." Depois as duas outras mensagens de Jim: "Não se esqueça de que a esperam em Manchester na segunda-feira." E a segunda: "Sam está tentando encontrá-la. Segue a caminho da Gaiola, mas eu não disse onde você está. Ligue para mim."

Sentada à beira da estrada, enxugando os olhos, Lizzie inspirou fundo e se recompôs. Já devia esperar que Sam voltasse dos Estados Unidos para discutir a separação. Apesar das previsões de sua imaginação vívida, imaginando-o como um pai orgulhoso, fazia apenas poucos meses desde que ele lhe dera a notícia da gravidez. Já deviam ter posto em andamento os trâmites legais do divórcio. Continuou ali sentada por alguns instantes e pensou em Piers e Felix. Deixara que os dois acreditassem que ficara viúva; aceitara a compaixão e a amizade de Tilda sob falsos pretextos. Como fora preciosa a recepção deles à sua chegada a Michaelgarth; e como parecera certo fazer parte daquela família, como, anos atrás, Felix fora parte necessária do pequeno grupo da Gaiola. De que modo lhes teria explicado que os vinha induzindo ao erro; negociando com a solidariedade e a boa vontade deles?

Na noite anterior, sentada no pátio e os vendo com os amigos, soubera que seria impossível explicar. O luto era um motivo tão excelente para a viagem de volta ao passado: emprestava um brilho de respeitabilidade — e até necessidade — ao que, de outro modo, poderiam encarar como uma aventura de mau gosto. Talvez vissem o aparecimento dela entre eles, a filha da mulher que ameaçara aquela mesma família que Lizzie tanto admirava e invejava agora, a uma luz muito diferente sem a dignidade da viuvez para sustentá-la. Pusera Felix em risco, ameaçara a relação dele com Piers e, na verdade, mentira para Tilda.

Pensou em Felix, velho e frágil, mas com aquela mesma capacidade de dar amor e compaixão; em Piers, por quem sentira uma atração tão estranha, conhecida, fácil, mas excitante.

Por fim, disse a si mesma que não causara dano algum. Na verdade, segundo Felix, ela realmente restaurara o relacionamento dos dois, ajudando-os a derrubarem as barreiras de culpa e ressentimento, afinal. Que ficasse por aí mesmo.

Lizzie assoou o nariz, endireitou os ombros e ligou o motor. As estradas estavam bem tranquilas, e ela dirigiu o restante da viagem sem incidentes. Encontrou a pracinha perto da universidade vazia, e deu sorte por descobrir uma vaga para estacionar perto da porta da frente. Pegou a bolsa e uma mala — o resto podia esperar —, entrou e subiu a escada. Uma vez dentro, largou a mala diante da porta do quarto e ficou escutando; alguém bateu a porta de um armário na cozinha e abriu uma gaveta. Lizzie atravessou o corredor e entrou na grande sala no momento em que ele contornava a ponta do piano: alto, ombros largos, vestido, como sempre, de preto, com o café na mão.

— Olá, Sam — disse ela.

CAPÍTULO CINQUENTA E TRÊS

Lizzie se esquecera do efeito inquebrantável da presença e da força física da personalidade dele. Em seu atual estado de vulnerabilidade, queria cobrir o rosto com o braço para afastar o magnetismo do buraco negro que agora a atraía e puxava.

— Imaginei que fosse encontrá-lo aqui. — Manteve os olhos afastados, num esforço para resistir à tentação. — Pena que estou só de passagem. Preciso estar em Manchester hoje à noite.

— Foi o que Jim acabou de dizer. Parece um velho cão de guarda no que diz respeito a você, bendito seja! Mostrou-se evasivo como sempre, e não consegui pensar onde você poderia estar. Vou preparar um café.

— Obrigada — murmurou ela. — Preciso lavar umas roupas e vou ter de fazer as malas.

— Andou fora? — Sam estava com a voz amistosa, interessada; como não obteve resposta, acrescentou: — É bom voltar à velha Gaiola.

Parecia que não houvera nenhum telefonema cataclísmico nem nova amante, nem bebê: era o mesmo velho Sam, prestes a tentar o máximo de compartimentação de sua vida. Sem dúvida, devia ter ocorrido alguma mudança nele. Lizzie o examinou com cautela e curiosidade, e ele retribuiu com aquele sorriso traiçoeiro que em geral derretia qualquer defesa erguida por ela contra sua persuasão voluntariosa.

— Também senti a mesma coisa. Fiquei muito satisfeita por estar em casa de novo — disse Lizzie, orgulhosa por falar com voz calma; decidira não desmoronar. — Mas ela sempre foi um refúgio para mim.

Teve a sensação de que já lhe dissera alguma coisa assim antes e viu uma minúscula ruga de irritação franzir a testa dele, como se houvesse algo desagradável na referência a outras situações semelhantes em que ele talvez tivesse cometido algum erro. Sam deu uma mexida no café com a colher e o levou até ela.

— Escute — começou, e ela deu um sorrisinho involuntário diante dessa conhecida introdução a confissões passadas. *Escute, não podia ter menos importância... Escute, ela não significa nada para mim... Escute, isso nada tem a ver com o que existe entre mim e você...*

— Escute, andei pensando — prosseguiu ele — que isso não precisava ser muito diferente. Passamos tanto tempo separados de fato, não? Continuarei a voltar para o Reino Unido. Nada mudou no que sinto por você, Lizzie. Não acho que algo mudaria...

Ela o ouviu até o fim, observando-o com uma tristeza terrível, embora faltasse algo no modo de ele falar: parecia haver uma ligação defeituosa e o magnetismo dele não produzia mais um raio tão forte e poderoso. Brilhava intermitentemente, ora em chamas, ora em extinção, e em cada curto corte de energia Lizzie conseguia se encorajar ainda mais.

— Não. — Ela balançou a cabeça, por fim. — Não, Sam. Compreendo seu plano para me manter em banho-maria como uma espécie de seguro, no caso desse novo namoro se revelar um terrível engano, mas já lhe disse antes que não me interessa nem um pouco o cargo de esposa principal num harém. Ah, eu sei — ergueu a mão ao vê-lo protestar contra essa descrição do papel —, sei que você ainda gosta de mim e tudo mais, mas a resposta continua a ser não.

Sam olhou dentro da caneca, deixou cair um pouco os ombros enormes, e ela sentiu um espasmo de ternura por ele. Os cabelos pretos ainda eram selvagens e rebeldes, embora raiados de prata, e ele parecia forte e durão como sempre. Havia nele, ali ao se sentar curvado com o café na mão, algo dolorosamente conhecido e desejável ao extremo.

Duas vozes se digladiavam na cabeça de Lizzie. "Creio que se eu o amasse de verdade", dizia uma, infeliz, "lhe daria tudo que ele quisesse." A outra respondia, animada: "Devo perguntar se ele percebeu que será um septuagenário quando o filho entrar na faculdade? Ou como vai se sentir se esse bebê não for até o fim da gravidez? Se *houver* bebê. Sabe-se que coisas estranhas acontecem, e ele é um bom partido para uma jovem aspirante a atriz."

Com esforço, Lizzie expulsou ambas as vozes, engoliu um pouco de café e foi encher a máquina de lavar roupa. Ao ouvir a cadeira ranger quando ele se levantou, ela se preparou para a rodada seguinte.

— Não falamos das coisas realmente importantes — disse Sam, apoiando-se na pia, vendo-a retirar peças da mala e empurrá-las dentro da máquina.

— Ah, acho que sim. — Ela se empertigou e apertou os botões necessários. — Só há uma coisa realmente importante, não é? Sua nova amante espera um filho seu. Nada mais importa de fato.

— Escute... — Desprendia-se da voz dele uma espécie de impaciência aflita, como se ela não cooperasse de propósito. As mãos, dedos estendidos e rígidos, começaram a cortar e enquadrar o ar como se ele pudesse apertá-lo e moldá-lo num desenho próprio. — Eu já lhe disse que você realmente *importa*. Isso não precisa obrigatoriamente ser uma situação de escolha.

Ela conseguiu rir com bastante naturalidade — afinal, disse a si mesma com um tom entristecido, *sou* atriz — e pegou a mala vazia.

— Você quer as duas coisas? — sugeriu. — Não apenas uma velha esposa fiel e acomodada, mas também uma nova amante excitante e desejável, com o obrigatório bebê acessório? Não me diga que ela está feliz de você permanecer casado comigo?

Viu constrangimento, frustração e certa astúcia cruzarem o rosto dele em rápida sucessão e esperou, ainda olhando para ele, as sobrancelhas erguidas.

— Bem, não — admitiu ele. — Por causa do bebê, você entende, mas...

— Não — respondeu Lizzie, sem titubear, tentando não mostrar a dor. — Já chega de "mas", Sam. E não quero mais falar disso. Apenas saia, vá em frente e pare de tentar querer tudo. Você escapou impune por tempo demais.

Atravessou o corredor, foi para o quarto e fechou a porta, mas parou logo depois, vigilante e imóvel. Logo em seguida, ela ouviu os passos descerem a escada e a porta da frente fechar com um estalo agudo. Sentiu o corpo relaxar e perder a firmeza de repente quando a tensão escoou de dentro de si e foi substituída por uma arrasadora infelicidade. Após um instante, ainda enxugando com raiva as lágrimas das faces, jogou a mala em cima da cama e começou a arrumá-la.

Piers subiu as escadas de dois em dois degraus, olhou a sala de estar, mas seguiu direto até o quarto do pai. Trouxera uma pequena mala de pernoite e agora começava a enfiar ali pijama, roupão e chinelos. Parando para olhar o quarto arrumado em volta, perguntou-se se podia levar algum artigo para o hospital; algum bem pessoal para pôr sobre o pequeno armário ao lado da cama de Felix. Havia várias fotos na cômoda, junto com as escovas de cabelo com revestimento de prata, uma caixa quadrada de couro com minúsculas bandejas para as abotoaduras, um pequeno rádio transistorizado.

Curvou-se para examinar os retratos mais de perto. O maior mostrava Tilda e David no casamento deles: Felix parado em pé, no meio do casal risonho, a cartola num ângulo elegante enquanto encarava a câmera. A noiva segurava sua mão, e David olhava para o avô com tremenda afeição, um braço apoiado no ombro dele. Como o filho ficava bonito de uniforme: confiante, orgulhoso e absolutamente indestrutível: impossível acreditar que não entraria de novo ali, o paletó jogado no ombro, sacudindo as chaves do carro no bolso.

Eis que aqui vos digo um mistério: Nem todos dormiremos, mas todos seremos transformados. Num momento, num abrir e fechar de olhos...

Piers teve a breve visão de uma borboleta que alçava um voo disparado para cima, aos espaços ensolarados do vestíbulo, as asas amarelas tremeluzentes na luz ofuscante, e foi tomado mais uma vez por aquela sensação transitória de prazer e de paz. Sentindo um conforto curioso, pegou a foto, enfiou-a na mala e parou para examinar um pequeno instantâneo em preto e branco numa moldura de couro desgastado. O seu "eu" mais jovem lhe dava um sorriso radioso, montado numa bicicleta novinha em folha e brilhante, o próprio avô David Frayn parado atrás com o cachimbo na boca e Monty aos pés. Lembrou-se do momento de orgulho; a mãe num dos joelhos para firmar a velha câmera Brownie, olhos entrecerrados, e o avô grunhindo para o cachorro se sentar imóvel.

Virou-a para a luz, correu a polpa do polegar pela imagem desbotada, lembrou-se da mãe e da sensação de algo sombrio dentro dela: uma espécie de raiva represada bem no fundo que lhe devorava a paz e a felicidade, com a mesma implacabilidade com que o câncer a destruíra depois. Mesmo agora, não tinha muita certeza do que ela lhe exigira, mas *sim* de que a decepcionara.

O problema é que papai não se importa. Se ele ligasse mesmo para você...

Pensou no pai deitado na cama do hospital, a equimose lívida na testa pálida; as mãos finas, frágeis e imóveis no lençol com a dobra bem-feita para baixo. Ao rever o passado, percebeu que, por confusão e dor, mantivera o pai a distância, influenciado por aquelas palavras odiosas atiradas como veneno dentro de seu ouvido. Quando tinha idade e confiança suficientes para fazer os próprios julgamentos, o hábito de uma formalidade bondosa e educada já se estabelecera entre os dois, e mesmo após a morte da mãe a barreira permanecera.

"Você não pode morrer agora", quis dizer Piers, segurando com delicadeza uma daquelas mãos para não esmagá-la por ansiedade. "Agora *não*, logo quando começávamos a nos entender tão bem."

Olhou o quarto em volta, para saber se o pai gostaria de ver mais alguma coisa dali ao abrir os olhos, e se dirigiu à sala de estar.

Pensou: é uma pena não poder levar a gaiola.

Enquanto rejeitava essa ideia, sabendo que ela era grande e inflexível demais para uma enfermaria, seus olhos foram atraídos pela curiosa forma do cartão enfiado entre as barras. Atravessou a sala, pegou-o e viu mais uma vez que era uma versão anterior da foto do cartão-postal que Lizzie lhe deixara esta manhã. Virou-o, leu a mensagem e franziu um pouco a testa: por que o velho possuiria um cartão enviado por Angel à Pidge quase quarenta anos antes? Antes que a mente pudesse fornecer uma resposta satisfatória, sua atenção foi atraída para o endereço e ele soltou um grito de triunfo. Era a mensagem que esperava encontrar, não importava se vinha de Lizzie ou de Felix; para ele, parecia ter sido enviada direto dos deuses.

Enfiou o cartão-postal na carteira, recolheu as coisas de barbear do pai no banheiro, colocou-as na mala e saiu correndo.

CAPÍTULO CINQUENTA E QUATRO

Quando Piers chegou a Michaelgarth, o sol estava se pondo e Tilda, sentada no pátio do antigo mosteiro, esperava por ele. Ela foi preparar para o sogro um drinque enquanto Lion corria de um lado para outro, batendo as orelhas e abanando o rabo como um louco.

— Papai vai ficar bem. — Ele tomou um grande gole de uísque e ergueu os olhos para as andorinhas que se lançavam acima, relaxando pela primeira vez naquele dia. — Parece que não há motivo para que o velho não se recupere rápido, pois foi um derrame muito pequeno, mas a pancada na cabeça foi um tanto forte. Voltará para casa em breve, se tudo correr bem.

— Virá para cá, claro. — Tilda rolou a bola para Lion e se sentou ao lado de Piers. — Ele não vai conseguir se virar sozinho naquele apartamento, vai?

Desviou o olhar das mesas de cavalete e o churrasco, ainda presentes como testemunhas da festa na noite passada. Acontecera tanta coisa desde que Saul estivera ali, assando linguiças e rindo com os amigos dos dois, e ela continuava chocada e estranhamente desorientada. Recebera dele uma mensagem de texto que dizia: "Voltei são e salvo, obrigado pelo fim de semana" — e se perguntava como deveria responder.

— Não, ele não vai voltar para o apartamento. — Piers largou o copo. — Será difícil, receio, mas espero que o velho veja como seria impossível. Precisará de cuidados por algum tempo.

— Andei pensando nisso — disse Tilda. — Tive bastante tempo pra pensar. Sei que fizemos da sala de estar um lugar para mim e Jake, mas não a usamos com tanta frequência assim. Daria um bom quarto para Felix, até ele poder enfrentar a escada de novo, e o armário de casacos fica logo depois do corredor. Se você tirar os armários da copa, haveria espaço para um banheiro com chuveiro.

Ele sorriu, agradecido por ela não ver a iminente chegada de Felix como um aborrecimento.

— É uma ideia muito boa. Venho tentando resolver tudo, decidir onde ele se sentiria mais feliz. Claro, se papai se recuperar logo, poderá usar a escada e sei que preferiria isso. Não quero que ele se sinta um fardo. Espero que considere a possibilidade de ter esta casa como um lar, mas devemos esperar para ver. — Deu uma risadinha. — Quatro gerações de Hamilton em Michaelgarth; um pensamento muito agradável. Ao mesmo tempo, não quero transformar você numa espécie de enfermeira; afinal, precisa cuidar de Jake; por isso decidi pedir a Jenny Coleman para vir regularmente, se você gostar da ideia.

— Acho uma decisão sensata. Fico muito feliz por ajudar nessa tarefa, você sabe que farei o possível, mas andei pensando... — Tilda hesitou. — Me pergunto se não chegou a hora de eu circular mais um pouco.

Ele deu uma olhada nela, tomou mais um gole de uísque e afastou os pensamentos das necessidades do pai.

— Bem, me parece muito bom. O que quer dizer exatamente com "circular"?

Ela se reclinou na cadeira, ergueu os cabelos com as mãos, torceu-os numa corda e tornou a soltá-los, em busca de algum tipo de explicação que não necessariamente envolvesse David. Ele a viu quase começar a falar, e depois rejeitar as palavras, e se sentiu tomado de compaixão pela nora.

— Estou certo de pensar — começou, com todo o cuidado — que houve algum problema hoje de manhã? Pelo que sei, Marianne apareceu e depois Saul saiu meio apressado. Não quero interferir, mas vejo que aconteceu algo que a perturbou.

Tilda ergueu os calcanhares para o assento da cadeira, abraçou os joelhos e decidiu falar a verdade.

— Na verdade, trata-se de David — começou, ansiosa, mais ou menos como se o advertisse.

— É — respondeu Piers secamente. — Tive a impressão de que talvez fosse algo a ver com ele.

— Na certa, não passa de tolice minha — rapidamente ela começou — e sei que exagerei um pouco, mas Marianne apareceu com uma história sobre Gemma e deixou escapar que ela também tinha tido um namorico com David; quero dizer, Gemma, não Marianne. — Precipitava-se, quase balbuciava, precisava contar logo os fatos. — Isso ocorreu antes de ficarmos noivos, mas, mesmo assim, me senti realmente horrível. Foi quando ele se hospedou com Saul de férias, e senti que Saul devia ter me falado a respeito. Vejo agora que isso foi irracional, mas fiquei chocada e magoada, e tive uma briga com Saul. Pedi que fosse embora e ele me disse que não seria o bode expiatório de David e que chegara a hora de eu vê-lo, Saul, como uma pessoa separada.

— Parece perfeitamente razoável — respondeu Piers, quando teve a impressão de que ela acabara. — Saul é um jovem com a vida toda pela frente e está cansado de esperar para saber como você se sente a respeito dele. Afinal, é muito claro o que ele sente por *você*.

Tilda o encarou.

— Mas eu não *sei* como me sinto — disse, meio trêmula. — Senti uma terrível saudade depois que ele saiu furioso e de repente percebi a falta que sentiria se não o tivesse por perto. Mas não sei se é apenas porque eu meio que me acostumei à presença dele. — Engoliu em seco e comprimiu os lábios. — Não que eu não ame David...

— Minha querida menina — Piers estendeu a mão por cima da mesa e pegou seu braço. — Ninguém duvida do quanto você o ama, vamos deixar isso claro, mas ninguém espera que transforme a viuvez numa carreira. *Eu*, por certo, não. A morte repentina nos entorpece, o choque nos enfraquece, e leva tempo para a vida fluir de volta ao normal. Jamais imaginei que você e Jake ficariam aqui pelo resto das nossas vidas. Michaelgarth é o lar dos dois para o que precisarem e a herança de Jake, mas você deve vê-lo como uma base, não como um compromisso.

— Sinto saudade dos amigos e da vida no exército — admitiu ela, o olhar reto, o queixo nos joelhos. — Mas todas as vezes que voltei me senti como uma espécie de intrusa. Todos se sentem mal em relação a David, e é como lhe contei antes: ser uma viúva jovem é mau sinal. Parece que consideram algo contagioso que podem pegar e, vamos encarar a realidade, eles já levam uma vida arriscada o suficiente sem esse tipo de medo supersticioso sempre que me veem.

— Então, corte o nó górdio. Na próxima vez que for a uma festa ou a uma noite só de mulheres, ou qualquer evento assim, sugiro que, em vez de ficar com uma dessas amigas casadas, deixe Saul hospedá-la num hotel. Vá *vê-lo*, hospede-se com *ele* e descubra como se sente. Tão logo Jake tenha idade suficiente, deixe-o aqui comigo e Jenny Coleman e se dê a chance de ficar com Saul, não como viúva de David nem mãe de Jake, mas como você mesma, Tilda.

— Não é que eu não goste daqui também — apressou-se a declarar. — Sabe que adoro ficar aqui em Michaelgarth com você. Sinto que nosso lugar, meu e de Jake, também é aqui. Ai, meu Deus, isso me deixa tão confusa!

— Minha pobre Tilda. — Piers balançou a cabeça. — Isso não precisa ser uma espécie de disputa pelo seu afeto. Saul ou David. Aldershot ou Michaelgarth. O amor não é um bem finito, há bastante para todos. Pare de se inquietar e siga em frente. Sei o que David diria: "Vai nessa, amor. A vida é curta demais."

Ela se virou para olhar para ele, então, com os olhos brilhantes.

— Ando me dizendo isso — admitiu. — Oh, Piers, é tão difícil saber o que sinto. A ideia de Lizzie sobre o pequeno centro de artesanato no celeiro foi tão boa.

— E assim continuará daqui a cinco anos, ou dez. Dê a si mesma um pouco de espaço, Tilda. Michaelgarth não vai a parte alguma, nem eu.

Ela se desenroscou e se levantou.

— Obrigada, Piers. Você foi sensacional. — Sorriu. — Vamos jantar em breve, digamos, em meia hora, mas primeiro preciso dar um telefonema.

Ele a viu sair, sorrindo para si mesmo, tirou o cartão-postal do bolso e o examinou.

Querida Pidge,

Então aqui estamos e o chalé é agradável.

Tempo adorável, porém é uma baita jornada até a praia para as pernas da pequena Lizzie, coitada. Dunster é uma aldeia deslumbrante, só que — você ficará aliviada por saber! — nenhum sinal de F. Mas não deixei de ter esperança!

Amor de nós duas. Angel xx.

Ele o virou nas mãos, lembrando-se da cena na loja Parhams, ouvindo outras vozes.

Vi aquela mulher hoje em Dunster. Aquela atriz. É sua amante, não é? Tinha uma criança com ela. Não será sua filha, por algum acaso?

Percebeu que, como Tilda, não precisava mais achar que havia uma disputa pelo seu afeto: não teria de escolher entre o amor possessivo da mãe ou a generosidade de espírito do pai, mas podia aceitar os dois. Finalmente se libertara. Pegou Lion, que estava deitado nas pedras arredondadas do calçamento mastigando, concentrado, as rendas no forro de sua cesta, e se submeteu a ter o rosto lambido.

— Melhor vir comigo — murmurou. — Pode explorar o gabinete e ser apresentado às sombras de seus ancestrais. Preciso escrever uma carta.

CAPÍTULO CINQUENTA E CINCO

Após vários começos falsos e folhas de papel de carta amassadas, Piers conseguiu compor uma carta que o satisfez bastante. Como não queria causar constrangimento a Lizzie, iniciou oferecendo todo tipo de motivos para a súbita partida dela, desculpas para a saída apressada sem deixar nenhum meio de comunicação, mas isso começou a se tornar tão complicado que terminava transmitindo uma condenação velada. No fim, decidiu ser direto e franco.

Querida Lizzie,

Todos nós sentimos muito por você ter precisado ir embora correndo no domingo de manhã cedo. Foi muito divertido tê-la aqui e sei que deve ter compreendido exatamente o quanto fez por mim e meu pai. Quando ele e eu conversamos na festa, tive certeza de que sua vinda a Dunster havia nos possibilitado derrubar as barreiras de mal-entendidos erguidas com o passar dos anos e iniciar todo um novo relacionamento. Como podemos agradecê-la por tudo isso?

O triste é que, mais tarde naquela manhã, tão logo retornou ao apartamento, meu pai sofreu um leve derrame e uma queda séria e agora se encontra num hospital. Me garantiram que terá uma boa recuperação no devido tempo, mas você pode imaginar que o choque pôs fim ao clima de festa. Parece muito frágil, o pobre velho, e espero que, quando estiver pronto para deixar o hospital, concorde em voltar a Michaelgarth até recuperar mais uma vez a força. No que me diz respeito, eu ficaria muito feliz se ele fizesse daqui um lar, e agora — em consequência de sua visita — talvez seja possível fazê-lo pensar nisso.

Detesto lhe dar essa notícia assim de repente, mas acho que você na certa vai querer vê-lo, e de qualquer modo acho que você tem o direito de saber. Na pressa, você se esqueceu de nos deixar um endereço ou número de telefone, mas encontrei um velho cartão-postal no apartamento de papai com seu endereço, enfiado entre as barras da gaiola, e parecia ser uma espécie de mensagem, como se você o tivesse deixado para nos dar um meio de contatá-la, por isso espero não ter quebrado alguma etiqueta ao escrever para você.

Também espero que a filmagem corra bem e que volte a Bristol logo para receber esta carta. Significaria muito para mim visitá-la na Gaiola e encaixar as últimas peças do quebra-cabeça. Não posso me afastar por muito tempo no momento, por motivos óbvios, mas se você achar que me aguenta por uma ou duas horas, eu ficaria muito agradecido. Pode me escrever para o endereço acima ou dar um telefonema para o celular ou para o telefone da casa, os dois números estão no cabeçalho da carta.

Seu sempre,
Piers

Ele leu até o fim com olho crítico, mas, antes que qualquer outra apreensão o persuadisse a destruir a carta e começar mais uma vez, Tilda enfiou a cabeça pela porta.

— O jantar está pronto — anunciou. — Ou cheguei numa hora ruim?

Piers sorriu, dobrou a folha de papel na metade e a colocou no envelope.

— Uma hora muito boa — respondeu, tornando a olhá-la, mais atento. Ela corou num tom rosado, falhou absolutamente na tentativa de parecer despreocupada, e o sogro ergueu as sobrancelhas naquele conhecido gesto de indiferença. — Parece que você também teve um momento muito bom.

Tilda sorriu.

— Acabei de ter uma conversa com Saul — explicou, meio aérea, e encolheu um pouco os ombros. — Fizemos alguns planos, você sabe.

— Oh, sim — respondeu ele, comovido. — Sei.

— Veja só Lion — respondeu Tilda, ainda se sentindo tímida, tentando distraí-lo. — Está reciclando seus papéis descartados.

O cachorro jazia no tapete da lareira, cercado por minúsculos frangalhos das cartas rejeitadas e se divertindo a valer, sob o olhar de Piers, que pensava em outros cachorros e ouvia a voz do avô: *O que houve? Onde é o incêndio?*

Tilda passou um braço no de Piers, tocada pela expressão em seu rosto e sentindo uma imensa afeição por ele.

— Jantar — lembrou, e ele assentiu com a cabeça e os dois desceram juntos, com Lion atrás, atravessaram o vestíbulo e entraram na cozinha.

Lizzie pegou as cartas na pequena mesa do vestíbulo embaixo e subiu a escada cansada, percorrendo os envelopes ao prosseguir. Nada de Sam, mas dificilmente esperava notícias dele, que deixara uma mensagem no início da semana: "Sei que tem razão. Vou sentir muitas saudades de você." Agora tudo estava nas mãos dos advogados. Intrigada com um envelope com letra desconhecida, olhou o selo: Dunster!

Após bater a porta da frente e largar a mala, ela entrou na grande sala, já rasgando o envelope. Deslizou os olhos pelas linhas escritas, a mão fechada de forma inconsciente sobre o coração; o rosto mostrava alívio e gratidão — e depois refletiu o choque repentino.

— Oh, não — murmurou. — Deus do céu! Pobre Felix.

Sentou-se à mesa, fitando o nada, e pequenas cenas se passaram na sua mente. Mesmo agora, não tinha muita certeza de qual impulso a levara a deixar o cartão-postal com Felix, enfiando-o na caixa de correspondência ao fugir para Bristol. Levara-o a Dunster como uma espécie de talismã e agora parecia, afinal, que ele desempenhara mais um papel naquele drama curioso. Lizzie leu mais uma vez a carta, ouvindo a voz de Piers por meio das palavras, desejando estar com eles em Michaelgarth.

Ela sabia que antes de poder ver qualquer um de novo, eles precisavam saber a verdade. Embora olhasse por vários instantes os números dos telefones cuidadosamente impressos, não conseguiu telefonar: como começar? O que dizer? Muito mais fácil — embora covarde — seria escrever, explicando a própria situação. Tão logo ele soubesse a verdade, poderia decidir se ela ainda seria bem-vinda. Pensando ansiosa em Felix, com medo de perder a coragem, Lizzie foi à escrivaninha de Pidge e encontrou alguns papéis de carta. De volta à mesa, sentou-se e pensou furiosamente. Acabou começando a escrevinhar.

Meu caro Piers,

Muito obrigada por me escrever. Não posso lhe dizer o choque que foi ler sobre Felix! Lamento *tanto*. Espero que esteja melhorando. Desejei telefonar, mas perdi a coragem. O problema, Piers, é que fugi na manhã de domingo por me sentir culpada. *Tinha* de ir a Manchester, verdade, mas o problema é que deixei vocês todos imaginarem que eu era viúva e tudo se descontrolou.

Na verdade, meu marido tem um caso, outro de uma longa série durante todo o casamento, e a jovem engravidou e ele quer ficar com a criança. Você talvez se lembre, eu lhe disse que não podia ter filhos e, de algum modo, isso foi tão insuportável, tão terrivelmente doloroso, que senti de fato que o perdera desta vez, e foram essas as palavras que usei com Felix. Ele supôs que isso significava que Sam morrera e eu o deixei pensar assim.

Naquela noite, quando fiquei sentada olhando para você na festa, de repente me senti uma fraude; me juntara a todos vocês sob falsas impressões e me senti muito envergonhada. Todos tinham perdido alguém fazia pouco tempo, e eu ali representando um papel e enganando a todos. Tilda fora tão carinhosa comigo, pensando que estávamos as duas no mesmo barco. Quando subi, vi a mensagem do meu agente para me lembrar da filmagem na segunda-feira, mas também dizendo que Sam estava a caminho de Bristol, e entrei em pânico.

Significou tanto, Piers, ver Felix depois de todos esses anos e conhecer você também. Eu pensava muito em você quando era pequena. Tinha Felix sempre ali quando precisava do conforto de um pai e jamais esquecerei a bondade e o amor que ele me mostrou. Mas era óbvio, pelo modo como falava de você, que se tratava de uma pessoa muito especial, e sempre ansiei por conhecê-lo. Esta semana em Dunster foi um pequeno milagre, muito mais bem-sucedida do que quando a pobre Angel voltara na década de cinquenta! Não consigo superar o fato de você ter descoberto o cartão-postal desse jeito! Foi encontrando esse cartão assim num livro que acionou a coisa toda para mim, e fico muito feliz por ter decidido deixá-lo para Felix.

Claro, eu adoraria vê-lo, *claro* que sim, mas só depois que você tiver dito, a ele e a Tilda, a verdade a meu respeito. Sam estava aqui na Gaiola quando voltei no domingo de manhã e de algum modo consegui forças para dizer que tudo tinha acabado entre nós. Ele já retornou aos Estados Unidos. Se achar que todos vocês ainda podem confiar em mim, me agradaria muito vê-los, Piers, em qualquer momento da semana, embora eu tenha de correr de volta a Manchester de novo na segunda.

Anotei os meus dois números de telefone; pelo celular me encontram quase em qualquer lugar.

Meu amor a todos vocês,

Lizzie

Copiou o endereço dele no envelope, voltou à escrivaninha para buscar um selo, pegou a bolsa, correu para o andar de baixo e dobrou a esquina rumo à agência do correio.

Ela recebeu um telefonema dele no início da noite seguinte: breve e objetivo, mas a voz calorosa, e soube de imediato que a tinham perdoado.

— Papai recobrou a consciência e pudemos conversar, embora não por muito tempo — ele logo a tranquilizou. — Vou apenas visitá-lo. Se estiver tudo bem, posso estar com você por volta do meio-dia de domingo, por mais ou menos uma hora.

— Para o almoço? — apressou-se a perguntar Lizzie. — Vai ficar para o almoço?

Ouvia o sorriso na voz dele.

— A ideia do almoço parece ótima — respondeu Piers. — Todos lhe mandam lembranças e aguardam ansiosos por tornar a vê-la.

— Também anseio por isso — respondeu ela, e falava a verdade, sem saber muito bem o que dizer em seguida.

— Tenho de correr ao hospital — informou Piers, como se compreendesse o dilema. — Dou lembranças suas a Felix, está bem?

— Sim, por favor. Obrigada, Piers. Até domingo.

CAPÍTULO CINQUENTA E SEIS

Quando desceu para abrir a porta para ele no domingo, Lizzie viu que ele trazia a gaiola. Ao ver o rosto dela mudar e empalidecer, Piers se apressou a tranquilizá-la, adivinhando seu medo repentino.

— Não se preocupe, ele está muito melhor — disse. — Apenas vai ficar conosco em Michaelgarth por algum tempo e decidiu que isto deve voltar ao lugar a que pertence. Mandou lhe dizer que julgava que a gaiola fez todo o bem pretendido por Angel e era hora de trazê-la para casa.

Ela sorriu, mas com os lábios trêmulos.

— Querido Felix — murmurou. — Como tudo isso tem sido curioso. Ah, Piers, que prazer vê-lo! Suba. Aluguei o apartamento de Pidge, por isso não posso mostrá-lo, mas quero que se sinta em casa aqui.

Piers viu que Lizzie deixara as portas abertas, como um convite para ele ir aonde quisesse, mas seguiu-a até a sala grande, pôs a gaiola na ponta da mesa comprida e olhou em volta. Então era ali que o pai fora tão feliz com Angel e Pidge; onde Lizzie crescera. Sobre o piano, erguia-se uma foto publicitária de Angel, e ele foi olhá-la, lembrando-se da mulher que vira na Parhams: aquela fora a mulher que Felix amara.

Lizzie o observava e ele sorriu para ela.

— Ela era bonita — disse. — Onde está Pidge?

Ela indicou uma fotografia menor: uma dama elegante e atraente, de rosto inteligente em uniforme do exército, de pé ao lado de um grande carro do Estado-Maior. Examinou-a, como se encaixasse as peças de um quebra-cabeça, e depois tornou a olhar a sala em volta, imaginando como era tantos anos antes.

— Sei que você não pode se ausentar por muito tempo — disse Lizzie —, por isso deixei o almoço mais ou menos pronto. Tome uma cerveja enquanto o ponho na mesa.

Piers saiu e ela o viu olhar dentro do quarto, erguer a cabeça para a pequena escada que levava à água-furtada, e por fim ouviu-o subir até o quartinho. Achou que era importante deixá-lo se familiarizar com a casa onde Felix passara períodos tão curtos mas vitais da vida dele; enquanto isso, ela preparava exatamente o mesmo almoço que fizera como um puja para Angel e Piers, antes da viagem a Dunster: salmão defumado com fatias de limão, rodelas de tomate num molho vinagrete com ervas, fatias finas de pepino na maionese e pão preto fresco. Escolhera os mesmos pratos: porcelana fina branca para o salmão; cerâmica oval azul para o tomate; uma tigela amarela para o pepino. Sabia que Pidge e Angel gostariam de ver Piers ali na Gaiola, almoçando àquela mesa, à qual tantas vezes elas tinham se sentado com o pai dele.

— É lindo aqui. — Ele voltara. — Tudo iluminado e gracioso, e também convidativo. Gosto da sua Gaiola, Lizzie.

— Venha se sentar — disse ela, satisfeita. — Conte-me tudo. Como está Felix, primeiro, e depois tudo sobre Tilda, Jake e Lion.

Falaram sobre Felix e Sam, passando a conhecer mais um do outro; ela pôs queijo na mesa e fez café, mas ainda assim os dois continuaram a conversar. Por fim, as sombras da tarde se arrastaram aos poucos em silêncio pela sala ensolarada e ele suspirou, sabendo que devia ir embora.

— Então você virá? — perguntou, empurrando a cadeira para trás e se levantando. — Posso dizer a papai que está tudo bem e que você vai visitá-lo em breve? Significará muito para ele.

— Prometo. Você tem certeza...?

— Ah, tenho — garantiu-lhe Piers. — Você nem imagina o que fez por nós, Lizzie. Juro que supera de longe seus pequenos pecados de omissão. O que meu pai disse é a absoluta verdade: se você não tivesse ido a Dunster, não haveria como ele aceitar meu convite para convalescer em Michaelgarth tão animadamente como aceitou. Os dois estamos ansiando por isso. — Ele a examinou por um instante. — O problema — declarou afinal — é que tenho meus próprios interesses aqui e não posso fingir. No entanto, odiaria se você se sentisse pressionada a ir a Michaelgarth apenas por compaixão pelo meu pai, agora que ele não está bem. Há nisso um elemento de chantagem, não há? Sua amizade por ele meio que inclui todos nós no pacote.

Lizzie sorriu, lembrando as palavras de Felix quando Piers a convidara a Michaelgarth: *...esse lugar é muito especial para Piers, lembre-se... Por aceitar* você, *sem dúvida meu filho deve ter* me *perdoado. Você personificava tudo que o ameaçava e ainda assim a convidou para o lar... Sinto... ah, como se tivesse recebido algum tipo de absolvição... Isso está além de tudo que algum dia esperei ter.*

— Você não pode imaginar como me sinto aliviada por saber que ainda sou bem-vinda — disse ela. — Me comportei muito mal. Vocês todos sofrem os efeitos do verdadeiro luto e eu me aproveitei de um mal-entendido e depois fugi. Vocês têm o direito de ficar com raiva, e Tilda provavelmente mais que todos.

— Todos esperamos que você volte a Michaelgarth — respondeu Piers. — Sei que fará bem a todos, incluindo Tilda. Ela se viu arrancada do luto de uma forma um tanto horrível, algo que ela pode lhe contar, mas decidiu que pode seguir em frente agora, embora isso vá exigir certa coragem. Quando expliquei sua situação, ela demonstrou total solidariedade e disse que a acha muito valente. Sabemos que você tem sua própria vida e trabalho, mas seria muito bom se pudesse encontrar um tempinho para nos visitar de vez em quando.

— Eu gostaria — disse Lizzie. — Gostaria muito. E com certeza desejo ver Felix o mais breve possível. O problema é que não posso dizer em qual dia da próxima semana poderei ir, depende do andamento da filmagem... — Bateu as mãos juntas, frustrada. — Diga a ele que será assim que eu puder.

Ocorreu-lhe uma ideia e ela se dirigiu à gaiola e abriu a portinha. Com muito cuidado, desenrolou o fino arame amarrado nas patas do filhote amarelo e soltou-o da barra. Olhou para ele por um instante, alisou de leve a plumagem fofa desbotada com o dedo e o entregou a Piers.

— Dê isto a Felix, com meu amor — disse. — É uma lembrança. Um símbolo. Ele saberá o que estou tentando dizer.

Pôs o filhote na mão de Piers e ele o segurou na palma estendida, comovido pelo gesto e sem saber como reagir. Lizzie o ajudou a passar pelo momento difícil:

— Tenha cuidado com ele — aconselhou-o enquanto, não muito certo de como transportá-lo, Piers finalmente o envolveu com muita cautela num lenço limpo. — Parece que acabou de sair do ovo, mas na verdade é uma velha durona.

Ele riu e estendeu os braços para ela, que o abraçou.

— Preciso voltar — disse, julgando correto sair agora, por mais que desejasse ficar. — Manteremos contato.

— Manteremos contato — concordou Lizzie — e eu irei até lá na próxima semana. Mande meu amor a Felix. Diga que precisa melhorar, pois preciso dele. Diga...

— O quê? — instigou Piers com delicadeza ao vê-la perdida em busca de palavras.

— Diga a ele que se lembre de como éramos — acabou por responder.

Ficou parada no alto da escada para vê-lo partir e depois foi observá-lo da janela. Viu-o atravessar a rua e entrar no carro sem olhar para trás, mas, ao arrancar, ele olhou para cima e lhe soprou um beijo. Lizzie acenou, os olhos de repente cheios de lágrimas, depois voltou para a sala.

A cena conhecida a confortara, mas também parecia ter havido uma espécie de mudança: a atmosfera continuava pacífica, mas havia um novo ar de esperança e expectativa. Ela se sentou no sofá, envolvendo-se no xale de seda amarela de Angel, olhando a gaiola: parecia vazia sem o filhote felpudo, que finalmente abrira as asas e já entrara numa nova etapa da vida. Ali, sentada na sala silenciosa, ouvindo as vozes das crianças que subiam da praça e vendo as sombras mosqueadas lançadas pelo plátano, pensou em Angel e em Pidge e as sentiu bem perto, contentes e aprovadoras.

Enxugou as últimas lágrimas com o xale e se levantou. Pegou a gaiola, atravessou a sala e foi pendurá-la no gancho acima do piano. Viu-a balançar de leve por um instante e se aquietar, de volta ao lugar aonde pertencia, e parou para olhar mais de perto os dois pequenos pássaros de madeira. As minúsculas penas azuis, verdes e amarelas, tão delicadamente pintadas eram que pareciam que iam se mover; que a qualquer momento abririam as asas para voar. Uma jogara a cabeça para trás, o bico aberto numa alegre canção; a outra a virara para um lado, como se escutasse.

Lizzie sorriu para elas, o coração cheio de gratidão e amor.

— Bem-vindas ao lar — disse.